Jack Reacher
Un d·

D0622026

SERIE
NEGRA

LEE CHILD

JACK REACHER
UN DISPARO

Traducción de
MARÍA FERNÁNDEZ GUTIÉRREZ

RBA

Título original: *One Shot*

© Lee Child, 2005.

© de la traducción: María Fernández Gutiérrez, 2008.

© de esta edición: RBA Libros, S.A., 2011.

Avda. Diagonal, 189 - 08018 Barcelona.

rbalibros.com

Primera edición en esta colección: mayo de 2011.

Tercera edición: noviembre de 2012.

REF.: OAFI772

ISBN: 978-84-9006-461-0

A Maggie Griffin.
La primera y mejor amiga de Jack Reacher en América.

1

Viernes. Cinco en punto de la tarde. Quizás la peor hora para pasar inadvertido en una ciudad. O quizás la mejor, puesto que a las cinco en punto de un viernes nadie presta atención a nada. Excepto a la carretera.

El hombre del rifle conducía en dirección norte. No iba ni deprisa ni despacio. No llamaba la atención. No destacaba. Conducía una furgoneta pequeña y vieja de color claro. Se encontraba a solas, tras el volante. Llevaba puesta una gabardina de color claro y una especie de gorro también claro, dado de sí, como los que lleva la gente mayor en los campos de golf cuando llueve o hace sol. Alrededor del gorro, había estampada una línea roja de dos tonos distintos. Lo llevaba hundido en la cabeza y el abrigo abotonado hasta arriba. Llevaba gafas de sol, a pesar de que la furgoneta tenía las ventanas opacas y el cielo estaba nublado. También llevaba guantes, aunque hacía tres meses que había terminado el invierno y ya no hacía frío.

La circulación avanzaba a paso de tortuga, a la altura de una cuesta, en First Street. Más adelante, el tráfico se detuvo por completo, cuando dos carriles se convirtieron en uno por las obras de asfaltado que se llevaban a cabo. En toda la ciudad había obras. Aquel año conducir se había convertido en una pesadilla. Boquetes en la calzada, camiones de tierra, hormigoneras, máquinas de asfaltar. El hombre del rifle soltó el volante. Se acercó el puño. Miró la hora en el reloj.

«Once minutos.»

«Paciencia.»

Quitó el pie del pedal de freno y avanzó lentamente. Seguidamente, volvió a detenerse en el lugar donde se estrechaba la carretera y las aceras se ensanchaban. Allá comenzaba el centro comercial. Había grandes almacenes a la izquierda y a la derecha. El edificio siguiente siempre era un poco más alto que el anterior, debido a la pendiente. Las amplias aceras dejaban un gran espacio a los compradores para que pudieran pasear. Astas de banderas y farolas se erguían, ambas de hierro, alineadas igual que centinelas entre la gente y los vehículos. Las personas tenían más espacio que los coches. El tráfico avanzaba muy lentamente. Volvió a mirar el reloj.

«Ocho minutos.»

«Paciencia.»

Casi cien metros después, la prosperidad perdió un poco de color. La congestión disminuyó. First Street se ensanchó y volvió a convertirse en una calle mediocre, rodeada de bares y tiendas de un dólar. A la izquierda había un parking. Continuaban las obras. Se estaba ampliando la zona del aparcamiento. Más adelante un pequeño muro bloqueaba la calle. Tras este, había una plaza con un estanque y una fuente. A la izquierda de la plaza, la vieja biblioteca de la ciudad. A la derecha, un edificio nuevo de oficinas. Tras él, una torre negra de cristal. First Street giraba bruscamente hacia la derecha, frente al muro que limitaba con la plaza, y continuaba en dirección oeste, dejando atrás puertas traseras descuidadas y muelles de carga. Finalmente cruzaba la autopista del estado por debajo.

El hombre de la furgoneta aminoró la marcha al llegar a la curva y se dirigió a la plaza. Giró a la izquierda y entró en el parking. Subió por la rampa. No había ninguna barrera, dado que cada plaza tenía su parquímetro. Así pues, no había ningún cajero, ningún testigo, ningún recibo, ningún papel que pudiera dejar rastro. Aquello ya lo sabía. Continuó subiendo por la rampa hasta el segundo nivel y se dirigió hacia un rincón de la parte trasera del edificio. Detuvo la furgoneta en el pasillo un momento. Salió de su asiento y apartó un

8

cono color naranja que le cerraba la plaza, situada en la parte antigua del edificio, justo al lado de la zona en construcción.

Condujo la furgoneta hacia la plaza y apagó el motor. Hubo un momento de calma. Se hizo el silencio en el garaje, el cual estaba repleto de coches mudos. El lugar que había reservado con el cono era el último que quedaba libre. El aparcamiento siempre estaba a reventar. Él ya lo sabía. Por eso lo iban a ampliar. Iban a duplicar el tamaño actual. Era un aparcamiento destinado a los compradores. Por eso estaba tranquilo. Nadie en su sano juicio se marcharía de allí a las cinco, cuando era la hora punta en la carretera, con los atascos que había por las obras. O se marchaban a las cuatro o esperaban a las seis.

El hombre, en el interior de la furgoneta, comprobó la hora.

«Cuatro minutos.»

«Tranquilo.»

Abrió la puerta del conductor y salió del vehículo. Sacó una moneda de un cuarto de dólar y la introdujo en el parquímetro. Giró la palanca con fuerza y oyó caer la moneda. Vio cómo el reloj añadió una hora a cambio. No había ningún otro sonido. Nada en el ambiente, excepto el olor a automóviles aparcados. Gasolina, caucho, tubos de escape.

Permaneció inmóvil junto a la furgoneta. Calzaba unas botas viejas de ante. Eran de color caqui, con agujeros para los cordones, suelas blancas de crepé, marca inglesa Clarks, muy utilizadas por los soldados de las fuerzas especiales. Un diseño clásico, que llevaba sin alterarse unos sesenta años.

Volvió a mirar el parquímetro. Cincuenta y nueve minutos. No iba a necesitar cincuenta y nueve minutos. Abrió la puerta corrediza posterior. Se inclinó y apartó una manta, dejando un rifle al descubierto. Se trataba de un arma automática Springfield M1A Super Match, forrada con madera de nogal americano, un cañón de primera calidad y recámara para diez cartuchos del calibre 308. Era el equivalente comercial exacto al rifle de francotirador M-14 automático que el ejército norteamericano había usado en sus años de servicio, años atrás. Un buen rifle. Tal vez no el mejor y más preciso al realizar el primer tiro en frío, pero era bueno. Serviría. No pensaba apuntar a una distancia exagerada. El rifle estaba cargado con cartuchos Lake City M852. Sus preferidos de siempre. Metal marca Special Lake City Match, pólvora Federal, balas Sierra Matchking 168 de punta hueca. La munición probablemente era mejor que el arma. Una ligera falta de armonía entre ambos objetos.

Escuchó el sonido del silencio y extrajo el arma del asiento trasero. Se la llevó al punto donde terminaba la zona antigua del garaje y comenzaba la nueva. Había una zanja de menos de centímetro y medio entre el hormigón antiguo y el nuevo. Una especie de línea de demarcación. El hombre supuso que era una junta de expansión, con el propósito de sofocar el calor del verano. Imaginó que lo rellenarían de alquitrán blando. Justo por encima, entre dos columnas, había una cinta amarilla y negra que decía «Precaución. No pasar». Se apoyó sobre una rodilla y se deslizó por debajo de la cinta. Se puso en pie de nuevo y caminó hacia la obra.

Había zonas del suelo de hormigón completamente lisas, mientras que otras continuaban rugosas, pendientes de recibir una última capa. Encontró tablas de madera aquí y allá, a modo de pasarelas. Esparcidos desordenadamente, había sacos de cemento, algunos llenos, otros vacíos. Más juntas de expansión abiertas, cables con bombillas apagadas, carretillas vacías, latas de refrescos aplastadas, bobinas de cable, una cantidad de trastos viejos increíble, montones de piedras apiladas, hormigoneras en silencio. Por todas partes había polvo de cemento gris, fino como el talco, y olía a humedad.

El hombre del rifle caminó en la oscuridad hasta acercarse al extremo noreste de la zona nueva. Se detuvo y apoyó la espalda en una columna de hormigón, donde permaneció inmóvil. Avanzó lentamente hacia la derecha, volviendo la cabeza, hasta que se apercibió de dónde se encontraba. Se hallaba a una distancia aproximada de dos metros y medio del muro que rodeaba la zona nueva del aparcamiento, en dirección norte. El muro, inacabado, le llegaba a la altura de la cintura.

Por allí había tornillos, con el fin de sujetar unas barras de metal que evitaran el choque de los coches contra el hormigón. En el suelo había receptáculos donde se colocarían los nuevos parquímetros.

El hombre del rifle avanzó muy lentamente, volviéndose ligeramente, hasta que sintió el ángulo de una columna en la espalda. Volvió la cabeza de nuevo. Miró en dirección norte y este, centrándose en la plaza. La piscina ornamental tenía forma de un rectángulo estrecho y largo que se alargaba cada vez más. Debía de hacer veinticinco metros de largo por seis de ancho. Parecía un enorme tanque de agua, situado allá en medio. Una especie de piscina prefabricada por encima de la superficie del suelo. Estaba delimitada por un muro de ladrillo que llegaba a la altura de la cintura. El agua chapoteaba en las caras interiores. La línea, a través del objetivo, formaba una diagonal perfecta que se extendía desde el extremo anterior hasta el posterior. La profundidad del agua parecía ser de algo menos de un metro. La fuente estaba situada justo en el centro de la piscina. Él la oía, al igual que oía el tráfico lento y el sonido de pies arrastrándose. El muro delantero de la piscina se encontraba casi a un metro de la pared que separaba la plaza de First Street. Los dos pequeños muros se encontraban relativamente cerca y en paralelo. Medían unos seis metros y se extendían de este a oeste. Lo único que los separaba era un estrecho pasillo.

El hombre se encontraba en el segundo nivel del parking, pero dado que First Street hacía pendiente, la plaza se situaba a menos de un piso por debajo de él. La línea que le unía a su objetivo era levemente curva, casi imperceptible. A la derecha de la plaza, se veía la puerta del edificio nuevo de oficinas, un lugar abandonado. Se había construido con el fin de mantener algún tipo de credibilidad en el centro de la ciudad, que el estado había plagado de oficinas gubernamentales, y no se había alquilado. El departamento de tráfico se encontraba allí, así como una oficina de reclutamiento del ejército terrestre, marítimo y aéreo. Es posible que el departamento de seguridad social, al igual que el de hacienda, también tuvieran allí su sede. El hombre del rifle no estaba completamente seguro. Realmente tampoco le importaba.

Se dejó caer sobre las rodillas y, seguidamente, sobre el estómago. Avanzó arrastrándose como hacen los francotiradores. Durante sus años de servicio había cubierto así miles de kilómetros. Rodillas, codos y barriga. En la doctrina militar era práctica usual que un francotirador se separara de la compañía unos mil metros y volviese arrastrándose de nuevo hasta el grupo. Durante los entrenamientos, había pasado horas practicando tal ejercicio con el fin de evitar que algún observador le captara con sus prismáticos. Sin embargo, en esta ocasión solo tenía que cubrir dos metros y medio. Y que él supiera, no había nadie observándole.

Alcanzó la base del muro y se extendió en el suelo, presionando con fuerza contra el hormigón. A continuación se incorporó hasta adoptar la posición de sentado. Luego se puso de rodillas. Dobló la pierna derecha contra el suelo y la mantuvo sujetando el peso del cuerpo. Levantó el pie izquierdo y colocó la pierna en vertical. Apoyó el codo sobre la rodilla. Levantó el rifle. Apoyó el extremo del guardamano en la parte superior del pequeño muro de hormigón. Frotó el rifle con delicadeza hacia atrás y hacia delante hasta encontrarlo cómodo y seguro. Posición de arrodillamiento, según el manual de entrenamiento. Se trataba de una buena posición, según su experiencia, la mejor después de la de tumbado boca abajo con un bípode. Tomó aire, lo expulsó. *Un disparo, una muerte.* Aquel era el credo del francotirador. Para lograrlo se requería control, sangre fría y calma. Tomó aire, lo expulsó. Se sintió relajado. Se sintió como en casa.

«Listo.»

«Infiltración con éxito.»

«Ahora a esperar el momento adecuado.»

Esperó unos siete minutos, manteniendo la calma, respirando hondo, aclarando las ideas. Miró hacia la biblioteca situada a su izquierda.

Por encima y delante de esta, un desvío de la autopista serpenteaba sobre pilares. Parecía envolver el viejo edificio de piedra caliza, acunarlo, protegerlo de cualquier daño. Más allá, la autopista se enderezaba levemente, dejando atrás la torre negra de cristal. La carretera llegaba a la altura del cuarto piso de aquel edificio. Al lado de la entrada principal de la torre había un monolito con la insignia del pavo real de la NBC. Sin embargo, estaba convencido de que dicha emisora no ocupaba todo el edificio, seguramente no más de una planta. El resto probablemente albergaba bufetes de abogados, de contables, inmobiliarias, compañías de seguros o agentes de cambio. O nadie.

La gente salía del edificio nuevo situado a la derecha. Habrían ido a conseguir licencias, a entregar matrículas viejas, a unirse al ejército o a cualquier otro papeleo federal. Había mucha gente. Las oficinas del gobierno estaban cerrando. Cinco en punto, un viernes. La gente salía y caminaba de derecha a izquierda, justo frente a él. Se apiñaban en fila para cruzar el estrecho pasillo situado entre los dos muros junto al estanque. Como patos en una galería de caza. Uno detrás de otro. «Un terreno lleno de objetivos.» Se encontraban a una distancia de treinta metros. Aproximadamente. Con toda certeza, menos de treinta y cinco metros. «Muy cerca.»

Esperó.

Varias personas pasaron los dedos por el agua mientras caminaban. Los muros se levantaban a la altura perfecta. El hombre del rifle veía los centavos de cobre brillando en el agua, sobre las baldosas negras. Las monedas se hundían y se revolvían en el lugar donde la fuente chocaba contra la superficie del agua.

El hombre vigilaba. Aguardaba.

El flujo de personas aumentó. Ahora había tantas que se veían obligadas a detenerse, a agruparse, y a esperar su turno para poder entrar en fila entre los dos pequeños muros. Tal y como los vehículos habían tenido que hacer al entrar en First Street. Un embotellamiento. *Después de ti. No, después de ti.* Aquello les provocaba lentitud. Ahora eran patos *lentos* en una galería de caza.

El hombre del rifle tomó aliento, expulsó el aire y esperó.

A continuación, dejó de esperar.

Apretó el gatillo, y continuó apretando.

El primer tiro alcanzó a un hombre en la cabeza y le produjo la muerte al instante. El disparo sonó fuerte. Hubo un *crac* supersónico producido por la bala y una ráfaga de humo rosado al chocar contra el cráneo. El chico cayó sobre el suelo como una marioneta a la que se le cortan las cuerdas.

«Un muerto con el primer disparo en frío.»

«Excelente.»

El hombre se movió con rapidez, de derecha a izquierda. El segundo tiro impactó al siguiente blanco en la cabeza. Tuvo exactamente el mismo resultado que el primero. El tercero dio a una mujer en la cabeza. Lo mismo. Tres disparos en solo dos segundos. Tres objetivos derribados. Absoluta sorpresa. Durante una fracción de segundo no hubo ninguna reacción. Luego estalló el caos. Desastre. Pánico. Había doce personas en el estrecho espacio situado entre el muro de la plaza y el de la piscina. Tres ya estaban muertas. Las otras nueve corrían. Cuatro corrieron hacia adelante y las otras cinco se apartaron de los cadáveres y corrieron hacia atrás. Estas últimas chocaron con la presión de la gente que continuaba avanzando hacia adelante. Hubo gritos repentinos. Justo en frente del hombre que llevaba el rifle, se formó una masa sólida de personas aterrorizadas, incapaces de avanzar. El objetivo se encontraba a menos de treinta y cinco metros. Muy cerca.

El cuarto tiro alcanzó en la cabeza a un hombre que iba con traje. El quinto lo falló por completo. La Sierra Matchking pasó rebasando el hombro de una mujer, silbando, en dirección al estanque, donde desapareció. El hombre la ignoró y movió la boca del rifle Springfield una fracción. El sexto disparo alcanzó a un chico en el puente de la nariz y le hizo estallar la cabeza.

El hombre del rifle dejó de disparar.

Agachó la cabeza bajo el muro del aparcamiento y se arrastró marcha atrás un metro. Sentía el olor a pólvora quemada y, por encima del zumbido de sus oídos, oía chillidos de mujeres, golpes de pies contra el suelo y choques entre los guardabarros de los coches. Todo a consecuencia del pánico. «No os preocupéis, pequeños —pensó—. Se acabó. Me voy de aquí.» Se tumbó sobre el suelo y recogió los casquillos usados. El metal Lake City brillaba ante sus ojos. Con los guantes puestos, se hizo con cinco casquillos, pero el sexto rodó y fue a caer a una junta de expansión inacabada. Cayó justo en una diminuta ranura de veinte centímetros de profundidad y un grosor de un centímetro y medio. Oyó un sonido metálico al golpear en el fondo.

«¿Decisión?

Dejarlo, por supuesto.

No hay tiempo.»

Metió los cinco casquillos en el bolsillo de la gabardina y se arrastró hacia atrás apoyándose sobre los dedos de pies y manos y sobre la barriga. Se detuvo un instante y escuchó los gritos. A continuación se puso de rodillas y luego de pie. Se volvió y avanzó hacia el lugar por donde había llegado, deprisa pero sin perder el control, sobre el cemento rugoso, pasando por encima de las tablillas a modo de pasarelas, a través de la oscuridad y el polvo, bajo la cinta amarilla y negra. De vuelta a su furgoneta.

La puerta trasera continuaba abierta. Volvió a cubrir el rifle, caliente ahora, con la manta, y deslizó la puerta hasta cerrarla. Subió al asiento del conductor y encendió el motor. Miró el parquímetro a través del parabrisas. Aún le quedaban cuarenta y cuatro minutos. Salió marcha atrás y se dirigió hacia la rampa de salida. Bajó por ella, cruzó la salida sin vigilante y giró hacia la derecha dos veces por el laberinto de calles, por detrás de los almacenes comerciales. Cuando escuchó las primeras sirenas, ya estaba circulando por la carretera que pasaba debajo de la autopista. Respiró aliviado. Las sirenas se dirigían hacia el este, mientras que él se dirigía al oeste.

«Buen trabajo —pensó—. Infiltración oculta, seis disparos, cinco blancos derribados, exfiltración con éxito, mejor imposible.»

Sonrió de pronto. Las estadísticas militares demuestran que un ejército moderno consigue la muerte de un enemigo por cada quince mil combates de la infantería. En cambio, en el caso de los francotiradores especializados el resultado es mejor. Mucho mejor. Doce mil quinientas veces mejor, de hecho. Un francotirador consigue la muerte de un enemigo por cada 1,2 combates de la infantería. Se trataba del mismo promedio que había obtenido él. Exactamente el mismo. Simple aritmética. Así pues, después de tanto tiempo, un francotirador militar entrenado había conseguido exactamente lo que sus antiguos instructores habrían esperado. Estos se habrían alegrado.

Pero sus antiguos instructores habían entrenado a francotiradores para el campo de batalla, no para un crimen urbano. En un crimen urbano aparecen factores desconocidos en un campo de batalla. Dichos factores suelen modificar la definición de *exfiltración con éxito*. En este caso particular, los medios de comunicación reaccionaron deprisa. Algo que cabía esperar, puesto que el tiroteo había tenido lugar frente a las ventanas del edificio de la NBC. Sucedieron dos cosas antes de que una docena de testigos aterrorizados llamaran simultáneamente a la policía con sus teléfonos móviles. Primero, todas las videocámaras de las oficinas de la NBC empezaron a grabar. Los cámaras cogieron sus herramientas y las encendieron, enfocando hacia la ventana. Segundo, Ann Yanni, una presentadora de noticias locales, comenzó a preparar lo que sería su primer reportaje de última hora en la cadena. Se encontraba mal, asustada y agitada, pero sabía distinguir una oportunidad en cuanto la veía. Así pues, comenzó a hacer un borrador en su cabeza. Puesto que las palabras marcan la pauta, las que le vinieron a la mente fueron *francotirador* y *falta de sentido* y *fatídica matanza*. La aliteración era puramente instintiva. Así como la banalidad. Ella lo veía como una *matanza*. Y *matanza* era una gran palabra. Comunicaba la arbitrariedad, el sinsentido, la violencia, la ferocidad. Era una palabra impersonal y describía la falta de un motivo. Era la palabra exacta para lo sucedido. Pero, al mismo tiempo, sabía que no serviría como pie de las fotografías. Ahí quedaría mejor *masacre*. *¿Masacre un viernes por la tarde? ¿Masacre en hora punta?* Corrió en dirección a la puerta y esperó que al chico de edición se le ocurriese algo que escribir en aquellas líneas.

En el campo de batalla tampoco aparecen los refuerzos urbanos. Las doce llamadas simultáneas al 911 hicieron que la centralita de emergencias se iluminara como un árbol de Navidad. La policía local y el cuerpo de bomberos se pusieron en marcha en cuarenta segundos. Se desplegaron todos los equipos, con las luces encendidas y las sirenas sonando. Todos los policías, todos los detectives posibles, los forenses, los coches de bomberos, los sanitarios, las ambulancias. Al principio se convirtió en un completo caos. Las llamadas al 911 eran nerviosas e incoherentes. Pero era evidente que se trataba de algún crimen, y estaba claro que hablaban en serio. Así pues, Emerson, el inspector jefe de la brigada contra el crimen, tomó el mando. Se trataba de un veterano del departamento de policía, de gran prestigio y que llevaba veinte años en el cuerpo. Maldecía la lentitud del tráfico, mientras esquivaba las obras, confundido, irritado, sin tener idea de lo que había sucedido. Robo, drogas, peleas entre bandas, terrorismo. No tenía ninguna información concreta. Ninguna. Pero mantenía la calma. Relativamente. Su corazón latía casi hasta los ciento cincuenta latidos por minuto. Conectó por radio con la centralita de la policía, con el fin de averiguar algo más de lo sucedido a la vez que conducía.

—Tenemos a un chico nuevo al teléfono —exclamó la telefonista.

—¿Quién es? —le preguntó Emerson.

—Del cuerpo de marines, de la oficina de reclutamiento.

—¿Un testigo?

—No, estaba dentro. Pero ahora está fuera.

Emerson apretó los dientes. No sería el primero en llegar a la escena del crimen. Ni por asomo. Sabía que iba a ser de los últimos. Así pues, necesitaba ojos. Ya mismo. «¿Un marine? Será él.»

—De acuerdo —dijo—. Pásame al marine.

Hubo varios clics y sonidos electrónicos. Seguidamente Emerson oyó un sonido acústico nuevo. Aire libre, gritos de fondo, chapoteo de agua. «La fuente», pensó.

—¿Quién es? —preguntó.

Una voz respondió, tranquila pero acelerada, alta y ahogada, pegada al micrófono de un teléfono móvil.

—Soy Kelly —dijo—. Sargento primero, marine de los Estados Unidos. ¿Con quién hablo?

—Emerson, del departamento de policía. Voy de camino, me quedan unos diez minutos para llegar. ¿Qué tenemos?

—Cinco bajas —dijo el marine.

—¿Cinco muertos?

—Afirmativo.

«Mierda.»

—¿Heridos?

—Ninguno que yo vea.

—¿Cinco muertos y ningún herido?

—Afirmativo —volvió a decir el marine.

Emerson no dijo nada. Había presenciado tiroteos en lugares públicos. Había visto muertos en tales tiroteos, pero jamás había visto *sólo* muertos. Los tiroteos en lugares públicos siempre producían heridos junto a los muertos. Normalmente un herido por cada muerto, como mínimo.

—¿Está seguro de que no hay ningún herido? —dijo.

—Estoy seguro, señor —contestó el marine.

—¿Quiénes son las víctimas?

—Civiles. Cuatro hombres. Una mujer.

—Joder.

—Recibido, señor —dijo el marine.

—¿Dónde estaba usted?

—En la oficina de reclutamiento.

—¿Qué vio?

—Nada.

—¿Qué oyó?

—Disparos. Seis veces.

—¿De pistolas?

—Un arma mayor, creo. Una única arma.

—¿Un rifle?

—Un arma automática, creo. Disparos rápidos. Todas las bajas se produjeron por disparos en la cabeza.

«Un francotirador —pensó Emerson—. Mierda. Un pirado con un arma de asalto.»

—¿Se ha ido ya? —preguntó.

—No ha habido más disparos, señor.

—Podría continuar allí.

—Es una posibilidad, señor. La gente se ha puesto a cubierto. La mayoría está ahora en la biblioteca.

—¿Dónde está usted?

—Tras el muro de la plaza, señor. Tengo unos cuantos hombres conmigo.

—¿Dónde estaba él?

—No podría asegurarle. Tal vez en el parking. La zona nueva. La gente señalaba hacia allá. Puede que hubiesen visto algún destello producido por la boca del arma. Es el único edificio que queda directamente de cara a las víctimas.

«Una madriguera —pensó Emerson—. Un maldito nido de ratas.»

—Los periodistas ya han llegado —dijo el marine.

«Mierda», pensó Emerson.

—¿Va usted de uniforme? —preguntó.

—Completamente, señor. Estaba en la oficina de reclutamiento.

—De acuerdo, haga lo que pueda por mantener el orden hasta que mis hombres lleguen.

—Recibido, señor.

La línea se cortó y Emerson oyó de nuevo la respiración de la telefonista. «Periodistas y un chiflado con un rifle —pensó—. Joder, joder, joder. Presión y preguntas y conjeturas, como en el resto de lugares en los que había periodistas y un chiflado con un rifle.» Pulsó el interruptor de la radio para contactar con los demás coches.

—A todas las unidades, escúchenme —dijo—. Se trata de un loco en solitario con un rifle. Probablemente un arma automática. Fuego indiscriminado en un lugar público. Posiblemente desde la zona nueva del parking. Así pues, puede que aún esté allí o que ande por aquí. Si se ha marchado, pudo haberlo hecho a pie o en coche. Así que todas las unidades que se encuentren a más de diez manzanas, que se detengan y formen un perímetro. Que nadie entre ni salga, ¿entendido? Ningún vehículo, ningún peatón, nadie, bajo ninguna circunstancia. Todas las unidades que se encuentren a menos de diez manzanas, avancen con extrema precaución. Pero no le dejen salir. No le dejen escapar. Es una orden. Necesitamos a ese tipo ahora mismo, antes de que se nos eche encima la CNN.

El hombre de la furgoneta pulsó el botón del control remoto, y la puerta del garaje rugió al abrirse. Condujo hacia el interior y volvió a pulsar el botón para cerrar la puerta tras él. Apagó el motor y permaneció sentado durante un momento. A continuación salió del vehículo y caminó por la sucia habitación, cruzando la cocina. Acarició al perro y encendió la televisión.

Los sanitarios, con trajes de protección, entraron por la puerta trasera de la biblioteca. Dos de ellos se quedaron en el interior para examinar a los heridos que pudieran encontrarse entre la multitud. Cuatro de ellos salieron por la puerta frontal y corrieron agachados por la plaza, poniéndose a cubierto tras el muro. Arrastrándose, se acercaron a los cadáveres, y confirmaron que todos habían fallecido. Continuaron allí, tendidos en el suelo e inmóviles, junto a los cuerpos. «Nada de exponerse innecesariamente hasta que el parking haya sido registrado», había dicho Emerson.

Emerson estacionó el coche en doble fila a dos manzanas de la plaza. Ordenó a un sargento que registrara el parking de arriba abajo, comenzando desde el extremo suroeste. Los policías uniformados registraron el cuarto nivel. Luego el tercero, el segundo, el primero. La zona vieja representaba un problema. Estaba mal iluminada y llena de coches. Cada vehículo podía ser un escondite. Alguien que estuviera dentro, debajo, o detrás. Pero no encontraron a nadie. No tuvieron demasiados problemas con la zona en obras. No estaba en absoluto iluminada, pero no había ningún coche aparcado por allí. Los policías volvieron a bajar por las escaleras e iluminaron cada nivel con la luz de sus linternas.

No había nadie.

El sargento se tranquilizó y les llamó.

—Buen trabajo —dijo Emerson.

Y era un buen trabajo. Como habían registrado desde el extremo suroeste en adelante, el extremo noreste quedaba totalmente intacto. No se había manipulado nada. Así pues, debido a la suerte o al buen juicio, el departamento de policía había llevado a cabo una actuación impecable en la primera fase de lo que finalmente sería una investigación impecable de principio a fin.

Hacia las siete de la tarde empezó a oscurecer. Ann Yanni había estado en antena once veces. Tres de ellas para toda la cadena, ocho solo para la localidad. Personalmente, estaba algo desilusionada con aquella media. Percibía un leve escepticismo de las oficinas de la cadena. *Cuanta más sangre, más noticia*, era el credo de cualquier noticiario, pero la sangre estaba allí mismo, lejos de Nueva York o Los Ángeles. No estaba sucediendo en ninguna zona residencial impecable de

Washington DC. Tenía pinta de ser obra de algún pirado de ciudad. No cabía ninguna posibilidad real de que alguien *importante* pudiese haber sido víctima de lo sucedido. Por lo tanto, no era material de máxima audiencia. Y en realidad Ann no tenía demasiado que explicar. Todavía no se había reconocido a ninguna de las víctimas, a ninguno de los masacrados. El departamento local de policía permanecía en silencio hasta comunicar la noticia a cada una de las familias afectadas. Así pues, Ann no tenía ninguna historia de la vida de las víctimas que poder compartir con el público. No estaba segura de cuáles de los varones fallecidos eran padres de familia. O fieles de la iglesia. No sabía si la mujer era madre o esposa. Tampoco tenía demasiadas imágenes que mostrar. Solamente una multitud creciente de personas que la policía mantenía retenida con sus barricadas a cinco manzanas de la escena, una imagen en la lejanía de First Street de color gris, y primeros planos ocasionales del parking, desde donde, según todo el mundo, se suponía que el francotirador había disparado.

Hacia las ocho en punto, Emerson había hecho muchos progresos. Sus chicos habían tomado cientos de declaraciones. El sargento primero Kelly del cuerpo de marines continuaba estando seguro de que había oído seis disparos. Emerson se inclinó a creerle. Se podía confiar en los marines en asuntos de aquel calibre, presumiblemente. Más tarde, un tipo mencionó que quizás su teléfono móvil estuviera en el aire durante lo sucedido, conectado a un buzón de voz. La compañía de teléfono recuperó la grabación, en la cual podían oírse débilmente seis disparos. Pero los médicos forenses habían contado solo cinco heridas de bala, cinco víctimas. Por lo tanto, faltaba una bala. Otros tres testigos fueron imprecisos, pero los tres coincidieron en que habían visto unas cuantas gotas de agua chapotear en el estanque.

Emerson ordenó que vaciaran la piscina.

La policía se encargó. Colocaron focos, desactivaron la fuente y utilizaron una bomba que succionó el agua hasta trasladarla a las alcantarillas de la ciudad. Calcularon que podría haber unos trescientos mil litros de agua, y que habrían terminado en una hora.

Mientras tanto, los técnicos de la escena del crimen utilizaban pajitas de beber y punteros láser para calcular la trayectoria que había producido las muertes. Pensaron que la trayectoria hasta la primera víctima sería la más fiable. En teoría, la primera víctima avanzaba resueltamente por la plaza, de izquierda a derecha, cuando ocurrió el primer disparo. Después, era posible que las siguientes víctimas se estuviesen moviendo, girando o agitando de manera impredecible. Así pues, los técnicos basaron sus conclusiones solo en el primer hombre. Tenía la cabeza hecha un desastre, pero parecía evidente que la bala había entrado por la parte izquierda superior y había descendido hacia la derecha. Un técnico permaneció de pie en la escena del crimen, mientras el otro le acercó una caña al lateral de la cabeza, formando un ángulo y sujetándola firmemente. Luego, el primer hombre se apartó y un tercero apuntó con el láser a través de la caña. Apareció un diminuto punto rojo en la esquina noreste de la zona nueva del aparcamiento, en el segundo nivel. Los testigos habían declarado que habían visto destellos a aquella altura y la ciencia confirmaba sus declaraciones.

Emerson envió a sus investigadores al aparcamiento, advirtiéndoles que se tomaran todo el tiempo que necesitaran. Pero les pidió que no volvieran sin algo.

Ann Yanni abandonó a las ocho y media la torre negra de cristal junto a un cámara, y se dirigió hacia la zona precintada, a cinco manzanas. Supuso que podría identificar a algunas de las víctimas mediante un proceso de eliminación. Quizás acudiera gente cuyo familiar no hubiese ido a cenar, gente desesperada por conseguir algún tipo de información. Rodó veinte minutos de cinta. No obtuvo ninguna información en absoluto, sino veinte minutos de llantos, lamentos y absoluta incredulidad. La ciudad entera se encontraba dolorida y conmocionada. Había comenzado sintiéndose orgullosa por estar en mitad de todo aquello, y terminó con lágrimas en los ojos y el estómago revuelto.

El aparcamiento fue el punto de partida del caso. Un paraíso. Un tesoro encontrado. Un policía a tres manzanas de lo sucedido había recogido la declaración de un testigo que solía estacionar en aquel parking. Según el testigo, la última plaza del segundo nivel se encontraba bloqueada por un cono de tráfico de color naranja. Por lo cual, se había visto forzado a abandonar el garaje y aparcar en otro lugar, cosa que le molestó bastante. Un funcionario dijo que aquel cono no se había colocado allí por ninguna razón oficial. De ninguna manera. No podía ser. No había razón alguna para ello. Así pues, metieron el cono en una bolsa y se lo llevaron como prueba. Había cámaras de seguridad discretamente situadas en la entrada y en la salida, conectadas a un aparato de vídeo en un cuarto de mantenimiento. Extrajeron la cinta y se la llevaron. Más tarde, supieron que la ampliación se había interrumpido a causa de falta de fondos y que llevaban sin trabajar en ella dos semanas. Por lo tanto, cualquier cosa que hubiese sucedido allí hacía menos de dos semanas no tenía nada que ver con las obras.

Los expertos en la escena del crimen comenzaron con la cinta amarilla y negra que decía «Precaución. No pasar». Lo primero que encontraron fueron restos de tejido azul de algodón sobre el hormigón rugoso, justo por debajo de la cinta. Se trataba únicamente de pelusa de fibras, apenas visible. Posiblemente de alguien que se había apoyado sobre una rodilla para pasar por debajo, y había dejado restos del tejido de los vaqueros. Fotografiaron las fibras y seguidamente las recogieron con una cinta adhesiva de plástico transparente. A continuación, llevaron focos y los colocaron a ras del suelo, enfocando el polvo de cemento que se había acumulado durante dos semanas. Distinguieron las pisadas claramente. Estaban perfectamente definidas. El técnico al mando telefoneó a Emerson con su Motorola.

—Llevaba unos zapatos extraños —le dijo.

—¿Qué clase de zapatos?

—¿Conoces la suela de crepé? Es un tipo de goma cruda. Casi sin refinar. Muy absorbente. Engancha todo lo que toca. Si damos con ese tipo, encontraremos en la suela de sus zapatos polvo de cemento. También tiene un perro en casa.

—¿Un perro?

—Hay pelo de perro en el hormigón, procedente de la suela de los zapatos. También hemos encontrado fibras de moqueta. Probablemente de la alfombra de su casa o de la del coche.

—Seguid buscando —dijo Emerson.

A las nueve menos diez, Emerson recibió instrucciones del capitán de policía para ofrecer una rueda de prensa. Le contó todo. Era decisión del capitán qué contar y qué ocultar.

—Seis disparos y cinco muertos —dijo Emerson—. Todos en la cabeza. Apuesto a que se trata de un tirador entrenado. Probablemente un exmilitar.

—¿O un cazador? —preguntó el capitán.

—Hay una gran diferencia entre disparar a un ciervo y disparar a una persona. La técnica puede que sea la misma, pero no los sentimientos.

—¿Hicimos bien en no meter en esto al FBI?

—No se trata de terrorismo, sino de un chiflado en solitario. Ya lo hemos visto en ocasiones anteriores.

—Quiero estar seguro al decirles que lo vamos a detener.

—Lo sé.

—Y bien, ¿muy seguro?

—Hasta el momento hemos conseguido pruebas, pero no demasiadas.

El capitán asintió, pero no dijo nada.

A las nueve en punto exactamente, Emerson recibió una llamada del patólogo. Su equipo había examinado las cinco cabezas con rayos X. Daños masivos, heridas de entrada y salida, ninguna bala alojada.

—Punta hueca —dijo el patólogo—. Entraron y salieron.

Emerson se volvió y miró hacia el estanque. «Seis balazos», pensó. Cinco entraron y salieron, y la otra bala no había aparecido. Finalmente la piscina se vació sobre las nueve y cuarto. Las mangueras del cuerpo de bomberos comenzaron a aspirar aire. Lo único que quedaba era un milímetro de suciedad y un montón de basura. Emerson volvió a orientar los focos y metió a doce reclutas de la academia entre los muros. Seis comenzaron a rastrear un lado y seis el otro.

Los agentes encontraron en la zona nueva del aparcamiento cuarenta y ocho pisadas de ida y cuarenta y cuatro de vuelta. Los pasos parecían firmes pero cautelosos en el trayecto de ida, y algo más largos a la vuelta. Como si tuviese prisa. Las pisadas correspondían al número cuarenta y cinco. Encontraron fibras de tejido en la última columna a la altura del hombro, antes de llegar al extremo noreste. Algodón sintético, a ojo, de un abrigo de color pálido. Parecía como si el tipo hubiese presionado la espalda contra el compacto hormigón y, seguidamente, se hubiese rozado por la columna para mirar hacia la plaza. Encontraron mucho más polvo sobre el suelo, entre la columna y el muro que delimitaba el aparcamiento. También más fibras del abrigo y otras de color azul, al igual que restos diminutos de suela de crepé vieja de color claro.

—Se arrastró por el suelo —dijo el agente de la escena del crimen que estaba al mando—. Se apoyó con las rodillas y los codos a la ida; y con las rodillas, dedos de los pies y codos al volver. Cuando encontremos sus zapatos, veremos que están rozados en la parte de delante.

Descubrieron el lugar donde el hombre se había sentado y arrodillado. Justo en frente, había rozaduras de barniz en el borde del muro.

—Colocó aquí su arma —continuó—. La movió hacia adelante y hacia atrás, hasta que la estabilizó.

Se inclinó y miró fijamente por encima de las rozaduras del muro, como si estuviera apuntando con un rifle. Vio a Emerson, paseando frente al estanque vacío, a menos de treinta y cinco metros de distancia.

Los reclutas de la academia estuvieron treinta minutos en la piscina vacía y salieron con cantidad de desperdicios varios, unos ocho dólares en centavos y seis balas. Cinco de ellas no eran más que bolas de plomo deformadas, pero una permanecía completamente intacta. Se trataba de una bala de punta hueca, perfectamente fundida. Casi con toda seguridad se trataba de una 308. Emerson llamó al jefe de detectives de la escena del crimen que se encontraba en el aparcamiento.

—Te necesito aquí abajo —le dijo.

—No, yo te necesito aquí arriba —contestó el agente.

Emerson subió al segundo nivel y encontró a todos los agentes agachados juntos, con las linternas alumbrando hacia una rendija estrecha que había en el hormigón.

—Una junta de expansión —le dijo el técnico—. Y mira lo que ha caído.

Emerson se inclinó, miró hacia abajo y vio el destello del metal.

—Un casquillo de bala —dijo.

—El tipo cogió los demás. Pero este se le cayó.

—¿Huellas? —preguntó Emerson.

—Esperemos que sí —contestó—. No demasiada gente se pone guantes para cargar la recámara.

—¿Cómo vamos a sacarlo de ahí?

El técnico se puso de pie y enfocó con la linterna una caja de fusibles que había en el techo. A su lado, había otra nueva, llena de cables sin conectar, enrollados. Volvió a mirar hacia el suelo y vio una montaña de restos de material abandonado. Escogió un cable de cincuenta centímetros de longitud. Lo limpió y lo dobló formando una L. El cable era firme y fuerte. Probablemente de calidad superior al tipo de instalaciones eléctricas que iba a tener el parking. Pensó que quizás por eso se hubiera interrumpido el proyecto. Quizás la ciudad invertía de forma equivocada.

Hizo descender el cable por la junta. Cuando llegó al fondo, introdujo suavemente el extremo en el casquillo. A continuación, subió el cable con mucho cuidado, para no rozarlo. Lo metió en una bolsa de plástico como prueba.

—Nos vemos en la comisaría —le dijo Emerson— dentro de una hora. Voy a avisar al fiscal del distrito.

Comenzó a caminar en paralelo a las pisadas encontradas. Luego se detuvo, cerca de la plaza vacía de aparcamiento.

—Vaciad el parquímetro —dijo—. Examinad todas las monedas.

—¿Por qué? —preguntó el agente—. ¿Crees que ha pagado?

—Por si acaso.

—Tendría que estar loco para pagar en un parking justo antes de cargarse a cinco personas.

—No te cargas a cinco personas a menos que estés loco.

El agente se encogió de hombros. ¿Vaciar el parquímetro? Pero supuso que Emerson debía de ser un detective perspicaz, así que llamó al funcionario.

En este punto, se contactaba con la oficina del fiscal del distrito, ya que el proceso judicial era responsabilidad del mismo. No era el departamento de policía quien ganaba o perdía un juicio, sino el fiscal del distrito. Así pues, la oficina del fiscal debía evaluar las pruebas. ¿Tenían caso? ¿Se trataba de un caso claro? Era como un ensayo, un juicio antes del juicio. Esta vez, debido a la magnitud, Emerson se representó a sí mismo frente al fiscal, el cual había salido reelegido tras las elecciones.

Se celebró una reunión en la oficina de Emerson por parte de este, el experto al mando de escenas de crimen y el fiscal. El fiscal se llamaba Rodin, abreviatura de un nombre ruso que había sido mucho más largo antes de que sus tatarabuelos llegaran a América. Rodin tenía cincuenta años, era delgado, estaba en forma y era muy prudente. Su oficina poseía un porcentaje extraordinario de victorias, debido principalmente a no interponer una acción judicial a menos de estar completamente seguro. Si no poseía la máxima certeza, no consideraba el caso y relegaba a la policía. Al menos, así lo veía Emerson.

—Necesito que me deis buenas noticias —dijo Rodin—. La ciudad entera está histérica.

—Sabemos cómo sucedió exactamente —le explicó Emerson—. Podemos describir cada uno de sus pasos.

—¿Sabéis quién fue? —preguntó Rodin.

—Aún no. Por el momento no lo sabemos.

—Entonces explicadme cómo fue.

—Tenemos imágenes en blanco y negro de la cámara de seguridad. Muestran una furgoneta de color claro entrando en el parking once minutos antes de que sucedieran los hechos. No se ve la matrícula debido al polvo y la suciedad, y el ángulo de la cámara tampoco era bueno. Pero probablemente sea una Dodge Caravan, usada, con las ventanas opacas. En estos momentos también estamos examinando cintas anteriores, ya que es evidente que había entrado al garaje con anterioridad y había bloqueado ilegalmente una plaza con un cono de tráfico robado de alguna obra de la ciudad.

—¿Se ha probado tal robo?

—Así es —dijo Emerson.

—Quizás trabaje en el departamento de urbanismo de la ciudad.

—Tal vez.

—¿Crees que el cono es de First Street?

—Toda la ciudad está en obras.

—First Street es la más cercana.

—La verdad es que no me importa de dónde sea el cono.

Rodin asintió.

—Entonces, ¿se reservó una plaza de parking?

Emerson asintió.

—Justo donde empieza la ampliación. Por eso el cono parecía legal. Tenemos un testigo que dice haberlo visto en la plaza al menos una hora antes. Y el cono tiene huellas. Muchísimas. Hay una huella de pulgar derecho e índice que coinciden con las huellas que aparecen en una moneda que encontramos en el parquímetro.

—¿Pagó por estacionar?

—Evidentemente.

Rodin hizo una pausa.

—No es un argumento firme —dijo—. La defensa afirmará que colocó el cono por una razón inocente. Ya sabes, egoísta, pero inocente. Y la moneda podía llevar días en el parquímetro.

Emerson sonrió. *Los policías piensan como policías, y los abogados piensan como abogados.*

—Hay más —prosiguió—. Aparcó y se dirigió a la obra nueva. En varios puntos del trayecto dejó pruebas del calzado y de la ropa. Y se llevó con él restos de polvo de cemento. Bastante, probablemente.

Rodin sacudió la cabeza.

—Eso solo le asocia a la escena del crimen en las últimas dos semanas. Eso es todo. No es lo bastante específico.

—Podemos averiguar de qué arma se trata —dijo Emerson.

Aquello captó la atención de Rodin.

—Falló un disparo —continuó aquel—, que fue a parar al interior de la piscina. ¿Y sabes qué? Exactamente de esa manera realiza balística la prueba de un arma, disparando al interior de un enorme tanque de agua. El agua reduce la velocidad de la bala, hasta detenerla, sin producir ningún daño. Así pues, tenemos una bala completamente original, y solo tenemos que relacionarla con un rifle en particular.

—¿Podrán dar con el rifle?

—Hay restos de barniz en el muro donde apoyó el arma.

—Eso está bien.

—Por supuesto. Encontraremos el rifle, y el barniz y las rozaduras del arma encajarán. Igual que la prueba de ADN.

—¿Vais a encontrar el rifle?

—Encontramos también un casquillo con marcas producidas por el mecanismo de eyección. Es decir, tenemos una bala y un casquillo. Juntas vinculan el arma con el crimen. Las rozaduras vinculan el arma con el parking. El parking vincula el crimen con el tipo cuyas pruebas hemos encontrado.

Rodin no contestó. Emerson sabía que estaba pensando en el juicio. Las pruebas técnicas a veces resultan difíciles de comprender. Carecen de dimensión humana.

—En el casquillo hay huellas dactilares —dijo— de cuando cargó la recámara. Se trata del mismo pulgar derecho e índice que aparecen en el cuarto de dólar del parquímetro y en el cono de tráfico. En consecuencia, podemos asociar el crimen con el arma, el arma con la munición, y la munición con el tipo que cargó el arma. ¿Lo ves? Todo tiene una conexión. El tipo, el arma, el crimen. Todo encaja.

—¿La cinta de vídeo muestra la furgoneta saliendo?

—Noventa segundos después de que se realizase la primera llamada a la policía.

—¿Quién es él?

—Lo sabremos en cuanto tengamos los resultados del banco de huellas.

—Siempre que su huella esté en los archivos.

—Creo que era un tirador militar —dijo Emerson—. Todo el personal militar aparece en los archivos. Es solo cuestión de tiempo.

Era cuestión de cuarenta y cinco minutos. Un oficinista llamó a la puerta y entró. Llevaba un fajo de papeles con un nombre, una dirección y un historial médico impresos. También información suplementaria de todo tipo, como una foto del permiso de conducir. Emerson cogió el papel y le echó una ojeada. Luego otra. Al fin sonrió. Exactamente seis horas después de que sucediera el primer disparo, ya tenían la situación controlada. «Un caso ganado.»

—Se llama James Barr —dijo Emerson.

Hubo un silencio en la oficina.

—Tiene cuarenta y un años. Vive a veinte minutos de aquí. Sirvió al ejército de Estados Unidos. Se retiró con honores hace catorce años. Especialista de infantería, lo que supongo que significará francotirador. Según los archivos del departamento de tráfico, conduce un Dodge Caravan de seis años de antigüedad, color beige.

Les pasó los papeles a Rodin por encima de la mesa. Rodin los tomó y los examinó detenidamente. Una vez, dos, con atención. Emerson vio sus ojos. Vio a Rodin pensar «el tipo, el arma, el crimen». Era como mirar a una máquina tragaperras de Las Vegas con tres cerezas seguidas. *¡Bin, bin, bin!* Con seguridad.

—James Barr —dijo Rodin, como si saboreara el sonido de aquellas palabras. Separó la fotografía del permiso de conducir y la miró—. James Barr, bienvenido a tu infierno particular, señor.

—Amén —dijo Emerson, esperando recibir una enhorabuena.

—Conseguiré las órdenes —dijo Rodin— de arresto y registro de la casa y el coche. Los jueces harán fila para firmarlas.

Se marchó y Emerson llamó al jefe de policía para informarle de las buenas noticias. Había que preparar una rueda de prensa para las ocho en punto del día siguiente y dejaba a Emerson a cargo de todo. Emerson se lo tomó como la enhorabuena que esperaba, aunque no le gustaba demasiado la prensa.

Las órdenes estuvieron listas al cabo de una hora, pero tardaron tres en realizar el arresto. En primer lugar, la vigilancia camuflada confirmó que Barr se encontraba en casa. Su residencia era un rancho corriente de una sola planta. Ni demasiado nuevo, ni demasiado viejo. Pintura vieja en la fachada, asfalto nuevo en la entrada. Las luces estaban encendidas y un televisor sonaba en lo que seguramente era el salón. Se podía vislumbrar a Barr en el interior, a través de una ventana iluminada. Parecía estar solo. Más tarde pareció que iba a acostarse. Las luces se apagaron y la casa quedó en silencio. Hubo una pausa. Se trataba del procedimiento habitual utilizado para atrapar a un hombre armado en el interior de un edificio. El equipo SWAT del departamento de policía tomaría el control. Solían utilizar planos de la zona y siempre operaban del mismo modo: rodeaban la zona sin ser vistos, se preparaban para el ataque, asaltaban repentina y violentamente la puerta delantera y la trasera a la vez. Emerson realizaría la detención propiamente, para eso llevaba protección en todo el cuerpo y un casco. Le acompañaría un ayudante del fiscal para comprobar la legalidad del proceso. Nadie quería ofrecer al abogado defensor algo que pudiera aprovechar más adelante. Un equipo de médicos estaba preparado para actuar al instante en caso de que fuera necesario. Dos perros policía entrarían en la casa, debido a la teoría de que pudiera haber un perro allí. En total, había treinta y ocho agentes, todos ellos agotados. La mayoría habían estado trabajando diecinueve horas seguidas. Su horario normal más horas extras. Por eso había mucho nerviosismo y tensión en el ambiente. Todos compartían la opinión de que nadie poseía una sola arma automática. Si alguien tenía una, es que tenía más. Tal vez incluso ametralladoras. Tal vez granadas o bombas.

Pero lo cierto es que el arresto fue como un paseo por el parque. James Barr apenas se despertó. A las tres de la mañana echaron abajo las puertas de su domicilio y le encontraron durmiendo en su cama. Y así permaneció, con quince hombres armados en la habitación apuntándole con quince metralletas y alumbrándole con quince linternas. Se revolvió ligeramente cuando el capitán de los SWAT tiró las almohadas al suelo, buscando armas que pudiera haber escondido. No había ninguna. Abrió los ojos. Murmuró algo que pareció un

¿Qué? y a continuación se dispuso a dormir nuevamente, acurrucado en el colchón, envolviéndose a sí mismo para evitar el repentino frío. Era un hombre de grandes dimensiones. Tenía la piel clara y el pelo oscuro con tintes canosos por todo el cuerpo. El pijama que llevaba le iba pequeño. Parecía descuidado, y aparentaba tener más de cuarenta y un años.

Su perro era un chucho viejo que se despertó de mal humor y apareció tambaleándose procedente de la cocina. El equipo especial con perros lo atrapó enseguida y se lo llevaron a la furgoneta. Emerson se quitó el casco y avanzó entre la multitud congregada en la pequeña habitación. Vio una botella de Jack Daniel's llena hasta las tres cuartas partes, junto a un bote naranja de medicinas también lleno hasta las tres cuartas partes. Se inclinó para mirarlo. Pastillas para dormir, legales, recientes. La etiqueta decía: *Rosemary Barr. Tomar una en caso de insomnio.*

—¿Quién es Rosemary Barr? —preguntó el ayudante del fiscal del distrito—. ¿Está casado?

Emerson echó una mirada a la habitación.

—Parece que no.

—¿Intento de suicidio? —preguntó el capitán de los SWAT.

Emerson negó con la cabeza.

—Se las habría tragado todas. Y también toda la botella de Jack Daniel's. Supongo que el señor Barr tenía problemas para conciliar el sueño esta noche, eso es todo. Tras un ocupado y productivo día.

El ambiente en la habitación era rancio. Olía a sábanas sucias y cuerpo sin lavar.

—Tenemos que tener cuidado —dijo el ayudante del fiscal del distrito—. Ahora mismo se encuentra mermado. Su abogado podrá decir que no se encuentra en todas sus facultades para comprender sus derechos. Mejor que no diga nada. Y si dice algo, no debemos escucharle.

Emerson llamó a los médicos. Les pidió que examinaran a Barr, que se aseguraran de que no estaba fingiendo. Los médicos le rodearon unos minutos, le auscultaron el corazón, comprobaron su pulso, leyeron la etiqueta de la receta. Después le declararon en forma y sano, pero profundamente dormido.

—Psicópata —dijo el capitán de los SWAT—. No le remuerde la conciencia lo más mínimo.

—¿Estamos completamente seguros de que se trata de este tipo? —preguntó el ayudante del fiscal.

Emerson encontró un pantalón plegado sobre una silla y registró en los bolsillos. Sacó una cartera pequeña. Encontró el permiso de conducir. El nombre coincidía, y la dirección también. Y la fotografía era la misma.

—El mismo —dijo.

—Será mejor que no hable —repitió el ayudante—. Tenemos que ceñirnos a la ley.

—De todos modos voy a leerle sus derechos —dijo Emerson—. Tomad nota mentalmente, chicos.

Cogió a Barr por el hombro, quien medio abrió los ojos en respuesta. A continuación, Emerson le recitó sus derechos. El derecho a permanecer en silencio, el derecho a un abogado. Barr intentó mantener los ojos abiertos, pero no pudo. Volvió a quedarse dormido.

—De acuerdo, lleváoslo —dijo Emerson.

Le envolvieron en una manta. Dos policías le arrastraron hasta el exterior de la casa y luego hasta el coche. Un médico y el ayudante del fiscal se subieron al coche con él. Emerson se quedó en la casa y comenzó el registro. Encontró los vaqueros azules con rozaduras en el armario de la habitación. Los zapatos de suela de crepé estaban justo debajo de los pantalones. Estaban llenos de polvo. El abrigo se encontraba en el armario del vestíbulo. La Dodge Caravan en el garaje. El rifle con arañazos en el sótano, junto a otros, en una vitrina pegada a la pared. Bajo ese estante, había cinco pistolas de nueve milímetros. Y cajas de munición, entre ellas una caja medio vacía de balas Lake City M852, de punta hueca del calibre 308. Junto a las cajas, había frascos de cristal con casquillos vacíos en el interior. «Preparados

35

para ser reciclados», pensó Emerson. El frasco colocado en la parte delantera del estante tenía justo cinco casquillos. Metal Lake City. El recipiente estaba destapado, como si esos cinco últimos casquillos se hubiesen guardado recientemente y con prisas. Emerson se inclinó y olfateó. El interior del tarro olía a pólvora. Fría y vieja, aunque no demasiado.

Emerson abandonó la casa de James Barr a las cuatro de la mañana. Le sustituyeron los especialistas forenses, que revisarían toda la casa a fondo. Contactó con el sargento de guardia y confirmó que Barr dormía plácidamente, solo, en una celda bajo supervisión médica las veinticuatro horas del día. Seguidamente Emerson se fue a casa y durmió dos horas, antes de ducharse y vestirse para la conferencia de prensa.

La conferencia de prensa destrozó completamente la noticia. Una noticia necesita que el tipo *aún se encuentre en libertad*. Una historia necesita a un protagonista errante, triste, misterioso, peligroso. Necesita dar miedo. Necesita que las tareas habituales parezcan peligrosas, como echar gasolina, ir de tiendas o dirigirse a la iglesia. Así que haber encontrado al tipo y detenerle antes del segundo noticiario del día, significó un desastre para Ann Yanni. Imaginó lo que las oficinas de la cadena pensarían. *Nada de rodeos. Todo ha terminado. Es historia. Es noticia de ayer*, literalmente. *Seguramente tampoco era para tanto. Solo era un pirado de ciudad demasiado estúpido como para que no le pillasen esa misma noche. Seguramente duerma con su prima y beba cerveza barata.* No había nada siniestro en aquello. Ann emitiría una noticia más de última hora para la cadena, resumiría el crimen e informaría de la detención, y todo habría acabado. De nuevo al anonimato.

Por eso estaba decepcionada, pero se lo tomó bien. Hizo preguntas y habló con tono de admiración. Hacia la mitad de la rueda de prensa comenzó a pensar en un nuevo tema. Una nueva noticia. La gente debía reconocer que el trabajo de la policía había sido impresionante. Y aquel tipo no era un pirado. No necesariamente. La cuestión era que un delincuente peligroso había sido atrapado por un departamento de policía al momento. Justo allá, en el centro del país. En famosos casos anteriores, sucedidos en la costa, se había tardado bastante más tiempo en concluir con el caso. ¿Podría Ann vender aquella historia? Comenzó a esbozar títulos mentalmente. *¿Los más rápidos de América? ¿Los mejores?*

El jefe de policía cedió el puesto a Emerson después de unos diez minutos. Emerson dio todo tipo de detalles acerca de la identidad del sospechoso y su historia. No lo adornó. *Solo los hechos, señorita.* Resumió la investigación. Contestó a las preguntas. No se vanaglorió. Ann Yanni pensó que Emerson creía que habían tenido suerte, que habían conseguido muchas más pruebas de las que normalmente conseguían.

Seguidamente Rodin se acercó. Lo que dijo pareció dar a entender que el departamento de policía había tenido algo que ver con lo sucedido, pero que el trabajo de verdad acababa de empezar. Su oficina supervisaría el caso y tomaría las determinaciones necesarias. Y sí, señorita Yanni, dado que Rodin pensaba que las circunstancias lo justificaban, sin duda alguna se pediría la pena de muerte para James Barr.

James Barr despertó en su celda con una resaca de barbitúricos a las nueve en punto de la mañana del sábado. Inmediatamente le tomaron las huellas y le volvieron a leer sus derechos dos veces. El derecho a permanecer en silencio, el derecho a un abogado. Escogió permanecer en silencio. Algo que no hace mucha gente. Algo que mucha gente no puede hacer. Normalmente la necesidad de hablar es irresistible. Pero James Barr la superó. Simplemente cerró la boca y la mantuvo así. Multitud de personas intentaron hablar con él, pero no recibieron contestación. En ninguna ocasión. Ni una sola palabra. Era algo que a Emerson no le preocupaba. Lo cierto era que Emerson realmente no quería que Barr dijese una sola palabra. Prefería recopilar todas las pruebas, trabajar con ellas, comprobarlas, pulirlas, y conseguir la manera de condenar al culpable *sin* que confesara. Solían ser tan frecuentes las acusaciones que vertía la defensa de que la confesión se había conseguido bajo coacción, que Emerson había aprendido a trabajar sin que el sospechoso confesara. La confesión era la guinda del pastel. En realidad era lo *último* que quería oír, no lo primero. No como en los programas de policías que se emiten en televisión, donde el despiadado interrogatorio es una especie de arte. Emerson, en cambio, se mantenía al margen y dejaba que los forenses completaran su minucioso trabajo.

La hermana de James Barr, Rosemary, era más joven que él. Era soltera y vivía en un apartamento en la zona del centro. Como el resto de la población de la ciudad, estaba conmocionada, angustiada y aturdida. Había visto las noticias el viernes por la noche. Y de nuevo el sábado por la mañana. Oyó decir el nombre de su hermano a un detective de policía. Al principio pensó que se trataba de una equivocación, que lo había entendido mal. Pero el policía volvió a repetirlo. *James Barr, James Barr, James Barr.* Rompió a llorar. Primero lágrimas de confusión, luego lágrimas de horror, y finalmente lágrimas de furia.

Seguidamente se obligó a sí misma a tranquilizarse, y se puso en acción.

Trabajaba como secretaria en una consultoría legal de ocho miembros varones. Como la mayoría de las empresas de las ciudades pequeñas del centro del país, aquella donde trabajaba hacía de todo un poco. Trataba a sus empleados bastante bien. El sueldo no era espectacular, pero otras cosas lo compensaban, como la paga de beneficios, que la llamasen asistente legal en lugar de secretaria o la promesa de que, en caso necesario, pudiese contar con los servicios legales gratis. La mayoría de las veces se trataba de testamentos, divorcios y problemas con el seguro del automóvil por algún accidente. No se trataba de defender a alguien a quien acusaban injustamente de una matanza en pleno centro urbano. Rosemary lo sabía. Pero sintió que debía intentarlo. Porque conocía a su hermano, y sabía que él no podía ser culpable.

Llamó a casa del socio para el cual trabajaba. Llevaba sobre todo asuntos financieros, por lo que a su vez llamó al abogado criminalista de la empresa. El abogado criminalista llamó al director, y este organizó una reunión con todos los miembros a la hora de comer, en el club campestre. Desde un principio el asunto que les ocupó fue rechazar la petición de Rosemary Barr con el mayor tacto posible. No estaban capacitados para defender un crimen de aquella envergadura. Y tampoco dispuestos. Existían implicaciones de tipo social. Hubo un acuerdo inmediato en aquel punto. Pero existía también un sentimiento de lealtad, pues Rosemary Barr era una buena empleada que llevaba trabajando para ellos muchos años. Sabían que no tenía dinero, ya que se encargaban de sus cuentas. Supusieron que su hermano tampoco lo tendría. Y aunque la constitución garantizaba abogados competentes, ellos no tenían muy buena opinión de los abogados de oficio. Así pues, se vieron inmersos en un absoluto dilema ético.

El abogado criminalista lo solucionó. David Chapman era un abogado tenaz, con mucha experiencia, y conocía a Rodin, de la oficina del fiscal del distrito. Le conocía bastante bien. Habría sido imposible no conocerle, en realidad. Eran los dos iguales. Habían crecido en la misma vecindad y trabajaban en el mismo asunto, aunque en lugares opuestos. Así pues, Chapman fue a la sala de fumadores y llamó por el teléfono móvil a la casa del fiscal del distrito. Los dos abogados tuvieron una conversación profunda y sincera. Poco después, Chapman volvió a la mesa.

—No hay nada que hacer —dijo—. El hermano de la señorita Barr es culpable sin ninguna duda. El caso que va a presentar Rodin parecerá sacado de un libro de texto. Qué digo, seguramente *sea* un libro de texto algún día. Poseen todo tipo de pruebas. No hay una sola fisura en toda su acusación.

—¿Te ha hablado con franqueza? —preguntó el director.

—No hay chorradas entre viejos colegas —contestó Chapman.

—¿Y bien?

—Lo único que podríamos hacer es interceder para conseguir una pena menor. Si consiguiéramos reducir la condena de la inyección letal a cadena perpetua, sería toda una victoria. Es todo lo que la señorita Barr o su maldito hermano pueden esperar, con el debido respeto.

—¿Hasta qué punto tendremos que implicarnos? —preguntó el director.

—Solo hasta que se dicte sentencia. Tendrá que declararse culpable.

—¿Y no te importa ocuparte?

—Dadas las circunstancias...

—¿Cuántas horas nos llevará?

—No muchas. Prácticamente no hay nada que podamos hacer.

—¿Qué podemos utilizar para reducir la condena?

—Es un excombatiente de la guerra del Golfo, según creo. Así que seguramente haya estado medicándose. O puede que sufra algún tipo de trauma. Quizás podamos hacer un trato de antemano con Rodin. Puede que consigamos zanjar el tema después de comer.

El director asintió. Se volvió hacia el encargado de finanzas.

—Dile a tu secretaria que haremos todo cuanto esté en nuestra mano para ayudar a su hermano en estos malos momentos.

Barr fue trasladado del calabozo de la comisaría a la prisión del condado antes de que su hermana o Chapman tuvieran oportunidad de verle. Le quitaron la manta y el pijama, y le vistieron con ropa interior de papel, un mono naranja y un par de sandalias de goma. La prisión del condado no era un lugar agradable en donde estar. Olía mal y había mucho ruido. Estaba atestada de gente y las tensiones sociales y étnicas, que en la calle se mantenían bajo control, allí fluían con libertad. Había tres hombres apiñados en cada una de las celdas, y faltaba personal de vigilancia. A los nuevos los llamaban peces, y se veían obligados a arreglárselas solos.

Pero dado que Barr había estado en el ejército, el choque cultural fue menor de lo que podría haber sido. Sobrevivió como un pez durante dos horas, y enseguida le acompañaron a una sala de interrogatorio. Le dijeron que un abogado le estaba esperando. Encontró una mesa y dos sillas sujetas al suelo, en un cubículo sin ventanas. En una de las sillas había un tipo al que le pareció conocer de algo. Sobre la mesa había una grabadora de bolsillo, parecida a un *walkman*.

—Me llamo David Chapman —dijo el hombre que había sentado en la silla—. Soy abogado defensor criminalista. Su hermana trabaja en mi empresa. Nos pidió que le ayudáramos.

Barr no dijo nada.

—Así que aquí me tiene —continuó Chapman.

Barr no dijo nada.

—Estoy grabando esta conversación en una cinta —dijo Chapman—. Supongo que no le importará.

Barr no dijo nada.

—Creo que coincidimos en una ocasión —prosiguió Chapman—. ¿Un año en nuestra fiesta de Navidad?

Barr no dijo nada.

Chapman esperó.

—¿Le han explicado los cargos que se le imputan? —preguntó.

Barr no dijo nada.

—Los cargos son muy serios —dijo Chapman.

Barr continuó callado.

—No puedo ayudarle si usted mismo no se ayuda —insistió Chapman.

Barr simplemente le miró. Permaneció sentado, calmado y en silencio, durante unos minutos eternos. Después se inclinó sobre la grabadora y habló por primera vez desde la tarde del día anterior.

—Tienen al hombre equivocado —dijo.

—Tienen al hombre equivocado —dijo Barr nuevamente.

—Pues entonces hábleme del tipo correcto —dijo Chapman inmediatamente. Se le daba bien la táctica de los abogados. Sabía cómo conseguir el buen ritmo. Pregunta, respuesta, pregunta, respuesta. Así era como se conseguía que una persona se abriera.

Pero Barr permaneció en silencio una vez más.

—Aclaremos esto —dijo Chapman.

Barr no contestó.

—¿Lo está usted *negando*? —le preguntó Chapman.

Barr no dijo nada.

—¿Lo está haciendo?

No recibió respuesta.

—Las prueban hablan por sí solas —dijo Chapman—. Me temo que es algo que no se puede negar. Ahora no puede jugar a hacerse el tonto. Tenemos que hablar de *por qué* lo hizo. Eso es lo que nos puede ayudar.

Barr no dijo nada.

—¿Quiere que le ayude? —dijo Chapman—. ¿O no?

Barr no dijo nada.

—Quizá se deba a su experiencia en la guerra —dijo Chapman—. O a estrés postraumático. O a algún tipo de problema mental. Tenemos que centrarnos en el motivo.

Barr no dijo nada.

—Negarlo no es inteligente —dijo Chapman—. Las pruebas están ahí.

Barr no dijo nada.

—Negarlo no es una opción —continuó Chapman.

—Tráigame a Jack Reacher —dijo Barr.

—¿A quién?

—A Jack Reacher.

—¿Quién es? ¿Un amigo?

Barr no dijo nada.

—¿Un conocido? —preguntó Chapman.

Barr no dijo nada.

—¿Algún conocido?

—Solo tráigamelo.

—¿Dónde está? ¿*Quién* es?

Barr no dijo nada.

—¿Jack Reacher es doctor? —insistió Chapman.

—¿Doctor? —repitió Barr.

—¿Es doctor? —preguntó nuevamente Chapman.

Pero Barr no volvió a hablar. Se levantó y avanzó hacia la puerta del cubículo. La golpeó hasta que el carcelero abrió y le llevó de vuelta a su celda atestada.

Chapman organizó una reunión en la consultoría con Rosemary Barr y el investigador de la empresa. El investigador era un policía retirado que trabajaba para la mayoría de las consultorías legales de la ciudad como detective privado, con licencia. Se llamaba Franklin. Era todo lo contrario a los detectives que salen por televisión. Llevaba a cabo el trabajo desde su escritorio con la ayuda de guías telefónicas y bases de datos informáticas. No salía a la calle, no llevaba pistola, no tenía sombrero. Sin embargo, nadie le igualaba cuando se trataba de comprobar hechos y seguir rastros. También tenía numerosos amigos en el departamento policial.

—Las pruebas son sólidas como rocas —dijo—. Eso es lo que he oído. Emerson estuvo al mando, y es bastante de fiar. Así como Rodin, aunque por diferentes razones. Emerson es frío, y Rodin un cobarde. Ninguno de los dos afirmaría tales cargos si las pruebas no les respaldaran.

—Es que no puedo creer que él lo hiciera —dijo Rosemary Barr.

—Bueno, de hecho él parece negarlo —dijo Chapman—. O es lo

que me pareció entender. Y pidió ver a Jack Reacher. Alguien a quien conoce o conoció. ¿Alguna vez oíste ese nombre? ¿Sabes quién puede ser?

Rosemary negó con la cabeza. Chapman escribió el nombre *Jack Reacher* en un trozo de papel y se lo pasó a Franklin por encima de la mesa.

—Yo opino que quizás se trate de un psiquiatra. El señor Barr hizo referencia a él justo después de que yo le hablase de la solidez de las pruebas. Así que este tal Reacher quizás pueda ayudarnos con el proceso de reducción de condena. Quizás haya tratado al señor Barr en el pasado.

—Mi hermano nunca ha visitado a un psiquiatra —afirmó Rosemary Barr.

—¿Estás completamente segura?

—Nunca.

—¿Cuánto tiempo lleva tu hermano en la ciudad?

—Catorce años. Desde que dejó el ejército.

—¿Estuviste cerca de él?

—Vivíamos en la misma casa.

—¿En su casa?

Rosemary Barr asintió.

—Pero ya no vives allí.

Rosemary Barr apartó la mirada.

—No —dijo—. Me marché.

—¿Puede ser que tu hermano hubiese estado viendo a un psiquiatra después de que te marcharas?

—Me lo habría contado.

—De acuerdo. ¿Y anteriormente? ¿Durante el tiempo que estuvo en el ejército?

Rosemary Barr no contestó. Chapman volvió a dirigirse a Franklin.

—Entonces, tal vez ese Reacher fuese doctor en el ejército —dijo—. Tal vez tenga información sobre un antiguo trauma. Podría sernos de ayuda.

Franklin cogió el trozo de papel.

—En tal caso le encontraré —dijo.

—De todos modos, no deberíamos hablar de reducción de condena —dijo Rosemary Barr—, sino de duda razonable. De *inocencia*.

—Las pruebas son demasiado sólidas —dijo Chapman—. Utilizó su propia arma.

Franklin pasó tres horas intentando contactar con Jack Reacher sin éxito. Primero rastreó las asociaciones psiquiátricas. Nada. Luego buscó en Internet los grupos de apoyo para los excombatientes de la guerra del Golfo. Ni rastro. Probó con Lexis-Nexis y con los demás organismos. Nada. Entonces volvió al principio y entró en la base de datos del Centro Nacional de Personal. En él aparecían militares actuales y retirados. Encontró así el nombre de Jack Reacher con bastante facilidad. Reacher se había alistado en el ejército en 1984 y lo había abandonado con honores en 1997. James Barr se había alistado en 1985 y se había retirado en 1991. Así pues, había una coincidencia de seis años. Pero Reacher no era doctor ni psiquiatra. Había sido un policía militar, un oficial, comandante. Quizás un investigador de alto rango. Barr había terminado convirtiéndose en un humilde especialista E-4 de infantería, no de la policía militar. Entonces, ¿qué era lo que relacionaba a un comandante de policía militar con un soldado E-4 de la infantería? Algo importante, obviamente; si no, Barr no le habría mencionado. Pero ¿qué?

Al cabo de tres horas, Franklin supuso que no lo descubriría, porque la pista de Reacher se perdía después de 1997, completa y totalmente. No había rastro de él en ninguna parte. Continuaba vivo, según los archivos de la seguridad social. No se encontraba en prisión, según el Centro Nacional de Información Criminal. Pero había desaparecido. No figuraba en ninguna cuenta. No aparecía como propietario de ningún inmueble, automóvil o barco. No tenía deudas ni embargos. No tenía dirección ni número de teléfono. Ninguna orden pendiente, ni procesos judiciales. No estaba casado ni tenía hijos. Era un fantasma.

James Barr pasó esas mismas tres horas envuelto en serios problemas. Comenzaron en cuanto salió de su celda. Giró hacia la derecha, en dirección a las cabinas. El pasillo era estrecho. Tropezó con un tipo, chocando hombro con hombro. Entonces cometió un grave error. Levantó los ojos del suelo, le miró y se disculpó.

Un gran error, porque un pez no podía tener contacto visual con otro prisionero sin que ello supusiera una ofensa. Eran cosas de la cárcel. Cosas que él no entendía.

El tipo a quien miró era mexicano. Llevaba tatuajes propios de bandas callejeras, pero Barr no los reconoció. Otro gran error. Debería haber fijado la vista en el suelo nuevamente, apartarse y esperar a que sucediera lo mejor. Pero no fue así.

En lugar de eso, dijo:

—Perdón.

A continuación elevó las cejas y sonrió, a modo de disculpa.

Una gran equivocación. Familiaridad y atrevimiento.

—¿Qué estás mirando? —dijo el mexicano.

En ese momento, James Barr comprendió la situación por completo. *¿Qué estás mirando?* Era una pregunta bastante abierta: barracones, barrotes, rincones, pasillos a oscuras... No era la respuesta que le gustara oír a nadie.

—Nada —dijo, consciente de haber empeorado la situación.

—¿Me estás llamando nada?

Barr volvió a mirar al suelo y se alejó, pero ya era demasiado tarde. Sintió la mirada del mexicano clavada en la espalda y renunció a la idea de la cabina. Los teléfonos estaban situados en un pasillo sin salida y no quería sentirse acorralado. Así que tomó el camino más largo en el sentido de las agujas del reloj y se encaminó de nuevo a su celda. Consiguió llegar. No miró a nadie ni habló con nadie. Se tumbó en su litera. Unas dos horas después se sintió bien, pensando que podría con aquel machito fanfarrón. Superaba al mexicano en tamaño. Era como dos mexicanos juntos.

Quería llamar a su hermana y saber si estaba bien.

Se dirigió de nuevo hacia las cabinas.

Nadie le molestó. Las cabinas se encontraban en un espacio reducido. Había cuatro teléfonos en la pared, cuatro hombres hablando, cuatro colas de hombres esperando. Ruido, pisadas, risas dementes, impaciencia, frustración, ambiente rancio, olor a sudor, a pelo sucio y a orina maloliente. Lo normal en una cárcel, según la idea preconcebida de James Barr.

Pero lo que sucedió a continuación no fue normal.

Los hombres que Barr tenía delante se esfumaron. Simplemente desaparecieron. Se borraron de su vista. Los que estaban hablando por teléfono colgaron a mitad de frase y le esquivaron. Los que estaban esperando se alejaron. En una fracción de segundo el pasillo pasó de estar lleno de gente y ruido a estar desierto y en silencio.

James Barr se volvió.

Vio al mexicano de los tatuajes. Llevaba un cuchillo en la mano y detrás de él doce amigos. El cuchillo era un mango de cepillo dental de plástico con una punta afilada similar a un estilete pegada con cinta adhesiva. Los amigos eran jóvenes fornidos, con idénticos tatuajes. En la cabeza llevaban el pelo afeitado formando extraños dibujos.

—Esperad —dijo Barr.

Pero no le hicieron caso, y al cabo de unos minutos Barr entró en estado de coma. Le encontraron un rato después, en el suelo, hecho papilla, con múltiples navajazos, el cráneo partido y hemorragias internas. Tras lo sucedido, empezaron a correr rumores por la prisión. Barr había faltado al respeto a los latinos. Pero también decían que no se había dejado vencer. Así pues, había indicios de admiración hacia él. Los mexicanos también habían sufrido lo suyo, aunque ni por asomo tanto como James Barr. Le trasladaron al hospital de la ciudad y le intervinieron para reducir la presión del cerebro, que tenía inflamado. Luego le llevaron a la unidad de cuidados intensivos, en estado de coma. Los médicos no estaban seguros de que volviera a despertar. Tal vez en un día, tal vez en una semana, o en un mes. Tal vez nunca. En realidad, no lo sabían, y tampoco les importaba. Todos ellos vivían en la ciudad.

El alcaide de la prisión llamó a Emerson entrada la noche. Seguidamente Emerson llamó a Rodin y le explicó lo ocurrido. A continuación Rodin llamó a Chapman y también se lo contó. A su vez, Chapman llamó a Franklin.

—¿Y entonces ahora qué pasa? —preguntó Franklin.

—Nada —dijo Chapman—. Estamos en punto muerto. No se puede procesar a alguien que está en coma.

—¿Y qué pasará cuando despierte?

—Si se recupera, entonces se seguirá adelante, supongo.

—¿Y si no se recupera?

—Entonces no habrá juicio. No se puede procesar a un vegetal.

—¿Y qué hacemos ahora?

—Nada —dijo Chapman—. Tampoco nos lo estábamos tomando muy en serio. Tenemos la certeza de que Barr es culpable, y no hay mucho que se pueda hacer por él.

Franklin llamó a Rosemary Barr para contarle lo sucedido, ya que no estaba seguro de que alguien más se hubiese molestado en hacerlo. Y en efecto, nadie la había llamado. Así que le dio la noticia él mismo. Rosemary Barr no expresó demasiado sus emociones. Únicamente enmudeció, como si sufriese una sobrecarga emocional.

—Imagino que debería ir al hospital —dijo.

—Si quieres —dijo Franklin.

—Es inocente, sabes. Esto es tan injusto.

—¿Le viste ayer?

—¿Quieres decir si puedo ser su coartada?

—¿Puedes?

—No —dijo Rosemary Barr—. No puedo. No sé dónde estuvo ayer ni lo que estuvo haciendo.

—¿Asiste a algún lugar regularmente? Cines, bares, algo así.

—La verdad es que no.

—¿Amigos con quienes quede?

—No estoy segura.

—¿Novias?

—Ninguna que le dure demasiado.

—¿Visita a otros parientes?

—Solo estamos nosotros dos, él y yo.

Franklin no dijo nada. Hubo una pausa larga y distraída.

—¿Qué pasará ahora? —preguntó Rosemary Barr.

—No lo sé exactamente.

—¿Encontraste a la persona a la que nombró?

—¿Jack Reacher? No, me temo que no. Ni rastro.

—¿Seguirás buscando?

—La verdad es que no hay nada más que pueda hacer.

—Entiendo —dijo Rosemary Barr—. Entonces tendremos que conseguirlo sin él.

Pero en aquel momento mientras hablaban por teléfono, aquella noche del sábado, Jack Reacher iba en camino.

2

Reacher iba en camino. La causante de ello había sido una mujer. Había pasado la noche del viernes en South Beach, Miami, en un club de salsa, con una bailarina que trabajaba en un crucero. El buque era noruego, y también la chica. Reacher pensó que era demasiado alta para dedicarse al ballet; sin embargo, su estatura era perfecta para cualquier otra cosa. Se conocieron en la playa la tarde anterior. Reacher estaba tomando el sol. Se sentía mejor cuando estaba moreno. No sabía qué pretendía la chica, pero notó su sombra en la cara y abrió los ojos. La vio mirándole fijamente. O quizás observando sus cicatrices. Cuanto más moreno estaba, más destacaban. Dichosas marcas visibles y blancas. Ella tenía la piel pálida, y llevaba un bikini negro. Un bikini negro y *pequeño*. Reacher adivinó que era bailarina antes de que se lo comentara. Lo supo por su pose.

Terminaron cenando juntos y más tarde fueron al club. La salsa de South Beach no habría sido la primera opción de Reacher, pero la compañía hizo que mereciera la pena. La chica era divertida, y una gran bailarina, obviamente. Llena de energía. Le dejó rendido. A las cuatro de la mañana llevó a Reacher a su hotel, dispuesta a agotarle aún más. El hotel era un edificio pequeño, estilo Art Déco, situado junto al mar. Sin duda alguna la línea del crucero trataba bien a quienes viajaban en él. Desde luego era un lugar mucho más romántico que el motel donde se alojaba Reacher. Y estaba mucho más cerca.

Y tenía televisión por cable, algo que en la habitación de Reacher no había. La mañana del sábado se despertó a las ocho, al oír a la bailarina en la ducha. Encendió el televisor y comenzó a buscar el canal ESPN. Quería ver las jugadas más interesantes de la noche anterior de la liga americana. No llegó a verlas. Pulsó sucesivamente el mando a distancia para cambiar de canal. De pronto se detuvo en la CNN, al escuchar al jefe de policía de Indiana pronunciar el nombre de *James Barr*. Eran imágenes de una conferencia de prensa. Una sala pequeña, luz fuerte. En la parte superior de la pantalla había un titular que decía: *Por cortesía de NBC*. En la parte inferior, unos grandes titulares decían: *Masacre de Viernes Noche*. El jefe de policía nombró nuevamente a *James Barr*, y a continuación presentó a un detective de homicidios con aspecto de cansado, Emerson, que repitió aquel nombre por tercera vez. Seguidamente, como si pudiese adivinar la pregunta que rondaba a Reacher por la mente, leyó una pequeña biografía: *Cuarenta y un años, ciudadano de Indiana, en la infantería del ejército desde 1985 hasta 1991, veterano de la guerra del Golfo, soltero, inactivo en la actualidad.*

Reacher continuó mirando la pantalla. Emerson parecía un tipo conciso, escueto. No se andaba con tonterías. Terminó con sus declaraciones y, en respuesta a la pregunta de un reportero, se negó a precisar lo que había dicho James Barr durante el interrogatorio. A continuación presentó al fiscal del distrito, Rodin, que no era conciso ni escueto. Decía cantidad de chorradas. Se pasó diez minutos quitándole el mérito a Emerson y adjudicándoselo a sí mismo. Reacher sabía cómo funcionaba *aquello*. Había sido policía durante trece años. Los policías se quitan importancia, y los abogados se vanaglorian. Rodin dijo *James Barr* unas cuantas veces más y luego comentó que el estado podría querer freírlo.

¿Pero por qué?

Reacher esperó.

Una reportera local, Ann Yanni, apareció en antena. Resumió los hechos de la noche anterior. Matanza provocada por un francotirador. Una masacre sin ningún sentido. Un arma automática. Un parking. Una plaza. Viandantes que se dirigían a su casa tras una larga semana de trabajo. Cinco muertos. Un sospechoso bajo custodia, pero una ciudad aún afligida.

Reacher pensó que era ella quien estaba afligida. El éxito de Emerson había acabado rápidamente con su historia. Yanni se despidió y la CNN pasó a repasar las noticias políticas. Reacher apagó el televisor. La bailarina salió del baño. Tenía la piel rosada y olía bien. Y estaba desnuda. Se había dejado la toalla en el aseo.

—¿Qué haremos hoy? —dijo, con una gran sonrisa noruega en el rostro.

—Debo marchar a Indiana —contestó Reacher.

Hacía calor. Reacher se dirigió hacia el norte, a la terminal de autobuses de Miami. Pasó las páginas de un horario mugriento y planeó el recorrido. No iba a ser un viaje fácil. El trayecto era de Miami a Jacksonville, el primer tramo, de Jacksonville a Nueva Orleáns, de Nueva Orleáns a St. Louis, y de St. Louis a Indianápolis. Después un autobús local le llevaría del sur del estado al centro. Cinco destinos distintos. Las horas de llegada y salida no coincidían del todo. Tardaría más de cuarenta y ocho horas en llegar. Se vio tentado a tomar un avión o alquilar un coche, pero no andaba bien de dinero y prefería los autobuses. Además, pensó que, de todos modos, no ocurriría nada importante durante el fin de semana.

Lo que ocurrió durante el fin de semana fue que Rosemary Barr volvió a llamar al detective de la empresa para la que trabajaba. Rosemary imaginó que Franklin debía de tener un punto de vista más o menos independiente. Le citó en su casa a las diez en punto de la mañana del sábado.

—Creo que debería contratar a otro abogado —dijo Rosemary. Franklin no dijo nada.

—David Chapman piensa que mi hermano es culpable —continuó—. ¿Verdad? Y por eso ha desistido.

—No puedo hacer comentarios —dijo Franklin—. Es uno de mis jefes.

A continuación fue Rosemary Barr quien se quedó callada.

—¿Cómo te fue en el hospital? —preguntó Franklin.

—Fatal. Está en cuidados intensivos, con una paliza de muerte. Está esposado a la cama. Pero si está en coma, por el amor de Dios. ¿Es que piensan que va a escapar?

—¿Cuál es su situación legal?

—Fue arrestado pero no acusado ante un juez. Está en una especie de limbo. Se da por supuesto que no le corresponde libertad bajo fianza.

—Y probablemente tengan razón.

—O sea que, debido a las circunstancias, es como si mi hermano no tuviese opción a obtener la libertad bajo fianza. Como si les perteneciese. Como si perteneciese al sistema. Como si se encontrase en una laguna legal.

—¿Y qué propones?

—No debería estar esposado. Y debería estar en un hospital militar para veteranos de guerra, al menos. Pero no lo conseguiré a no ser que encuentre a un abogado dispuesto a ayudarle.

Franklin hizo una pausa.

—¿Cómo explicas las pruebas?

—Conozco a mi hermano.

—Te separaste de él, ¿verdad?

—Por otras razones. No porque fuese un maníaco homicida.

—Bloqueó una plaza de parking —dijo Franklin—. Todo lo que hizo fue premeditado.

—Tú también piensas que es culpable.

—Yo trabajo con lo que tengo. Y lo que tengo no pinta bien.

Rosemary Barr no dijo nada.

—Lo siento —dijo Franklin.

—¿Puedes recomendarme a otro abogado?

—¿Puedes tomar esa decisión? ¿Posees poder notarial?

—Creo que se sobreentiende. Mi hermano está en coma. Yo soy su única familia.

—¿De cuánto dinero dispones?

—No mucho.

—¿De cuánto dinero dispone él?

—De su casa.

—No lo veo bien. A tu empresa le sentará como una patada en el trasero.

—Eso no me importa.

—Podrías perder todo, incluso tu trabajo.

—Lo perderé de todos modos, a menos que ayude a James. Si es culpable, me echarán igualmente, por la mala fama que daría a la empresa. Sería una vergüenza para ellos.

—Tu hermano tenía tus pastillas para dormir —dijo Franklin.

—Yo se las di. Él no tiene seguro.

—¿Por qué las necesitaba?

—Tenía problemas para conciliar el sueño.

Franklin no dijo nada.

—Tú crees que es culpable —dijo Rosemary.

—Las evidencias hablan por sí solas —se justificó Franklin.

—David Chapman ni siquiera lo está intentando, ¿verdad?

—Debes considerar la posibilidad de que David Chapman tenga razón.

—¿A quién debería llamar?

Franklin hizo una pausa.

—Prueba con Helen Rodin —dijo.

—¿Rodin?

—Es la hija del fiscal del distrito.

—No la conozco.

—Vive en el centro de la ciudad. Acaba de licenciarse. Es nueva y entusiasta.

—¿Eso es ético?

—No existe ninguna ley que lo prohíba.

—Sería padre contra hija.

—Iba a encargarse Chapman, y Chapman conoce a Rodin mucho mejor que su hija, probablemente. La hija ha estado fuera durante mucho tiempo.

—¿Dónde?

—En la universidad, en la facultad de derecho, trabajando para un juez en el distrito de Columbia.

—¿Y es buena?

—Creo que lo será.

Rosemary Barr llamó al despacho de Helen Rodin. Era como una prueba. Una persona nueva y entusiasta debía de estar en la oficina un domingo.

Helen Rodin estaba en la oficina un domingo. Contestó a la llamada sentada al escritorio, de segunda mano, el cual se erguía orgulloso en un despacho casi vacío de dos habitaciones. La oficina se encontraba en la misma torre negra de cristal donde la NBC ocupaba la segunda planta. Tenía contratado un alquiler a bajo precio, gracias a las facilidades que la ciudad ofrecía a diestro y siniestro. La idea era activar la floreciente zona centro y, posteriormente, conseguir dinero con los altísimos impuestos.

Rosemary Barr no tuvo que hablarle del caso a Helen Rodin, puesto que todo había sucedido tras las ventanas de su oficina. Helen Rodin había presenciado parte de lo ocurrido por sí misma, y había seguido el resto por las noticias. Había visto cada una de las apariciones en televisión de Ann Yanni. Conocía a la periodista, habían coincidido en el vestíbulo del edificio y en el ascensor.

—¿Ayudarás a mi hermano? —preguntó Rosemary Barr.

Helen Rodin hizo una pausa. La respuesta más inteligente habría sido *de ninguna manera*, ya lo sabía. *De ninguna manera, olvídalo,*

¿estás loca? Por dos razones. Una, porque sabía que el enfrentamiento con su padre, tarde o temprano, sería inevitable, ¿pero tenía que ser *ya*? Y dos, porque los primeros casos de la carrera de un abogado definen su futuro. Los caminos que tomara al principio guiarían el resto de su carrera. Terminar convirtiéndose en una abogada defensora criminal de causas perdidas no estaba mal, pensándolo bien. Pero empezar aceptando un caso que había conmocionado a toda la ciudad sería un desastre para su promoción. El tiroteo no se había considerado un *crimen* sino una *atrocidad*. Contra la humanidad, toda la comunidad, contra los esfuerzos por mejorar el centro de la ciudad y contra la idea de Indiana. Era como si aquello hubiese sucedido en Los Ángeles, Nueva York o Baltimore, e intentar excusar aquellos hechos o explicarlos significaría un error terrible. Sería como la marca de Caín. La perseguiría el resto de su vida.

—¿Podemos demandar a la prisión —preguntó Rosemary Barr— por permitir que le diesen una paliza?

Helen Rodin hizo otra pausa. Otra buena razón para decir que no a un cliente poco realista.

—Quizás más adelante —dijo—. Ahora mismo James Barr no generaría demasiada simpatía como demandante. Y es difícil compensar los daños y perjuicios, dado que, de todos modos, se enfrenta a la pena de muerte.

—Entonces no puedo pagarte mucho —dijo Rosemary Barr—. No tengo dinero.

Helen volvió a hacer una pausa por tercera vez. Otra buena razón para decir que no. Era demasiado pronto para trabajar sin cobrar honorarios.

Pero. Pero. Pero.

El acusado merecía representación. La Declaración de Derechos así lo dictaba. Era inocente hasta que se demostrara lo contrario. Y si las pruebas eran tan sólidas como decía su padre, el proceso completo sería poco más que una supervisión de pruebas. Revisaría el caso por su cuenta. Después aconsejaría al acusado que se declarase culpable. Luego le vería alejarse, en dirección a la muerte. Y ahí acabaría todo. Podía verse como la manera de saldar una deuda. Rutina constitucional. Es lo que Helen Rodin esperaba.

—De acuerdo —dijo.

—Es inocente —dijo Rosemary Barr—. Estoy segura.

«Siempre lo son», pensó Helen Rodin.

—De acuerdo —volvió a decir.

Seguidamente le pidió a su nueva clienta que se reunieran en su oficina a las siete de la mañana del día siguiente. Una especie de prueba. A alguien que realmente creía en la inocencia de un hermano, no le importaría quedar tan temprano.

Rosemary Barr fue puntual. Las siete en punto de la mañana del lunes. La acompañaba Franklin. Franklin confiaba en Helen Rodin y estuvo dispuesto a aplazar su investigación hasta descubrir por dónde iban los tiros. Helen Rodin llevaba sentada ante su escritorio una hora. Había informado a David Chapman el domingo por la tarde del cambio de representante, y había obtenido la cinta de audio de la entrevista inicial con James Barr. Chapman se alegraba de traspasarle el caso y se lavaba las manos. Helen había escuchado la cinta una decena de veces durante la noche del sábado y una decena más aquella mañana. Era lo único que habían podido obtener de James Barr. Tal vez lo único que jamás obtuviesen. Por lo tanto, la había escuchado minuciosamente, llegando a algunas primeras conclusiones.

—Escuchad —dijo.

Había preparado la cinta en un radiocasete viejo del tamaño de una caja de zapatos. Pulsó el play y todos escucharon un silbido, respiración, sonidos en la sala, y a David Chapman decir: «No puedo ayudarle si usted mismo no se ayuda». Hubo una larga pausa, más silbidos, y a continuación James Barr dijo: «Tienen al hombre equivocado. Tienen al hombre equivocado», repitió. Seguidamente, Helen miró el contador de la cinta y rebobinó hacia adelante hasta el momento en que Chapman decía: «Negarlo no es una opción». Después, Barr dijo: «Tráigame a Jack Reacher». Helen rebobinó hasta la pregunta de Chapman: «¿Es doctor?» Luego ya no había nada más, excepto los golpes de Barr contra la puerta de la sala de entrevistas.

—Bien —dijo Helen—. Creo que realmente piensa que no lo ha hecho. Así lo expresa. Finalmente se siente frustrado y finaliza la entrevista cuando ve que Chapman no le toma en serio. Eso está claro, ¿verdad?

—Él no lo hizo —dijo Rosemary Barr.

—Hablé con mi padre ayer —continuó Helen Rodin—. Me temo que las pruebas lo corroboran, señorita Barr. Tienes que aceptar que una persona quizás no conozca a su hermano tanto como le gustaría. O que, si alguna vez le conoció, tal vez haya cambiado por alguna razón.

Hubo un largo silencio.

—¿Dice tu padre la verdad sobre las pruebas? —preguntó Rosemary.

—Ha de hacerlo —contestó Helen—. De todos modos las veremos en el proceso de información. Vamos a prestar juramento. No tendría sentido mentir en este punto.

No dijeron nada.

—Pero aún podemos ayudar a tu hermano —dijo Helen, rompiendo el silencio—. Él cree que no lo ha hecho. Estoy segura de ello tras escuchar la cinta. Así pues, sufre delirios. O al menos los sufría el domingo. Por lo tanto, quizá sufriese delirios el viernes también.

—¿Eso le puede ayudar? —preguntó Rosemary Barr—. Con ello se admite que lo hizo.

—Las consecuencias serán diferentes. Si se recupera. La estancia y el tratamiento en una institución mental serán mucho mejores que la estancia sin tratamiento en una prisión de máxima seguridad.

—¿Quieres que se declare demente?

Helen asintió.

—La defensa de un médico sería nuestra mejor baza. Y si lo

demostramos ahora, podríamos mejorar la situación del resto del proceso.

—Podría morir, según los médicos. No quiero que muera como un criminal. Quiero limpiar su nombre.

—Aún no se le ha juzgado ni declarado culpable. Es un hombre inocente a los ojos de la ley.

—Pero no es lo mismo.

—No —dijo Helen—. Supongo que no.

Hubo otro largo silencio.

—Veámonos otra vez a las diez y media, aquí —dijo Helen—. Discutiremos a fondo la estrategia. Si queremos trasladarle de hospital, será mejor que lo hagamos cuanto antes.

—Tenemos que encontrar a ese tal Jack Reacher —dijo Rosemary Barr.

Helen asintió con la cabeza.

—Les hablé de él a Emerson y a mi padre.

—¿Por qué?

—Porque los hombres de Emerson registraron tu casa. Podrían haber encontrado alguna dirección o un número de teléfono. Y mi padre le busca porque le queremos en nuestra lista de testigos, y no en la de la acusación, ya que podría sernos de ayuda.

—Podría ser una coartada.

—Como mucho se trata de algún antiguo amigo del ejército.

—Pues no sé cómo —añadió Franklin—. Eran de rangos diferentes y pertenecían a diferentes secciones.

—Tenemos que encontrarle —repitió Rosemary Barr—. Mi hermano quería verle. Eso significa algo.

Helen asintió nuevamente.

—Desde luego que me gustaría encontrarle. Podría tener algo que nos fuese útil. Algún tipo de información exculpatoria, posiblemente. O al menos, algún enlace con algo que podamos utilizar.

—Está fuera de circulación —afirmó Franklin.

Estaba a dos horas de camino, en el asiento trasero de un bus, a las afueras de Indianápolis. El viaje había sido lento, pero bastante agradable. Había pasado la noche del sábado en Nueva Orleáns, en un motel cercano a la estación de autobuses. Había pernoctado la noche del domingo en Indianápolis. Así pues, había dormido, comido y se había duchado. Pero sobre todo había estado cabeceando y echándose siestecitas en los buses, veía pasar paisajes, observaba el caos de América y recordaba a la noruega. Su vida era así, un mosaico hecho a pedacitos. Los detalles y el contexto desaparecían y los recordaba sin exactitud. Pero los sentimientos y las experiencias a lo largo de los años tejían un tapiz que poseía tanto buenos como malos momentos. No sabía exactamente hasta qué punto podría haber llegado la historia con la chica noruega. Pensó que quizás había perdido una oportunidad. Pero, de todos modos, ella habría embarcado pronto. O él tendría que haber partido. La intervención de la CNN había provocado que las cosas fuesen más rápidas, pero quizás solo en parte.

El autobús tomó la ruta 37 en dirección al sur. Realizó una parada en Bloomington. Bajaron seis personas. Una de ellas se dejó el periódico de Indianápolis. Reacher lo cogió y hojeó los deportes. Los Yankees llevaban la delantera en el este. Luego echó las páginas hacia delante y revisó las noticias. Vio los titulares: *Francotirador sospechoso herido en una pelea de cárcel*. Leyó los tres primeros párrafos: *Daños cerebrales. Coma. Pronóstico reservado*. El periodista parecía dudar entre condenar al consejo de seguridad de Indianápolis por sus prisiones sin ley o aplaudir a los agresores de Barr por llevar a cabo un deber cívico.

«Esto podría complicar las cosas», pensó Reacher.

Los últimos párrafos contenían una recopilación de la historia real del crimen, información sobre el pasado del detenido y los hechos recientes. Lo leyó todo. La hermana de Barr se había trasladado a otro sitio unos meses antes del incidente. Se presumía que tal hecho podía haber sucedido como causa o efecto de la visible inestabilidad de Barr. O por ambos.

El autobús dejó atrás Bloomington. Reacher dobló el periódico y apoyó la cabeza contra la ventanilla mientras observaba la carretera. La calzada era negra, húmeda por la lluvia reciente. En el horizonte, una luz destellaba como tratando de emitir un mensaje en morse. Reacher no podía descifrarlo.

El autobús llegó a una estación cubierta y Reacher salió al exterior, a la luz del día. Se encontraba al oeste, a cinco manzanas de un lugar donde la autopista serpenteaba por delante de un viejo edificio de piedra. La Indianápolis de piedra, se dijo. Lo auténtico. El edificio debía de ser un banco, pensó, o un palacio de justicia, quizás una biblioteca. Tras él, se elevaba una torre negra de cristal. El ambiente era agradable. Hacía más fresco que en Miami. Sin embargo, se encontraba lo bastante alejado del sur, lo que le hizo sentirse a gusto. No iba a tener que renovar su vestuario por el tiempo. Llevaba un pantalón chino y una camiseta color amarillo chillón. Era el tercer día consecutivo que llevaba ambas prendas. Creyó que podrían aguantar otro día más. Más tarde compraría ropa nueva, barata. Calzaba unos botines de color marrón. No llevaba calcetines. Pensó que la ropa que llevaba era adecuada para la costa y se sintió un poco fuera de lugar en la ciudad.

Comprobó la hora en su reloj. Las nueve y media de la mañana. Permaneció de pie en la acera, rodeado de humos de gasolina, se desperezó y miró a su alrededor. La ciudad era uno de esos lugares interiores del país, ni grande ni pequeño, ni nuevo ni viejo. No era floreciente, pero tampoco estaba deteriorado. Seguramente tenía historia. Probablemente en el pasado comerciaba con cereales y semillas de soja. Quizás con tabaco, o con ganado. Es posible que fluyese un río, o que en su día cruzaran las vías de una locomotora. Quizás hubiera alguna fábrica. Al este, vislumbró el pequeño centro de la ciudad. Estructuras de mayor altura, muros, paredes de ladrillos, carteles. Supuso que la torre negra de cristal era el monumento insignia de la ciudad. No había razón alguna para construirlo en cualquier otro lugar excepto en el centro.

Caminó en dirección a la torre. El suelo estaba levantado por las obras. Reparaciones, renovación urbanística, agujeros en la carretera, montones de gravilla, cemento fresco, camiones enormes moviéndose lentamente. Cruzó frente a uno y se metió por una calle lateral, hasta llegar al extremo norte de un parking. Recordó el resumen que había hecho Ann Yanni en las noticias de última hora. Miró hacia arriba, hacia el parking, y seguidamente a lo lejos, en dirección a una plaza. Había un estanque vacío, en cuyo centro sobresalía una fuente abandonada. Situado entre la piscina y un muro de poca altura, había un pasillo estrecho, todo él decorado con ofrendas funerarias improvisadas. Había flores con los tallos envueltos en papel de plata, fotografías, animales pequeños de peluche y velas. Había restos de arena. «La habrá utilizado para absorber la sangre», pensó Reacher. Los coches de bomberos llevan cajas de arena a los accidentes y las escenas del crimen. Y palas de acero inoxidable para recoger los restos corporales. Volvió a mirar hacia el parking. «Menos de treinta y cinco metros», pensó. Muy cerca.

Permaneció inmóvil. La plaza estaba en silencio. La ciudad entera estaba en silencio. Parecía atontada, como una rama paralizada un instante tras una increíble ventisca. La plaza era el epicentro. Allí había descargado la ventisca. Era como un agujero negro, en donde la emoción estaba tan comprimida que no podía escapar.

Reacher avanzó. El viejo edificio de piedra caliza era una biblioteca. «Eso está bien —pensó—. Los bibliotecarios son buena gente. Te cuentan cosas, si les preguntas.» Preguntó por la oficina del fiscal del distrito. Una mujer de expresión triste y apagada situada tras el mostrador le indicó la dirección. No estaba demasiado lejos. No era una ciudad grande. Reacher caminó hacia el este, más allá de un edificio de oficinas nuevo donde se leía DMV, centro de reclutamiento militar. Detrás había un bloque de tiendas de ocasión y más adelante un palacio de justicia nuevo. El tejado era saliente y plano, y las puertas eran de color caoba y cristal grabado. Podría tratarse perfectamente de una iglesia de extraña denominación, con una congregación generosa pero de pocos medios.

Evitó la puerta principal. Rodeó el bloque hasta que llegó al ala del edificio. Encontró una puerta con una placa de *Fiscal del Distrito*. Más abajo, en otra placa de metal vio el nombre de Rodin. «Un funcionario electo —pensó—. Utilizan otra placa para no tener que gastar dinero cuando cambie el ñombre cada pocos años.» Las iniciales de Rodin eran A. A. Era licenciado en derecho.

Reacher cruzó la puerta y se dirigió a una recepcionista situada en un rincón. Solicitó ver a A. A. Rodin.

—¿Para qué? —le preguntó la recepcionista, discreta y educadamente.

Era una mujer de mediana edad, bien cuidada, elegante, llevaba una blusa blanca impoluta. Tenía el aspecto de haber trabajado tras un escritorio toda su vida. Una experta burócrata. Pero estresada. Daba la impresión de tener que cargar con todos los problemas recientes de la ciudad a cuestas.

—Sobre James Barr —dijo Reacher.

—¿Es usted periodista? —preguntó la recepcionista.

—No —contestó Reacher.

—¿Podría usted explicarme qué le relaciona con el caso?

—Conocí a James Barr en el ejército.

—Eso debió de ser hace algún tiempo.

—Hace mucho tiempo —aclaró Reacher.

—¿Podría decirme su nombre?

—Jack Reacher.

La recepcionista pulsó las teclas de un teléfono y comenzó a hablar. Reacher supuso que estaba hablando con una secretaria, ya que se refería a ambos, a él y a Rodin, en tercera persona, como si fueran algo abstracto. *¿Podría recibir al señor Reacher en relación con el caso?* No el caso de Barr. Simplemente *el caso*. La conversación prosiguió. Seguidamente la recepcionista tapó el auricular del teléfono presionándolo contra su pecho, por debajo de la clavícula, por encima de su seno izquierdo.

—¿Tiene usted información? —preguntó.

«La secretaria de la planta de arriba puede oírte los latidos del corazón», pensó Reacher.

—Sí —dijo—. Información.

—¿Del ejército? —volvió a preguntar.

Reacher asintió. La recepcionista volvió a colocarse el teléfono y continuó con la conversación. Fue una conversación muy larga. El señor A.A. Rodin contaba con un par de recepcionistas muy eficientes. No cabía duda. No había manera de llegar hasta él salvo que se tratase de una razón urgente y justificada. No cabía duda. Reacher comprobó la hora en su reloj. Las nueve y cuarenta de la mañana. Pero no había prisa, dadas las circunstancias. Barr estaba en coma. Lo haría mañana. O pasado mañana. O podía llegar a Rodin a través de la policía, si era necesario. ¿Cómo se llamaba? ¿Emerson?

La recepcionista colgó el teléfono.

—Por favor, suba por aquí —dijo—. El señor Rodin se encuentra en la tercera planta.

«Qué honor», pensó Reacher. La recepcionista escribió su nombre en un pase de visita y lo introdujo en una funda de plástico. Reacher se lo enganchó a la camisa y se dirigió al ascensor. Subió hasta el tercer piso. Era de techo bajo y los pasillos estaban iluminados con fluorescentes. Había tres puertas de madera pintada cerradas, y una doble puerta abierta, de elegante madera. Tras esta última puerta, había una secretaria sentada a su escritorio. La segunda recepcionista. Era más joven que la de la planta inferior, pero al parecer desempeñaba un cargo superior.

—¿El señor Reacher? —preguntó.

Reacher asintió. La secretaria salió de detrás del escritorio y le condujo hasta el lugar donde comenzaban las oficinas acristaladas. La tercera puerta por la que pasaron tenía un letrero que decía *A. A. Rodin.*

—¿Qué significa lo de A. A.? —preguntó Reacher.

—Estoy segura de que el señor Rodin se lo explicará si así lo desea —dijo la secretaria.

Llamó a la puerta y Reacher oyó en respuesta una voz procedente del interior, ni alta ni baja. Entonces la secretaria abrió la puerta y se apartó a un lado para que entrara Reacher.

—Gracias —dijo Reacher.

—De nada —contestó ella.

Reacher entró. Rodin le esperaba de pie tras su escritorio, preparado para dar la bienvenida a su visitante, desbordando obligada cortesía. Reacher le reconoció por la televisión. Era un hombre que debía de rondar los cincuenta años, bastante delgado, en buena forma, de pelo corto y gris. En persona parecía más bajo. Debía de medir algo menos de metro ochenta y pesar algo menos de noventa kilos. Llevaba un traje de tejido veraniego, de color azul oscuro, una camisa azul y una corbata también azul. Tenía los ojos azules. El azul era su color, no había ninguna duda. Estaba perfectamente afeitado y se había puesto colonia. Era un tipo con muy buena planta, ciertamente. «Todo lo contrario a mí», pensó Reacher. La situación parecía un estudio de contrastes. Junto a Rodin, Reacher parecía un gigante descuidado. Le llevaba quince centímetros de altura y veinte kilos de peso. El cabello de Reacher medía cinco centímetros más que el de Rodin y su ropa era mil dólares más barata.

—¿Señor Reacher? —preguntó Rodin.

Reacher asintió. La oficina poseía la sencillez de una oficina gubernamental, pero estaba ordenada. La temperatura era adecuada y se respiraba tranquilidad. No se podía disfrutar de ningún paisaje por la ventana. Solamente se veían los tejados planos de las tiendas y del edificio de reclutamiento, ambos cubiertos por conductos de ventilación. A lo lejos, se podía ver la torre negra de cristal. El sol resplandecía débil en el horizonte. A la derecha de la ventana había una pared de trofeos, detrás del escritorio, con títulos universitarios y fotografías de Rodin con políticos. También había titulares de periódico enmarcados informando sobre veredictos de culpabilidad en siete casos distintos. Sobre otra pared, había una fotografía de una chica rubia con birrete, toga y un diploma enrollado. Era guapa. Reacher continuó observando la foto durante más tiempo del necesario.

—Esa es mi hija —dijo Rodin—. También es abogada.

—¿Ah, sí? —preguntó Rodin.

—Acaba de abrir su propia oficina aquí, en la ciudad.

No había nada en el tono de Rodin. Reacher no estaba seguro de si se sentía orgulloso o en desacuerdo.

—Usted está obligado a verla, creo —dijo Rodin.

—¿Yo? —preguntó Reacher—. ¿Por qué?

—Defiende a James Barr.

—¿Su hija? ¿Es eso ético?

—No hay ninguna ley en contra. Podría no ser sensato, pero sí que es ético.

Dijo *sensato* con énfasis, dejando entrever diferentes significados: no era inteligente defender un caso tan sonado, no era inteligente que una hija se enfrentase a su padre, no era inteligente *nadie* que se enfrentara a A. A. Rodin. Parecía ser un tipo muy competitivo.

—Añadió su nombre a la lista provisional de testigos —dijo.

—¿Por qué?

—Piensa que tiene información.

—¿Dónde consiguió mi nombre?

—No lo sé.

—¿Del Pentágono?

Rodin se encogió de hombros.

—No estoy seguro. Pero lo consiguió de algún sitio. Por eso le han estado buscando.

—¿Por eso he podido verle?

Rodin asintió.

—Eso es —contestó—. Esa es exactamente la razón. Generalmente no acepto visitas.

—Su personal parece de la policía.

—Eso espero —dijo Rodin—. Siéntese, por favor.

Reacher se sentó en la silla de las visitas y Rodin tomó asiento tras su escritorio. La ventana quedaba a la izquierda de Reacher y a la derecha de Rodin. A ninguno de los dos le daba la luz en los ojos. El mobiliario estaba bien distribuido, de modo diferente que en otras oficinas de abogados fiscales que conocía Reacher.

—¿Café? —le preguntó Rodin.

—Por favor —contestó Reacher.

Rodin efectuó una llamada y pidió café.

—Naturalmente, me interesa saber por qué vino a verme a mí primero —dijo—. Es decir, al abogado fiscal, en lugar de a la defensa.

—Quería saber su opinión personal —contestó Reacher.

—¿Sobre qué?

—Sobre la solidez del caso que se le imputa a James Barr.

Rodin no contestó al instante. Hubo un breve silencio y a continuación llamaron a la puerta. La secretaria entró portando el café. Llevaba una bandeja de plata con todo lo necesario. Una cafetera, dos tazas, dos platitos, un tarro de azúcar, una jarrita de leche, dos cucharillas de plata. Las tazas eran de porcelana. «Esto no será del Estado —pensó Reacher—. A Rodin le gusta el café bien hecho.» La secretaria colocó la bandeja sobre el escritorio, justo en el medio, entre la silla del escritorio y la silla del visitante.

—Gracias —dijo Reacher.

—No se merecen —contestó ella, y abandonó la habitación.

—Sírvase usted mismo —dijo Rodin—. Por favor.

Reacher presionó el émbolo de la cafetera hacia abajo y se sirvió una taza, sin leche, sin azúcar. Olía a café negro y fuerte. Café bien hecho.

—El caso contra James Barr es extraordinariamente bueno —dijo Rodin.

—¿Algún testigo presencial? —preguntó Reacher.

—No —contestó Rodin—. Pero el testimonio de los testigos presenciales raramente nos es de utilidad. Más bien me alegro de que no tengamos ningún testigo ocular, ya que en su lugar tenemos evidencias físicas excepcionales. Y la ciencia no miente. No se confunde.

—¿Excepcionales? —repitió Reacher.

—Una serie de pruebas sólidas como rocas que relacionan a Barr con el crimen.

—¿Muy sólidas?

—Totalmente. Las mejores que he visto jamás. Y le estoy siendo totalmente franco.

—Eso ya se lo he oído decir a otros fiscales.

—No en esta ocasión, señor Reacher. Soy un hombre muy prudente. No interpongo una acción judicial cuya condena sea la pena capital a no ser que esté totalmente convencido.

—¿Lleva usted la cuenta?

Rodin hizo gestos hacia el muro de trofeos, situado tras él.

—Siete de siete —dijo—. Un porcentaje del cien por cien.

—¿En cuánto tiempo?

—En tres años. James Barr hará el ocho de ocho. Si es que alguna vez despierta.

—¿Y si despierta con daños?

—Si despierta con alguna función cerebral activa, irá a juicio. Lo que ha hecho no se puede perdonar.

—De acuerdo —dijo Reacher.

—De acuerdo ¿qué?

—Me ha dicho lo que quería saber.

—Usted ha dicho que tenía información del ejército.

—Por el momento me la guardaré.

—Usted fue policía militar, ¿me equivoco?

—Trece años —contestó Reacher.

—¿Y conocía a James Barr?

—Poco.

—Hábleme de él.

—Aún no.

—Señor Reacher, si posee información exculpatoria, o cualquier tipo de información, tendría que contármela ahora mismo.

—¿Ah, sí?

—Me enteraré de todos modos. Mi hija me mantendrá informado. Seguro que buscará un acuerdo entre fiscal y defensa.

—¿Qué significa la *A. A.*?

—¿Perdón?

—Sus iniciales.

—Aleksei Alekseivitch. Mi familia procede de Rusia. Pero hace mucho tiempo de eso. Antes de la Revolución de Octubre.

—Pero mantienen las tradiciones.

—Como puede ver.

—¿Cómo le llama la gente?

—Alex, por supuesto.

Reacher se puso en pie.

—Bueno, gracias por su tiempo, Alex. Y por el café.

—¿Va a ver a mi hija ahora?

—¿Acaso tiene eso alguna importancia? Usted parece bastante seguro de sí mismo.

Rodin esbozó una sonrisa indulgente.

—Es una cuestión de puro trámite —explicó—. Yo soy funcionario de justicia, y usted aparece en la lista de testigos. Estoy obligado a señalarle que está obligado a verla. Si no lo hago sería poco ético.

—¿Dónde puedo encontrarla?

—En la torre de cristal que puede ver por la ventana.

—De acuerdo —dijo Reacher—. Supongo que podría pasarme.

—Todavía necesito cualquier información que pueda facilitarme —dijo Rodin.

Reacher negó con la cabeza.

—No —dijo—. En realidad no la necesita.

Reacher devolvió su pase de visitante a la mujer situada en la mesa de recepción y se dirigió de nuevo hacia la plaza. Permaneció de pie bajo el sol, y dio una vuelta completa para captar la impresión general del lugar. Todas las ciudades son iguales, y todas las ciudades son distintas. Todas tienen color. Algunas son grises. Esta era marrón. Reacher supuso que las paredes de los edificios se habían construido con materiales de la localidad, trasladando así el color de la tierra vieja a las fachadas. Aquí y allá había pinceladas de color rojo oscuro, tal vez viejos graneros. Era un lugar agradable, poco animado, que salía adelante. Tras la tragedia renacería. En él convergía el progreso, el optimismo, el dinamismo. Las obras recientes eran buena prueba de ello. Por todas partes había tajos de trabajo y aceras rugosas. Montones de obras, montones de remodelaciones. Montones de esperanza.

La nueva ampliación del parking se extendía hacia el extremo norte del centro de la ciudad, lo que sugería expansión comercial. La obra se encontraba al sur, y ligeramente al oeste de la escena del crimen. Muy cerca. Hacia el oeste, y doblando aproximadamente la altura del parking, se encontraba la autopista. Fluía libre y despejada a lo largo de unos treinta metros, formando una curva. Más adelante cruzaba por detrás de la biblioteca. A continuación se enderezaba débilmente y pasaba por detrás de la torre negra de cristal. La torre quedaba al norte de la plaza. Junto a la puerta había una insignia de la NBC, sobre una losa negra de granito. «El lugar de trabajo de Ann Yanni —pensó Reacher—, y también el de la hija de Rodin.» Al este de la plaza se encontraban el edificio de tráfico y la oficina de reclutamiento. De allí procedían las víctimas. Habían salido en masa de aquellas puertas. ¿Qué era lo que había dicho Ann Yanni? ¿Tras una dura semana de trabajo? Se dirigían en dirección oeste, abriéndose paso a empujones a través de la plaza, hacia sus coches aparcados o hacia la estación de autobuses, cuando tropezaron con una pesadilla. El estrecho pasadizo les obligó a aminorar el paso y formar una fila. Un objetivo fácil. Era como coser y cantar.

Reacher caminó en paralelo al estanque vacío, en dirección a la puerta giratoria situada a la entrada de la torre. Entró y buscó en el vestíbulo algún panel informativo. Situado tras un cristal, había un panel de fieltro negro con letras blancas sueltas formando palabras. La NBC se encontraba en el segundo piso. Otras oficinas estaban vacías. Reacher supuso que el resto de oficinas había cambiado tantas veces de dueño, que habían tenido que recurrir al sistema de las letras. *El bufete de Helen Rodin,* aparecía en el cuarto piso. Las letras estaban algo desalineadas y no había suficiente espacio. «Esto no es el Rockefeller Center», pensó Reacher.

Esperó el ascensor junto a otra persona, una mujer atractiva y rubia. La miró y ella le devolvió la mirada. La mujer salió en la segunda planta, y Reacher se dio cuenta de que se trataba de Ann Yanni. La reconoció por el programa de televisión. Pensó que lo único que tenía que hacer, para que la noticia resucitara, era quedar con Emerson, del departamento local de policía.

Encontró la oficina de Helen Rodin. Estaba en la parte delantera del edificio. Las ventanas daban a la plaza. Llamó a la puerta. Oyó una contestación en voz baja y entró. Había una sala de recepción vacía y un escritorio de secretaría. La silla del escritorio estaba libre. Era de segunda mano, pero no se había usado recientemente. «Aún no tiene secretaria —pensó Reacher—. Está empezando.»

Llamó a la puerta de la oficina interior. Oyó la misma voz respondiendo por segunda vez. Entró y halló a Helen Rodin situada tras otro escritorio de segunda mano. La reconoció por la fotografía de su padre. Sin embargo, cara a cara era aún más guapa. Probablemente no tenía más de treinta años, era bastante alta y esbelta. Delgada, de cuerpo atlético. Sin llegar a ser extremadamente flaca. O hacía *footing* o jugaba al fútbol o había tenido mucha suerte con su metabolismo. Tenía el pelo largo y rubio, y los mismos ojos azules que su padre. En su mirada se podía vislumbrar inteligencia. Iba vestida de negro de arriba abajo, con un traje pantalón y una camiseta ajustada debajo de la chaqueta. «Licra —pensó Reacher—. No me lo puedo creer.»

—Hola —le saludó ella.

—Soy Jack Reacher —dijo.

Helen le miró.

—Estás bromeando. ¿De verdad?

Reacher asintió.

—Siempre lo he sido, y siempre lo seré.

—Increíble.

—La verdad es que no. Todo el mundo es alguien.

—Quiero decir, ¿cómo has sabido que te estábamos buscando? No lográbamos encontrarte.

—Lo vi por televisión. Ann Yanni, la mañana del sábado.

—Bien, démosle gracias a Dios por la televisión —manifestó ella—. Y gracias a Dios que estás aquí.

—Estaba en Miami —dijo—. Con una bailarina.

—¿Una bailarina?

—Era noruega —agregó.

Reacher se dirigió hacia la ventana y miró al exterior. Se alzaba a cuatro pisos de altura y la calle comercial principal avanzaba hacia el sur, cuesta abajo, acentuando así la altura que le separaba. El estanque se encontraba exactamente en paralelo a la calle. En realidad, la piscina se encontraba en medio de la calle, pero habían cortado la calle para construir la plaza. Cualquiera que volviese tras una larga ausencia, se sorprendería al ver aquel enorme tanque de agua en donde antes había una carretera. La piscina era mucho más larga y estrecha de lo que le había parecido cuando había estado abajo. Parecía triste y abandonada, con una capa fina de barro y suciedad en el fondo oscuro. Más allá, hacia la derecha, se encontraba la ampliación del parking. Debido a la cuesta, se elevaba ligeramente por encima de la plaza. Aproximadamente a medio piso de altura.

—¿Estabas aquí cuando sucedió? —preguntó Reacher.

—Sí, estaba aquí —dijo Helen Rodin en voz baja.

—¿Lo viste?

—Al principio no. Oí los primeros tres disparos. Fueron muy seguidos. Tras el primero hubo una pequeña pausa, y a continuación los otros dos. Luego otra pausa, un poco más larga, pero solo unas décimas de segundo, en realidad. Me levanté a tiempo para poder presenciar los otros tres. Fue horrible.

Reacher asintió. «Una chica valiente —pensó—. Oye disparos y se levanta. No se esconde debajo del escritorio.» Seguidamente pensó: «El primero, y luego una pequeña pausa». La forma de actuar de un tirador adiestrado, mirando dónde ha alcanzado su primer tiro en frío. Demasiadas variables. El cañón frío, el objetivo, el viento, la puntería, la concentración.

—¿Vio cómo murieron? —preguntó.

—A dos de ellos —contestó frente a Reacher—. Fue horroroso.

—¿Tres disparos y dos muertos?

—Falló uno. O el cuarto o el quinto, no están seguros. Encontraron la bala en la piscina. Por eso está vacía. La vaciaron.

Reacher no dijo nada.

—La bala forma parte de las pruebas —dijo Helen—. Relaciona el rifle con el crimen.

—¿Conocías a alguno de los fallecidos?

—No. Solo era gente, supongo, en el momento y el lugar equivocados.

Reacher no dijo nada.

—Vi fuego procedente del arma —dijo Helen—. Allí, en las sombras, en la oscuridad. Pequeñas chispas de fuego.

—De la boca del rifle —concretó él.

Reacher se volvió. Helen le tendió la mano.

—Soy Helen Rodin —se presentó—. Lo lamento, debería haberme presentado apropiadamente.

Reacher le estrechó la mano. Era cálida y firme.

—¿Solo Helen? —dijo—. ¿No Helena Alekseyovna o algo así?

Helen le miró nuevamente.

—¿Cómo demonios lo sabes?

—He visto a tu padre —dijo, soltándole la mano.

73

—¿Que le has visto? —preguntó—. ¿Cuándo?

—En su oficina, ahora mismo.

—¿Has ido a su oficina? ¿Hoy?

—Solo me dejé caer.

—¿Por qué has ido a *su* oficina? Eres *mi* testigo. Él no debería haberte visto.

—Parecía tener muchas ganas de hablar conmigo.

—¿Qué le has contado?

—Nada. Fui yo quien le hice preguntas.

—¿Qué le has preguntado?

—Quería conocer la solidez de su caso contra James Barr.

—Yo represento a James Barr. Y tú eres un testigo de la defensa. Deberías hablar conmigo, no con él.

Reacher no dijo nada.

—Desgraciadamente, el caso contra James Barr es muy sólido —dijo Helen.

—¿Cómo conseguiste mi nombre? —preguntó Reacher.

—De James Barr, por supuesto —contestó—. ¿Cómo si no?

—¿De Barr? No me lo creo.

—De acuerdo. Escucha —le dijo.

Se acercó a su escritorio y pulsó una tecla de un radiocasete pasado de moda. Reacher escuchó una voz que desconocía: «Negarlo no es una opción». Helen pulsó la tecla de pausa y la mantuvo presionada.

—Su primer abogado —dijo—. Efectuamos el cambio de representante ayer.

—¿Cómo? Pero si ayer estaba ya en coma...

—Técnicamente mi cliente es la hermana de James Barr. Su familiar más allegado.

A continuación quitó el dedo de la tecla de pausa y Reacher oyó sonidos en la sala y silbidos. De pronto, una voz que llevaba catorce años sin oír. Era tal y como la recordaba. Profunda, tensa y áspera. Era la voz de un hombre que rara vez hablaba, diciendo: «Tráigame a Jack Reacher».

Reacher se quedó paralizado, pasmado.

Helen Rodin pulsó la tecla de stop.

—¿Lo ves? —dijo.

Seguidamente miró la hora en su reloj.

—Las diez y media —informó—. Quédate aquí y ven conmigo a la reunión de la defensa.

Helen presentó a Reacher como un ilusionista que presenta un truco sobre el escenario. Fue como sacar un conejo de la chistera. A quien le presentó primero fue a un tipo que Reacher enseguida adivinó que era expolicía. Su nombre era Franklin, un detective privado que trabajaba para abogados. Ambos se estrecharon la mano.

—Eres un hombre difícil de encontrar —se aprovechó Franklin.

—Incorrecto —corrigió Reacher—. Soy un hombre imposible de encontrar.

—¿Querrías decirme por qué? —En los ojos de Franklin aparecieron numerosos interrogantes. Preguntas típicas de la policía, como: *¿Hasta qué punto puede este tipo servirnos de testigo? ¿Qué es? ¿Un delincuente? ¿Un fugitivo? ¿Tendrá alguna credibilidad sobre el estrado?*

—Es sólo un hobby —contestó Reacher—. Simplemente una elección personal.

—¿Así que todo te resbala?

—Soy como una pista de patinaje.

En ese momento una mujer entró en la sala. Probablemente tenía unos treinta y largos años. Iba vestida de oficinista, parecía estresada y que hubiese pasado la noche sin dormir. Pero tras aquella apariencia de agitación, no era fea. Daba la impresión de ser una mujer agradable y decente. Incluso guapa. Pero sin duda alguna, era la hermana de James Barr. Reacher lo supo antes de ser presentados. Tenía el mismo color de piel, y una versión más dulce y femenina del rostro que había conocido Reacher hacía catorce años.

—Soy Rosemary Barr —le dijo—. Me alegro mucho de que nos

encontraras. Parece un milagro. Ahora de verdad presiento que vamos a conseguir algo.

Reacher no dijo nada en absoluto.

El bufete de Helen Rodin no se podía permitir el lujo de tener una sala de reuniones. Reacher se imaginó que eso vendría más adelante. Quizás. Si prosperaba. Así que los cuatro se apiñaron en el interior de la oficina. Helen tomó asiento tras el escritorio. Franklin se sentó en una esquina de la mesa. Reacher se apoyó en el alféizar de la ventana. Rosemary Barr andaba de un lado para otro, nerviosa. Si la habitación hubiese tenido alfombra, la habría agujereado.

—De acuerdo —dijo Helen—. Estrategia de defensa. Como mínimo queríamos presentar un alegato por desequilibrio mental. Pero apuntaremos más alto. Tan alto como nos permitan diferentes factores. Por lo que, antes, estoy segura de que todos querremos oír lo que el señor Reacher tiene que decir.

—No creo que queráis —dijo Reacher.

—¿Que queramos qué?

—Que queráis escuchar lo que tengo que decir.

—¿Por qué no querríamos?

—Porque habéis llegado a una conclusión errónea.

—¿Qué conclusión?

—¿Por qué crees que fui a ver primero a tu padre?

—No lo sé.

—Porque no he venido a ayudar a James Barr.

Nadie dijo nada.

—He venido a enterrarle —expresó Reacher.

Todos se miraron.

—Pero ¿por qué? —preguntó Rosemary Barr.

—Porque ya había hecho lo mismo anteriormente. Y una vez es más que suficiente.

3

Reacher se volvió, apoyó la espalda en el alféizar de la ventana y se colocó de lado, de cara a la plaza y de espaldas a su público.

—¿Es esta una conversación confidencial? —preguntó.

—Sí —contestó Helen Rodin—. Lo es. Se trata de una reunión de la defensa. Es totalmente confidencial. Nada de lo que digamos saldrá de aquí.

—¿Según tú es legalmente ético escuchar malas noticias?

Hubo un largo silencio.

—¿Vas a proporcionar nuevas pruebas para el proceso? —preguntó Helen Rodin.

—No creo que haga falta, dadas las circunstancias. Pero lo haré, si es necesario.

—Entonces es mejor que oigamos esas malas noticias. Debemos tomarte declaración antes del juicio, para evitar más sorpresas.

De nuevo silencio.

—James Barr era francotirador —dijo Reacher—. No el mejor que ha tenido el ejército, ni el peor. Simplemente era bueno y competente con el rifle. Sus resultados se ajustaban al promedio en casi todos los aspectos.

Hizo una pausa, volvió la cabeza y bajó la mirada hacia la izquierda, hacia el edificio nuevo y corriente que ocupaba la oficina de reclutamiento. Ejército terrestre, aéreo, fuerzas de la marina.

—Hay cuatro tipos de personas que se unen al ejército —dijo—. Primero, los que siguen una tradición familiar, como yo. Segundo, los patriotas, que desean servir a su país. Tercero, los que únicamente necesitan un trabajo. Y cuarto, los que quieren matar a otras personas. El ejército es el único lugar donde es legal esto último. James Barr pertenece a ese cuarto tipo. En el fondo, pensó que sería divertido matar. Rosemary Barr apartó la mirada. Nadie dijo nada.

—Pero nunca tuvo la oportunidad de hacerlo —dijo Reacher—. Yo era un investigador minucioso cuando trabajaba en la policía militar, y lo supe todo sobre él. Le estudié. Barr se adiestró durante cinco años. Accedí a su historial. Había semanas en las que disparaba dos mil cartuchos. Disparaba contra objetivos de cartón y siluetas. En toda su carrera, calculé que había disparado un total de casi un cuarto de millón de cartuchos. No obstante, no había disparado nunca a un enemigo. No fue a Panamá en 1989. Por aquel entonces, poseíamos un buen ejército y solo necesitamos a unos pocos hombres, así que muchos no pudieron ir. Aquello le molestó tremendamente. Luego tuvo lugar la operación Escudo del Desierto, en 1990. Barr marchó a Arabia Saudita. Pero no tomó parte en la operación Tormenta del Desierto, en 1991. Fue una campaña principalmente de blindaje. James Barr únicamente permaneció allí, desempolvando su rifle y practicando el tiro con una media de dos mil cartuchos por semana. Más tarde, cuando la operación Tormenta del Desierto terminó, le enviaron a Kuwait para poner orden en la ciudad.

—¿Y qué sucedió allí? —preguntó Rosemary Barr.

—Fue su fin —dijo Reacher—. Eso fue lo que sucedió. Los soviets fracasaron. Irak se fue estabilizando. Barr miró a su alrededor y vio que la guerra había terminado. Había entrenado casi seis años y nunca había disparado en serio su arma, ni nunca la dispararía. Una gran parte de su entrenamiento se había centrado en la visualización; al mirar a través de la mira telescópica controlaba la médula oblongata, la base del cerebro donde se ensancha la médula espinal; respiraba lentamente; apretaba el gatillo; se concentraba durante la fracción de segundo que sucedía a cada disparo; imaginaba el soplo rosado que desprendían las cabezas alcanzadas por la bala. Había visualizado todo aquello muchas veces. Pero nunca lo había visto. Ni una sola vez. Nunca había presenciado aquel soplo rosado. Y lo deseaba de veras.

Silencio en la sala.

—Así que un día salió, a solas —dijo Reacher—, a la ciudad de Kuwait. Se colocó y esperó. Después disparó y mató a cuatro personas que salían de un bloque de apartamentos.

Helen Rodin observaba a Reacher.

—Disparó desde un parking —continuó—. Desde el segundo nivel. Justo en frente de la puerta del edificio de apartamentos. Las víctimas casualmente eran soldados americanos de rango inferior. Se encontraban de permiso de fin de semana y vestían ropa de calle.

Rosemary Barr sacudió la cabeza.

—No es verdad —dijo —. No puede ser verdad. James no haría eso. Y si lo hubiese hecho, habría ido a prisión. Sin embargo, se retiró con honores. Justo después de la guerra del Golfo. Y le condecoraron. Así que eso no pudo haber sucedido. No puede ser verdad en absoluto.

—Por eso mismo estoy aquí —dijo Reacher—. Tuvimos un grave problema. Recordad la secuencia de los hechos. Cuatro muertes. Estuvimos investigando. Al final todas las pistas me llevaron a tu hermano, pero eran pruebas circunstanciales. Indagamos sobre los posibles móviles. Investigando descubrimos información sobre los cuatro fallecidos. Información que realmente no queríamos conocer, pues resulta que habían estado haciendo cosas que no debían.

—¿Qué cosas? —preguntó Helen Rodin.

—La ciudad de Kuwait era un infierno. Estaba repleta de árabes ricos. Incluso los pobres tenían relojes Rolex, Rolls-Royces y aseos de mármol con grifería de oro. Muchos de ellos habían volado fuera del país temporalmente, hasta que acabase la guerra, pero habían dejado en Kuwait sus pertenencias. Alguno de ellos había abandonado a sus familias, a sus mujeres e hijas.

—¿Y bien?

—Nuestros cuatro soldados muertos habían estado haciéndose pasar por conquistadores, igual que habían hecho antes los iraquíes.

Ellos lo veían, supongo, como una conquista. Nosotros lo vimos como una violación y un robo a mano armada. Casualmente, aquel día habían dejado un buen rastro en el interior del apartamento. En anteriores ocasiones también habían dejado rastro en otros edificios. Encontramos tanto material que se habría podido inaugurar una franquicia de Tiffany's. Relojes, diamantes, todo tipo de material portátil. Y ropa interior. Imaginamos que usaban la ropa interior para contabilizar a las mujeres que habían violado.

—¿Y qué sucedió?

—Se convirtió en un asunto político, inevitablemente. Llegó a oídos de los cargos más altos. Se suponía que la guerra del Golfo significaría un gran éxito por nuestra parte, tanto en la realización como en el mantenimiento, y los kuwaitíes eran nuestros aliados, etcétera, etcétera. Por consiguiente, nos pidieron que ocultásemos la información que conocíamos sobre los cuatro soldados. Nos pidieron que jamás contásemos la historia. Y así lo hicimos. Tuvimos que dejar a James Barr libre, desgraciadamente, porque la información se había filtrado y el abogado de Barr podía utilizarla en su favor. Si le hubiésemos llevado a juicio, su abogado habría argumentado un alegato de homicidio justificado, de manera cruda pero sincera, porque Barr había actuado por honor al ejército. Lo habríamos perdido todo en aquel juicio, por eso nos dijeron que no nos arriesgásemos. Así pues, teníamos las manos atadas. Nos encontramos en un callejón sin salida.

—Tal vez fuese un homicidio justificado —dijo Rosemary Barr—. Tal vez James lo había descubierto todo.

—Señorita, no sabía nada. Lo siento mucho, pero no sabía nada. No había estado nunca en contacto con aquellos tipos. No los conocía en absoluto. No me contó nada sobre ellos cuando le interrogué. No llevaba tiempo suficiente en Kuwait para conocer a nadie. Simplemente les mató. Por diversión. Eso es lo que me confesó personalmente, antes de que la información saliese a la luz.

Silencio en la sala.

—Así que le hicimos callar y le dejamos marchar —continuó Reacher—. Informamos de que los cuatro soldados habían muerto a manos de los palestinos, algo verosímil en la ciudad de Kuwait en 1991. Aquella situación me cabreó. No era la peor que había vivido, pero tampoco la mejor. James Barr consiguió salir libre tras cometer cuatro asesinatos por pura chiripa. Así que fui a verle antes de que se fuera y le pedí que justificara su buena suerte no cometiendo otra vez el mismo error. Nunca. Jamás en lo que le quedaba de vida. Le dije que si alguna vez volvía a suceder, le encontraría y haría que se arrepintiera.

Hubo un silencio en la habitación que duró varios minutos.

—Así que por eso estoy aquí —agregó.

—Esto debe de ser información confidencial —dijo Helen Rodin—. Quiero decir, no se podrá utilizar nunca. Desembocaría en un gran escándalo.

Reacher asintió.

—Es información altamente clasificada, archivada en el interior del Pentágono. Por eso he preguntado si esta conversación era confidencial.

—Tendrías graves problemas si se supiera que has hablado de ello.

—Ya los he tenido antes. He venido hasta aquí para averiguar si hace falta que los tenga de nuevo. Sin embargo, no creo que sea necesario. Creo que tu padre puede meter entre rejas a James Barr sin mi ayuda. Pero contará con mi ayuda siempre que la necesite.

Entonces Helen comprendió.

—Estás aquí para presionarme —dijo—. ¿Verdad? Me estás queriendo decir que por mucho que lo intente, me harás fracasar.

—Estoy aquí para cumplir una promesa —dijo Reacher—. Una promesa que le hice a James Barr.

Reacher cerró la puerta y les dejó allí, a tres personas calladas y decepcionadas en el interior de una sala. A continuación tomó el ascensor. Ann Yanni volvió a subirse en la segunda planta. Reacher se preguntó por un instante si Ann se pasaba el día subiendo y bajando en el ascensor, esperando que la reconocieran y que le pidieran un autógrafo. No prestó más atención a la chica. Salió con ella al vestíbulo y se dirigió hacia la puerta.

Se detuvo un momento en la plaza, pensativo. El estado de salud de James Barr era un factor que lo complicaba todo. Reacher no quería quedarse en Indianápolis hasta que Barr despertara. Podían pasar semanas hasta entonces, si es que finalmente despertaba. Y Reacher no era alguien a quien le agradase estar quieto. Le gustaba el movimiento. Dos días en un mismo sitio era su límite. No obstante, no era capaz de elegir. No podía insinuarle lo que sabía a Alex Rodin. No podía darle un número de contacto en caso de emergencia. Esto último por dos motivos: el primero, que no tenía teléfono; el segundo, un hombre tan cuadriculado y prudente como Alex Rodin se preocuparía por cualquier indicio y comenzaría a investigar, y accedería a la información del Pentágono. Reacher incluso le había preguntado: «¿Consiguió mi nombre en el Pentágono?» Aquello había sido un descuido. Así pues, Alex Rodin ataría cabos con el tiempo. Podía pensar que algo no encajaba, y averiguar de qué se trataba a través del Pentágono. El Pentágono se negaría a contestarle, por supuesto. Pero a Rodin no le gustaba que nadie se negara. Acudiría a los medios, probablemente a Ann Yanni, quien estaría encantada de tener otra historia. En el fondo se sentiría inseguro ante la posibilidad de perder el caso por simple desconocimiento. Jamás descansaría.

Y Reacher no quería que la historia saliera a la luz. A menos que fuera estrictamente necesario. Los veteranos de la guerra del Golfo ya habían tenido suficiente con la intoxicación de uranio y aquellos rollos químicos. Lo único que querían era mantener la reputación del conflicto como lo que era, una guerra. No querrían sentirse difamados por asociación a gente como Barr y sus víctimas. La gente diría: «Eh, todos hacían lo mismo». Y no todos hacían lo mismo, según la experiencia de Reacher. Habían sido un buen ejército. Así que Reacher no quería que la historia saliera a la luz, a menos que fuera absolutamente necesario, algo que decidiría por sí mismo.

Por lo tanto, nada de lanzarle indirectas a Alex Rodin. Nada de facilitarle un número de teléfono.

Entonces ¿qué hacer exactamente?

Reacher decidió quedarse por allí durante veinticuatro horas. Tal vez hubiese un pronóstico más concreto sobre el estado de salud de Barr pasado aquel período de tiempo. Tal vez se citara con Emerson para convencerse de la solidez de las pruebas del caso. Entonces, quizá pudiera dejar a Alex Rodin en la oficina, y marcharse tan contento. Si sucediese cualquier problema durante su marcha, podría enterarse por los periódicos, en un futuro lejano, tumbado en una playa o sentado a la barra de un bar, y entonces volvería a Indianápolis.

Así pues, le quedaban veinticuatro horas en aquella pequeña ciudad del centro del estado.

Decidió comprobar si había un río.

Había un río. Era una masa de agua amplia y lenta que se movía de oeste a este, cruzando la zona sur del centro de la ciudad. «Algún afluente del inmenso río Ohio», pensó. La orilla norte se enderezaba y reforzaba con enormes rocas a lo largo de un tramo de casi trescientos metros. Las rocas pesaban unos cincuenta mil kilos cada una. Parecían impecablemente talladas y perfectamente encajadas. Formaban un muelle, un embarcadero. Sobre este, había varios amarres de hierro altos y anchos. A aquella altura, el agua tenía una profundidad aproximada de nueve metros. A lo largo de la orilla había cabañas de madera, con las puertas abiertas tanto al río como a la calle. La calzada estaba hecha de adoquines. Seguramente cien años atrás, el embarcadero había sido el lugar donde se amarraban y descargaban barcazas enormes, donde decenas de hombres trabajaban. Seguramente, caballos y carros habían avanzado con gran estruendo sobre los adoquines. Sin embargo, ahora no había nada. Únicamente calma absoluta, y el fluir suave del agua. Óxido sobre el metal, hierbajos entre las rocas.

En algunas de las cabañas todavía se podía leer el nombre del propietario. Artículos de confección McGinty. Granero Allentown. Tienda de comestibles Parker. Reacher dio una vuelta por aquellos casi trescientos metros y observó las cabañas. Seguían en pie, fuertes y firmes. «A punto de ser renovadas», pensó. Una ciudad que había construido un estanque con una fuente en una plaza, arreglaría también el muelle. Era inevitable. La ciudad estaba llena de obras. Se extenderían hacia el sur. Otorgarían a alguien la licencia para abrir un café a la orilla del río. Tal vez un bar con música en directo, de jueves a sábado. Tal vez un local con un pequeño museo que narrase la historia del comercio en el río.

Reacher se disponía a volver, cuando se encontró cara a cara con Helen Rodin.

—Tampoco eres un hombre tan difícil de encontrar —le dijo.

—Parece ser que no —repuso Reacher.

—Los turistas siempre visitan el embarcadero.

Helen llevaba el maletín típico de los abogados.

—¿Puedo invitarte a comer? —le preguntó.

Caminaron en dirección norte, hacia una zona recién renovada. Tras cruzar un edificio derruido, la vieja y destartalada ciudad se convirtió en una ciudad nueva y luminosa. Los almacenes pasaron de ser tiendas familiares de bolsas de aspiradoras y tubos de lavadoras a establecimientos nuevos en cuyos aparadores se mostraban vestidos relucientes de cien dólares. Y zapatos, y café a cuatro dólares, y objetos de titanio. Avanzaron dejando atrás tales lugares y Helen Rodin le condujo a un restaurante. Era el tipo de sitio que Reacher ya conocía y que solía evitar. Paredes blancas, con algunos ladrillos al descubierto, mesas y sillas de aluminio, ensaladas extrañas. Unían los ingredientes al azar y le ponían un nombre ingenioso.

Helen le llevó a una mesa que había situada al fondo del restaurante. Un chico lleno de energía les llevó el menú. Helen Rodin pidió algo con naranja, nueces y queso gorgonzola. También una infusión de hierbas. Reacher dejó de leer el menú y decidió pedir lo mismo que ella, pero con café, normal, negro.

—Este es mi lugar preferido de la ciudad —dijo Helen.

Reacher asintió. La creyó. Helen parecía sentirse como en casa. El pelo liso y largo, la ropa negra. El brillo juvenil. Reacher era mayor y provenía de un tiempo y lugar diferentes.

—Necesito que me expliques algo —le pidió Helen.

Se inclinó y abrió el maletín. Sacó el viejo radiocasete. Lo colocó con cuidado sobre la mesa. Pulsó el botón de play. Reacher oyó decir al primer abogado de James Barr: «Negarlo no es una opción». A continuación oyó decir a Barr: «Tráigame a Jack Reacher».

—Esto ya me lo habías enseñado —le dijo.

—Pero ¿por qué lo diría? —preguntó Helen.

—¿Eso es lo que quieres que te explique?

Helen asintió.

—No puedo —dijo.

—Si usamos la lógica, tú serías la última persona a quien querría ver.

—Estoy de acuerdo.

—¿Puede que tuviese dudas sobre lo que le dijiste hace catorce años?

—No lo creo. Fui bastante claro.

—Entonces ¿por qué quería verte ahora?

Reacher no contestó. El camarero les llevó el pedido, y comenzaron a comer. Naranjas, nueces, queso gorgonzola, todo tipo de hojas y lechugas, y frambuesas a la vinagreta. No estaba demasiado mal. Y el café estaba bueno.

—Ponme la cinta desde el principio —le pidió.

Helen soltó el tenedor y pulsó la tecla de rebobinado. Dejó la mano sobre el aparato, un dedo en cada tecla, como un pianista. Tenía los dedos largos. No llevaba anillos. Tenía las uñas cuidadas, bien limadas. Pulsó el play y volvió a coger el tenedor. Reacher no escuchó nada durante un instante, hasta que la cinta avanzó. Entonces escuchó la acústica de una cárcel. Ecos, ruidos metálicos a lo lejos. La respiración de un hombre. Luego oyó cómo se abría una puerta y el golpe de otro hombre al sentarse en una silla. Ningún ruido de silla rozando contra el cemento. Se trata de una silla de prisión, pegada al suelo. El abogado comenzó a hablar. Era viejo y aburrido. No quería estar allí. Sabía que Barr era culpable. Durante un rato estuvo hablando sobre banalidades. El silencio de Barr le hacía frustrarse cada vez más. A continuación, profundamente exasperado, dijo: «No puedo ayudarle si usted mismo no se ayuda». Hubo una pausa muy larga, y a continuación la voz de Barr rompió el silencio, inquieto, cerca del micrófono: «Tienen al tipo equivocado». Lo repitió. A continuación, el abogado, sin creerle, comenzó a hablar nuevamente, diciendo que las pruebas estaban allí. Buscaba una razón que explicara aquel hecho indiscutible. Después, Barr pidió ver a Reacher, dos veces, y el abogado preguntó si Reacher era doctor, otras dos veces. Finalmente, Barr se levantó y salió de la habitación. Se oyó el golpe de una puerta al cerrarse y seguidamente nada más.

Helen Rodin pulsó la tecla de stop.

—¿Y bien? —preguntó—. ¿Por qué dijo que no lo había hecho y luego pidió ver a un hombre que sabía que ya había hecho algo así antes?

Reacher únicamente se encogió de hombros y no respondió. Pero vio en los ojos de Helen la respuesta.

—¿Sabes qué? —le dijo—. Quizás no sepas que lo sabes. Pero tiene que haber algo que cree que puede ayudarle.

—¿Acaso importa? Está en estado de coma. Podría no despertar nunca.

—Importa y mucho. Podría mejorar.

—Yo no sé nada.

—¿Estás seguro? ¿Se le realizó alguna evaluación psiquiátrica?

—El asunto no llegó tan lejos.

—¿Declaró demencia?

—No, declaró un resultado perfecto. Cuatro de cuatro.

—¿Crees que se volvió loco?

—Esa es una gran palabra. ¿Es de locos disparar a cuatro personas simplemente por diversión? Claro que sí. ¿Estaba loco en realidad? Estoy seguro de que no.

—Tú sabes algo, Reacher —insistió Helen—. Debe de haber algo oculto. Tienes que intentar buscarlo.

Reacher se quedó en silencio un instante.

—¿Has visto las pruebas por ti misma? —preguntó.

—He visto el sumario.

—¿Cómo es?

—Es horrible. No hizo ninguna pregunta. Como mucho, solo podremos optar a la reducción de condena, nada más. Y en su estado mental... No puedo dejar que ejecuten a una persona enferma.

—Entonces espera a que despierte. Que le hagan algunas pruebas.

—No las tendrán en cuenta. Despertará atontado y el fiscal dirá que fue a causa del golpe en la cabeza durante la pelea de la cárcel, que se encontraba en perfecto estado de salud cuando sucedió el crimen.

—¿Tu padre es leal?

—Vive para ganar.

—¿De tal palo tal astilla?

Helen hizo una pausa.

—En cierto modo —contestó.

Reacher terminó la ensalada. Se dispuso a coger con el tenedor la última nuez que quedaba, pero lo pensó mejor y decidió cogerla con los dedos.

—¿Qué te pasa por la cabeza? —le preguntó Helen.

—Solo un pequeño detalle —contestó—. Hace catorce años se trataba de un caso con escasas pruebas. Y él confesó. En esta ocasión las pruebas parecen ser irrefutables. Pero él lo niega.

—¿Qué significa eso?

—No lo sé.

—Entonces piensa qué sabes —le pidió Helen—. Debes saber algo. Pregúntatelo a ti mismo, ¿por qué quiso verte? Tiene que haber una razón.

Reacher no contestó. El chico que les había servido volvió y recogió los platos. Reacher señaló su taza de café, el camarero fue a la barra y volvió para llenársela. Reacher envolvió la taza con las manos y disfrutó del aroma.

—¿Puedo hacerte una pregunta personal? —se atrevió Helen.

—Depende de lo personal que sea —contestó Reacher.

—¿Por qué no te podíamos localizar? Normalmente los tipos como Franklin encuentran a cualquiera.

—Quizás Franklin no sea tan bueno como crees.

—Probablemente sea mejor de lo que creo.

—No se puede localizar a todo el mundo.

—Coincido contigo. Pero no pareces de ese tipo de personas.

—Yo he formado parte del sistema —explicó Reacher— toda mi vida. Luego el sistema me escupió, me soltó. Entonces pensé, de acuerdo, estoy fuera, estoy fuera. Y me alejé por completo. Estaba un poco enfadado, así que probablemente fue una reacción inmadura. Pero he acabado acostumbrándome.

—¿Como si se tratara de un juego?

—Como una adicción —corrigió Reacher—. Soy adicto a la libertad.

El chico trajo la cuenta. Helen Rodin pagó. Seguidamente metió el radiocasete en el maletín y salió del local con Reacher. Caminaron en dirección norte, más allá de las obras a la entrada de First Street. Ella se dirigía a su oficina; él, en busca de un hotel.

Un hombre llamado Grigor Linsky les observaba mientras caminaban. Estaba hundido en el asiento de un coche aparcado junto a la acera. Sabía dónde tenía que esperar, dónde solía comer Helen cuando tenía compañía.

4

Reacher preguntó en un céntrico hotel llamado Metropole Palace, situado a dos manzanas de First Street, en la calle comercial más importante. Pagó en metálico por adelantado solamente una noche y se registró como Jimmy Reese. Había agotado los nombres de todos los presidentes y vicepresidentes, y ahora había empezado con los segundas bases de los Yankees. Jimmy Reese había jugado bastante bien durante 1930, y bastante mal durante 1931. Había aparecido de la nada, y se había trasladado a St. Louis hasta bien entrado el año 1932. Más tarde había dejado de jugar. Falleció en California, a los 93 años. Pero ahora había vuelto, a una habitación individual con baño en el Metropole Palace, solo por una noche, ya que debía abandonar la habitación antes de las once de la mañana del día siguiente.

El Metropole Palace era un hotel triste, lúgubre y medio vacío. Pero anteriormente había sido un lugar imponente. Reacher se percató de ello. Los comerciantes de cereales, hacía cien años, subirían la colina desde el embarcadero y pasarían la noche en el hotel. Imaginó tiempo atrás el vestíbulo con el aspecto de un salón del oeste. Sin embargo, ahora estaba decorado con finos toques modernistas. Habían restaurado el ascensor. Las habitaciones se abrían con tarjetas magnéticas en lugar de llaves. Pero Reacher supuso que el edificio, en realidad, no había cambiado demasiado. Sin duda alguna, la habitación era sombría y estaba pasada de moda. Parecía que no hubiesen cambiado el colchón durante todo aquel tiempo.

Reacher se tumbó, colocando las manos detrás de la cabeza. Pensó en la ciudad de Kuwait, hacía más de catorce años. Todas las ciudades tienen un color, y Kuwait era blanca. Estuco blanco, hormigón pintado de blanco, mármol blanco. Cielos blancos a la luz del sol. Hombres vestidos de blanco. El parking desde el que James Barr disparó era blanco, y el edificio de apartamentos que tenía enfrente también. Debido al sol, los cuatro soldados llevaban gafas de sol estilo aviador. A los cuatro les había alcanzado la bala en el cráneo, pero las gafas no se habían roto. Simplemente habían caído al suelo. Recuperaron las balas y cerraron el caso. Se trataba de balas Match 168 gramos de punta encapsulada. Nada de punta hueca, ya que estaban prohibidas por la Convención de Ginebra. Eran balas utilizadas por francotiradores norteamericanos, del ejército o de la Marina. Si Barr hubiese utilizado un fusil de asalto, una ametralladora o una pistola, Reacher no le habría descubierto. Todas las armas utilizadas en conflictos, excepto los rifles de francotirador, seguían las directrices marcadas por la OTAN, lo que habría ampliado el círculo de sospechosos hasta extremos impensables, dado que casi todos los países de la OTAN habían tomado parte en el conflicto. Pero Barr se había propuesto utilizar su arma de francotirador, solo en una ocasión, y esta vez de verdad. Y gracias a las balas pudieron encontrarle.

Fue un caso muy duro. Quizás el más duro de la carrera de Reacher. Había utilizado la lógica, la deducción, la intuición, había trabajado en la oficina, en la calle, y había tenido que descartar sospechosos. Al final, todas las pistas le llevaron a James Barr, un hombre que finalmente había presenciado el humo rosado y que, por algún extraño motivo, parecía sentirse en paz tras lo sucedido.

Había confesado.

La confesión fue voluntaria, rápida y completa. Reacher no le puso nunca la mano encima. Barr habló francamente sobre la experiencia. A continuación, le hizo algunas preguntas a Reacher sobre la investigación, como si le fascinara el proceso. Obviamente, no esperaba que le pillaran en un millón de años. Se sentía a la vez resentido y admirado. Se comportó como si le pesara que le dejaran en libertad, como si lamentara que, a pesar de los esfuerzos, Reacher no hubiera conseguido nada.

Catorce años más tarde Barr no había confesado.

Había también otra diferencia entre la primera vez y esta última. Pero Reacher no conseguía describirla. Tenía algo que ver con el calor que hacía en la ciudad de Kuwait.

Grigor Linsky cogió su teléfono móvil y llamó a El Zec. El Zec era el hombre para el que trabajaba. No sólo Zec, sino *El* Zec. Era una cuestión de respeto. El Zec tenía ochenta años, pero continuaba rompiendo brazos si se enteraba de que le faltaban al respeto. Era como un toro viejo. Todavía mantenía la misma fuerza y actitud. Tenía ochenta años gracias a eso. Sin ello habría fallecido a los veinte años. O algo más tarde, a los treinta, aproximadamente cuando se volvió loco y se le ocurrió el nombre de El Zec.

—La abogada regresa a su oficina —dijo Linsky—. Reacher ha girado en dirección este antes de llegar a First Street. No le he seguido, pero le he visto pasar de largo la estación de autobuses. Por tanto, supongo que se queda en la ciudad. Según mi opinión, se aloja en el Metropole Palace. No hay nada más en esa dirección.

El Zec no dijo nada.

—¿Hacemos algo? —preguntó Linsky.

—¿Durante cuánto tiempo va a estar por aquí?

—Eso depende. Está claro que ha venido en misión de ayuda.

El Zec no dijo nada.

—¿Hacemos algo? —volvió a preguntar Linsky.

Hubo una pausa. Ruido estático, respiración de anciano.

—Tal vez deberíamos distraerle —dijo El Zec—. O desanimarle. Me han dicho que fue soldado. Por lo tanto, probablemente se comporte de forma predecible. Si se aloja en el Metropole, no se quedará en la habitación toda la noche. Allí no hay ninguna diversión para un soldado. Saldrá a algún lado. Probablemente a solas. Así que podría sufrir algún incidente. Usa tu imaginación. Busca un buen escenario. No uses a nuestros hombres. Y haz que parezca natural.

—¿Daños?

—Rompedle los huesos, como mínimo. Quizás alguna lesión en la cabeza. Puede que termine en la sala de cuidados intensivos junto a su amigo James Barr.

—¿Y la abogada?

—A ella dejadla en paz por el momento. Ya nos encargaremos de ella más adelante, si es necesario.

Helen Rodin pasó una hora sentada ante su escritorio. Recibió tres llamadas. La primera era de Franklin. Se retiraba del caso.

—Lo siento, pero vas a perder —le dijo—. Y yo tengo que ocuparme del negocio. No puedo seguir trabajando en esto gratis.

—A nadie le gustan los casos perdidos —dijo Helen, diplomáticamente. Iba a necesitar a Franklin más adelante, en un futuro. No había razón para obligarle a seguir con ella.

—Los casos perdidos sin remunerar no —rectificó Franklin.

—Si consigo que nos paguen, ¿volverás conmigo?

—Por supuesto —contestó Franklin—. Llámame.

A continuación colgó. Habían guardado las formas, seguirían en contacto. La siguiente llamada ocurrió diez minutos más tarde. Era su padre. Parecía profundamente preocupado.

—No deberías haber aceptado este caso, lo sabes —le dijo.

—No es que me sobren las ofertas —replicó Helen.

—Perder podría significar ganar, ya sabes a qué me refiero.

—También ganar podría significar ganar.

—No, ganar significará perder. Tienes que entenderlo.

—¿Es que tú alguna vez te has propuesto perder un caso? —le preguntó ella.

Su padre no respondió. Luego comenzó a indagar.

—¿Te ha encontrado Jack Reacher? —preguntó, como queriendo decir: *¿Debería preocuparme?*

—Me ha encontrado —le contestó, con voz clara.

—¿Y ha sido interesante? —queriendo decir: *¿Debería preocuparme?*

—Sin duda alguna me ha dado algo en lo que pensar.

—Bien, ¿hablamos de ello? —queriendo decir: *Por favor, cuéntame.*

—Estoy segura de que hablaremos de ello pronto. Cuando sea el momento adecuado.

Hablaron durante un minuto más y quedaron para cenar juntos. Rodin lo volvió a intentar: *Por favor, dímelo.* Helen no lo hizo. Luego colgaron. Helen sonrió. No le había mentido. Ni siquiera se había tirado un farol. Pero sintió que había tomado parte en el juego. La justicia era un juego, y como en cualquier juego, había un componente psicológico.

La tercera llamada era de Rosemary Barr, desde el hospital.

—James se está despertando —dijo—. Le han quitado el tubo de respiración. Ha salido del coma.

—¿Ya habla?

—Los doctores dicen que podría hacerlo mañana.

—¿Podrá recordar algo?

—Los doctores dicen que es posible.

Una hora más tarde Reacher salió del Metropole. Tomó dirección norte, hacia los comercios de artículos a bajo precio que había visto cerca de los juzgados. Quería ropa. Algo urbano. Quizás un peto no, pero sí algo más clásico que la ropa que llevaba en Miami. Pensó que su próxima parada sería Seattle, con su famoso café, y no podía pasearse por allí con una camisa color amarillo chillón.

Encontró una tienda y compró un pantalón, cuya etiqueta decía gris, aunque a él le parecía verde oliva. También encontró una camiseta casi del mismo color. Y ropa interior. Compró también un par de calcetines. Se cambió de ropa en el probador y tiró las prendas viejas en el cubo de basura del mismo comercio. Le cobraron cuarenta dólares por unas prendas que esperaba usar durante cuatro días. Un derroche, pero merecía la pena gastar diez dólares al día si con ello evitaba ir cargando con una mochila.

Salió de la tienda y caminó en dirección oeste, hacia el sol vespertino. El tejido de la camiseta era demasiado grueso para el tiempo que hacía, pero Reacher se adecuó remangándose y abriéndose los dos primeros botones. Estaba bien, perfecta para Seattle.

Llegó a la plaza y vio que habían vuelto a activar la fuente. La piscina se iba llenando, muy despacio. El barro del fondo tenía un grosor de una pulgada y se arremolinaba lentamente. Algunas personas contemplaban la escena. Otras paseaban. Pero nadie caminaba por el pequeño pasillo lleno de ofrendas, el lugar donde las víctimas de Barr habían fallecido. Quizás nadie volviera a caminar por allí nunca más. La gente evitaba el pasillo tomando un camino más largo, más allá de la insignia de la NBC. Por instinto, por respeto, por temor. Reacher no estaba seguro del motivo.

Avanzó con cuidado entre las flores y se sentó en el muro, con el sonido de la fuente de fondo, y el parking detrás. El sol le calentaba un hombro, mientras que el otro continuaba frío, a la sombra. Bajo sus pies notaba restos de arena. Volvió la cabeza hacia la izquierda y divisó la puerta del edificio de tráfico. Miró a la derecha y vio los coches circular por la autopista elevada. Tomaban una curva, en las alturas, uno detrás de otro, en fila india, en un solo carril. No había demasiados vehículos. El tráfico allá arriba era fluido, teniendo en cuenta que se aproximaba la hora punta en First Street. Entonces volvió la cabeza de nuevo hacia la izquierda y vio a Helen Rodin sentada a su lado. Respiraba con dificultad.

—Estaba equivocada —le dijo—. Eres un hombre difícil de encontrar.

—Sin embargo, lo has conseguido —contestó él.

—Te he visto desde la ventana. He venido corriendo desde allí, antes de que te alejaras. Pero antes me he pasado media hora llamando a todos los hoteles de la ciudad y en todos me han dicho que no estabas registrado.

—Es mejor que no se sepa.

—James Barr está despertando. Podría recuperar el habla mañana.

—O quizás no.

—¿Sabes algo sobre daños cerebrales?

—Sobre los que yo he causado.

—Quiero que hagas algo por mí.

—¿Como qué? —preguntó Reacher.

—Ayudarme —le contestó— con algo importante.

—¿Ah, sí?

—También te ayudarás a ti mismo.

Reacher no dijo nada.

—Quiero que seas mi analista de pruebas.

—Ya tienes a Franklin para eso.

Helen negó con la cabeza.

—Franklin está demasiado cerca de sus colegas policías. No será lo bastante crítico. No querrá hacerles enfadar.

—¿Y yo sí? Quiero hundir a Barr, ¿recuerdas?

—Exacto. Por eso exactamente deberías encargarte tú, para confirmar que tienen un caso sólido. Después podrás dejar la ciudad y marcharte contento.

—Si encuentro alguna fisura en el caso, ¿deberé decírtelo?

—En tal caso, lo vería en tus ojos, y lo sabría según lo que hicieras a continuación. Si desapareces, significará que se trata de un caso sólido, si te quedas por aquí, significará que es débil.

—Franklin ha abandonado, ¿no es cierto?

Helen hizo una pausa, y luego asintió.

—Se mire por donde se mire, es un caso perdido. Estoy trabajando en él sin cobrar, porque nadie más querría hacerlo. Pero Franklin tiene que ocuparse de su negocio.

—Así que él no quiere trabajar gratis, ¿pero yo sí?

—Tú tienes que hacerlo. Creo que ya te lo habías planteado, por eso fuiste a ver primero a mi padre. Él está totalmente convencido, ya lo viste. Pero tú continúas queriendo echar una ojeada a los informes. Fuiste un investigador meticuloso, según dijiste, eras un perfeccionista. Quieres dejar la ciudad sabiendo que está todo perfectamente atado, según tu punto de vista.

Reacher no dio contestación.

—Te dejarán ver los informes —prosiguió—. Es un derecho constitucional. Tienen que dejarnos verlo todo. La defensa tiene acceso a la información que tenga que ver con el proceso.

Reacher continuó sin decir nada.

—No tienes elección —añadió—. De otro modo no tendrás acceso. No comparten la información con personas ajenas al proceso.

«Echar una ojeada. Dejar la ciudad y marchar contento. No hay elección.»

—De acuerdo —dijo Reacher.

Helen señaló.

—Camina cuatro manzanas hacia el oeste y una al sur. Allí se encuentra la comisaría de policía. Yo iré a la oficina y llamaré a Emerson.

—¿Empezamos ya?

—James Barr está despertando. Necesito acabar con esto cuanto antes. Voy a perder la mayor parte del día de mañana intentando encontrar a un psiquiatra que trabaje gratis. El alegato por desequilibrio mental sigue siendo nuestra mejor baza.

Reacher caminó cuatro manzanas hacia el oeste y una hacia el sur, pasando por debajo de la autopista. Se detuvo en una esquina. La comisaría de policía ocupaba casi toda la manzana. El resto estaba destinado a una zona de aparcamiento en forma de L para vehículos policiales. Se trataba de coches blancos y negros, coches camuflados para uso de los detectives, una camioneta para escenas de crimen y un furgón SWAT. El edificio era de ladrillos y cristal. Tenía el tejado plano, cubierto de conductos de ventilación. Había barrotes en todas las ventanas. Una tela metálica rodeaba el perímetro.

Reacher entró. Le indicaron dónde encontrar a Emerson. Le esperaba tras su escritorio. Reacher le reconoció de haberle visto por televisión, la mañana del sábado. Estaba igual, pálido, calmado, competente, ni alto ni bajo. En persona parecía que hubiese sido policía desde el mismo día de su nacimiento. Desde su concepción, quizás. Estaba en cada uno de sus poros, en su ADN. Llevaba puesto un pantalón gris de franela y una camisa blanca de manga corta, con el cuello abierto. No llevaba corbata. Colgada del respaldo de su silla, había una americana. Tanto su cuerpo como su rostro no estaban del todo definidos, como si las constantes presiones le modelaran a su antojo.

—Bienvenido a Indiana —le saludó.

Reacher no contestó.

—En serio —explicó—. De verdad. Nos encanta que viejos amigos del acusado aparezcan para destrozar nuestro trabajo.

—Estoy aquí por su abogada —aclaró Reacher—. No como amigo.

Emerson asintió.

—Yo mismo le pondré en antecedentes —continuó—. Luego mi técnico en escenas de crimen le explicará los detalles. Puede ver absolutamente todo lo que quiera, y puede preguntar lo que quiera.

Reacher sonrió. Él también había sido policía hacía trece años, y habían sido tiempos duros. Conocía el lenguaje policial y todos sus dialectos. Conocía el tono y entendía los matices. Así pues, la manera con que se le dirigía Emerson le decía muchas cosas. Le decía que, a pesar de la hostilidad inicial, era un tipo que, en el fondo, se alegraba de enfrentarse a un crítico. Porque estaba convencido de que tenía un caso increíblemente sólido.

—Conoce a James Barr bastante bien, ¿me equivoco? —preguntó Emerson.

—¿Y usted? —le devolvió la pregunta.

Emerson sacudió la cabeza.

97

—Nunca me lo he encontrado cara a cara. Carece de antecedentes similares.

—¿Su rifle era legal?

Emerson asintió.

—Estaba registrado y no lo modificó. Al igual que el resto de sus armas.

—¿Cazaba?

Emerson negó con la cabeza nuevamente.

—No pertenecía a la Asociación Nacional del Rifle ni a ningún otro club de armas. No le hemos visto cazar por la montaña. Nunca se ha visto envuelto en problemas. Era simplemente un ciudadano discreto. De hecho, un ciudadano invisible. Carece de antecedentes.

—¿Se ha encontrado algo así antes?

—Demasiadas veces. Si incluimos Distrito de Columbia, Indiana se encuentra en el puesto dieciséis de un total de cincuenta y uno en la lista de muertes per cápita causadas por homicidio. Peor que Nueva York, peor que California. Esta ciudad no es la peor del estado, pero tampoco la mejor. Así pues, sí, lo hemos visto con anterioridad, y a veces existen antecedentes, y otras veces no. Sea como sea, sabemos lo que hacemos.

—Hablé con Alex Rodin —dijo Reacher—. Está impresionado.

—Debería. Nosotros actuamos correctamente. Pillamos a tu viejo amigo seis horas después del primer tiro. Es un caso digno de aparecer en un libro de texto, de principio a fin.

—¿No cabe ninguna duda?

—Digámoslo así: escribí el informe el sábado por la mañana y no he vuelto a pensar en ello desde entonces. Es perfecto. Es casi el caso más perfecto que he visto jamás, y he visto muchos.

—Entonces ¿tiene algún sentido que yo esté aquí?

—Claro que sí. Tengo un técnico en escenas de crimen que se muere de ganas por alardear. Es un buen hombre, y merece su momento de gloria.

Emerson acompañó a Reacher al laboratorio y lo presentó como el investigador de la defensa, no como el amigo de James Barr, cosa que ayudó un poco a calmar el ambiente. A continuación, les dejó a solas. El técnico en escenas de crimen era un tipo formal de cuarenta años, llamado Bellantonio. Su nombre era más exuberante que él. Era alto, de piel oscura, delgado y encorvado. Podría haber sido director de pompas fúnebres. Bellantonio sospechaba que James Barr iba a declararse culpable. Pensaba que Barr no llegaría a asistir nunca al día del juicio. Estaba claro. Había ordenado las pruebas siguiendo una cadena de secuencia lógica, exponiéndolas sobre las mesas alargadas del sótano de la comisaría, con el único fin de ofrecer a los visitantes la actuación que jamás podría ofrecer a un jurado.

Las mesas eran blancas, estilo cantina, y ocupaban todo el largo de la sala. Por encima de estas, había un tablón largo de corcho con cientos de papelitos enganchados, forrados con plástico protector, que hacían referencia a los objetos colocados debajo. Situado entre dos mesas, se encontraba el Dodge Caravan beige de James Barr. La sala era nítida y brillante, gracias a la luz de los fluorescentes, y la furgoneta parecía enorme y fuera de lugar. Estaba vieja y sucia. Olía a gasolina, grasa y goma. La puerta trasera corrediza estaba abierta. Bellantonio había colocado una luz en el interior que iluminaba la tapicería.

—Todo esto está muy bien —dijo Reacher.

—Es la mejor escena de crimen en la que haya trabajado nunca —comentó Bellantonio.

—Explíqueme.

Bellantonio comenzó por el cono de tráfico, colocado sobre un trozo de papel de cocina. También parecía más grande de lo normal y discordante con la sala. Reacher vio el polvo que utilizaban para hallar huellas dactilares, y leyó el papel. Barr había manejado aquel cono, sin duda. Había puesto la mano encima, cerca del extremo superior, donde el objeto se estrechaba. Más de una vez. Había huellas dactilares y de la palma. La correspondencia era increíble. Las huellas encajaban a la perfección.

Lo mismo sucedía con el cuarto de dólar hallado en el parquímetro, y con el casquillo de bala. Bellantonio le enseñ a Reacher los fotogramas impresos con láser de las imágenes captadas con la cámara del garaje. Mostraban la furgoneta entrando en el lugar antes de los hechos, y saliendo después de estos. Bellantonio le enseñó el interior del Dodge, las fibras de tapicería que había encontrado la policía en el cemento rugoso y nuevo, al igual que los pelos de perro, las fibras de tejido vaquero y del abrigo. A continuación, le mostró un pedazo de moqueta que habían extraído de la casa de Barr, y comprobó ante él que las fibras coincidían con las halladas en la escena del crimen. Le enseñó las botas camperas, y cómo la suela de crepé funcionaba como el mejor mecanismo para el traslado de partículas. Los diminutos restos de suela encontrados en la escena del crimen encajaban con el calzado de Barr. Bellantonio le enseñó el polvo de cemento hallado en casa de Barr, en la cocina, el comedor, el dormitorio y el garaje, una muestra tomada en el parking y un informe de laboratorio corroborando que se trataba del mismo polvo.

Reacher revisó la transcripción de las llamadas al 911 y las conversaciones mantenidas entre los coches patrulla. Luego echó una ojeada al protocolo en casos de crimen, el rastreo inicial de policías de uniforme, el examen forense de los hombres de Bellantonio, la genial idea de Emerson de revisar el parquímetro. Después leyó el informe de la detención, el cual estaba impreso y colgado en el corcho junto a todo lo demás. La táctica de los SWAT, el sospechoso dormido, la identificación tras ver el carné de conducir en la cartera que llevaba en el bolsillo del pantalón. Las pruebas médicas. La captura del perro llevada a cabo por los agentes K9. La ropa del armario. Las botas. Las armas del sótano. Reacher leyó las declaraciones de los testigos. Un recluta de la Marina había oído seis disparos. Una compañía telefónica recuperó la grabación. Aparecía adjunto un gráfico, una onda sonora gris, con seis picos elevados. El gráfico, de izquierda a derecha, seguía una onda que coincidía con la que Helen Rodin había descrito. *Uno, dos-tres, pausa, cuatro-cinco-seis.* El eje vertical del gráfico representaba el volumen. Los disparos eran débiles, pero se distinguían claramente en la grabación. El eje horizontal representaba el tiempo. Seis disparos en menos de cuatro segundos. Cuatro segundos que habían cambiado una ciudad, al menos durante un tiempo.

Reacher miró el rifle, cerrado herméticamente en una funda de plástico transparente. Leyó la nota situada encima. Una Springfield M1A Super Match, recámara para diez balas, cuatro cartuchos todavía en el interior. Las huellas de Barr recorrían el arma. Las rozaduras en el guardamano encajaban con los restos de barniz encontrados en la escena. La bala intacta recuperada de la piscina. Un informe de balística confirmaba que la bala coincidía con el cañón. Otro informe confirmaba que el casquillo coincidía con el eyector. Impresionante. Caso cerrado.

—De acuerdo, es suficiente —dijo Reacher.

—Es bueno, ¿verdad? —le preguntó Bellantonio.

—El mejor que haya visto jamás —le contestó Reacher.

—Mejor que cientos de testigos oculares.

Reacher sonrió. A los técnicos de escenas de crimen les encantaba aquella frase.

—¿Hay algo que no le acabe de gustar? —le preguntó.

—Me gusta todo —dijo Bellantonio.

Reacher contempló su propio reflejo en la ventana opaca del Dodge. El cristal oscuro hacía que su camiseta nueva pareciera gris.

—¿Por qué dejaría allí el cono de tráfico? —le preguntó—. Pudo haberlo metido en la parte posterior de la furgoneta fácilmente.

Bellantonio no respondió.

—¿Y por qué pagó el parking? —preguntó Reacher.

—Soy forense —dijo Bellantonio—. No psicólogo.

Poco después apareció Emerson y permaneció allí, esperando que Reacher se rindiera. Reacher se dio por vencido. No había duda. Les estrechó la mano y les dio la enhorabuena por el buen trabajo.

Regresó, una manzana en dirección norte y cuatro en dirección este, bajo la autopista elevada, en dirección a la torre negra de cristal. Eran las cinco pasadas y el sol le ardía en la espalda. Llegó a la plaza y observó que la fuente aún seguía en funcionamiento y que el estanque se había llenado una pulgada más. Dejó atrás la insignia de la NBC y subió por el ascensor. No vio a Ann Yanni. Tal vez se estuviese preparando para el noticiario de las seis en punto.

Reacher encontró a Helen Rodin sentada tras su escritorio de segunda mano.

—Mírame a los ojos —le dijo.

Así hizo ella.

—Hazte a la idea —continuó—. Es un caso sólido como el hierro. Un resultado tan seguro como el de Willie Mays debajo de una pelota de béisbol.

Helen no dijo nada.

—¿Ves alguna duda en mis ojos? —le preguntó.

—No —contestó ella—. No.

—Pues empieza a telefonear a los psiquiatras. Si eso es lo que de verdad quieres.

—Merece tener un representante, Reacher.

—Ha roto las reglas.

—No podemos lincharle.

Reacher hizo una pausa. Seguidamente asintió.

—El psiquiatra debería pensar sobre el parquímetro. Es decir, ¿quién pagaría por diez minutos aunque no tuviera intención de disparar a nadie? Es algo que no logro explicarme. Es como si siguiera la ley a rajatabla, ¿no crees? Quizás en esta ocasión Barr estaba loco de verdad. Ya sabes, confundido por lo que iba a hacer.

Helen Rodin tomó nota.

—Me aseguraré de mencionárselo.

—¿Quieres que cenemos juntos?

—Estamos en bandos opuestos.

—Ya hemos comido juntos.

—Porque quería que me ayudaras.

—Todavía podemos ser civilizados.

Helen negó con la cabeza.

—Voy a cenar con mi padre.

—Él está en el bando opuesto.

—Es mi padre.

Reacher no dijo nada.

—¿Te ha tratado bien la policía? —preguntó.

Reacher asintió.

—Han sido muy atentos.

—No creo que les haya agradado mucho verte. No entienden la razón por la que estás aquí.

—No tienen de qué preocuparse. Tienen un gran caso.

—Aún no pueden cantar victoria.

—La llevan cantando desde el viernes a las cinco. Y bastante alto.

—Quizás podamos tomar una copa después de cenar —dijo Helen—. Si me da tiempo. Hay un bar recreativo seis manzanas al norte de aquí. Un lunes por la noche es casi el único lugar abierto en la ciudad. Me pasaré por allí a ver si estás. Pero no puedo prometerte nada.

—Yo tampoco —añadió Reacher—. Quizás vaya al hospital, para desconectar la máquina que mantiene con vida a James Barr.

Bajó por el ascensor y encontró a Rosemary Barr esperándole en el vestíbulo. Reacher supuso que Rosemary acababa de volver del hospital, había llamado a Helen Rodin y ella le había dicho que Reacher estaba bajando. Así que se quedó esperándole. Rosemary paseaba nerviosa, de un lado para otro, recorriendo una y otra vez el espacio entre el ascensor y la puerta principal.

—¿Podemos hablar? —le preguntó.

—Fuera —contestó él.

Reacher la acompañó al exterior, a la plaza, al muro sur del estanque, que continuaba llenándose, lentamente. El agua salpicaba y tintineaba. Reacher se sentó en el lugar donde se había sentado anteriormente, con las ofrendas funerarias a sus pies. Rosemary Barr se puso de pie frente a él, cara a cara, muy cerca, clavándole la mirada, sin bajar la vista a las flores, las velas o las fotografías.

—Tienes que tener la mente abierta —le dijo.

—¿Yo?

—James quería que vinieras, así que no puede ser culpable.

—No tiene por qué ser así.

—Es lógico —agregó Rosemary.

—Acabo de ver las pruebas —continuó Reacher—. Es más que suficiente.

—No voy a discutir sobre lo sucedido hace catorce años.

—No puedes.

—Pero ahora es inocente.

Reacher no dijo nada.

—Entiendo cómo te sientes —prosiguió Rosemary—. Crees que te ha defraudado.

—Es que lo ha hecho.

—Pero supón que no. Supón que cumplió tus condiciones y que todo esto sea una equivocación. ¿Cómo te sentirías entonces? ¿Qué harías por él? Si es que estás dispuesto a hundirle, ¿no crees que tendrías que estar igualmente dispuesto a ayudarle?

—Demasiadas hipótesis.

—No es una hipótesis. Solamente te estoy preguntando que, si se demuestra lo contrario, si él no lo hizo, ¿gastarías la misma energía en ayudarle?

—Si se demuestra lo contrario, no necesitará mi ayuda.

—¿Pero se las darías?

—Sí —contestó Reacher, consciente de que era una promesa fácil de hacer.

—Entonces tienes que tener la mente abierta.

—¿Por qué te fuiste de casa?

Rosemary hizo una pausa.

—James se pasaba el día enfadado. No era divertido vivir con él.

—¿Enfadado por qué?

—Por todo.

—Entonces, tal vez seas tú quien tengas que tener la mente abierta.

—Podría haberme inventado una razón, pero no lo he hecho. Te he dicho la verdad. No quiero ocultarte nada. Necesito que confíes en mí. Necesito hacerte creer. James es un hombre infeliz, tal vez incluso desequilibrado. Pero él no ha hecho esto.

Reacher no dijo nada.

—¿Tendrás la mente abierta? —preguntó Rosemary.

Reacher no contestó. Se encogió de hombros y se alejó.

No fue al hospital. No desconectó las máquinas que mantenían con vida a James Barr. En lugar de eso, se dirigió al bar recreativo, después de darse una ducha en el Metropole Palace. Tras recorrer seis manzanas al norte de la torre negra de cristal y cruzar por debajo de la autopista, llegó a un lugar apartado. Tal y como Reacher había visto, las familias de clase alta residían en una zona bien delimitada al sur de la ciudad. Ahora pudo comprobar que también vivían en una zona bien delimitada al norte. El bar se encontraba un poco más allá. Estaba ubicado en un edificio rectangular y sencillo que podría haber sido destinado a cualquier otro tipo de local. Tal vez a una tienda de comestibles, un concesionario de coches o una sala de billares. El tejado era plano, las ventanas estaban tapadas con ladrillos y el musgo crecía por los desagües por el agua de lluvia estancada.

El interior estaba en mejores condiciones, pero era muy corriente. Era como los demás bares recreativos a los que había ido. Constaba de una sala, en cuyos altos techos colgaban los conductos de aire acondicionado, pintados de negro. Había tres docenas de pantallas de televisor pegadas a la pared y al techo. La sala estaba llena de los típicos juegos recreativos. Sudaderas firmadas y enmarcadas, cascos de fútbol americano expuestos en estanterías, palos de hockey, pelotas de básquet, béisbol, revistas antiguas de deporte. El personal que atendía las mesas estaba formado únicamente por chicas, ataviadas con traje de animadoras. El personal de la barra eran hombres, y llevaban ropa de árbitro a rayas.

En todos los televisores se emitía fútbol. Algo inevitable, pensó Reacher, en una noche de lunes. Algunas pantallas eran normales, otras de plasma, y otras proyectores. Se repetía la misma escena una y otra vez, con colores y enfoques ligeramente distintos, algunos grandes, otros pequeños, unos brillantes, otros oscuros. El lugar estaba repleto de gente, pero Reacher consiguió una mesa libre. En un rincón, como a él le gustaba. Una camarera estresada se acercó y Reacher pidió una cerveza y una hamburguesa con queso. No miró el menú. Los bares recreativos siempre tenían cerveza y hamburguesas con queso.

Se comió la hamburguesa, se bebió la cerveza y vio el partido. El tiempo pasaba, el local se llenaba cada vez más de gente y ruido, pero nadie le propuso compartir la mesa. Reacher provocaba ese efecto en la gente. Permanecía apartado, en una burbuja de calma, con un mensaje claro: *Que nadie se acerque a mí.*

Sin embargo, alguien ignoró el mensaje y se aproximó. En parte fue culpa suya. Apartó la mirada del televisor y vio a una chica acercarse, haciendo malabares con una botella de cerveza y un plato de tacos. Era guapa. Tenía el pelo rizado y pelirrojo. Llevaba una camisa a cuadros abierta a la altura del cuello y atada al ombligo, y unos pantalones que parecían vaqueros pero debían de ser elásticos. Tenía una figura esbelta, la misma forma que un reloj de arena. Calzaba unas botas brillantes de piel de cocodrilo.

Si se buscara en una enciclopedia la definición de *chica country*, su fotografía aparecería junto a la entrada. Parecía demasiado joven para beber cerveza, pero había pasado la pubertad. Eso con toda seguridad. Los botones de la camisa le iban tirantes, y no se apreciaba marca de ropa interior bajo la licra. Reacher la miró un instante demasiado largo, lo que ella tomó como una invitación.

—¿Puedo compartir tu mesa? —le preguntó, a una distancia de casi un metro.

—Adelante —contestó Reacher.

La chica tomó asiento. No en frente, pero sí al lado.

—Gracias —agregó.

Bebió de la botella, sin perder de vista a Reacher. Tenía los ojos verdes, vivos, muy grandes. Se inclinó hacia él, arqueando su espalda menuda. Llevaba los primeros tres botones de la camisa desabrochados. Quizás una talla 95C, pensó Reacher, con un Wonderbra. Podía ver el borde del sujetador. Encaje blanco.

Se le acercó, debido al ruido.

—¿Te gusta? —le dijo.

—¿El qué? —preguntó Reacher.

—El fútbol —aclaró ella.

—Un poco —respondió.

—¿Jugabas?

Jugabas, no *juegas.* Le hizo sentirse un anciano.

—La verdad es que eres lo bastante corpulento —dijo.

—Probé cuando estaba en el ejército —contestó—. En West Point.

—¿Y conseguiste algo?

—Solo en una ocasión.

—¿Te lesionaste?

—Era demasiado violento.

La chica medio sonrió, no del todo segura de que Reacher estuviera bromeando.

—¿Quieres un taco? —le dijo.

—Acabo de cenar.

—Me llamo Sandy —se presentó.

«Yo también me llamaba así —pensó Reacher—. El viernes, en la playa.»

—¿Cómo te llamas? —le preguntó.

—Jimmy Reese —respondió.

Reacher se percató de un destello de sorpresa en sus ojos. No supo el motivo. Quizás hubiese tenido un novio llamado Jimmy Reese. O quizás fuese una gran admiradora de los Yankees de Nueva York.

—Encantada de conocerte, Jimmy Reese —le dijo.

—Igualmente —contestó Reacher, volviendo a mirar en dirección al televisor.

—Eres nuevo en la ciudad, ¿verdad? —continuó.

—Normalmente —respondió.

—Me estaba preguntando que si el fútbol te gusta solo un poco, tal vez quisieras llevarme a otro sitio.

—¿Como cuál?

—A un sitio más tranquilo. Tal vez más solitario.

Reacher no dijo nada.

—Tengo coche —prosiguió.

—¿Tienes edad para conducir?

—Tengo edad para hacer muchas cosas. Y soy bastante buena en algunas.

Reacher no dijo nada. La chica echó la silla hacia atrás, separándose un poco de la mesa. Se volvió hacia Reacher y luego hacia abajo.

—¿Te gustan estos pantalones? —le preguntó.

—Creo que te quedan muy bien.

—Yo también. El único problema es que son demasiado ceñidos para llevar algo debajo.

—Cada cual carga con su cruz.

—¿Crees que son demasiado atrevidos?

—Son opacos. Normalmente eso ya es suficiente para mí.

—Imagínate bajándolos.

—No puedo. Dudo que me los pusiera antes.

La chica frunció el ceño.

—¿Eres marica?

—¿Y tú puta?

—De eso nada. Trabajo en la tienda de repuestos de automóvil.

La chica hizo una pausa, pensativa. Reconsideró la situación. Entonces se le ocurrió una idea mejor: saltó de la silla, abofeteó a Reacher y gritó. El grito fue fuerte y la bofetada sonora. Todo el mundo se volvió a mirarles.

—¡Me ha llamado puta! —gritó—. Me ha llamado puta.

Hubo un ruido de sillas rozando contra el suelo y unos chicos se pusieron en pie rápidamente. Eran corpulentos, con vaqueros, botas y camisas a cuadros. Gente de campo. Eran cinco, todos iguales.

La chica sonrió con actitud victoriosa.

—Son mis hermanos —le dijo.

Reacher no dijo nada.

—Me acabas de llamar puta en presencia de mis hermanos.

Cinco chicos, todos mirándole.

—Me ha llamado puta —gimoteó.

«Regla número uno, ponerse de pie y prepararse.

Regla número dos, demostrar con quién están jugando.»

Reacher se puso de pie, lenta y relajadamente. A las seis y cinco, a las dos menos diez. La mirada tranquila, las manos cayéndole por ambos costados.

—Me ha llamado puta —volvió a repetir la chica.

«Regla número tres, identificar al cabecilla.»

Eran cinco. Y una banda de cinco tíos debía de tener un cabecilla, dos miembros con ganas de pelea y otros dos reacios a la idea. Lo único que tenía que hacer era tumbar al cabecilla y después a los dos tipos dispuestos a pelear. Los otros dos simplemente huirían. Así que no se trataba de un cinco contra uno. La cosa nunca iba más allá de un tres contra uno.

«Regla número cuatro: el cabecilla es el que da el primer paso.»

El primero en dar el primer paso fue un zampabollos de unos veintitantos años, de pelo rubio platino y cara redonda y roja. Avanzó y los demás le siguieron en fila india. Reacher también dio un paso hacia ellos. La desventaja de sentarse en el rincón es que no se puede avanzar hacia ningún otro lado excepto hacia adelante.

Pero no pasaba nada.

«Porque, regla número cinco: no dar nunca marcha atrás.

Pero, regla número seis: no romper el mobiliario.»

Romper el mobiliario de un bar conlleva que el dueño tenga que informar a su compañía de seguros, y las compañías de seguros necesitan informes policiales, y el primer instinto de un policía es meter a cualquiera en la cárcel y luego solucionar el problema. Lo que generalmente significaba: *culpar al desconocido*.

—Me ha llamado puta —continuaba lloriqueando la chica, como si le hubiesen roto el corazón.

Se había apartado a un lado. Miró a Reacher, quien a su vez miraba a los cinco tipos y estos a él. La chica movía la cabeza alternativamente como si estuviese siguiendo un partido de tenis.

—Fuera —dijo el más musculoso.

—Antes paga tu cuenta —le dijo Reacher.

—Ya pagaré luego.

—No podrás hacerlo.

—¿Eso crees?

—Esa es la diferencia entre nosotros.

—¿Cuál?

—Que yo pienso.

—Tienes una boca demasiado grande, amigo.

—Eso es lo que menos te ha de preocupar.

—Has llamado puta a mi hermana.

—¿Prefieres acostarte con vírgenes?

—Sal afuera, amigo, o yo mismo te sacaré.

«Regla número siete: actuar, no reaccionar.»

—De acuerdo —dijo Reacher—. Vayamos fuera.

El tipo grande sonrió.

—Después de ti —le dijo.

—Quédate ahí, Sandy —dijo el cabecilla.

—No me importa ver sangre —contestó ella.

—Estoy seguro de que te encanta —repuso Reacher—. Cada cuatro semanas te provoca un alivio tremendo.

—Fuera —dijo el mismo tipo—. Venga.

Se volvió y los demás le siguieron. Avanzaron en fila, entre las mesas. Sus botas chocaban contra la madera. La tal Sandy también les siguió. Algunos clientes retrocedieron a su paso. Reacher puso veinte dólares en la mesa y miró el partido de fútbol. Alguien iba ganando, alguien iba perdiendo.

Reacher fue detrás de Sandy. Tras los pantalones de licra.

Todos le esperaban en la acera, colocados en un semicírculo bien formado. Las farolas iluminaban la calle, al igual que los paseos que iban hacia el norte y hacia el sur. La luz proyectaba tres sombras por cada uno de los tipos. El letrero de neón del bar rellenaba las sombras de color azul y rosa. La calle estaba vacía y tranquila. No había nada de tráfico. Nada de ruido, excepto el rumor amortiguado del bar detrás de la puerta.

El ambiente era agradable. Ni frío ni calor.

«Regla número ocho: Valoración y evaluación.»

El cabecilla era redondo, tranquilo y pesado, como una foca marina. Haría aproximadamente unos diez años que había dejado el instituto. Nunca le habían roto la nariz, ni tenía cicatrices en las cejas, ni los nudillos deformados. Por lo tanto, no era boxeador. Probablemente fuese solo defensa de fútbol americano. Seguramente pelearía como un luchador y pretendería tirar al suelo a Reacher.

Así pues, el cabecilla atacaría primero. Con la cabeza hacia abajo.

Aquella era la suposición más acertada que Reacher podía tener.

Porque efectivamente estaba en lo cierto.

El tipo explotó y cargó contra Reacher, con la cabeza hacia abajo. Directo al pecho, con el objetivo de que su oponente diera marcha atrás, tropezara y cayera. Más tarde, los otros cuatro podrían rodearle, pisotearle y patearle hasta que se dieran por satisfechos.

«Error.

Porque, regla número nueve: No embestir nunca a Jack Reacher.»

Cuando estuviera esperándolo, porque habría sido como embestir a un roble.

El tipo grandote cargó y Reacher se colocó ligeramente de costado y dobló levemente las rodillas, justo a tiempo, cargando todo el peso de su cuerpo en el pie que tenía más retrasado y en el hombro derecho, que estaba esperando la embestida de su contrincante.

La fuerza cinética es algo maravilloso.

Reacher apenas se movió, sin embargo, el tipo corpulento rebotó de manera impresionante. Quedó aturdido, tambaleándose hacia atrás con las piernas agarrotadas, intentando desesperadamente mantenerse en pie, dibujando vagamente un semicírculo en el aire con un pie y luego con el otro. Finalmente se detuvo a casi dos metros de Reacher, con los pies clavados en el suelo y las piernas separadas una de la otra, igual que una letra mayúscula A enorme y muda.

Tenía sangre en la cara.

Ahora sí que le habían roto la nariz.

«Tumba al cabecilla.»

Reacher avanzó y le dio una patada en la ingle con el pie izquierdo. Si le hubiese golpeado con el derecho la pelvis le habría salido a trozos por la nariz. «Tienes buen corazón —le había dicho en una ocasión un instructor del ejército—. Un día eso acabará contigo.»

Pero hoy no, pensó Reacher, ni aquí. El cabecilla cayó al suelo, sobre las rodillas. Seguidamente su cara se estampó contra el cemento.

Aquello ya estaba chupado.

Los dos siguientes llegaron juntos, hombro con hombro. Reacher golpeó al primero con un cabezazo y al segundo con el codo en la mandíbula. Ambos cayeron al suelo, inmóviles. Se acabó, pues los otros dos salieron corriendo. Los dos últimos siempre lo hacían. La tal Sandy también corrió tras ellos, no muy deprisa, porque los pantalones ajustados y las botas de tacón alto se lo impedían. Pero Reacher la dejó marchar. Se volvió y pateó a sus tres hermanos, tendidos en el suelo, en el costado. Comprobó que respiraran. Les registró los bolsillos. Encontró sus carteras. Revisó sus carnés. A continuación los soltó, se levantó y miró a su alrededor, ya que oía un coche acercarse por detrás.

Era un taxi, del cual bajó Helen Rodin.

Helen entregó un billete al taxista, que salió zumbando hacia delante, sin querer mirar ni a izquierda ni a derecha. Helen Rodin se quedó inmóvil en la acera, contemplando la escena. Reacher se encontraba a tres metros de ella, con tres sombras de neón que proyectaban su cuerpo y tres siluetas inertes tendidas a su espalda.

—¿Se puede saber qué demonios ha pasado aquí? —le preguntó.

—Dímelo tú —contestó—. Tú vives aquí. Tú conoces a esta endemoniada gente.

—¿Qué quieres decir? ¿Qué narices ha pasado?

—Hablemos —le dijo.

Caminaron hacia el sur, a paso rápido. Doblaron una esquina y se dirigieron hacia el este. A continuación de nuevo hacia el sur. Entonces redujeron un poco el ritmo.

—Tienes sangre en la camisa —le dijo Helen Rodin.

—No es mía —contestó Reacher.

—¿Pero qué ha pasado ahí?

—Estaba en el bar viendo el partido, pensando en mis cosas. Entonces una pelirroja atractiva y menor de edad comenzó a insinuarse. No le seguí el juego y se lo tomó como una razón para abofetearme. De repente cinco tíos saltaron de sus sillas. La chica dijo que eran sus hermanos. Salimos fuera.

—¿Cinco?

—Dos salieron corriendo.

—¿Después de que golpearas a los tres primeros?

—Me defendí. Eso fue todo. Fuerza mínima.

—¿La chica te abofeteó?

—En la cara.

—¿Qué le habías dicho?

—Eso no importa. Era un montaje. Por eso te pregunto: ¿es así como se divierten aquí? ¿Metiéndose con desconocidos en los bares?

—Necesito un trago —dijo Helen Rodin—. He venido a tomar una copa contigo.

Reacher dejó de caminar.

—Entonces volvamos.

—No podemos volver. Podrían haber llamado a la policía. Has dejado a tres tipos en el suelo.

Reacher miró de reojo hacia atrás.

—Entonces vayamos a mi hotel —propuso—. Hay un vestíbulo, podría haber también un bar.

Caminaron juntos, sin decir nada, a través de calles en penumbra y silencio, cuatro manzanas hacia el sur. Cruzaron la plaza por la zona este y pasaron junto a los juzgados. Reacher echó una ojeada al edificio.

—¿Cómo ha ido la cena? —preguntó.

—Mi padre ha intentado sonsacarme información. Todavía piensa que eres mi testigo.

—¿Le has contado la verdad?

—No puedo contárselo. La información que me has proporcionado es confidencial. Gracias a Dios.

—Entonces deja que se las apañe solo.

—No lo necesita. Está absolutamente seguro.

—Debería estarlo.

—¿Entonces te marcharás mañana?

—No lo dudes. Este lugar es muy extraño.

—Una chica se te ha insinuado, ¿por qué ha de ser eso una conspiración?

Reacher no contestó.

—No es algo inaudito —continuó—. Bueno, ¿o sí? Un bar, un tipo nuevo y solo en la ciudad, ¿por qué no puede sentirse atraída alguna chica? No eres repulsivo, ¿sabes?

Reacher continuó caminando sin decir nada.

—¿Qué le dijiste para que te abofeteara?

—No le demostré ningún interés, continuó insistiendo, entonces le pregunté si era puta. Algo así.

—¿Puta? Pues claro que te ganas una bofetada por eso en Indiana. Y también el odio de sus hermanos.

—Era un montaje, Helen. Seamos realistas. Lo que me dices es agradable, pero no soy el tipo de hombre a quien persiguen las mujeres. Eso ya lo sé, ¿vale? Así que ha de ser un montaje.

—¿Nunca ha ido detrás de ti una mujer?

—La chica sonrió en actitud de triunfo. Como si hubiese descubierto un punto débil. Como si hubiese ganado.

Helen Rodin no dijo nada.

—Y esos tipos no eran sus hermanos —agregó—. Todos tenían más o menos la misma edad, y cuando revisé sus carnés, todos los apellidos eran diferentes.

—Ah.

—Así que estaba todo preparado. Lo cual es raro. Hay solo dos razones para hacer algo así: diversión o dinero. Robar a un tipo en un bar no supone mucho dinero, así que no puede ser. De modo que lo hicieron por diversión. Algo extraño, el doble de extraño, porque ¿por qué yo? Deberían haber sabido que les iba a patear el culo.

—Eran cinco. Cinco nunca piensan que un solo hombre les puede patear el culo. Especialmente en Indiana.

—O quizás fuera yo el único desconocido del bar.

Helen miró hacia delante, calle abajo.

—¿Te alojas en el Metropole Palace?

Reacher asintió.

—Yo y no mucha más gente.

—Pues llamé y me dijeron que no estabas registrado. Llamé a todos los hoteles, esta tarde, cuando te intentaba localizar.

—Utilizo alias en los hoteles.

—¿Y eso por qué?

—Es solo un mal hábito. Ya te lo dije. Ahora es algo que hago de modo automático.

Subieron juntos las escaleras de la entrada, y cruzaron la puerta enorme de latón. No era tarde, pero el hotel estaba en silencio. El vestíbulo estaba desierto. Había un bar en una sala lateral, también vacía, excepto por un barman solitario apoyado en la caja registradora.

—Una cerveza —dijo Helen Rodin.

—Que sean dos —añadió Reacher.

Se sentaron a una mesa, cerca de una ventana con cortinaje. El camarero les llevó dos botellas de cerveza, dos servilletas, dos vasos helados y un tazón de frutos secos. Reacher firmó la cuenta y escribió el número de su habitación.

Helen Rodin sonrió.

—Y bien, ¿quién cree el Metropole que eres?

—Jimmy Reese —contestó Reacher.

—¿Y ese quién es?

—Espera —dijo Reacher.

«Un destello de sorpresa en los ojos de Helen. Reacher no sabía el motivo.

Encantada de conocerte, Jimmy Reese.»

—La chica me buscaba a mí personalmente —prosiguió—. No buscaba al azar a algún desconocido solitario. Buscaba expresamente a Jack Reacher.

—¿Ah, sí?

Reacher asintió.

—Me preguntó cómo me llamaba. Le dije Jimmy Reese. Por un instante le rompí todos los esquemas. Sin duda alguna se sorprendió. Debió de pensar algo así como: «Tú no eres Jimmy Reese, eres Jack Reacher, me lo han dicho». A continuación hizo una pausa para sobreponerse.

—Las primeras letras son iguales: Jimmy Reese, Jack Reacher. La gente utiliza a veces las mismas iniciales.

—Reaccionó rápido —dijo—. No era tan tonta como parecía. Alguien le ordenó que se acercara a mí. Tenía que cumplir con su parte. Debían ocuparse de mí esta noche, y ella debía asegurarse de que así fuera.

—Entonces, ¿quiénes fueron?

—¿Quién sabe cómo me llamo?

—El departamento de policía. Acabas de estar con ellos.

Reacher no dijo nada.

—¿Qué? —le dijo Helen—. ¿Policías interesados en proteger su caso?

—Yo no estoy aquí para hundirles el caso.

—Pero eso ellos no lo saben. Al contrario, piensan que es exactamente a eso a lo que has venido.

—Su caso no necesita protección. Es sólido como el oro. Y esos tipos no tenían pinta de policías.

—¿Quién más podría estar interesado?

—Rosemary Barr. Es la más interesada. Sabe mi nombre. Y sabe por qué estoy aquí.

—Eso es ridículo —opinó Helen.

Reacher no dijo nada.

—Eso es ridículo —volvió a decir Helen—. Rosemary Barr es simplemente una secretaria de un bufete de abogados, tímida e insignificante. No intentaría algo así. No sabría cómo. Ni en un millón de años.

—En realidad fue un intento de aficionados.

—¿Comparado con qué? Eran cinco. Suficientes para acabar con cualquiera.

Reacher no contestó.

—Rosemary Barr estaba en el hospital —añadió Helen—. Volvió allí tras la reunión que mantuvimos, y allí ha permanecido durante la mayor parte de la tarde. Apuesto a que aún continúa allí. Su hermano está saliendo del coma. Quiere estar con él.

—Apuesto un dólar contra diez a que lleva encima un teléfono móvil.

—No se puede utilizar teléfonos móviles en las proximidades de la UCI. Provocan interferencias.

—Entonces utilizó una cabina.

—Está demasiado preocupada.

—Por salvar a su hermano.

Helen Rodin se quedó callada.

—Es tu clienta —dijo Reacher—. ¿Seguro que eres imparcial?

—No estás pensando con claridad. James Barr quiso verte. Quería que vinieras. Por consiguiente, su hermana también quiere que estés aquí. Rosemary quiere que te quedes el tiempo suficiente hasta que se te ocurra cómo puedes ayudar, si no ¿por qué su hermano pidió ante todo verte?

Reacher no respondió.

—Acéptalo —continuó Helen—. No ha sido Rosemary Barr. Le interesa más que cualquier otra cosa que estés aquí, vivo, a salvo y con la cabeza bien despejada.

Reacher pegó un buen trago a su copa de cerveza. A continuación asintió.

—Esta noche me han seguido hasta el bar, obviamente. Desde aquí. Así pues, me llevan siguiendo desde este mediodía. Si Rosemary se marchó directamente al hospital esta mañana, es imposible que haya tenido tiempo de preparar todo esto.

—Entonces pensemos en alguien que crea que puedes destruir el caso. ¿Por qué no la policía? Los polis pueden haberte seguido desde cualquier lugar. Hay montones de ellos y disponen de radios.

—La policía se enfrenta a los problemas de frente. No utilizan a una chica que comience el trabajo por ellos.

—La chica también podría ser policía.

Reacher sacudió la cabeza.

—Demasiado joven. Demasiado boba. Demasiado pelo.

Helen sacó un bolígrafo del bolso y escribió algo en la servilleta de papel. Luego lo deslizó por la mesa.

—Mi número de móvil —le dijo—. Podrías necesitarlo.

—No creo que nadie me denuncie.

—No me preocupa que te denuncien. Me preocupa que te detengan. Aunque quienes te hayan atacado no hayan sido agentes, la policía podría haber acudido al bar. Quizás el dueño les haya llamado, o el hospital, porque esos tres tipos han acabado en el hospital, eso por supuesto. Y la chica, sin duda alguna, conoce ahora tu alias, así que podrías verte metido en problemas. Si así sucede, atiende cuando te lean tus derechos y a continuación ponte en contacto conmigo.

Reacher sonrió.

—¿Representante de víctimas de accidente?

—Te estaré esperando.

Reacher aceptó la servilleta. La guardó en el bolsillo trasero del pantalón.

—De acuerdo —le dijo—. Gracias.

—¿Sigues pensando en dejar la ciudad mañana?

—Tal vez. O tal vez no. Quizás me quede por aquí pensando en el motivo de que alguien recurra a la violencia para proteger un caso tan perfecto como este.

Grigor Linsky llamó a El Zec desde el teléfono portátil de su coche.

—Han fallado —dijo—. Lo siento mucho.

El Zec no dijo nada, peor señal que si se enfadara.

—No averiguarán que fuimos nosotros —prosiguió Linsky.

—¿Estás seguro?

—Completamente.

El Zec no dijo nada.

—No hubo daños, no hay repercusiones —dijo Linsky.

—A no ser que sirviera únicamente para provocar al soldado —añadió El Zec—. Entonces sí que habrá daños. Posiblemente daños considerables. Es amigo de James Barr, después de todo. Ese hecho tendrá sus consecuencias.

Ahora fue Linsky quien permaneció callado.

—Dejemos que te vea una vez más —continuó El Zec—. Quizás un poco de presión extra ayude. Pero después, no dejes que te vuelva a ver.

—¿Y luego qué hago?

—Luego controla la situación —repuso El Zec—. Asegúrate por completo de que no va de mal en peor.

Reacher vio a Helen Rodin montar en un taxi y entonces subió escaleras arriba hasta su habitación. Se quitó la camisa y la puso en remojo en la pila del lavabo, sumergida en agua fría. No quería tener manchas de sangre en su camisa recién estrenada. En una camisa de tres días tal vez, pero en una nueva ni pensarlo.

Preguntas. Numerosas preguntas le rondaban por la mente, pero como siempre, la clave estaba en encontrar la pregunta básica. La pregunta fundamental. ¿Por qué querría alguien usar la violencia para proteger un caso redondo? Primera pregunta: ¿de verdad se trataba de un caso redondo? Reacher rastreó en su cabeza y volvió a escuchar a Rodin: *Es el mejor caso que he visto*; a Emerson: *Es el caso más perfecto que he visto*; a Bellantonio, el forense con aspecto de director de pompas fúnebres: *Es la mejor escena del crimen en la que he trabajado. Me gusta todo*. Todos aquellos hombres tenían su interés profesional en juego, evidentemente. Y orgullo, y promoción. Pero Reacher había presenciado por sí mismo el trabajo de Bellantonio, y había opinado: *Es un caso sólido como el hierro. Un resultado tan seguro como el de Willie Mays debajo de una pelota de béisbol*.

¿Lo era?

Sí, lo era. Tan seguro como el resultado de Lou Gehrig en un partido de béisbol. Tan cerrado como el final de la vida humana.

Pero aquella no era la pregunta fundamental.

Reacher aclaró la camisa, la escurrió con fuerza y la tendió sobre el radiador. Subió la temperatura del radiador y abrió la ventana. En el exterior no se oía ningún ruido. Solo silencio. No era como la ciudad de Nueva York. Parecía como si cerraran las calles a las nueve en punto. *Fui a Indiana, pero estaba cerrado*. Reacher se tumbó en la cama. Se desperezó. La camiseta desprendía calor húmedo. La habitación entera olía a algodón.

¿Cuál era la pregunta fundamental?

La cinta de casete de Helen Rodin era la cuestión principal. La voz de James Barr, profunda, ronca, frustrada. Su petición: «Tráigame a Jack Reacher».

¿Por qué querría verle?

¿Quién era Jack Reacher, según James Barr?

¿Fundamentalmente?

Aquel era el quid de la cuestión.

La mejor escena de crimen en la que he trabajado.

El mejor caso que he visto.

¿Por qué pagó por aparcar?

¿Tendrás la mente abierta?

Tráiganme a Jack Reacher.

Jack Reacher miró el techo de la habitación del hotel. Cinco minutos. Diez. Veinte. A continuación se dio la vuelta y sacó la servilleta de papel del bolsillo trasero de su pantalón. Rodó por la cama y marcó el número de teléfono. Helen Rodin respondió después de ocho tonos. Parecía adormilada. Reacher la había despertado.

—Soy Reacher —le dijo.

—¿Tienes problemas?

—No, pero tengo algunas preguntas. ¿Ha despertado ya Barr?

—No, pero está a punto. Rosemary ha vuelto al hospital. Me ha dejado un mensaje.

—¿Qué tiempo hacía el pasado viernes a las cinco de la tarde?

—¿Qué tiempo hacía? ¿El viernes? Bastante malo. Nublado.

—¿Y eso es normal?

—No, la verdad es que no. Normalmente hace sol. O llueve. En esta época del año suele ser una cosa o la otra. Pero casi siempre hace sol.

—¿Hacía frío o calor?

—Frío no, pero calor tampoco. Estaba bien, supongo.

—¿Qué llevabas puesto para trabajar?

—Pero ¿esto qué es? ¿Una llamada subida de tono?

—Tú dime.

—Lo mismo que hoy. Traje pantalón.

—¿Abrigo no?

—No era necesario.

—¿Tienes coche?

—¿Coche? Sí, sí que tengo. Pero utilizo el autobús para ir al trabajo.

—Utiliza el coche mañana. Nos vemos a las ocho en punto en tu oficina.

—Mañana —repitió ella—. Ocho en punto. Ahora me vuelvo a la cama.

Reacher colgó. Se levantó de la cama y comprobó la camisa. Estaba caliente y húmeda. Pero por la mañana estaría seca. Esperaba que no encogiera.

Reacher se despertó a las seis. Se dio una ducha larga y fría, ya que en su habitación hacía un calor terrible. La camisa, no obstante, estaba seca, tiesa como una tabla, y no había encogido. No había servicio de habitaciones. Salió a almorzar. La carretera estaba llena de camiones que levantaban polvo y suciedad al tiempo que mezclaban el cemento. Reacher los esquivó y se dirigió hacia el sur, en dirección al muelle, cruzando la frontera de la pequeña aristocracia. Encontró un restaurante de trabajadores que disponía de un sencillo menú. Bebió café y comió huevos. Sentado junto a una ventana, observó la calle en busca de posibles merodeadores o coches sospechosos aparcados. Puesto que la noche anterior le habían seguido, era lógico pensar que volverían a hacerlo. Así que mantuvo los ojos bien abiertos. Sin embargo, no vio a nadie.

Más tarde caminó a lo largo de First Street, en dirección norte. El sol se alzaba a su derecha. Aprovechó los escaparates de las tiendas a modo de espejos, con el fin de vigilar sus espaldas. Multitud de personas iban en la misma dirección que él, pero nadie le estaba siguiendo. Supuso que, quienquiera que fuese, le estaría aguardando en la plaza, preparado para confirmar lo que esperaba ver: *El testigo que acude al despacho de la abogada.*

La fuente seguía funcionando. El estanque se había llenado casi hasta la mitad. Las ofrendas a las víctimas continuaban allí, alineadas con cuidado, un día más, algo más apagadas, más marchitas. Reacher imaginó que permanecerían allí durante una semana aproximadamente. Hasta que se celebrase el último de los funerales. Luego los retirarían con discreción, quizás en mitad de la noche, y la ciudad pasaría página.

Se sentó un momento en el pedestal donde se erguía la estatua de la NBC, de espaldas a la torre, como alguien que espera a que pase el tiempo porque llega pronto a algún sitio. Y así era. Eran solo las ocho menos cuarto. A su alrededor, había personas solas o en grupos de dos o tres, en la misma situación que él. Fumaban un último cigarrillo, leían las primeras noticias del día o se relajaban antes de comenzar la jornada laboral. Reacher echó una ojeada primero a los hombres que estaban solos, leyendo el periódico. Era la típica táctica para vigilar a alguien. Sin embargo, en su opinión, la táctica del fumador le estaba ganando terreno. Los tipos que paseaban por los alrededores se habían convertido en el relevo, o quienes hablaban por el móvil. Podía quedarse eternamente de pie con un Nokia pegado a la oreja y nadie sospecharía.

Finalmente, Reacher se fijó en un tipo que estaba fumando *y* hablando por el teléfono móvil. Se trataba de un hombre de baja estatura, de unos sesenta años. Tal vez más. Un hombre curtido. En su espalda se percibía una tensión permanente que le hacía estar inclinado. Quizás se tratara de una antigua lesión en la columna vertebral. Quizás alguna costilla rota y mal curada años atrás. Fuese lo que fuese, adoptaba una actitud incómoda y desagradable. No era el tipo de hombre con quien podía mantener una conversación larga por gusto. Pero allí estaba, al teléfono, hablando por hablar. Tenía el pelo fino y gris, recién cortado, aunque no a la moda. Llevaba un traje cruzado de alta confección extranjera, de corte cuadrado, demasiado grueso para aquella época del año. Polaco, probablemente. O húngaro. De Europa Oriental, sin duda. Tenía el rostro pálido y los ojos oscuros. No miró en dirección a Reacher ni una sola vez.

Reacher comprobó la hora en su reloj. Las ocho menos diez. Se levantó del granito brillante y caminó hacia el vestíbulo del edificio.

Grigor Linsky se detuvo, disimulando, y marcó un número de teléfono real en el móvil.

—Está aquí —dijo—. Acaba de entrar.

—¿Te ha visto? —preguntó El Zec.

—Sí, estoy seguro.

—Pues haz que sea la última vez. Ahora permanece a la sombra.

Cuando Reacher vio a Helen, esta ya estaba sentada al escritorio. Se la veía acomodada, como si llevase allí un buen rato. Llevaba el mismo traje negro, pero otra camisa, esta vez amplia y sin escote, azul pastel, a juego con el color de sus ojos. Llevaba el pelo recogido en una larga cola de caballo. Su escritorio estaba cubierto de libros de leyes. Algunos hacia arriba, otros hacia abajo. Todos abiertos. En un cuaderno amarillo, había escritas unas ocho páginas de notas. Referencias, apuntes sobre casos, decisiones, precedentes.

—James Barr está consciente —comenzó—. Rosemary me ha llamado esta mañana a la cinco.

—¿Puede hablar?

—Solo con los médicos. No dejan que nadie más se le acerque. Ni siquiera su hermana.

—¿Y la policía?

—Están esperando. Pero antes tengo que ir yo. No puedo dejar que hable con la policía sin estar en presencia de su abogado.

—¿Qué les ha contado a los médicos?

—Que no sabe por qué está ahí. Que no recuerda nada referente al viernes. Los médicos dicen que se lo temían. La amnesia suele aparecer como consecuencia de lesiones en la cabeza, borrando de la memoria los siete días precedentes al traumatismo. En ocasiones incluso semanas.

—¿En qué te afecta esto a ti?

—Genera dos grandes problemas. En primer lugar, Barr podría estar fingiendo amnesia, lo que realmente es muy difícil de probar.

Así que ahora tengo que encontrar a un especialista que me dé su opinión también sobre eso. Y si no está fingiendo, nos encontramos en un área completamente gris. Si ahora está sano, y antes también lo estaba, pero no recuerda la semana pasada, ¿entonces cómo puede tener un juicio justo? No será capaz de participar en su propia defensa, dado que no tendrá la más mínima idea de lo que se está juzgando. Y ha sido el estado quien ha creado esta situación. Fue el estado quien permitió que le hicieran daño. Era su cárcel. No pueden hacer algo así, seguir adelante y procesarle.

—¿Qué pensará tu padre de todo esto?

—Él luchará con uñas y dientes, evidentemente. Ningún fiscal puede permitirse admitir la posibilidad de que la amnesia sea un motivo para cancelar un juicio. De lo contrario, todo el mundo recurriría a ella. Todo el mundo provocaría que le golpeasen durante la detención. De este modo, nadie recordaría nada de lo sucedido.

—Debe de haber ocurrido en otras ocasiones.

Helen asintió.

—Así es.

—¿Y qué es lo que dicen los libros?

—Ahora lo estoy leyendo, como puedes ver. Dusky contra Estados Unidos, Wilson contra Estados Unidos.

—¿Y bien?

—Hay montones de «sis» y «peros».

Reacher no dijo nada. Helen le miró fijamente.

—El caso se está descontrolando —repuso Helen—. Ahora se celebrará un juicio en torno al juicio. Podría llegar hasta el Tribunal Supremo. Yo no estoy preparada para ello. Y no es lo que quiero. No quiero ser una abogada que obtiene la libertad de sus clientes gracias a complicados tecnicismos. Eso no es lo que soy, y no puedo permitir que me cuelguen esa etiqueta.

—Pues entonces declárale culpable y al diablo con él.

—Cuando me llamaste anoche pensé que vendrías hoy a mi oficina para decirme que Barr es inocente.

—Sigue soñando.

Helen apartó la mirada.

—Pero —continuó Reacher.

Helen volvió a mirarle.

—¿Hay un pero?

Reacher asintió.

—Desgraciadamente.

—¿Cuál es el pero?

—No es tan culpable como creía que era.

—¿Qué quieres decir?

—Coge el coche y te lo mostraré.

Bajaron juntos a un parking subterráneo con acceso únicamente a los propietarios del edificio. Aparcados, había camiones de radiodifusión de la NBC, coches, furgonetas y todoterrenos de varias marcas y años. Había un Mustang nuevo azul descapotable con una pegatina de la NBC en el parabrisas. Probablemente sería de Ann Yanni, pensó Reacher. Era ideal para ella. Seguro que Ann conducía con la capota bajada los días que tenía libres y subida los días que trabajaba, para evitar estar despeinada delante de las cámaras. O tal vez utilizara mucha laca.

El coche de Helen Rodin era un sedán pequeño color verde oscuro, tan corriente que Reacher no sabía ni de qué marca era. Quizás un Saturn. Estaba sucio y no era nuevo. Era el coche típico de los estudiantes recién graduados. El tipo de vehículo que utiliza un joven hasta que gana su primer sueldo y se puede permitir obtener un crédito. Ya se sabe cómo van los créditos. Durante los partidos de béisbol en televisión, había muchos anuncios publicitarios, en cada cambio de turno o al volver al toril.

—¿Dónde vamos? —preguntó Helen.

—Al sur —contestó Reacher.

Echó el asiento hacia atrás, aplastando cantidad de objetos que se encontraban a los pies de la parte posterior. Helen tenía el asiento colocado muy cerca del volante, aunque no era una mujer de dimensiones pequeñas. El asiento de Reacher estaba situado de tal manera que parecía mirar a Helen desde la parte trasera del coche.

—¿Qué es lo que sabes? —preguntó ella.

—No es lo que sepa yo —contestó—, sino James Barr.

—¿Sobre qué?

—Sobre mí.

Helen salió del parking y condujo hacia el sur, descendiendo por una calle paralela a First Street. Las ocho de la mañana, hora punta, el tráfico todavía era denso. Por ese camino evitaban los atascos matutinos, pensó Reacher.

—¿Y qué es lo que James Barr sabe sobre ti? —preguntó Helen.

—Lo que le impulsó a verme —contestó.

—Pero si debe de odiarte.

—Estoy seguro. Pero aun así quería que estuviese aquí.

Helen avanzó hacia el sur, en dirección al río.

—No me volvió a ver nunca —continuó Reacher— después de aquello. Nos conocimos durante tres semanas, hace más de catorce años.

—Te conoció siendo tú investigador, resolviendo un caso sólido.

—Un caso que él creía que jamás se resolvería. Me vio dar cada uno de los pasos hasta llegar a la solución. Barr ocupaba un asiento en primera fila. Pensó que yo era un genio de la investigación.

—¿Por eso te quería aquí?

Reacher asintió.

—Me he pasado toda la noche intentando estar a la altura de su opinión.

Cruzaron el río, pasando por encima de un puente largo de hierro. El sol brillaba a su izquierda. El embarcadero estaba situado a su derecha. El agua, lenta y gris, fluía lánguidamente.

—Ahora hacia el oeste —dijo Reacher.

Helen giró el volante hacia la derecha y tomó una carretera del condado de dos direcciones. A orillas del río, había tiendas de cebos para pescar y chiringuitos donde vendían carnes para barbacoa, cerveza y hielo.

—Pero este caso ya está resuelto —agregó Helen—. Y él lo sabía.

—Este caso solo está resuelto a medias —repuso Reacher—. Eso es lo que él sabía.

—¿A medias?

Reacher asintió, aunque a sus espaldas.

—Hay algo más, algo de lo que Emerson se dio cuenta —prosiguió—. Barr quería que alguien más lo entendiese. Pero su primer abogado era perezoso, no le interesaba demasiado. Por eso Barr se sintió frustrado.

—¿Qué más hay?

—Ahora te lo enseñaré.

—¿Es importante?

—Eso creo.

—Entonces, ¿por qué Barr no expuso los hechos? Cualesquiera que fueran.

—Porque no podía. Y porque, de todos modos, nadie le hubiese creído.

—¿Por qué? ¿Qué demonios pasa?

Llegaron a un cruce con cuatro posibles direcciones, tal y como Reacher esperaba.

—Ahora te lo enseñaré —volvió a decirle—. Toma la dirección norte.

Helen aceleró el diminuto coche, ascendiendo por la pendiente, y se unió al tráfico. Circulación de todo tipo avanzaba hacia el norte. Camiones de dieciocho ruedas, camionetas, furgones, coches. Volvieron a cruzar el río por un puente de hormigón. Al este se podía ver el embarcadero, a lo lejos. Delante, a la derecha, el centro de la ciudad. La carretera se elevaba suavemente mediante pilares. Helen continuó conduciendo. A su paso, las azoteas de los edificios de la periferia se convertían en manchas borrosas a izquierda y a derecha.

—Prepárate para coger el desvío que hay detrás de la biblioteca —le avisó Reacher.

La salida estaba señalizada con antelación. La línea discontinua que separaba el carril derecho del central se convirtió en continua. Poco a poco la carretera se fue estrechando. Todo el tráfico se vio forzado a unirse en un único carril. El carril de salida se fue desviando hacia la derecha. El coche de Helen avanzó por él. Mientras tanto, el carril central comenzó a ensancharse y a llenarse de señales de obras. Más adelante se podían ver bidones amarillos. Helen y Reacher dejaron los bidones atrás y continuaron por el desvío, por detrás de la biblioteca. Reacher se inclinó y comprobó el espejo retrovisor. No les seguía nadie.

—Ve despacio —le pidió a Helen.

Doscientos metros después, el desvío entró en una curva, recorriendo la parte posterior de la biblioteca, detrás de la torre negra de cristal. La calzada era lo bastante ancha para habilitar dos carriles. Pero el radio, demasiado estrecho, hacía poco segura la conducción en dos carriles, uno al lado del otro, a gran velocidad por la curva. Los ingenieros de caminos así lo habían creído. Habían aconsejado construir una trayectoria menos pronunciada. Habían trazado un único carril a lo largo de la curva. Se trataba de un carril algo más ancho de lo normal, con el fin de evitar accidentes. Empezaba a la izquierda, luego avanzaba bruscamente hacia la derecha, y superaba el vértice de la curva formando un ángulo aún más marcado.

—Ahora ve aún más despacio —dijo Reacher.

Helen redujo la velocidad del coche. Por delante, tanto a izquierda como a derecha, había líneas continuas rugosas sobre el asfalto, simples trazos de pintura, pero que servían para guiar a la gente y protegerles.

—Para —dijo Reacher—. Aquí, a la derecha.

—No puedo parar aquí —repuso Helen.

—Como si tuvieras un pinchazo. Para aquí. Aquí mismo.

Helen pisó el pedal del freno, giró el volante y detuvo el coche a la derecha, hacia el arcén. Notaron el ruido de los neumáticos rodando por encima de las bandas rugosas que delimitan el carril. Un ritmo débil y vibrante. El ruido disminuyó a medida que el coche se detenía.

Pararon.

—Retrocede un poco —le pidió Reacher.

Helen dio marcha atrás, como si estuviese aparcando en paralelo al ras del muro de hormigón.

—Ahora un metro hacia delante —agregó Reacher.

Así hizo Helen.

—Perfecto —repuso él.

Reacher bajó la ventanilla. El carril a su izquierda estaba limpio y liso, pero el arcén donde habían aparcado estaba cubierto de polvo, basura y escombros acumulados a lo largo de los años. Había latas, botellas, trozos de guardabarros y fragmentos diminutos de cristal de faros rotos. A su izquierda, a lo lejos, la circulación rugía hacia el norte cruzando un puente elevado. Los vehículos avanzaban constantemente en aquella dirección. Sin embargo, Reacher y Helen se detuvieron un minuto antes de que nadie más tomara el mismo desvío. Una camioneta solitaria pasó cerca, sacudiéndoles con fuerza. A continuación, el carril quedó de nuevo en calma.

—Esto está muy despejado —opinó Reacher.

—Siempre —dijo Helen—. En realidad esta carretera no lleva a ningún sitio donde la gente tenga que ir. Significó una pérdida total de dinero. Pero supongo que siempre tienen que estar construyendo algo.

—Mira hacia abajo —le pidió Reacher.

La carretera se elevaba sobre grandes pilares. La calzada se encontraba a unos doce metros sobre el nivel del terreno. El muro de hormigón tenía una altura de casi un metro. Más allá, a la derecha, en lo alto, se alzaba la planta más alta de la biblioteca, un edificio con una cornisa de formas complejas, esculpida en piedra caliza. El techo era de pizarra. Daba la impresión de estar tan cerca que se podría tocar.

—¿Qué? —preguntó Helen.

Reacher señaló con el pulgar y se inclinó hacia atrás para que Helen mirara a través de la ventanilla. A su derecha se podía observar, sin ningún tipo de obstáculo, la plaza. La vista se alcanzaba mediante una línea perfecta a lo largo del estrecho pasillo que había situado entre el extremo del estanque y el muro de la plaza. Más allá, justo en frente, perfectamente alineada, se encontraba la puerta de la oficina de tráfico.

—James Barr era un francotirador —dijo Reacher—. No el mejor, ni el peor, pero era uno de nosotros y se entrenó durante más de cinco años. Y el entrenamiento tiene un propósito: instruir a alguien, no necesariamente demasiado inteligente, para que parezca más inteligente de lo que es inculcándole una especie de conciencia táctica fundamental. Hasta que un día esa conciencia inculcada se convierte en instintiva.

—No lo entiendo.

—Desde aquí es desde donde un francotirador entrenado habría disparado. Desde aquí arriba, en la carretera. Porque desde aquí su objetivo avanza directamente en dirección a él formando una línea recta. Una única fila, avanzando por un estrecho pasillo. Desde aquí el francotirador establece un único blanco y no tiene que variarlo. Sus víctimas simplemente avanzan hasta tal punto, una detrás de la otra. Disparar a un lado es mucho más difícil. Los objetivos avanzan de derecha a izquierda al frente, relativamente rápidos. Ha de tener en cuenta el grado de desviación. Debe mover el rifle después de cada disparo.

—Pero no disparó desde aquí.

—A eso me refiero. Debería haberlo hecho, pero no lo hizo.

—¿Y bien?

—Tenía una furgoneta. Debería haberla aparcado donde estamos nosotros. En este mismo lugar. Debería haberse colocado en la parte posterior y haber abierto la puerta corrediza. Debería haber disparado desde el interior del vehículo, Helen. Las ventanas eran opacas. Los pocos coches que hubiesen pasado por aquí no habrían visto nada. Debería haber disparado sus seis tiros, con objetivos mucho más fáciles, y los seis casquillos habrían caído en el interior de la furgoneta. Finalmente, debería haber cerrado la puerta, subido al asiento del conductor y marchado. Habría sido una posición de tiro mucho mejor y no habría dejado ningún rastro. Ninguna evidencia física de ningún tipo, ya que nada habría tenido contacto con nada, excepto los neumáticos con el asfalto.

—Está muy lejos. Es una distancia demasiado larga para disparar desde aquí.

—Son unos sesenta y cinco metros. Barr estaba totalmente capacitado para disparar a una distancia cinco veces mayor, como cualquier francotirador. Un tiro con una M1A Super Match a sesenta y cinco metros equivale a un disparo a quemarropa.

—Alguien podría haber visto la matrícula de su coche. Siempre hay algún coche. Alguien habría recordado haberle visto aquí.

—Llevaba las placas de la matrícula cubiertas de barro, probablemente a propósito. Y este habría sido un buen camino por donde escapar. En cinco minutos habría estado a ocho kilómetros de aquí. Mucho mejor que circular entre el tráfico, por las calles principales.

Helen Rodin se quedó callada.

—Y esperaba que hiciese sol —añadió Reacher—. Tú me dijiste que normalmente hace buen día. A las cinco en punto de la tarde, el sol estaría en el oeste, tras él. Podría haber disparado sin que el sol le molestase. Esa es una preferencia básica y absoluta del francotirador.

—A veces llueve.

—No habría pasado nada tampoco. Al contrario, habría limpiado todo rastro de grava de los neumáticos. De cualquier modo, debería haber disparado desde aquí, desde su furgoneta. Todas las razones de este mundo apuntan a ello.

—Pero no fue así.

—Evidentemente.

—¿Por qué no?

—Deberíamos volver a tu oficina. Allí es donde tendrías que estar ahora. Tienes que preparar muchas estrategias.

Helen Rodin se sentó a su escritorio. Reacher se aproximó a la ventana y miró hacia la plaza. Buscó al hombre lesionado con el traje de corte cuadrado. No le vio.

—¿Qué estrategia? —preguntó Helen—. Barr eligió el lugar desde donde disparar, eso es todo, y no eligió bien, según tu opinión, y según alguna teoría militar que aprendió hace catorce años y que probablemente olvidó el mismo día en que dejó de trabajar para el ejército.

—Los francotiradores nunca olvidan —agregó Reacher.

—No estoy convencida.

—Por eso Barr desistió con Chapman. Tampoco podría convencerle. Por eso quiso que viniera yo.

—¿Y tú estás convencido?

—Esta es la situación: un francotirador que desperdicia una posición excelente a favor de otra peor.

—Usó un parking en la ciudad de Kuwait. Tú mismo lo dijiste.

—Porque aquella era una buena posición. Se encontraba en línea directa con la puerta del edificio de apartamentos. Los cuatro tipos caminaban directamente hacia él. Cayeron como fichas de dominó.

—Pero esto ha sucedido catorce años después. Barr no es tan bueno como antes. Eso es todo.

—Los francotiradores nunca olvidan —repitió Reacher.

—Fuese como fuese, ¿acaso eso le convierte en menos culpable?

—Si una persona escoge una opción B pésima, en lugar de una opción A genial, debe haber una razón para tal elección. Y toda razón conlleva una consecuencia.

—¿Y cuál fue su razón?

—Debió de ser muy buena, ¿no?, porque él mismo se atrapó en el interior de un edificio, en un lugar concurrido, con un blanco más difícil y en un lugar que, por propia naturaleza, se convirtió en la mejor escena del crimen que un veterano como Emerson había visto en veinte años.

—De acuerdo, dime por qué Barr haría algo así.

—Porque se propuso dejar todas las pruebas que pudo.

Helen le miró.

—Eso es una locura.

—Fue una escena del crimen perfecta. Todo el mundo estaba tan contento con lo buena que era que no se pararon a pensar que era demasiado buena. Me incluyo yo. Era como La Escena del Crimen 101, Helen. Debió de ser como el caso que le dieron a Bellantonio en su primer día de universidad. Demasiado buena para ser verdad. Por lo tanto, no era de verdad. Todo era contradictorio. Como, ¿por qué iba a llevar una gabardina? Hacía calor y no estaba lloviendo, estaba dentro de un coche y no salió para nada. La llevó para dejar rastros de fibras en la columna. ¿Por qué iba a llevar aquellos ridículos zapatos? Tan solo con mirarlos ya se sabe que arrastran todo tipo de porquería en la suela. ¿Por qué iba a disparar en medio de la oscuridad? Para que la gente viese los destellos de la boca del arma y precisara su posición, y por consiguiente, que la policía se presentase en el parking y hallase las demás pruebas. ¿Por qué iba a arañar el rifle con el muro? El arma tiene un valor de, ni más ni menos, dos mil quinientos dólares. ¿Por qué no se llevó el cono? Habría sido más fácil meterlo en la parte trasera de la furgoneta que dejarlo en el parking.

—Es una locura —dijo Helen.

—Dos puntos clave —continuó Reacher—. ¿Por qué pagó por aparcar? Eso me molestó desde el principio. Quiero decir, ¿quién hace algo así? Pero lo hizo, sencillamente para dejar una pequeña pista extra. Solo eso tiene sentido. Quiso dejar el cuarto de dólar con sus huellas en el parquímetro, con el único propósito de atar todos los cabos, para que pudieran comparar sus huellas con las del casquillo, que probablemente también dejó a propósito.

—Cayó en una zanja.

—Podría haberlo sacado. El lugar estaba lleno de alambre por todas partes, según el informe de Bellantonio. Habría tardado un solo segundo.

Helen Rodin hizo una pausa.

—¿Cuál es el otro punto clave?

—Ese es fácil, una vez que sabes desde qué perspectiva mirar. Barr quería tener una vista del estanque desde el sur, no desde el oeste. Era crucial. Quería verlo longitudinalmente, no de lado.

—¿Por qué?

—Porque no falló, Helen. Disparó al interior del estanque deliberadamente. Quiso introducir una bala en el agua, a lo largo del eje diagonal, desde un ángulo bajo, igual que si se tratase de un tanque utilizado en balística. Solo así podrían encontrarlo intacto más tarde y relacionar el cañón del arma con el crimen. Si hubiese disparado desde un ángulo lateral, no habría podido hacerlo. La bala no habría recorrido la suficiente distancia en el agua, habría alcanzado el muro con demasiada fuerza y se habría dañado.

—Pero, ¿por qué demonios iba a hacer todo eso?

Reacher no contestó.

—¿Remordimiento por lo ocurrido hace catorce años? ¿Para que le pudiesen encontrar y castigar?

Reacher sacudió la cabeza.

—Habría confesado en el momento en que le encontraron. Una persona con remordimientos estaría deseando confesar.

—Entonces, ¿por qué hizo todo eso?

—Porque le obligaron, Helen. Tan simple como eso.

Helen observó a Reacher.

—Alguien le forzó —dijo Reacher—. Le obligaron a hacerlo y a que luego cargara con las culpas. Le obligaron a volver a casa y esperar a que le detuviesen. Por eso se tomó las pastillas para dormir, para no volverse loco, allí sentado, esperando a que le fueran a buscar.

Helen Rodin no decía nada.

—Le coaccionaron —prosiguió Reacher—, créeme. Es la única

explicación lógica. No era un chiflado solitario. Por eso dijo *tienen al hombre equivocado*. Era un mensaje. Esperaba que alguien lo descifrase. Lo que quiso decir era que debían buscar a otro hombre, aquel que le obligó a hacerlo. Al hombre que, según Barr, es el responsable.

Helen Rodin siguió sin decir nada.

—Quien mueve las marionetas —añadió Reacher.

Reacher volvió a echar un vistazo a la plaza, desde la ventana. El estanque estaba lleno aproximadamente hasta los dos tercios de su capacidad. La fuente salpicaba gotas de agua alegremente. El sol brillaba en el cielo. No había ningún sospechoso visible.

Helen Rodin se levantó de su escritorio. A continuación permaneció en pie tras la mesa.

—Debería dar un giro al caso —repuso.

—De todos modos ha matado a cinco personas.

—Pero si hubo una coacción real, le puede ayudar.

Reacher no dijo nada.

—¿Qué crees que fue? ¿Un reto entre dos personas? ¿Algún desafío?

—Puede ser —contestó Reacher—, pero lo dudo. A juzgar por las apariencias, James Barr está desfasado en veinte años. Un reto es cosa de críos. E igualmente, lo habrían hecho desde la carretera, puesto que habrían querido salir airosos para poder repetirlo en el futuro.

—¿Entonces cómo fue?

—Algo totalmente distinto. Algo real.

—¿Deberíamos compartirlo con Emerson?

—No —respondió Reacher.

—Yo creo que sí.

—Hay razones por las que no debemos hacerlo.

—¿Como cuáles?

—Por una: Emerson ha llevado a cabo el mejor trabajo de su vida. No dejará que se le vaya al traste. Ningún policía lo haría.

—¿Entonces qué hacemos?

—Deberíamos hacernos tres preguntas básicas —propuso Reacher—. Quién, cómo y por qué. Fue una transacción. Tenemos que pensar en quién pudo salir beneficiado. Porque obviamente James Barr no fue.

—La respuesta a quién coincide con la persona que te envió a aquellos tipos anoche. Sin duda, estaba satisfecho con el giro que tomaba el asunto y no estaba dispuesto a que un desconocido lo estropeara todo.

—Correcto —dijo Reacher.

—Así que tengo que dar con esa persona.

—Quizás no deberías hacerlo.

—¿Por qué no?

—Podría acabar con tu cliente —repuso Reacher.

—Está en el hospital, vigilado día y noche.

—Tu cliente no es James Barr, sino Rosemary Barr. Tienes que pensar en qué tipo de amenaza consiguió que James Barr hiciera aquello. Debía saber de antemano que, en el mejor de los casos, le meterían en un psiquiátrico, le atarían a una camilla y jamás le concederían la libertad condicional. ¿Entonces por qué estuvo de acuerdo? ¿Por qué aceptó sumisamente? Debió de tratarse de una amenaza efectiva y escalofriante, Helen. ¿Y qué es lo único que Barr puede perder? No tiene esposa, ni hijos, ni familia. Excepto a su hermana.

Helen Rodin no dijo nada.

—Le dijeron que se callara, obviamente. Por eso me nombró a mí. Era una comunicación en clave. Porque la marioneta no puede hablar del director de marionetas, ni ahora ni nunca, porque la amenaza sigue ahí fuera. Creo que podría haber cambiado su vida por la de su hermana. Lo que significa un grave problema para ti. Si el director de marionetas te ve indagando, pensará que la marioneta ha hablado. Por eso no puedes acudir a Emerson.

—Pero la marioneta no ha hablado. Fuiste tú quien lo dedujo.

—Aunque pusiéramos un anuncio en los periódicos, ¿crees que alguien nos creería?

—Entonces, ¿qué hacemos?

—Nada —dijo Reacher—. No hay nada que puedas hacer. Porque cuanto más intentes ayudar a James Barr, más cerca estarás de conseguir que maten a Rosemary Barr.

Helen Rodin se quedó callada durante un largo minuto.

—¿Podemos protegerla? —preguntó a continuación.

—No —contestó Reacher—. No podemos. Solo somos dos. Necesitaríamos a cuatro hombres como mínimo, y una casa para mantenerla a salvo. Eso costaría muchísimo dinero.

Helen Rodin salió de detrás del escritorio. Caminó hasta colocarse junto a Reacher. Miró por la ventana. Reposó las manos en el alféizar, con cuidado, igual que un pianista reposa las manos sobre el teclado. Seguidamente se volvió y se apoyó en el cristal. Olía bien, a alguna fragancia fresca parecida a jabón.

—Podrías buscarle tú mismo —le dijo Helen.

—¿Yo? —contestó Reacher, con tono indiferente.

Helen asintió.

—Ha cometido un error. Te ha dado un motivo que no está relacionado con James Barr, al menos directamente. Mandó a esos tipos para que te atacaran. Así pues, tu interés en encontrarle es absolutamente legítimo, independiente. Aunque le buscaras, no tendría por qué pensar que James Barr haya hablado.

—Yo no estoy aquí para ayudar a la defensa.

—Entonces míralo como si ayudaras al fiscal. Si hay dos personas involucradas, las dos merecen ir a prisión. ¿Por qué dejar al tonto cargar con toda la culpa?

Reacher no dijo nada.

—Míralo como si me estuvieras ayudando —dijo Helen.

Grigor Linsky marcó un número de teléfono en su móvil.

—Han vuelto a la oficina —dijo—. Veo a los dos en la ventana.

6

Reacher tomó el ascensor hasta el último piso de la torre negra de cristal. Allí encontró unas escaleras que llevaban a la azotea. Apareció en un espacio triangular de metal, junto al depósito de agua y la sala de máquinas del ascensor. El tejado era de cartón alquitranado, cubierto de grava. Era un edificio de quince plantas, no demasiado alto en comparación con otras ciudades. Sin embargo, parecía ser el punto más alto de toda Indiana. Desde allí se veía el río, situado al sur. Al suroeste, asomaba el punto donde la autopista tomaba altura. Caminó hacia la esquina noroeste. El viento le azotaba el rostro, soplándole sobre la camisa y los pantalones, haciendo que se le pegasen al cuerpo. Justo debajo de él, la carretera rodeaba la parte trasera de la biblioteca y la torre, hasta desaparecer por el este. Mucho más lejos, en mitad de la niebla, la autopista del estado avanzaba en dirección norte, hasta llegar a un cruce con cuatro direcciones. Una de ellas era una carretera larga y recta que se extendía hasta la torre. Memorizó la posición, pues era el camino que le interesaba.

Bajó al vestíbulo y echó a andar. Allá abajo el aire era cálido y tranquilo. Se dirigió hacia el norte y luego hacia el oeste, a una distancia de una manzana del bar recreativo. Encontró la carretera que buscaba. Estaba tras una curva al sur del bar, lo que le hizo desviar su trayectoria. La carretera era recta y ancha, de cuatro carriles. Dado que era la más cercana al centro de la ciudad, estaba rodeada de pequeños establecimientos. Había una tienda de armas con una vitrina de cristal blindado. También una peluquería con un cartel que decía:

Cualquier estilo 7$. Un hotel pasado de moda situado en un descampado. Probablemente, tiempo atrás, aquel lugar se encontraba en las afueras de la ciudad. Después una calle cortó la carretera y a partir de allí las tiendas se hicieron más grandes y los edificios más nuevos. Se trataba de la nueva zona comercial. Nada de contratos de arrendamiento, nada de derribos. Habían construido sobre terreno virgen, recién pavimentado.

Reacher siguió caminando. Después de recorrer más de un kilómetro, pasó junto a una tienda de comida para llevar. Luego por un almacén de neumáticos. *¡Cuatro neumáticos nuevos 99$!* A continuación una franquicia de carburante y un concesionario de pequeños vehículos coreanos. *¡La mejor garantía de América!* Reacher miró hacia arriba, imaginó que estaba cerca.

«¿Eres puta?

De eso nada. Trabajo en la tienda de repuestos de automóvil.»

No en una tienda de repuestos de automóvil, sino *la* tienda de repuestos de automóvil. Quizás la única, o al menos la más importante. La más grande. En todas las ciudades, dicho almacén suele localizarse en la misma zona comercial que la tienda de neumáticos, el concesionario y la gasolinera. Y dicha zona comercial suele situarse en un área grande, nueva y cerca de la carretera principal. Todas las ciudades son distintas, pero también son todas iguales.

Reacher pasó diez minutos caminando al lado de un concesionario Ford donde había cerca de un centenar de camionetas nuevas alineadas y con las ruedas frontales elevadas sobre una rampa. Tras estas, había un gorila inflable enorme atado con alambre. Enganchadas a los alambres, había banderillas de papel. Situadas tras los vehículos nuevos, estaban las camionetas viejas. Vehículos entregados como parte del precio por uno nuevo, pensó Reacher, que esperaban encontrar un nuevo hogar. Más allá de las camionetas usadas se distinguía un camino de tierra.

Y a continuación una tienda de repuestos de automóvil.

Se trataba de una franquicia. El edificio era alargado y de poca altura, limpio y bien cuidado. Se alzaba sobre un terreno recién asfaltado, con carteles de ofertas en las ventanas. Filtros de aceite baratos, anticongelante a buen precio, frenos garantizados, baterías de camión a bajo precio. Una cuarta parte de la zona de aparcamiento estaba llena. Había coches modificados, con los tubos de escape ensanchados, bombillas azules para los faros y volantes de cromo con bandas de goma roja. Había camionetas que necesitaban algún repuesto. También coches agotados tras haber recorrido miles de kilómetros. Había dos vehículos estacionados al final de la zona de aparcamiento. Los coches del personal de la tienda, supuso Reacher. No les estaba permitido estacionar en las filas delantera y frontal. Aunque no les importaba, el personal quería aparcar sus vehículos allá donde pudieran verlos a través de la ventana. Uno de ellos era un Chevy de cuatro cilindros, y el otro era un pequeño Toyota SUV. El Chevy llevaba pegatinas de silueta de mujer en la goma del guardabarros, por lo que el Toyota debía de ser el coche de la pelirroja, supuso Reacher.

Entró en el establecimiento. El aire acondicionado estaba muy alto y olía a sustancias altamente químicas. Una media docena de clientes se paseaban por la tienda, mirando. En la parte delantera del almacén había estanterías llenas de objetos de cromo y de cristal, accesorios para la carrocería. En la parte posterior, las estanterías estaban llenas de objetos embalados en cajas rojas. Discos de embrague, accesorios de frenos, mangueras de radiadores, cosas así. Repuestos. Reacher nunca había manejado repuestos para su coche. Estando en el ejército ya había quien se ocupaba de ello, y desde que dejó la armada no había vuelto a tener coche propio.

Situado entre los objetos atractivos y los aburridos, había un punto de atención al cliente. Tenía forma cuadrada, estaba delimitado por cuatro mostradores unidos entre sí. Sobre él, había listados, ordenadores y manuales gruesos de papel. Tras uno de los ordenadores, había un chico alto de unos veintipocos años. Reacher no le había visto antes. No era ninguno de aquellos cinco del bar. Era un simple chico. Parecía el encargado. Llevaba un mono rojo. Un uniforme, supuso Reacher. Práctico. Recordaba el tipo de indumentaria que lleva un mecánico de Fórmula 1. Era como un símbolo. Un mensaje implícito que prometía, vistiendo así, unas manos ágiles en todo tipo de asuntos relacionados con el motor. El chico era el responsable, supuso Reacher, pero no el dueño de la franquicia, yendo a trabajar con un Chevy de cuatro cilindros. Llevaba el nombre bordado sobre la parte izquierda del pecho: *Gary*. De cerca parecía triste y poco servicial.

—Tengo que hablar con Sandy —le dijo Reacher—. La pelirroja.

—Está en la trastienda ahora mismo —dijo el chico llamado Gary.

—¿Tengo que entrar yo o vas tú a por ella?

—¿Qué sucede?

—Es personal.

—Ella está aquí para trabajar.

—Es un asunto legal.

—No es usted policía.

—Estoy trabajando con un abogado.

—Tengo que ver su identificación.

—No, Gary. Tienes que ir a por Sandy.

—No puedo. Hoy falta personal.

—Puedes llamarla por el teléfono. O por megafonía.

El tal Gary se quedó inmóvil, sin mover un dedo. Reacher se encogió de hombros, dejó atrás el mostrador y se dirigió hacia una puerta donde decía *Se prohíbe la entrada*. Tenía que ser una oficina o un comedor, pensó. Un almacén no. En una tienda así las existencias se colocaban directamente sobre las estanterías. No había más inventario, era como funcionaba la venta moderna al por menor. Leía los periódicos que la gente dejaba en los autobuses y en las barras de los restaurantes.

Era una oficina pequeña, tal vez de cuatro por cuatro. En el centro dominaba un escritorio grande laminado en blanco, manchado de huellas de grasa. Sandy estaba sentada tras él, también con un mono rojo. A ella le sentaba mucho mejor que a Gary. Se le ajustaba a la cintura con un cinturón. Llevaba la cremallera bajada unos veinte centímetros. Su nombre, bordado a la izquierda, resultaba más prominente que sobre el pecho de Gary. Reacher pensó que si hubiera sido él el dueño de la franquicia, colocaría a Sandy tras el mostrador y a Gary en la oficina, sin duda alguna.

—Nos vemos de nuevo —dijo Reacher.

Sandy no dijo nada, solo le miró. Estaba trabajando con unas facturas. Había una pila a su izquierda y otra a su derecha. Tenía una en la mano, suspendida en el aire al ver interrumpido su viaje de una pila a otra. Parecía más joven de lo que Reacher recordaba, más callada, menos dura, más aburrida. Desanimada.

—Tenemos que hablar —le dijo Reacher—. ¿No?

—Siento mucho lo que pasó —repuso la chica.

—No te disculpes. No me ofendí. Solo quiero saber cómo surgió.

—No sé cómo surgió.

—Claro que sí, Sandy. Estabas allí.

Sandy no contestó. Colocó la factura en lo alto de la pila situada a su derecha, y con los dedos la alineó perfectamente con las demás.

—¿Quién lo planeó? —preguntó Reacher.

—No lo sé.

—Tienes que saber quién te lo propuso.

—Jeb —contestó.

—¿Jeb?

—Jeb Oliver —agregó—. Trabaja aquí. A veces salimos juntos.

—¿Está aquí hoy?

—No, hoy no ha venido.

Reacher asintió. Recordó que Gary había dicho: «Hoy falta personal».

—¿Volviste a verle anoche? ¿O después de lo sucedido?

—No, salí pitando de allí.

—¿Dónde vive?

—No lo sé. En algún sitio con su madre. No le conozco tanto.

—¿Cómo te lo propuso?

—Me dijo que podía ayudarle con algo que tenía que hacer.

—¿Cuando te lo explicó te pareció divertido?

—Cualquier plan que te propongan para un lunes por la noche puede parecerte divertido.

—¿Cuánto te pagó?

Sandy no contestó.

—Nadie hace gratis algo así —añadió Reacher.

—Cien dólares —dijo.

—¿Y a los demás chicos?

—Lo mismo.

—¿Quiénes son?

—Sus colegas.

—¿Quién planeó la idea de los hermanos?

—Fue cosa de Jeb. Se suponía que ibas a empezar a manosearme. Pero no fue así.

—Improvisaste muy bien.

Sandy sonrió tímidamente, como si lo ocurrido fuese un pequeño éxito inesperado en una vida donde los éxitos no abundaban.

—¿Cómo supisteis dónde encontrarme? —preguntó Reacher.

—Íbamos en la camioneta de Jeb. Arriba y abajo. Como si estuviéramos preparándonos. Entonces Jeb recibió una llamada por móvil.

—¿Quién le llamó?

—No lo sé.

—¿Y los colegas de Jeb podrían saberlo?

—No creo. A Jeb le gusta saber más que los demás.

—¿Me prestas tu coche?

—¿Mi coche?

—Tengo que encontrar a Jeb.

—No sé dónde vive.

—Déjame eso a mí. Pero necesito un vehículo.

—No sé...

—Tengo edad para conducir —repuso Reacher—. Tengo edad para hacer muchas cosas. Y soy bastante bueno en algunas.

Sandy sonrió una vez más, porque Reacher estaba utilizando las mismas palabras que ella la noche anterior. Apartó la mirada. A continuación volvió a mirar a Reacher, tímida, pero curiosa.

—¿Estuve bien? —preguntó ella—. Ya sabes, anoche, con mi actuación.

—Estuviste espléndida —contestó—. Porque estaba absorto, que si no, habría dejado de ver el partido de fútbol en menos de un segundo.

—¿Durante cuánto tiempo necesitarías mi coche?

—¿Qué tamaño tiene esta ciudad?

—No muy grande.

—Entonces no tardaré mucho.

—¿Es algo serio?

—Tú te llevaste cien dólares. Y los otros cuatro también. Es decir, en total quinientos dólares. Supongo que Jeb se llevó otros quinientos él solito. Por lo tanto, alguien pagó mil dólares con el fin de llevarme al hospital. Así que, en mi opinión, es medianamente serio.

—Ojalá no me hubiese metido en todo esto.

—Al final todo salió bien.

—¿Me va a traer problemas?

—Puede ser —contestó Reacher—. Pero puede que no. Hagamos un trato. Tú me dejas el coche y yo me olvido de que hayas tomado parte en este asunto.

—¿Prometido?

—No hubo daños, no hay repercusiones —expresó Reacher.

Sandy agachó la cabeza y cogió el bolso del suelo. Hurgó en el interior y sacó un juego de llaves.

—Es un Toyota —repuso.

—Lo sé —respondió Reacher—. Al final de la fila, junto al Chevy de Gary.

—¿Cómo lo sabes?

—Intuición —contestó.

Reacher cogió las llaves, cerró la puerta de la sala y se dirigió al mostrador. Gary estaba hablando por teléfono con alguien para que le llevaran una mercancía. Reacher esperó a que terminase la conversación. Tardó un par de minutos en colgar.

—Necesito la dirección de Jeb Oliver —solicitó.

—¿Para qué? —preguntó Gary.

—Asuntos legales.

—Quiero ver su identificación.

—En esta tienda se estaba llevando a cabo una conspiración criminal. Cuanto menos sepas, mejor para ti.

—Quiero verla.

—¿Qué te parece si ves el interior de una ambulancia? Es lo próximo que verás, Gary, a menos que me facilites la dirección de Jeb Oliver.

El chico hizo una pausa. Miró sobre el hombro de Reacher la fila de personas que hacían cola. Decidió que no quería empezar una pelea que no iba a ganar en presencia de toda aquella gente. Así pues, abrió el cajón, sacó un expediente y copió una dirección en un pedazo de papel que arrancó de un bloc de notas, publicidad de un fabricante de filtros de aceite.

—Está al norte de aquí —le dijo—. A unos ocho kilómetros.

—Gracias —contestó Reacher, tomando el papel.

El Toyota de la pelirroja arrancó en cuanto Reacher giró la llave en el contacto. Tras poner el motor en marcha, echó el asiento hacia atrás y ajustó el espejo retrovisor. Se abrochó el cinturón y depositó el papel en el salpicadero. Lo colocó de tal manera que le tapaba el taquímetro, pero la información que le pudiera proporcionar el aparato tampoco le interesaba demasiado. Lo único que le importaba era la cantidad de gasolina que le quedaba en el depósito, el cual parecía tener carburante más que suficiente para recorrer otros ocho kilómetros de ida y ocho de vuelta.

La dirección que tenía de Jeb Oliver no era más que un número de casa y una carretera rural. Más fácil de encontrar que una calle que tuviera por nombre Del Olmo o Avenida del Arce. Según la experiencia de Reacher, algunas ciudades tenían más calles con nombre de árbol que árboles propiamente.

Salió de la zona de aparcamiento y condujo en dirección norte hacia el cruce de cuatro direcciones, donde encontró numerosas señales de indicación. Vio el número de ruta que estaba buscando. Se trataba de un camino irregular que iba de derecha a izquierda, de este a norte. El pequeño todoterreno conseguía avanzar sin problema. Era bastante alto en relación a su anchura, lo que le hacía inclinarse al tomar las curvas. Pero no volcó. Su pequeño motor trabajaba sin cesar. El interior olía a perfume.

La parte oeste-este del sendero se asemejaba bastante a una carretera nacional. Sin embargo, después de un giro hacia el norte, la calzada se estrechó y los arcenes se recortaron. Tanto a derecha como a izquierda del camino había cosechas. Se trataba de un cultivo de invierno en forma de círculos enormes. Sistemas de riego por aspersión giraban lentamente. En los extremos donde los aspersores no alcanzaban no había ningún vegetal, sólo piedras. Con la superposición de cultivos en forma de círculo sobre espacios cuadrados se echaba a perder más del veinte por ciento de cada acre. No obstante, Reacher pensó que eso no debía importar en lugares donde la tierra abunda y los sistemas de riego no.

Reacher condujo seis kilómetros más a través del campo, dejando atrás media docena de senderos con buzones colocados a la entrada, cada uno con un número. Los senderos conducían hacia este y oeste, a unas granjas situadas a una distancia de unos doscientos metros de la carretera. Reacher continuó conduciendo sin perder de vista los números de los buzones y redujo la velocidad al ver el de Oliver. Era como todos los demás, un poste y una caseta con el número 88, pintado de color blanco y colocado sobre un rectángulo de madera contrachapada y erosionada por el paso del tiempo. El sendero era estrecho, con dos surcos embarrados, por los cuales se distinguían huellas profundas de neumáticos. Recientes, anchas, agresivas, de una camioneta grande. No se trataba del tipo de ruedas que se compran en los establecimientos por unos cien dólares.

Reacher giró el volante del Toyota y avanzó por el camino. Al fondo, vio una casa grande de madera con un granero situado en la parte trasera. Junto a este, había aparcada una camioneta roja y reluciente. El vehículo estaba encarado. La rejilla del radiador era enorme y de cromo. Una Dodge Ram, adivinó Reacher. Aparcó delante de ella y salió del coche. La casa y el granero debían de tener cien años de antigüedad, mientras que la camioneta tendría un mes como mucho. Utilizaba un motor Hemi, disponía de una cabina, tracción a las cuatro ruedas y unos neumáticos anchísimos. Su valor probablemente superaba el de la casa, que se mantenía en pie a duras penas y que raramente aguantaría un invierno más. El granero no se encontraba en mejores condiciones, pero al menos tenía los cierres de la puerta nuevos, atravesados con un candado de bicicleta.

No se percibía ningún sonido, salvo el siseo de una lluvia a lo lejos a medida que los aspersores giraban lentamente sobre los campos. Ninguna actividad más. Ni un coche en la carretera. Ni un perro ladrando. No soplaba viento. El fuerte olor a tierra y fertilizante invadían el ambiente. Reacher se dirigió hacia la puerta delantera. Llamó dos veces con el dorso de la mano. No hubo respuesta. Volvió a probar. Lo mismo. Rodeó la casa en dirección a la parte posterior y vio a una mujer sentada en un columpio que había en el porche. Era delgada y curtida. Llevaba un vestido descolorido y sostenía una botella de contenido color dorado. Debía de tener unos cincuenta años, pero podía pasar por setenta, o cuarenta si se daba un baño y dormía una noche plácidamente. Apoyaba un pie en el suelo y con el otro empujaba el columpio, poco a poco, hacia atrás y hacia delante. Iba descalza.

—¿Qué quiere? —le dijo.

—Jeb —contestó Reacher.

—No está.

—Tampoco está en el trabajo.

—Ya lo sé.

—¿Entonces dónde está?

—¿Cómo voy a saberlo yo?

—¿Es usted su madre?

—Sí, lo soy. ¿Acaso cree que le estoy escondiendo? Vaya adentro y compruébelo.

Reacher no dijo nada. La mujer le miraba mientras continuaba meciendo el columpio, hacia delante y atrás, delante y atrás. Colocó la botella sobre su regazo.

—Insisto —continuó—. En serio. Busque en la maldita casa.

—Confío en su palabra.

—¿Por qué debería hacerlo?

—Porque si me invita a que busque en la casa, significa que no está ahí.

—Ya se lo he dicho. No está aquí.

—¿Y en el granero?

—Está cerrado desde fuera. Solo hay una llave y la tiene él.

Reacher no dijo nada.

—Se ha ido —dijo la mujer—. Ha desaparecido.

—¿Desaparecido?

—Temporalmente, espero.

—¿Esa camioneta es de él?

La mujer asintió. Dio un sorbo pequeño y delicado a la botella.

—¿Así que se fue a pie? —preguntó Reacher.

—Le vino a buscar un amigo.

—¿Cuándo?

—Anoche a la madrugada.

—¿Y dónde fueron?

—No tengo ni idea.

—Suponga.

La mujer se encogió de hombros, continuó balanceándose, bebió.

—Lejos, seguramente —dijo—. Tiene amigos por todas partes. A California, tal vez. O a Arizona, a Texas, a México.

—¿Fue un viaje planeado? —preguntó Reacher.

La mujer limpió el cuello de la botella con el dobladillo de su vestido y le ofreció un trago a Reacher. Él sacudió la cabeza. Tomó asiento en las escaleras del porche. La madera vieja crujió por el peso de su cuerpo. El columpio continuaba balanceándose, hacia atrás y hacia delante. En silencio, pero no del todo. Lo único que se oía era el débil sonido del mecanismo después de cada balanceo y el crujido de una tabla de madera al compás del movimiento. Reacher percibía el olor a moho de los cojines y a bourbon del interior de la botella.

—Pongamos las cartas sobre la mesa, quienquiera que seas —dijo la mujer—. Jeb llegó cojeando a casa ayer por la noche con la nariz rota. Y me estoy temiendo que seas el tipo que hizo que se la rompiera.

—¿Por qué?

—¿Quién más iba a venir a buscarle? Me imagino que habrá empezado algo y aún no lo ha acabado.

Reacher no dijo nada.

—Así que huyó —dijo la mujer—. El muy marica.

—¿Llamó a alguien ayer por la noche? ¿O le llamó alguien a él?

—¿Cómo voy a saberlo yo? Hace cientos de llamadas al día, y recibe también cientos. El teléfono móvil es lo más importante de su vida. Aparte de la camioneta.

—¿Vio quién vino a buscarle?

—Alguien en coche. Jeb le esperaba en la carretera. El coche no vino aquí. No veo mucho. Estaba oscuro. Tenía los faros delanteros blancos y los traseros rojos, como todos los coches.

Reacher asintió. Había visto solo un par de marcas de neumáticos sobre el barro. Correspondían a la camioneta de Jeb. El coche que le había pasado a buscar seguramente fuera un sedán, con el suelo demasiado bajo para conducir por el sendero que llevaba a la granja.

—¿Le dijo hasta cuándo estaría fuera?

La mujer se limitó a negar con la cabeza.

—¿Estaba asustado por algo?

—Parecía abatido. Desanimado.

Desanimado. Igual que la chica pelirroja del almacén de repuestos de automóvil.

—Muy bien —dijo Reacher—. Gracias.

—¿Ya te vas?

—Sí —contestó Reacher.

Se fue por donde había llegado, escuchando el sonido de los aspersores, el silbido del agua de riego. Se dirigió al Toyota, giró el volante y tomó rumbo al sur.

Aparcó el Toyota junto al Chevy y se encaminó al interior del establecimiento. Gary continuaba detrás del mostrador. Reacher no le prestó la menor atención y avanzó directamente hacia la puerta que decía *Se prohíbe la entrada.* La pelirroja aún estaba sentada al escritorio. Casi había acabado con las facturas. La pila de la derecha tenía una gran altura, mientras que en la de la izquierda solo quedaba una hoja de papel. La chica no estaba haciendo nada. Simplemente estaba reclinada en la silla, sin ganas de terminar. Sin ganas de salir y ver a los clientes. O a Gary.

Reacher dejó las llaves del coche sobre el escritorio.

—Gracias por el préstamo —dijo.

—¿Le has encontrado? —preguntó.

—Se ha ido.

Sandy no dijo nada.

—Pareces cansada —señaló Reacher.

La chica continuó callada.

—Como si no tuvieras energía, ninguna ilusión, ningún interés.

—¿Ah, sí?

—Anoche estabas llena de vida.

—Ahora estoy trabajando.

—Anoche también estabas trabajando. Te estaban pagando.

—Me has dicho que ibas a olvidar lo sucedido.

—Y lo haré. Que tengas una vida próspera, Sandy.

Ella se lo quedó mirando un instante.

—Tú también, Jimmy Reese —contestó.

Reacher se dio la vuelta, cerró la puerta al salir y se encaminó al exterior. Comenzó a andar en dirección al sur, de vuelta a la ciudad.

Había tres personas en la oficina de Helen Rodin cuando Reacher llegó. Helen y tres desconocidos. Uno era un tipo que llevaba un traje muy caro. Estaba sentado en la silla de Helen, detrás de su escritorio. Helen estaba a su lado, de pie, con la cabeza de lado, hablando. Se trataba de una reunión de última hora. Los otros dos desconocidos permanecían junto a la ventana, como a la espera, a la cola. Uno era un hombre; la otra, una mujer. La mujer tenía el pelo largo y oscuro y llevaba gafas. El hombre era calvo. Ambos vestían de manera informal, con una chapa en la solapa con su nombre en letras grandes. En la chapa de la mujer se leía *Mary Mason* seguido de una palabra que debía de ser del campo de la medicina. La del hombre, *Warren Niebuhr,* y a continuación las mismas letras que en la chapa de la mujer. Médicos, supuso Reacher, psiquiatras probablemente. Con aquellas chapas en la solapa, parecía que hubiesen salido antes de tiempo de un congreso de medicina. Sin embargo, no parecían molestos.

Helen interrumpió su discurso.

—Amigos, les presento a Jack Reacher —dijo—. Mi investigador renunció y el señor Reacher estuvo de acuerdo en ocupar su puesto.

«Eso es nuevo», pensó Reacher. Pero no dijo nada. A continuación Helen señaló orgullosa al tipo que estaba sentado.

—Le presento a Alan Danuta. Es abogado especializado en asuntos del ejército, del distrito de Columbia. Seguramente el mejor.

—Ha llegado muy rápido —le dijo Reacher.

—Debía hacerlo —repuso el hombre—. Hoy es el día clave para el señor Barr.

—Vamos a ir todos al hospital —dijo Helen—. Los médicos dicen que Barr puede recibirnos. Esperaba que Alan me aconsejara por teléfono o por e-mail, pero finalmente ha volado hasta aquí.

—Prefiero hacerlo así —dijo Danuta.

—Tuve suerte —dijo Helen—. Más que suerte, porque toda esta semana se celebra un congreso de psiquiatría en Bloomington. La doctora Mason y el doctor Niebuhr se han acercado hasta aquí.

—Yo estoy especializada en pérdida de memoria —dijo la doctora Mason.

—Y yo estoy especializado en coacción —dijo el doctor Niebuhr—. Adicciones de mentes criminales y asuntos de ese tipo.

—Así que este es el equipo —explicó Helen.

—¿Dónde está la hermana de Barr? —preguntó Reacher.

—Está con él.

—Tenemos que hablar.

—¿En privado?

—Es solo un momento.

Helen hizo un gesto de circunstancia delante de los demás y acompañó a Reacher a la oficina exterior.

—¿Has conseguido averiguar algo? —preguntó Helen.

—La tía buena y los cuatro tipejos fueron contratados por un amigo suyo llamado Jeb Oliver. Les pagó cien dólares a cada uno. Imagino que él se quedó con otros quinientos. Fui a su casa, pero se había ido.

—¿Adónde?

—Nadie lo sabe. Un tipo le pasó a buscar en coche.

—¿Quién es ese Jeb?

—Trabaja en la tienda con la chica. Pero en sus ratos libres es camello.

—¿De verdad?

Reacher asintió.

—Hay un granero cerrado con candado detrás de su casa. Quizás un laboratorio de drogas o un almacén. Pasa mucho tiempo hablando por teléfono. Posee un camión que debe de costar el doble de lo que un empleado de tienda gana al año. Y vive con su madre.

—¿Y eso último qué prueba?

—Los camellos tienen más probabilidades de vivir con sus madres que ninguna otra persona. Lo he leído en el periódico.

—¿Eso por qué?

—Normalmente por pequeños antecedentes. No cumplen los requisitos que el casero solicita.

Helen no dijo nada.

—Iban todos drogados ayer por la noche —prosiguió Reacher—. Los seis. Seguramente speed, a juzgar por cómo estaba hoy la chica. Diferente. Realmente abatida, como si sufriese una resaca de anfetaminas.

—¿Iban todos drogados? Entonces tuviste suerte.

Reacher sacudió la cabeza.

—Si quieres pelearte conmigo la mejor opción es tomarte una aspirina.

—¿Adónde nos lleva esto?

—Debemos mirarlo desde la perspectiva de Jeb Oliver. Se encargaba de hacer algo por parte de otra persona. En parte como trabajo, en parte como favor. Le pagaron mil dólares. Fue un encargo de alguien con más autoridad que él, y no estoy hablando del encargado de la tienda de repuestos.

—¿Entonces crees que James Barr tiene trato con traficantes de droga?

—Trato quizás no. Pero tal vez algún traficante le haya coaccionado por alguna razón.

—Eso haría subir las apuestas —dijo Helen.

—Un poco —repuso Reacher.

—¿Qué hacemos?

—Iremos al hospital. Deja que la doctora Mason averigüe si Barr está fingiendo la amnesia. Si es así, la manera más rápida de acabar con todo esto es acorralarle hasta que escupa la verdad.

—¿Y si no está fingiendo?

—Entonces utilizaremos otros métodos.

—¿Como cuáles?

—Ya veremos —contestó Reacher—. Por el momento oigamos lo que los psiquiatras tienen que decir.

Helen Rodin se dirigió al hospital en su Saturn acompañada del abogado Alan Danuta a su lado y de Reacher espachurrado en el asiento trasero. Mason y Niebuhr les seguían en el Taurus que habían alquilado aquella mañana en Bloomington. Los dos coches estacionaron en una zona de aparcamiento, el uno al lado del otro. Los cinco salieron, esperaron un instante y avanzaron hacia la entrada principal del edificio.

Grigor Linsky les vio llegar. Se encontraba a quince metros del aparcamiento, en el mismo Cadillac que la madre de Jeb Oliver había visto en la oscuridad de la noche anterior. Dejó el motor en marcha y marcó un número de teléfono en el móvil. El Zec contestó después del primer tono.

—¿Sí? —preguntó.

—El soldado es bueno —comentó Linsky—. Ha estado en casa del chico.

—¿Y?

—Nada. El chico ya no está allí.

—¿Dónde está pues?

—Repartido.

—¿Concretamente?

—La cabeza y las manos en el río. El resto, bajo siete metros de piedra molida, en el tramo nuevo de First Street.

—¿Qué están haciendo ahora?

—El soldado y la abogada están en el hospital con otros tres, un abogado especializado y dos psiquiatras expertos, supongo.

—¿Podemos estar tranquilos?

—Deberíamos estarlo. Tienen que intentarlo. Así funciona el sistema, ya lo sabes. Pero no lo conseguirán.

—Asegúrate de que así sea —concluyó El Zec.

El hospital estaba situado en las afueras de la ciudad; por consiguiente, era relativamente espacioso. Obviamente, la construcción del edificio no había sufrido restricciones debido a la falta de terreno, sino solamente restricciones presupuestarias, pensó Reacher, lo que había limitado el hospital a seis plantas de hormigón sin ningún tipo de adorno. Las paredes estaban pintadas de blanco, tanto por dentro como por fuera, y las plantas tenían poca altura. No obstante, salvo esos factores, el edificio era igual que cualquier otro hospital. Y olía como cualquier otro hospital. A decadencia, desinfectante, enfermedad. A Reacher no le gustaban demasiado los hospitales. Los dos psiquiatras encabezaban el grupo. Parecían sentirse como en casa. Helen Rodin y Alan Danuta les seguían detrás. Iban el uno al lado del otro, hablando. Los psiquiatras llegaron al ascensor y Niebuhr pulsó el botón. La pequeña columna de personas que le seguía se arrimaron a él. Helen Rodin se volvió y detuvo a Reacher antes de que alcanzara al resto del grupo. Se acercó a él y le habló en voz baja.

—¿Te dice algo el nombre de Eileen Hutton?

—¿Por qué?

—Mi padre me ha enviado por fax una lista nueva de testigos. Ha añadido su nombre.

Reacher se quedó callado.

—Parece ser que es del ejército —dijo Helen—. ¿La conoces?

—¿Debería?

Helen se aproximó más a él, dando la espalda a los demás.

—Necesito saber qué es lo que sabe —le dijo en voz baja.

«Esto podría complicar las cosas», pensó Reacher.

—Era el abogado fiscal —explicó Reacher.

—¿Cuándo? ¿Hace catorce años?

—Sí.

—Entonces ¿qué sabe?

—Creo que ahora está en el Pentágono.

—¿Qué sabe, Reacher?

Reacher apartó la mirada.

—Lo sabe todo —contestó.

—¿Cómo? Si nunca llegasteis a llevar a Barr a juicio.

—Aun así.

—¿Cómo?

—Porque compartíamos cama.

Helen le miró.

—Dime que es broma.

—No es broma.

—¿Le contaste todo?

—Manteníamos una relación. Naturalmente que le conté todo. Estábamos en el mismo bando.

—Dos solitarios en el desierto.

—Fue algo bonito. Tres meses estupendos. Era una buena persona. Seguramente todavía lo sea. Me gustaba mucho.

—Eso es más de lo que tengo que saber, Reacher.

Reacher no dijo nada.

—Se nos está yendo de las manos —dijo Helen.

—No puede usar lo que tiene. Menos aún que yo. Se trata de información clasificada y ella todavía trabaja en el ejército.

Helen Rodin se quedó callada.

—Créeme —dijo Reacher.

—Entonces ¿por qué demonios aparece su nombre en la lista?

—Yo tengo la culpa —dijo Reacher—. Mencioné el Pentágono cuando hablé con tu padre, cuando no podía entender de dónde habíais sacado mi nombre. Ha debido de estar indagando. Me lo temía.

—Si Eileen Hutton habla, esto se acabará incluso antes de que empiece.

—No es posible.

—Quizás sí. Quizás es a lo que venga. ¿Quién sabe lo que puede hacer el ejército?

La campana del ascensor sonó y la pequeña multitud se apiñó tras las puertas.

—Vas a tener que hablar con ella —repuso Helen—. Ha venido a declarar. Tienes que averiguar qué.

—Probablemente en la actualidad tenga un rango de general condecorado. No puedo obligarla a que me cuente nada.

—Encuentra la manera —dijo Helen—. Aprovecha los recuerdos.

—Puede que yo no quiera. Recuerda que todavía seguimos en el mismo bando en lo que concierne al especialista E-4 James Barr.

Helen Rodin se volvió y se metió en el ascensor.

Las puertas del ascensor se abrieron en el vestíbulo de la sexta planta. El interior estaba pintado íntegramente de color blanco, excepto una puerta de acero con cristal blindado que conducía a una cámara de seguridad. Tras la puerta, Reacher pudo distinguir una sala de cuidados intensivos, dos salas aisladas, una para mujer y otra para hombre, dos salas generales y una sala de recién nacidos. Reacher supuso que toda la sexta planta había sido financiada por el estado. Se trataba de la mezcla perfecta entre prisión y hospital. Ningún objeto alegraba la estancia allí.

Sentado tras un escritorio, un tipo con uniforme de vigilante de prisión recibió al grupo. Fueron registrados y tuvieron que firmar una renuncia de responsabilidad. A continuación llegó un doctor y les acompañó a una salita de espera. El doctor era un hombre aburrido de unos treinta años. Las sillas de la sala de espera estaban hechas de tubos de acero y vinilo verde. Parecían sacadas de los Chevrolets de los años cincuenta.

—Barr está despierto y bastante lúcido —dijeron los médicos—. Nuestro diagnóstico es que está estable, pero eso no significa que esté recuperado, así que limitamos cada visita a dos personas como máximo. Les pedimos que sean tan breves como les sea posible.

Reacher vio sonreír a Helen. Sabía por qué. Los policías querrían entrar de dos en dos; por lo tanto, Helen podría ver a Barr como abogada defensora sin presencia policial.

—Su hermana está con él ahora mismo —dijo el doctor—, y preferiría que ustedes entrasen cuando ella hubiera salido.

El doctor les dejó en la sala y Helen dijo:

—Iré yo primera, sola. Tengo que presentarme y obtener el consentimiento a su representación. Seguidamente entrará la doctora Mason. Y después, basándonos en sus conclusiones, decidiremos qué hacer.

Helen hablaba rápido. Reacher se dio cuenta de que estaba algo nerviosa. Algo tensa. Todos lo estaban, excepto Reacher. Ninguno de ellos, salvo Reacher, se había encontrado antes con James Barr. Barr se había convertido en el destino final y desconocido de todos ellos. Un destino distinto para cada uno. Barr era cliente de Helen, a pesar de que ella realmente no lo había querido así. Era objeto de estudio para Mason y Niebuhr, quizás objeto de publicación de las revistas de medicina, con el cual obtener fama y reputación. Tal vez se tratase de una enfermedad de origen desconocido. *Síndrome de Barr*. Lo mismo sucedía con Alan Danuta. Tal vez fuese un caso sin precedentes que llevar al Tribunal Supremo, un capítulo digno de aparecer en un libro de texto, digno de impartirse en una lección universitaria. *Indiana contra Barr. Barr contra Estados Unidos.* Estaban invirtiendo en un hombre al que nunca habían visto.

Cada uno de ellos tomó asiento en una silla de vinilo verde. La diminuta sala olía a desinfectante y permanecía en silencio. No se oía nada, excepto un débil goteo en las tuberías y una máquina marcando el tono del pulso en una habitación. Nadie dijo nada, pero todos parecían saber que estaban inmersos en un proceso largo. No tenía sentido impacientarse. Reacher estaba sentado frente a Mary Mason. La miró. Era relativamente joven para tratarse de una experta. Parecía simpática y extrovertida. Había escogido unas gafas de montura alargada, para que de este modo se le pudieran ver bien los ojos. Tenía los ojos tiernos, alegres y serenos. Hasta qué punto aquella expresión se debía al trato con los enfermos y hasta qué punto era realmente suya, era algo que Reacher desconocía.

—¿Cómo lo hacéis? —le preguntó Reacher.

—¿La valoración? —dijo ella—. Comienzo presuponiendo que es más probable que la amnesia sea real y no fingida. Las lesiones cerebrales que provocan coma durante dos días producen generalmente amnesia. Es una información comprobada hace ya mucho tiempo. Lo que hago entonces es observar al paciente. Los amnésicos reales son personas inquietas debido a su situación. Se sienten desorientados y asustados. Es evidente que tratan de recordar, quieren hacerlo. Los que fingen amnesia muestran una actitud distinta. Eluden los días en cuestión. Es como si estuvieran fuera de sí mismos, mentalmente. En ocasiones también físicamente. A menudo el lenguaje corporal también es distinto.

—Es algo subjetivo —opinó Reacher.

Mason asintió con la cabeza.

—Fundamentalmente es subjetivo. Es muy difícil probar que estén fingiendo. Se pueden utilizar escáneres mentales que muestren la actividad cerebral diferente, pero es también muy subjetivo. En ocasiones, la hipnosis puede resultar útil, pero a los tribunales suele asustarles. Así que, sí, se trata de una opinión, nada más.

—¿Qué médico se encarga de hacer la valoración de la acusación?

—Alguien como yo. Yo he trabajado en ambos bandos.

—¿Y en cuál de las dos valoraciones se cree?

—Normalmente en la del experto cuya chapa tiene más letras detrás del nombre. En eso es en lo que se fija el jurado.

—Tú tienes muchas letras.

—Más que la mayoría de la gente —repuso Mason.

—¿Qué habrá olvidado Barr?

—Varios días, como mínimo. Teniendo en cuenta que el traumatismo tuvo lugar el domingo, me sorprendería mucho que recordara algo después del miércoles. Y anteriormente a ese día, podría recordar de forma vaga algunas cosas y otras no. Pero eso es lo mínimo. He visto casos de conmociones cerebrales que olvidan incluso meses sin haber entrado en coma.

—¿Podría volver a recordar algo de lo olvidado?

—Del período inicial confuso, posiblemente. El paciente podría retroceder desde la última cosa que recuerda, a partir de los días precedentes, y evocar algunos episodios anteriores. Si en lugar de retroceder avanzara, se vería mucho más limitado. Si recordara la última comida, quizás pudiera avanzar hasta su última cena. Si recordara la última vez que fue al cine, quizás pudiera avanzar hasta el momento en que volvía a casa. Sin embargo, se encontraría con alguna limitación en algún punto. Normalmente ese punto es el momento de recordar ir a dormir.

—¿Podría recordar los hechos sucedidos hace catorce años?

Mason asintió.

—Su memoria a largo plazo debería estar en perfecto estado. Según la persona existen diferentes definiciones internas de largo plazo, ya que parece haber una migración química de una parte a otra del cerebro, y no hay dos cerebros idénticos. La biología física sigue siendo incomprensible. En la actualidad, a la gente le gusta compararlo con los ordenadores, pero no es correcto. No es lo mismo que hablar de discos duros y memorias de acceso aleatorio. El cerebro es orgánico. Es igual que si lanzamos una bolsa de manzanas por las escaleras. Algunas se dañarán, otras no. No obstante, yo diría que los recuerdos de hace catorce años se almacenan en la memoria a largo plazo de prácticamente todo el mundo.

La sala de espera quedó en silencio. Reacher escuchaba el sonido distante de la máquina al compás del pulso. Era un ritmo constante, procedente de algún monitor de ritmo cardíaco o alguna otra máquina que mantuviera a alguien con vida. Según el sonido que emitía, marcaba unas setenta pulsaciones por minuto. Un ritmo relajante, agradable. De repente se entreabrió una puerta del pasillo y Rosemary Barr salió de la habitación. Iba limpia y con el pelo cepillado, pero parecía débil, agotada, insomne y diez años mayor que el día anterior. Durante un instante permaneció inmóvil. A continuación miró hacia la derecha, hacia la izquierda, y caminó lentamente hacia la sala de espera. Helen Rodin se levantó de su asiento y fue a su encuentro. Permanecieron juntas, hablando en voz baja. Reacher no las oía. Seguidamente Helen cogió a Rosemary por el brazo y la acompañó en dirección al grupo. Rosemary miró a los dos psiquiatras, luego a Alan Danuta, luego a Reacher. No dijo nada. Después caminó sola hacia el escritorio donde estaba sentado el guardia de seguridad. No echó la vista atrás.

—Evasión —dijo Niebuhr—. Todos estamos aquí para indagar y examinar a su hermano. Físicamente, mentalmente, legalmente, metafóricamente. Es algo invasivo y desagradable. Admitir nuestra presencia significa reconocer el peligro al que se enfrenta su hermano.

—Tal vez simplemente esté cansada —sugirió Reacher.

—Voy a entrar —dijo Helen.

Avanzó por el pasillo y entró en la habitación de la que había salido Rosemary. Reacher la siguió con la mirada hasta que oyó el sonido de la puerta cerrándose. A continuación se volvió hacia Niebuhr.

—¿Ha visto algo así antes? —le preguntó.

—¿Coacción? ¿Lo ha visto usted antes?

Reacher sonrió. A todos los psiquiatras que había conocido les gustaba responder con preguntas. Quizás les hubieran enseñado a hacerlo el primer día de universidad.

—Yo he visto muchos casos —contestó Reacher.

—¿Pero?

—Normalmente existían más pruebas de amenazas serias.

—¿La amenaza hacia su hermana no es seria? Creo que fue usted mismo quien habló de esa hipótesis.

—No la han secuestrado. No se encuentra retenida. Barr podría haberla mantenido a salvo en alguna parte. O haberle dicho que se fuera de la ciudad.

—Efectivamente —dijo Niebuhr—. Solo podemos llegar a la conclusión de que le ordenaron que no hiciera tal cosa. Le dijeron que no la escondiera, que no le contara nada, de modo que fuese vulnerable. Eso nos demuestra lo grave que pudo haber sido la coacción y pone de manifiesto la indefensión de Barr frente a ella. Día a día. Debe de haber estado viviendo con verdadero pavor, impotencia, culpa y dependencia.

—¿Alguna vez ha visto a alguien tan atemorizado que hiciera lo mismo?

—Sí —contestó Niebuhr.

—Yo también —coincidió Reacher—. Una o dos veces.

—Quien amenaza de ese modo debe de ser un auténtico monstruo. Aunque existen factores que influyen en mayor o menor medida, como mantener una relación reciente con aquel que amenaza, algún tipo de dependencia, un encaprichamiento, el deseo de agradar, impresionar, sentirse valorados o deseados.

—¿Una mujer?

—No, no se mata a alguien por impresionar a una mujer. En general tal hecho produce el efecto contrario. Se trataría de un hombre. Seductor, pero no de forma sexual. Sin embargo, fascinante.

—Un hombre alfa y un hombre beta.

—Efectivamente —volvió a decir Niebuhr—. Las reticencias de última hora se resolverían con las amenazas a la hermana. Posiblemente el señor Barr nunca estuvo del todo seguro de si las amenazas fueron en serio o en broma. Pero decidió no ponerlo a prueba. La motivación humana es muy compleja. La mayoría de la gente no sabe por qué hace las cosas realmente.

—Desde luego.

—¿Usted sabe por qué hace las cosas?

—A veces —respondió Reacher—. Otras, no tengo la más mínima idea. Quizás usted pueda decírmelo.

—Mis servicios son habitualmente muy caros. Por eso puedo permitirme hacer cosas como esta sin cobrar.

—Tal vez podría pagarle cinco pavos a la semana.

Niebuhr sonrió tímidamente.

—Uh, no —dijo—. Creo que no.

La sala volvió a quedar en silencio. Así continuó durante diez largos minutos. Danuta estiró las piernas y revisó unos papeles del interior del maletín que descansaba sobre sus rodillas. Mason tenía los ojos cerrados, tal vez estaba dormida. Niebuhr miraba hacia la nada. Sin duda alguna los tres estaban acostumbrados a tener que esperar. Al igual que Reacher. Había sido policía militar durante trece años, *Apresurar y esperar* era la consigna del cuerpo de policía militar. Y no *Ayudar, Proteger* o *Defender*. Se concentró en el sonido lejano del latido electrónico y dejó pasar el tiempo.

Grigor Linsky hizo un cambio de sentido y miró la puerta del hospital por el espejo retrovisor. Apostó consigo mismo a que no sucedería nada durante sesenta minutos. Al menos sesenta, pero no más de noventa. Seguidamente preparó un orden de prioridades en el caso de que no salieran todos juntos. ¿A quién debería dejar marchar y a quién debía perseguir? Al final decidió seguir la pista a quienquiera que se separara del grupo. Imaginó que probablemente sería el soldado. En su opinión, la abogada y los doctores volverían a la oficina. Eran predecibles. El soldado, en cambio, no lo era.

Helen Rodin salió de la habitación de James Barr quince minutos después de entrar. Avanzó sin dudar hacia la sala de espera. Todos la miraban. Helen miró a Mary Mason.

—Tu turno —le dijo.

Mason se puso de pie y caminó por el pasillo. No llevaba nada encima. Ni maletín, ni papel, ni bolígrafo. Reacher la siguió con la mirada hasta que la puerta de la habitación de Barr se cerró. Después se recostó en la silla, en silencio.

—Me gusta —dijo Helen, sin dirigirse a nadie en particular.

—¿Cómo está? —le preguntó Niebuhr.

—Débil —contestó Helen—. Destrozado. Como si le hubiera atropellado un camión.

—¿Tiene sentido lo que te ha contado?

—Es coherente. Pero no recuerda nada. Y no creo que finja.

—¿Qué período de tiempo ha olvidado?

—No podría decirte. Recuerda haber escuchado un partido de béisbol por la radio. Podría ser la semana pasada o el mes pasado.

—O el año pasado —agregó Reacher.

—¿Ha aceptado que le representaras? —preguntó Danuta.

—Verbalmente —contestó Helen—. No puede firmar nada. Está esposado a la cama.

—¿Le has explicado los cargos que se le imputan y las pruebas del caso?

—He tenido que hacerlo —replicó Helen—. Quería saber por qué necesitaba un abogado.

—¿Y bien?

—Asume que es culpable.

Por un instante hubo un silencio. A continuación Alan Danuta cerró el maletín, se lo separó del regazo y lo colocó en el suelo. Se sentó con la espalda recta, rápidamente, de un solo movimiento.

—Bienvenidos a las zonas grises —repuso—. Ahora es cuando empieza la auténtica ley.

—Nada de eso —replicó Helen—. Por el momento, no.

—No podemos en absoluto dejar que vaya a juicio. Ha sido el gobierno quien le ha lastimado con su negligencia, ¿y ahora quieren condenarle a la muerte? No creo que pueda, cuando Barr ni siquiera recuerda el día en cuestión. ¿Qué tipo de defensa podría ofrecer?

—A mi padre le dará un ataque.

—Obviamente. Tendremos que saltárnoslo. Iremos directamente al Tribunal Federal. De todos modos se trata de una cuestión que aparece reflejada en la declaración de derechos. Tribunal Federal, luego Tribunal de Apelación y luego Tribunal Supremo. Ese es el proceso.

—Un largo proceso.

Danuta asintió.

—Tres años —prosiguió—, si tenemos suerte. El caso precedente similar es Wilson, y duró tres años y medio. Casi cuatro.

—Y no tenemos ninguna garantía de que vayamos a ganar. Podríamos perder.

—En cualquier caso, iremos a juicio y haremos todo lo posible.

—Yo no estoy cualificada para esto —repuso Helen.

—¿Intelectualmente? Eso no es lo que he oído.

—Ni táctica, ni estratégicamente, ni económicamente.

—Existen asociaciones de soldados excombatientes que estarían dispuestos a ayudarle en el tema económico. El señor Barr sirvió a su país, después de todo, con honor.

Helen no contestó, simplemente miró en dirección a Reacher. Reacher tampoco dijo nada. Volvió la cabeza y miró hacia la pared. Pensó para sí: «¿Este tío va a librarse otra vez después de haber cometido un asesinato? ¿Por segunda vez?».

Alan Danuta se movió en su asiento.

—Solo hay una alternativa —continuó—. No muy emocionante legalmente, pero la hay.

—¿Cuál? —preguntó Helen.

—Entrégale a tu padre al director de marionetas. Bajo las circunstancias, es mejor eso que nada. Y el director de marionetas es sin duda alguna el que más interesa en esta historia.

—¿Iría a por él?

—Se supone que conoces a tu padre mejor que yo. Sería tonto si no fuese a por él. Él sabe que el proceso de apelación duraría unos tres años y a lo largo de todo ese período James Barr ni siquiera habría pisado un tribunal. Además, todo buen abogado fiscal quiere encontrar al pez gordo.

Helen volvió a mirar a Reacher.

—El director de marionetas es solo una teoría —dijo—. No tenemos nada que se parezca lo más mínimo a una prueba.

—Tú verás —repuso Danuta—. Pero, de una manera u otra, no puedes permitir que Barr vaya a juicio.

—Vayamos por pasos —dijo Helen—. Veamos lo que piensa la doctora Mason.

La doctora Mason salió de la habitación veinte minutos más tarde. Reacher la observó mientras caminaba. La longitud de sus zancadas, la expresión de sus ojos y la posición de su mandíbula le dijeron que había llegado a una conclusión firme. No albergaba ninguna duda. Ninguna inseguridad, ninguna desconfianza. Nada en absoluto. Tomó asiento de nuevo y se alisó la falda a la altura de las rodillas.

—Amnesia permanente —explicó—. Absolutamente real. El caso más claro de los que he conocido.

—¿Duración? —preguntó Niebuhr.

—La liga principal de béisbol nos contestará a esa pregunta —contestó—. Lo último que recuerda es un partido de los Cardinals. Pero en mi opinión debe de ser de una semana o más, contando desde hoy hacia atrás.

—Lo que incluye el viernes —calculó Helen.

—Me temo que sí.

—Entendido —dijo Danuta—. Ahí lo tenemos.

—Genial —repuso Helen.

Se levantó. Los demás hicieron lo mismo. Juntos avanzaron hasta la salida, ya fuese consciente o inconscientemente, Reacher ni lo sabía. Pero estaba claro que Barr estaba tras ellos, en el sentido literal y en el figurado. Había pasado de ser un hombre a convertirse en un caso médico y en un argumento legal.

—Vosotros adelantaos —dijo Reacher.

—¿Te vas a quedar aquí? —preguntó Helen.

Reacher asintió.

—Voy a ver a mi viejo amigo —repuso.

—¿Por qué?

—Hace catorce años que no le veo.

Helen se separó de los demás y se acercó a Reacher.

—No, ¿por qué? —preguntó en voz baja.

—No te preocupes —le dijo—. No le voy a desconectar de las máquinas.

—Espero que no.

—No puedo —continuó—. No dispongo de coartada, ¿verdad?

Helen se quedó inmóvil un instante. No dijo nada. Luego se volvió y se unió a los demás. Salieron todos juntos. Reacher les siguió con la mirada mientras desfilaban por delante del escritorio del guarda de seguridad. Tan pronto como les vio cruzar la puerta de acero y esperar frente al ascensor, se volvió y avanzó por el pasillo en dirección a la habitación de James Barr. No llamó. Simplemente se detuvo un segundo frente a la puerta, giró el pomo y entró.

7

En la habitación hacía un calor terrible. Se podían asar pollos en el interior. Había un ventanal con una persiana blanca cerrada para evitar el sol. La luz penetraba en la habitación en forma de delicados rayos blancos. Por todos lados había equipos médicos. Un respirador en silencio, desconectado. Aparatos de suero y monitores de ritmo cardíaco. Tubos, bolsas y cables.

Barr estaba tendido boca arriba, en una cama situada en mitad de la habitación. No tenía almohada. Una abrazadera le sujetaba el cráneo. Tenía la cabeza afeitada y vendajes sobre las incisiones que se le habían practicado. Llevaba el hombro izquierdo envuelto también con vendas que le llegaban hasta el codo. El derecho estaba desnudo y sin marcas de golpes. Tenía la piel pálida, fina y venosa. También llevaba vendados el pecho y los costados. Las sábanas de la cama le llegaban hasta la altura de la cintura. Tenía los brazos estirados a ambos lados. Las muñecas esposadas a las barandillas de la cama. Le habían inyectado una vía para el suero en la palma de la mano izquierda. Tenía una pinza en el dedo corazón de la mano derecha conectada a una caja a través de un cable gris. Debajo de los vendajes del pecho salían unos cables rojos conectados a un monitor, que mostraba un dibujo ondulado que a Reacher le recordó las ondas sonoras del tiroteo que había grabado la compañía de teléfono. Picos marcados y largos recorridos. Emitía un débil pitido cada vez que uno de los picos alcanzaba el punto más alto.

—¿Quién está ahí? —preguntó Barr.

Era una voz débil, torpe y cansada. Y asustada.

—¿Quién está ahí? —repitió. Su campo de visión se veía limitado dado que tenía la cabeza encajada. Movía los ojos, de izquierda a derecha, de arriba abajo.

Reacher se acercó. Se inclinó hacia la cama. No dijo nada.

—Tú —dijo Barr.

—Yo —dijo Reacher.

—¿Por qué?

—Tú sabes por qué.

La mano derecha de Barr empezó a temblar. El temblor hizo que el cable conectado a la pinza del dedo corazón comenzara a agitarse. Las esposas chocaban contra la baranda de la cama, provocando un sonido metálico.

—Supongo que te he fallado —dijo.

—Supongo que sí.

Reacher miró a Barr a los ojos, ya que era lo único que podía mover. Era incapaz de gesticular. Tenía la cabeza inmovilizada y el resto del cuerpo atado. Parecía una momia.

—No recuerdo nada —dijo Barr.

—¿Estás seguro?

—Está todo en blanco.

—¿Sabes lo que te haré si me estás engañando?

—Puedo hacerme una idea.

—Triplícala —dijo Reacher.

—No te estoy engañando —dijo Barr—. No puedo recordar nada —su voz sonaba tranquila, impotente, confusa. No como una defensa, ni como una queja, ni como una excusa. Era una declaración, un lamento, una súplica, un grito de auxilio.

—Háblame del partido —dijo Reacher.

—Lo estaban dando por la radio.

—¿No por el televisor?

—Prefiero la radio —dijo Barr—. Por los viejos tiempos. Como cuando era crío. La radio encendida durante todo el camino desde

St. Louis. Todos esos kilómetros. Tardes de verano, calor, el sonido del béisbol en la radio.

Interrumpió su discurso.

—¿Estás bien? —le preguntó Reacher.

—Me duele muchísimo la cabeza. Creo que me han operado.

Reacher no dijo nada.

—No me gusta ver el béisbol por televisión —continuó Barr.

—No estoy aquí para hablar sobre qué medio de comunicación prefieres.

—¿Tú ves los partidos de béisbol por televisión?

—No tengo televisor —contestó Reacher.

—¿En serio? Deberías comprarte uno. Puedes conseguir uno por cien dólares. Tal vez menos, si es pequeño. Mira en la Páginas Amarillas.

—No tengo teléfono ni casa.

—¿Por qué no? Ya no perteneces al ejército.

—¿Y tú qué sabes?

—Ya nadie pertenece al ejército desde entonces.

—Hay gente que sí —repuso Reacher, pensando en Eileen Hutton.

—Los oficiales —dijo Barr—. Nadie más.

—Yo era oficial —dijo Reacher—. Recuérdalo.

—Pero tú no eras como los demás. A eso es a lo que me refiero.

—¿En qué me diferenciaba yo?

—Tú trabajabas para poder vivir.

—Háblame del partido.

—¿Por qué no tienes casa? ¿Estás bien?

—¿Ahora te preocupas por mí?

—No me gusta que a mis amigos les vayan mal las cosas.

—Me van bien —dijo Reacher—. Créeme. Eres tú quien tiene problemas.

—¿Ahora eres policía? ¿En esta ciudad? Nunca te he visto por aquí.

Reacher negó con la cabeza.

—Solo soy un ciudadano.

—¿De dónde?

—De ninguna parte. Simplemente del mundo.

—¿Por qué has venido?

Reacher no contestó.

—Ah —prosiguió Barr—. Para hacer que me condenen.

—Háblame del partido.

—Jugaban los Cubs contra los Cardinals —dijo Barr—. El partido estaba decidido. Ganaban los Cardinals en la novena entrada. Estaba chupado.

—¿*Home run?*

—No, un error. Los Cubs no pudieron atrapar un elevado fácil en el jardín derecho.

—Lo recuerdas bastante bien.

—Sigo a los Cardinals. Siempre les he seguido.

—¿Cuándo fue el partido?

—Ni siquiera sé qué día es hoy.

Reacher no dijo nada.

—No puedo creer que hiciera lo que dicen —expresó Barr—. Simplemente no puedo creerlo.

—Pruebas de sobra lo corroboran —dijo Reacher.

—¿De veras?

—No dejan lugar a dudas.

Barr cerró los ojos.

—¿Cuánta gente? —preguntó.

—Cinco.

Se le empezó a contraer el pecho. De sus ojos cerrados comenzaron a brotarle lágrimas. La boca se le abrió en forma de un óvalo deforme. Estaba llorando. Su cabeza inmovilizada.

—¿Por qué lo hice? —preguntó.

—¿Por qué lo hiciste la primera vez? —preguntó a su vez Reacher.

—Entonces estaba loco —contestó Barr.

Reacher no dijo nada.

—No hay excusa alguna —continuó—. Entonces era una persona diferente. Pensaba que había cambiado. Estaba seguro de que había cambiado. Después me porté bien. Lo intenté, de veras. Catorce años, reformado.

Reacher escuchaba en silencio.

—Me habría suicidado —dijo Barr—, sabes, hace tiempo, después de lo sucedido. Estuve a punto en un par de ocasiones. Estaba tan apenado. Pero aquellos cuatro tipos resultaron ser unos bastardos. Ese fue mi único consuelo. Me apegué a él a modo de redención.

—¿Por qué tienes todas esas armas?

—No podía deshacerme de ellas. Eran un recuerdo. Y me mantienen por el buen camino. Sería demasiado fácil ir por el buen camino si no las tuviese.

—¿Las usas alguna vez?

—Ocasionalmente. No muy a menudo. Alguna que otra vez.

—¿Para qué?

—En un campo de tiro.

—¿Dónde? La policía lo ha investigado.

—Aquí no. Voy a Kentucky. Allí hay un campo de tiro, barato.

—¿Conoces la plaza del centro de la ciudad?

—Claro. Vivo ahí.

—Dime cómo lo hiciste.

—No recuerdo haberlo hecho.

—Entonces dime cómo lo harías. En teoría. Como si se tratase de un informe de reconocimiento.

—¿Con qué blancos?

—Viandantes que salen del edificio de tráfico.

Barr cerró los ojos de nuevo.

—¿Les disparé?

—A cinco de ellos —dijo Reacher.

Barr comenzó nuevamente a llorar. Reacher se apartó y cogió una silla que había colocada junto a la pared. Le dio la vuelta y se sentó en ella al revés.

—¿Cuándo? —preguntó Barr.

—El viernes por la tarde.

Barr permaneció en silencio un buen rato.

—¿Cómo me pillaron? —volvió a preguntar.

—Tú cuéntame.

—¿Me pillaron en un control de tráfico?

—¿Por qué iba a ser así?

—Yo habría esperado hasta que fuera tarde. Tal vez después de las cinco. Hay mucha gente a esa hora. Me habría detenido en la carretera que pasa por detrás de la biblioteca. Cuando el sol estuviese en lo más alto, al oeste, a mi espalda, para evitar que pudiesen ver los destellos del arma. Habría abierto la ventana posterior y habría disparado uno tras otro a cada uno de los blancos, en línea, hasta vaciar la recámara. A continuación habría puesto en marcha el vehículo de nuevo. Solamente me habrían pillado si un coche patrulla me hubiese parado a causa de exceso de velocidad y me hubiesen visto el rifle. Pero creo que habría sido consciente de ello, ¿no? Creo que habría ocultado el rifle y habría conducido a una velocidad moderada, no deprisa. ¿Por qué me iba a arriesgar de esa manera?

Reacher no contestó.

—¿Qué? —dijo Barr—. Tal vez un coche patrulla se detuviera a auxiliarme, mientras estaba aparcado. Quizás pensaron que tenía un pinchazo o me había quedado sin gasolina.

—¿Posees un cono de tráfico? —preguntó Reacher.

—¿Un qué?

—Un cono de tráfico.

Barr comenzó a decir que no, pero entonces se detuvo.

—Creo que tengo uno —dijo—. Aunque no estoy completamente seguro. Están asfaltando la entrada de mi casa. Dejaron un cono en la acera para evitar que la gente entrara con el coche. Tuve que dejarlo allí tres días. No volvieron a retirarlo.

—¿Y qué hiciste con él?

—Lo metí en el garaje.

—¿Sigue allí?

—Creo que sí. Estoy casi seguro.

—¿Cuándo terminaron de asfaltar la entrada de tu casa?

—A principios de primavera, creo. Hace unos cuantos meses.

—¿Conservas algún recibo?

Barr intentó negar con la cabeza, haciendo una mueca de dolor por la presión de la abrazadera.

—Lo asfaltaron una banda de gitanos —dijo—. Creo que robaron el asfalto en la ciudad, seguramente en las obras de First Street. Les pagué en metálico, rápidamente y en negro.

—¿Tienes algún amigo?

—Unos pocos.

—¿Quiénes son?

—Unos tíos. Uno o dos.

—¿Alguna nueva amistad?

—No creo.

—¿Mujeres?

—No les gusto.

—Háblame del partido.

—Ya lo he hecho.

—¿Dónde estabas? ¿En el coche? ¿En casa?

—En casa —respondió Barr—. Estaba comiendo.

—¿Te acuerdas de eso?

Barr parpadeó.

—La psiquiatra me ha dicho que debería intentar recordar las circunstancias. Podrían ayudar a recordar más cosas. Estaba en la cocina, comiendo pollo frío con patatas fritas. Me acuerdo de eso. Pero es lo único que puedo recordar.

—¿Qué estabas bebiendo? ¿Cerveza, zumo, café?

—No me acuerdo. Solo recuerdo escuchar el partido. Tengo una radio marca Bose en la cocina. También una televisión, pero siempre sigo los partidos por la radio, nunca por la tele. Como cuando era pequeño.

—¿Cómo te sentías?

—¿Que cómo me sentía?

—¿Feliz? ¿Triste? ¿Normal?

Barr se quedó callado un instante.

—La psiquiatra me ha hecho la misma pregunta —dijo—. Le he contestado que normal, pero realmente creo que me sentía feliz. Como si tuviese nuevos planes en perspectiva.

Reacher no dijo nada.

—Pero creo que me los he cargado, ¿verdad? —repuso Barr.

—Háblame de tu hermana —le pidió Reacher.

—Acaba de estar aquí. Antes de que la abogada entrara.

—¿Qué sientes por ella?

—Es todo lo que tengo.

—¿Hasta dónde llegarías para protegerla?

—Haría cualquier cosa —dijo Barr.

—¿Como qué?

—Me declararía culpable, si me lo permiten. Aun así ella tendría que irse, tal vez cambiar de nombre. Pero le ahorraría todo el mal trago que pudiese. Ella fue quien me compró la radio, para que escuchara el béisbol. Fue un regalo de cumpleaños.

Reacher no añadió nada.

—¿Por qué estás aquí? —le preguntó Barr.

—Para enterrarte.

—Me lo merezco.

—No disparaste desde la carretera, sino en la ampliación del parking.

—¿De First Street?

—Extremo norte.

—Eso es una locura. ¿Por qué iba a disparar desde ahí?

—Le pediste a tu primer abogado que me llamara. El sábado.

—¿Por qué haría algo así? Debes de ser la última persona a quien me gustaría ver. Tú sabes lo que ocurrió en la ciudad de Kuwait. ¿Por qué iba a querer que te llamaran?

—¿Cuándo iba a ser el próximo partido de los Cardinals?

—No lo sé.

—Trata de recordar. Necesito entender las circunstancias.

—No logro acordarme —replicó Barr—. No hay nada. Recuerdo la carrera ganadora, y ya está. Los locutores se volvían locos. Ya sabes cómo son. Era como si no se lo llegaran a creer. Es que, vaya manera tan estúpida de perder un partido. Pero son los Cubs, ¿no? Dicen que siempre encuentran una manera de perder.

—¿Qué recuerdas antes del partido? ¿Antes de ese día?

—Nada.

—¿Qué habrías estado haciendo normalmente?

—No mucho. No hago gran cosa.

—¿Qué sucedió en la jugada anterior de los Cardinals?

—No lo recuerdo.

—¿Qué es lo último que recuerdas aparte del partido?

—No estoy seguro. ¿Las obras de la entrada de mi casa?

—Eso fue hace meses.

—Recuerdo ir a algún sitio —explicó Barr.

—¿Cuándo?

—No estoy seguro. Hace poco.

—¿Solo?

—Quizás acompañado. No estoy seguro. Tampoco estoy seguro de adónde.

Reacher no dijo nada. Se reclinó sobre la silla y escuchó el pitido débil procedente de la máquina al compás del ritmo cardíaco. Iba bastante rápido. Ambas esposas repiqueteaban contra la barandilla.

—¿Qué hay en esa bolsa de suero? —preguntó Barr.

Reacher echó un vistazo a contraluz y leyó las letras impresas en las bolsas.

—Antibióticos —dijo.

—¿Y analgésicos?

—No.

—Supongo que piensan que no me los merezco.

Reacher no dijo nada.

—Nos conocemos de hace mucho tiempo, ¿no es así? —dijo Barr—. Tú y yo.

—La verdad es que no —repuso Reacher.

—No como amigos.

—Ahí sí que tienes razón.

—Pero estábamos conectados.

Reacher no dijo nada.

—¿No? —preguntó Barr.

—En cierta manera —contestó Reacher.

—Entonces ¿harías algo por mí? —preguntó Barr—. ¿Como un favor?

—¿El qué?

—Quitarme la vía de la mano.

—¿Por qué?

—Para infectarme y morir.

—No —repuso Reacher.

—¿Por qué no?

—Aún no es tu hora —le contestó.

Reacher se levantó, volvió a colocar la silla junto a la pared y salió de la habitación. Pasó por el escritorio del guardia de seguridad, salió de la cámara y bajó con el ascensor hasta la calle. El coche de Helen Rodin no estaba en el aparcamiento. Se había marchado ya. No le había esperado. Así que Reacher partió a pie, todo el camino, desde las afueras de la ciudad.

Se abrió camino entre diez manzanas en obras y se dirigió primero hacia la biblioteca. La tarde estaba avanzada, pero la biblioteca continuaba abierta. La mujer de expresión triste que había sentada tras el mostrador le dijo dónde se guardaban los periódicos viejos. Comenzó con la pila correspondiente a la semana anterior. Se trataba del mismo periódico *Indianápolis* que había leído en el autobús. No prestó atención a los ejemplares del domingo, sábado y viernes. Empezó con los del jueves, miércoles y martes. Algo le llamó la atención en el segundo ejemplar. Los Cubs de Chicago habían jugado una serie de tres partidos en St. Louis, empezando el martes. Era la primera de una serie de partidos, y había terminado tal y como Barr había descrito. Los Cubs no pudieron atrapar un elevado fácil en el jardín derecho. La edición matutina del miércoles explicaba los detalles con exactitud. Una carrera ganadora y un error. Aproximadamente las diez de la tarde, martes. Barr había oído los frenéticos gritos de los locutores justo sesenta y siete horas antes de abrir fuego.

A continuación Reacher dio marcha atrás, en dirección a la comisaría. Cuatro manzanas al oeste, una al sur. No le preocupaba el horario. Sabía que era uno de esos lugares que abrían las veinticuatro horas del día, los siete días de la semana. Fue directamente hacia el mostrador de recepción y solicitó su derecho a ver de nuevo las pruebas como parte de la defensa. El hombre del mostrador telefoneó a Emerson y a continuación le indicó a Reacher el lugar subterráneo donde se encontraba Bellantonio.

Bellantonio le recibió y abrió la puerta con llave. No había demasiados cambios, pero Reacher se percató de dos cosas que antes no estaban. Hojas nuevas de papel, plastificadas, colgadas en el corcho encima y debajo de las hojas originales, a modo de notas a pie de página, adiciones o apéndices.

—¿Nuevas anotaciones? —preguntó.

—Siempre —contestó Bellantonio—. Nunca dormimos.

—Y bien, ¿qué hay de nuevo?

—ADN de animal —dijo Bellantonio—. Relacionan el pelo del perro de Barr con la escena.

—¿Dónde está el perro ahora?

—Descansando eternamente.

—Qué cruel.

—¿Qué cruel?

—El maldito chucho no ha hecho nada malo.

Bellantonio se quedó callado.

—¿Qué más? —preguntó Reacher.

—Más pruebas de las fibras. También de balística. Evidencias más que suficientes. La munición Lake City es relativamente rara, y hemos confirmado que Barr la compró hace menos de un año en Kentucky.

—Suele ir a un campo de tiro que hay allí.

Bellantonio asintió.

—Eso también lo hemos averiguado.

—¿Alguna cosa más?

—El cono de tráfico pertenece al departamento de construcción de la ciudad. No sabemos de dónde ni de cuándo.

—¿Algo más?

—Creo que es todo.

—¿Y la parte negativa?

—¿Qué parte negativa?

—Todo lo que me estás dando son buenas noticias. ¿Qué hay de las preguntas sin respuesta?

—No creo que haya ninguna.

—¿Estás seguro de ello?

—Estoy seguro.

Reacher echó una ojeada al tablón de corcho rectangular una vez más, detenidamente.

—¿Juegas al póquer? —preguntó.

—No.

—Bien hecho. Mientes fatal.

Bellantonio no rechistó.

—Deberías empezar a preocuparte —dijo Reacher—. Si se entera de lo del perro os demandará.

—No se enterará —repuso Bellantonio.

—No, supongo que no.

Emerson estaba esperando al otro lado de la puerta. Llevaba la americana puesta y la corbata sin anudar. En sus ojos se podía leer una expresión de frustración, aquella sensación que se tiene cuando hay que enfrentarse a asuntos de abogacía.

—¿Le has visto? —preguntó.

—No recuerda nada desde el martes por la noche hacia delante —contestó Reacher—. Te espera una buena batalla.

—Estupendo.

—Deberías buscar cárceles más seguras.

—Rodin traerá expertos para que le examinen.

—Eso ya lo ha hecho su hija.

—Existen precedentes de casos similares.

—Sí, y por lo visto hay resultados de todo tipo.

—¿Tú quieres que ese pedazo de mierda vuelva a la calle?

—Has sido tú quien la ha cagado —repuso Reacher—. No yo.

—Entonces tú ya estás contento.

—Nadie está contento —dijo Reacher—. Aún no.

Abandonó la comisaría y se dirigió nuevamente hacia la torre negra de cristal. Helen Rodin estaba sentada tras su escritorio, revisando una hoja de papel. Danuta, Mason y Niebuhr se habían marchado ya. Helen estaba sola.

—Rosemary le preguntó a su hermano sobre lo que pasó en Kuwait —explicó Helen—. Me lo dijo al salir de la habitación del hospital.

—¿Y bien? —preguntó Reacher.

—Él le explicó que era cierto.

—Seguramente no fue una conversación agradable.

Helen Rodin negó con la cabeza.

—Rosemary está destrozada. Dice que James también. Barr dice que no puede creer que lo haya vuelto a hacer, haber tirado catorce años por la borda.

Reacher no dijo nada. Silencio en la oficina. Seguidamente Helen le mostró el folio que estaba leyendo.

—Eileen Hutton es general de brigada —dijo.

—Entonces las cosas le han ido bien —opinó Reacher—. Era comandante cuando yo la conocí.

—¿Tú qué eras?

—Capitán.

—¿No era eso ilegal?

—Técnicamente. Para ella.

—Ella pertenecía al cuerpo militar judicial.

—Los abogados pueden saltarse la ley igual que los demás.

—Todavía pertenece al cuerpo militar judicial.

—Evidentemente. No reciclan al personal.

—Tiene base en el Pentágono.

—Allí es donde están los mejores.

—Vendrá mañana.

Reacher se quedó callado.

—Para declarar —agregó Helen.

Reacher continuó callado.

—A las cuatro en punto de la tarde. Tomará un vuelo por la mañana y se alojará en algún lugar, dado que tendrá que pasar la noche en la ciudad. Se le hará demasiado tarde para volar de vuelta.

—¿Me vas a pedir que me la lleve a cenar?

—No —dijo Helen—. Eso no. Te voy a pedir que te la lleves a comer, antes de que se cite con mi padre. Tengo que saber antes que nadie por qué ha venido.

—Se han cargado al perro de Barr —dijo Reacher.

—Era viejo.

—¿No te importa?

—¿Debería?

—El perro no le había hecho nada a nadie.

Helen no dijo nada.

—¿Dónde se hospedará Hutton? —preguntó Reacher.

—No tengo ni idea. Tendrás que ir a buscarla al aeropuerto.

—¿Qué vuelo?

—Tampoco lo sé. Pero no hay ningún vuelo directo desde el distrito de Columbia, así que supongo que hará escala en Indianápolis. No llegará aquí antes de las once de la mañana.

Reacher no dijo nada.

—Lamento —dijo Helen— haberle dicho a Danuta que no teníamos pruebas de la teoría del director de marionetas. No pretendía que pareciese un desprecio.

—Tenías razón —coincidió Reacher—. En ese momento no teníamos ninguna prueba.

Helen le miró.

—¿Pero?

—Ahora sí las tenemos.

—¿Qué?

—La policía ha estado rizando el rizo. Tienen fibras, pruebas de balística, ADN del perro, un recibo de alguna tienda de munición de Kentucky. El rastro del cono de tráfico les ha llevado hasta la ciudad. Hay todo tipo de pruebas.

—¿Pero? —volvió a preguntar Helen.

—Pues que no tienen ningún vídeo de James Barr conduciendo hacia el parking para colocar el cono con anterioridad.

—¿Estás seguro?

Reacher asintió.

—Han debido de ver la cinta una docena de veces. Si hubiesen visto a Barr, habrían impreso los fotogramas y los habrían colgado para que los viera todo el mundo. Pero no están allí, lo que significa que no lo han encontrado. Lo que significa que James Barr no condujo hasta allí para colocar el cono.

—Lo que significa que lo hizo otra persona.

—El director de marionetas —dijo Reacher—. U otra de sus marionetas. En algún momento después del martes por la noche. Barr cree que el cono aún seguía en su garaje el martes.

Helen volvió a mirar a Reacher.

—Quienquiera que fuese, debe aparecer en la cinta.

—Exacto —dijo Reacher.

—Pero habrá cientos de coches.

—Podemos estrechar el círculo. Estamos buscando un sedán con el suelo demasiado bajo para atravesar un sendero que conduzca a una granja.

—El director de marionetas existe, ¿verdad?

—Es lo único que explica que el cono llegara hasta allí.

—Seguramente tenga razón Alan Danuta, ¿sabes? —dijo Helen—. Mi padre cambiaría a Barr por el director de marionetas. Sería tonto si no lo hiciese.

Reacher no dijo nada.

—Lo que quiere decir que Barr va a salir indemne —agregó Helen—. Para mí eso solo significará un problema de reputación. Podré vivir con ello. Al menos espero hacerlo. Puedo culpar de todo a la prisión, alegar que no fui yo quien hizo que se librara.

—¿Pero? —preguntó Reacher.

—¿Qué vas a hacer tú? Viniste aquí a hacer justicia y Barr va a librarse.

—No sé lo que voy a hacer —comentó Reacher—. ¿Qué opciones tengo?

—Solo dos, y las dos me dan miedo. Una: podrías negarte a ayudarme a encontrar al director de marionetas. Yo no podré hacerlo sola y Emerson ni siquiera querría intentarlo.

—¿Y dos?

—Podrías solucionar las cosas con Barr.

—Eso está claro.

—Pero no puedes hacerlo. Con suerte te encerrarían el resto de tu vida.

—Si me cogiesen.

—Te cogerían. Yo sabría que has sido tú.

Reacher sonrió.

—¿Me delatarías?

—Tendría que hacerlo —dijo Helen.

—No si fueras mi abogada. En ese caso no podrías decir una palabra.

—Pero no soy tu abogada.

—Podría contratarte.

—Rosemary Barr también lo sabría, y ella sí que te delataría sin dudarlo. Y Franklin. Te oyó contar la historia.

Reacher asintió.

—No sé qué voy a hacer —volvió a decir.

—¿Cómo encontraremos a ese tipo?

—Tal y como has dicho, ¿qué motivos iba a tener yo para encontrarle?

—Porque no creo que seas el tipo de hombre que hace las cosas a medias.

Reacher se quedó callado.

—Creo que quieres la verdad —prosiguió Helen—. No creo que te guste que te den gato por liebre. No te gusta que te tomen el pelo.

Reacher permanecía en silencio.

—Además, toda esta situación apesta —añadió Helen—. Aquí ha habido seis víctimas. Cinco que han muerto y el mismo Barr.

—Eso amplía demasiado el significado que yo entiendo por víctimas.

—El doctor Niebuhr espera que encontremos una relación preexistente. Probablemente reciente. Alguna nueva amistad. Podríamos tenerlo en cuenta.

—Barr me dijo que no había hecho ningún nuevo amigo —dijo Reacher—. Que solo tenía uno o dos amigos de toda la vida.

—¿Y te dijo la verdad?

—Creo que sí.

—¿Entonces el doctor Niebuhr se equivoca?

—Niebuhr hace suposiciones. Es psiquiatra. Lo único que hacen es suponer.

—Podría preguntárselo a Rosemary.

—¿Conocerá a sus amigos?

—Probablemente. Están bastante unidos.

—Pues consigue una lista —le pidió Reacher.

—¿La doctora Mason también supone algo?

—Sin duda. Pero en su caso creo que acierta.

—Si Niebuhr se equivoca referente a los amigos, ¿qué hacemos?

—Lo seguiremos intentando.

—¿Cómo?

—Me ha estado siguiendo un tipo esta noche, y estoy seguro de que me ha vuelto a seguir por la mañana. Le vi en la plaza. Así que la próxima vez que le vea cruzaré un par de palabras con él. Me dirá para quién trabaja.

—¿Y solo por pedírselo te lo dirá?

—La gente normalmente me dice lo que quiero saber.

—¿Por qué?

—Porque se lo pregunto con buenas maneras.

—Pues no te olvides de preguntarle con buenas maneras a Eileen Hutton.

—Nos vemos —se despidió Reacher.

Reacher se encaminó hacia el sur, más allá de su hotel. Encontró un restaurante barato donde cenar. Cuando terminó se dirigió hacia el norte, a paso lento. Cruzó la plaza, dejó atrás la torre negra de cristal, pasó por debajo de la autopista elevada, rumbo al bar recreativo. En total, llevaba en la calle casi una hora, y no había visto a nadie seguirle. Ningún tipo lesionado y con traje extraño. Nadie en absoluto.

El bar recreativo estaba medio vacío. En los televisores estaban emitiendo un partido de béisbol. Encontró una mesa en el rincón y se sentó a ver el partido de los Cardinals contra los Astros, en Houston. Se trataba de un partido lento de final de temporada entre dos equipos que en absoluto eran rivales. Cuando comenzó la publicidad echó una ojeada a la puerta. No vio a nadie. En aquella ciudad de interior, el martes era aún más tranquilo que el lunes.

Grigor Linsky llamó por el móvil.

—Ha vuelto al bar recreativo —dijo.

—¿Te ha visto? —preguntó El Zec.

—No.

—¿Por qué ha vuelto al bar?

—Por ninguna razón. Necesitaba un destino final, eso es todo. Ha estado deambulando durante casi una hora, intentando ver si le seguía.

Silencio un instante.

—Déjale ahí —repuso El Zec—. Vente para aquí. Tenemos que hablar.

Alex Rodin llamó a Emerson a su casa. Emerson estaba cenando tarde con su mujer y sus dos hijas, así que no le apetecía coger el teléfono. Pero lo hizo. Fue a la entrada y tomó asiento en el segundo peldaño de las escaleras, inclinado hacia delante, con los codos apoyados sobre las rodillas y el auricular entre el hombro y la oreja.

—Tenemos que hacer algo con ese tal Jack Reacher —comentó Rodin.

—Yo no creo que sea un problema tan grave —opinó Emerson—. Quizás sea lo que quiera que pensemos, pero no puede hacer que desaparezcan los hechos. Tenemos pruebas más que suficientes.

—Ahora ya no se trata de los hechos —replicó Rodin—, sino de la amnesia, de la presión que ejerza la defensa.

—Eso depende de tu hija.

—Reacher es una mala influencia sobre ella. He estado informándome sobre la ley en estos casos. Es un área realmente gris. Los exámenes médicos no pueden confirmar que Barr recuerde el día de los hechos. Se trata de que Barr entienda el proceso judicial en estos momentos, y de contar con pruebas condenatorias sin necesidad de su testimonio.

—Yo diría que las tenemos.

—Yo también. Pero Helen ha de aceptar, ha de estar de acuerdo. Pero ese tipo está encima de ella todo el tiempo, comiéndole la cabeza. La conozco. No pasará por el aro hasta que nos libremos de él.

—Pues no veo cómo podemos hacerlo.

—Quiero que le detengas.

—No puedo hacerlo —dijo Emerson— sin una denuncia.

Rodin calló un instante.

—Bueno, vigílale —continuó—. Si escupe en la acera, quiero que le detengas y hagas algo con él.

—Esto no es el salvaje oeste —repuso Emerson—. No puedo echarle de la ciudad.

—Un arresto sería suficiente. Necesitamos algo que rompa el hechizo. Está empujando a Helen a donde no quiere ir. La conozco. Si estuviese sola, nos entregaría a Barr. No me cabe la menor duda.

Cuando Linsky se dirigió de vuelta a su coche, sentía dolores en la espalda. Una hora a pie era más de lo que podía soportar. Tiempo atrás, le habían roto todos los huesos de la columna vertebral con un martillo. Uno tras otro. Desde el cóccix hasta la última vértebra. Lentamente. Por lo general le permitían que se le curase un hueso antes de romperle el siguiente. Cuando el último hueso estaba curado, empezaban desde el principio otra vez. Tocar el xilófono, así lo llamaban. Tocar las notas. Al final, Linsky había perdido la cuenta de cuántas notas habían tocado en su columna vertebral.

Pero nunca hablaba sobre aquello. Cosas peores le habían sucedido a El Zec.

El Cadillac disponía de un asiento blando, por lo que fue un alivio llegar a él. El vehículo estaba provisto de un motor silencioso, una conducción suave y una buena radio. Los Cadillacs eran el tipo de cosas que hacían de América un lugar maravilloso, como su población confiada y sus policías inútiles. Linsky había vivido tiempo en diferentes países y no dudaba cuál era el más satisfactorio: cualquiera donde no se condujesen carros sucios ni trineos. Ahora conducía un Cadillac.

Se dirigió hacia la casa de El Zec, a trece kilómetros al noroeste de la ciudad, cerca de su fábrica de piedras. La fábrica era una nave industrial construida hacía catorce años sobre un filón de piedra caliza, descubierto bajo unas tierras de cultivo. La casa era un palacio enorme y fantástico, construido para unos comerciantes de artículos de confección hacía cien años, cuando el paisaje aún poseía su belleza natural. Era un palacio burgués y pomposo, pero también una casa cómoda, igual que el Cadillac era un coche cómodo. Dominaba desde el centro numerosos acres de llanura. Tiempo atrás habían existido unos jardines preciosos, pero El Zec los había arrasado y había podado los arbustos, lo que había creado como resultado una vista amplia y uniforme. No había vallas, porque ¿cómo iba a soportar vivir un solo día entre rejas? Por esa misma razón, no había cerrojos de seguridad, pestillos, ni barrotes. La libertad era un regalo que se había hecho a sí mismo. Pero la residencia disponía de un sistema de seguridad excelente. Había cámaras de vigilancia. Nadie podía acercarse a la casa sin ser detectado. Durante el día, los visitantes eran visibles claramente a una distancia de casi ocho kilómetros, y por la noche, las cámaras de visión nocturna captaban las imágenes a una distancia ligeramente menor.

Linsky aparcó y salió del coche. Era una noche tranquila. La fábrica de piedra cerraba a las siete cada tarde, triste y silenciosa, hasta el amanecer del día siguiente. Echó una ojeada a la planta y caminó hacia la casa. La puerta delantera se abrió antes de que se acercara a ella. Le recibieron los focos calientes y vio que Vladimir había salido a darle la bienvenida, lo que significaba que Chenko debía de estar también allí arriba, que El Zec había reunido a sus mejores hombres y que estaba preocupado.

Linsky tomó aliento, pero entró en el interior de la casa sin titubear. Después de todo, ¿qué podrían hacerle que no le hubiesen hecho ya? Para Vladimir y Chenko era distinto, pero para hombres de la edad y experiencia de Linsky nada era ya inimaginable.

Vladimir no dijo nada. Se limitó a cerrar la puerta y a seguir a Linsky hacia la planta superior. Era una casa de tres plantas. La planta baja no se utilizaba para nada, excepto para la vigilancia. Todas las habitaciones estaban completamente vacías, salvo una que tenía cuatro pantallas de televisor colocadas sobre una gran mesa, donde se mostraban distintos ángulos de la casa: norte, sur, este y oeste. Sokolov se encargaba de no perderlas de vista. O Raskin. Se alternaban en turnos de doce horas. La segunda planta de la casa constaba de una cocina, un comedor, una sala de estar y una oficina. La tercera planta constaba de habitaciones y cuartos de baño. En la segunda planta se dirigían los negocios. Linsky pudo oír la voz de El Zec procedente de la sala de estar. Le llamaba. Entró directamente, sin llamar a la puerta. El Zec estaba sentado en un sillón, sujetando con la mano una taza de té. Chenko estaba echado en el sofá. Vladimir entró en la sala después de Linsky y se sentó junto a Chenko. Linsky permaneció inmóvil y esperó.

—Siéntate, Grigor —ordenó El Zec—. Nadie está enfadado contigo. Ha sido un fallo del muchacho.

Linsky asintió y tomó asiento en un sillón, algo más cerca de El Zec que Chenko. Así se mantenía el orden correcto de la jerarquía. El Zec tenía ochenta años, y Linsky tenía más de sesenta. Chenko y Vladimir tenían unos cuarenta años, y eran hombres importantes, por supuesto, pero más jóvenes en comparación. No poseían la historia que El Zec y Linsky compartían. Ni por asomo.

—¿Té? —preguntó El Zec, en ruso.

—Por favor —contestó Linsky.

—Chenko —dijo El Zec—. Trae una taza de té para Grigor.

Linsky sonrió para sus adentros. El hecho de que Chenko le sirviera té era una demostración de la superioridad de Linsky frente a él. Se percató de que lo hacía de muy poco agrado. Se limitó a levantarse de mala gana, ir a la cocina y salir con una taza de té en una pequeña bandeja de plata. Chenko era un hombre muy pequeño, de estatura baja, enjuto, endeble. Tenía el cabello basto y negro, despeinado en todas direcciones, aunque lo llevaba corto. Vladimir era diferente, muy alto, fornido y rubio. Increíblemente fuerte. Seguramente por su sangre corrían genes alemanes. Tal vez su abuela se había mezclado con ellos, allá en el año 1941.

—Hemos estado hablando —dijo El Zec.

—¿Y? —preguntó Linsky.

—Tenemos que enfrentarnos al hecho de que hemos cometido un fallo. Solo uno, pero que podría ser fastidioso.

—El cono —dijo Linsky.

—Naturalmente, Barr no aparece en la cinta de vídeo colocándolo —dijo El Zec.

—Obviamente.

—Pero ¿será eso un problema?

—¿Según tu opinión? —preguntó Linsky educadamente.

—La importancia está en el ojo del que contempla —dijo El Zec—. A Emerson y a Rodin no les importará. Es un detalle insignificante, y no estarán dispuestos a averiguarlo. ¿Por qué iban a hacerlo? No les interesa ponerse la zancadilla a sí mismos. Y ningún caso es perfecto al cien por cien. Es algo que ellos ya saben. Así pues, lo considerarán un cabo sin atar, algo inexplicable. Podrían incluso tratar de autoconvencerse de que Barr utilizó un vehículo diferente.

—¿Pero?

—Pero seguirá siendo un cabo sin atar. Si el soldado tira de él, todo podría comenzar a desenmarañarse.

—Las pruebas contra Barr son incuestionables.

El Zec asintió.

—Es cierto.

—Entonces, ¿no serán suficientes?

—Sin duda alguna, deberían haber sido suficientes. Pero es posible que Barr no vuelva a constar como sujeto legal al que pueda acceder la jurisprudencia. Sufre amnesia permanente. Es posible que Rodin no sea capaz de llevarle a juicio. Si así sucede, Rodin se sentirá frustrado. Esperará conseguir un premio de consolación. Y el premio de consolación finalmente significará suponer que existe alguna otra persona por encima de Barr, ¿cómo podría negarse?

Linsky dio un sorbo al té. Estaba caliente y dulce.

—¿Y todo eso por una cinta? —preguntó.

—Depende por completo del soldado —continuó El Zec—, de su tenacidad y su imaginación.

—Fue policía militar —intervino Chenko, en inglés—. ¿Lo sabíais?

Linksy miró a Chenko. Chenko rara vez hablaba inglés en la casa. Tenía un perfecto acento americano, y a veces Linsky pensaba que aquello le avergonzaba.

—Eso no tiene por qué impresionarme —repuso Linsky, en ruso.

—Ni a mí —añadió El Zec—. Pero es un factor que debemos poner sobre la balanza.

—Silenciarle en estos momentos llamará la atención —dijo Linsky—. ¿No?

—Depende de cómo se haga.

—¿Cuántas maneras hay?

—Podríamos volver a utilizar a la chica pelirroja —dijo El Zec.

—No servirá de nada con el soldado. Es un gigante, y estoy casi seguro de que conoce a fondo las técnicas de autodefensa.

—Ellos dos ya se conocen. Hay testigos de que ella le provocó y comenzó la pelea. Si se encontrase a la chica herida de gravedad, el soldado se convertiría en el primer sospechoso. Dejemos que el departamento de policía le silencie en vez de hacerlo nosotros mismos.

—La chica sí lo sabría —dijo Vladimir—. Sabría que no habría sido el soldado.

El Zec hizo un gesto de asentimiento. Linsky le observó. Estaba acostumbrado a los métodos de El Zec. Le gustaba sonsacar soluciones a la gente, igual que Sócrates.

—Tal vez deberíamos hacerla enmudecer —propuso El Zec.

—¿Matarla?

—Siempre hemos pensado que es la manera más segura, ¿no es así?

—Es posible que tenga más enemigos —dijo Vladimir—. Quizás sea una calientabraguetas de mucho cuidado.

—Pues haremos que se afiance la idea del principal sospechoso. Deberíamos hacer que encontraran el cuerpo en algún lugar sugerente, como si le hubiese pedido volver a verla.

—¿En su hotel?

—No, mejor fuera de su hotel. Pero cerca. En algún lugar donde pudiera encontrarla otra persona. Alguien que pudiera llamar a la policía mientras el soldado durmiese. De ese modo se convertiría en un objetivo fácil.

—¿Cómo se explicaría el hecho de que el cuerpo se encontrase fuera del hotel?

—Evidentemente el soldado la habría golpeado, de tal modo que la chica habría salido tambaleándose y se habría desplomado.

—El Metropole Palace —dijo Linsky—. Ahí es donde se aloja.

—¿Cuándo? —preguntó Chenko.

—Cuando vosotros queráis —dijo El Zec.

Los Astros ganaron a los Cardinals por 10 a 7, después de una actuación floja de la defensa de ambos equipos. Malas jugadas, muchos errores. Una manera pésima de ganar, y una manera peor de perder. Reacher dejó de prestar atención al juego a mitad de partido. Había empezado a pensar en Eileen Hutton. Formaba parte de su mosaico. La había visto en una ocasión en Estados Unidos antes de marchar al Golfo. Sucedió brevemente en un tribunal repleto de gente, pero el tiempo suficiente para percatarse de su gesto negativo. Reacher supuso que nunca más la volvería a ver, lo que le pareció una lástima. Pero más tarde volvió a coincidir con ella. Eileen llegó como una más del ejército de la operación Escudo del Desierto. Reacher estaba allí desde el inicio de la operación, como capitán recién ascendido. La primera etapa de cualquier despliegue extranjero siempre parecía una guerra entre bandas de policías militares y tropas. Sin embargo, después, la situación se calmaba, y la operación Escudo del Desierto no fue una excepción. Después de seis semanas se asentó una estructura, tal como dicta la ley militar, que exigía personal interno, desde carceleros a jueces. Hutton resultó ser uno de los abogados que enviaron al país. Reacher supuso que se trataba de una decisión propia, lo que le alegró, ya que podía significar que no estuviese casada.

Y no lo estaba. La primera vez que se cruzaron, Reacher comprobó que no llevaba alianza en su mano derecha. Seguidamente observó su cuello, y vio las hojas de roble del rango de comandante. Aquello era todo un reto para un reciente capitán. Después la miró a los ojos y confirmó que merecería la pena. Tenía los ojos azules, inteligentes y traviesos. Creyó vislumbrar un futuro prometedor. Una aventura. Reacher acababa de cumplir los treinta y un años, y estaba dispuesto a todo.

El calor del desierto ayudaba. La mayoría del tiempo la temperatura alcanzaba casi los cincuenta grados, y excepto en los simulacros de ataques de gas, el uniforme habitual era pantalones cortos y camiseta sin mangas. Y según la experiencia de Reacher, la cercanía entre los cuerpos calientes, casi desnudos, de un hombre y una mujer, conducía siempre a algo bueno, mucho mejor que pasar un noviembre en Minnesota, por supuesto.

El acercamiento inicial prometía ser difícil, dada la disparidad de sus rangos. Cuando tuvo lugar, Reacher manejó la situación tan torpemente que solo se solucionó porque Eileen se mostró tan dispuesta como él, y no tenía miedo a demostrarlo. Tras aquel primer momento, el resto fue como la seda. Tres largos meses. Fueron buenos tiempos. Más tarde Reacher recibió nuevas órdenes, igual que siempre. Ni siquiera se despidió de ella. No tuvo la oportunidad. Tampoco la volvió a ver nunca más.

«Te veré de nuevo mañana», pensó.

Reacher permaneció en el bar hasta que la ESPN empezó a repetir las jugadas del partido. Entonces pagó la cuenta y salió a la calle, bajo la luz amarilla de las farolas. Decidió no volver al Metropole Palace. Pensó que era el momento de cambiar. No había ninguna razón, se trataba sencillamente de su instinto inquieto de siempre. *Muévete. Nunca te quedes en el mismo sitio durante mucho tiempo.* Y el Metropole era un lugar lúgubre y viejo. Desagradable, incluso para sus estándares poco exigentes. Decidió probar con el motel que había visto de camino a la tienda de repuestos de automóvil, al lado de la peluquería. *Cualquier estilo 7$.* Podría cortarse el pelo antes de que Hutton llegara a la ciudad.

Chenko abandonó la casa de El Zec a medianoche. Vladimir fue con él. Si alguien tenía que encargarse de la pelirroja, ese debía ser Vladimir. Debía ser un trabajo bien hecho, porque representaría una prueba. Chenko era demasiado pequeño para propinar los mismos golpes que un soldado furioso de casi dos metros y ciento diez kilos. Pero Vladimir era diferente, podía finiquitar aquel trabajo de un solo golpe y convencer a los forenses en la autopsia. Tras un rechazo, una objeción o un insulto, un hombre de grandes dimensiones podía propinar un golpe con tanta furia que resultara más fuerte de lo necesario.

Ambos, Chenko y Vladimir, conocían a la chica. La habían visto con Jeb Oliver. Incluso habían llegado a trabajar juntos en una ocasión. Sabían dónde vivía: un apartamento alquilado en una planta baja, en una parcela de tierra árida, a la sombra de la autopista estatal, justo donde la carretera comenzaba a elevarse, al sureste del centro de la ciudad. Y sabían que vivía sola.

Reacher anduvo en círculos rodeando tres manzanas antes de dirigirse al hotel. Caminaba despacio y aguzaba el oído por si sentía pisadas. No oyó nada. No vio nada. Estaba solo.

El motel era prácticamente una antigualla. En su tiempo debió de haber estado a la última, y en consecuencia, debió de ser de alta categoría. Sin embargo, con el implacable paso del tiempo y las modas, se había quedado anticuado. Se encontraba en buenas condiciones, pero no lo habían modernizado. Era exactamente el tipo de sitio que le gustaba a Reacher.

Despertó al recepcionista y pagó en metálico una noche. Utilizó el seudónimo de Don Heffner, un jugador de segunda base que había bateado doscientos sesenta y un golpes durante una pobre temporada de los Yankees en 1934. El recepcionista le entregó una llave grande de metal y le señaló el camino hacia la habitación número ocho. La habitación era oscura y olía a humedad. La colcha de la cama y las cortinas parecían no haberse cambiado nunca. Lo mismo sucedía con el baño. Pero todo funcionaba y la puerta cerraba bien.

Reacher se dio una ducha rápida. Dobló los pantalones y la camisa con cuidado y los colocó debajo del colchón. Utilizaba aquel lugar como si fuese una plancha. Por la mañana estarían perfectos. Planeó desayunar, ducharse, afeitarse e ir a la peluquería. No quería devaluar el recuerdo que Hutton pudiera conservar de él, aunque pensaba que ella ni siquiera le recordaría.

Chenko aparcó fuera de la carretera. Vladimir y él descendieron por la pendiente y se dirigieron, sin ser vistos, al edificio de apartamentos donde vivía la chica. Se aproximaron a la puerta por la parte posterior. Caminaban pegados a la pared. Doblaron una esquina. Chenko le dijo a Vladimir que la chica no debía verle. Chenko llamó a la puerta con delicadeza. No hubo respuesta, cosa que no era extraña. Era tarde, y la chica probablemente ya estaba en la cama. Volvió a llamar, un poco más fuerte. Y a continuación, otra vez. Vio una luz procedente de una ventana. Oyó unos pies arrastrándose en el interior. Oyó la voz de la chica y el crujido de la puerta.

—¿Quién es? —preguntó.

—Soy yo —le dijo.

—¿Qué quieres?

—Tenemos que hablar.

—Estaba durmiendo.

—Lo siento.

—Es muy tarde.

—Lo sé —dijo Chenko—. Pero es muy urgente.

Hubo una pausa.

—Espera un momento —repuso ella.

Chenko oyó las pisadas de la chica de vuelta a su habitación. Luego un silencio. A continuación volvió a salir. Abrió la puerta. Llevaba puesta una bata.

—¿Qué? —preguntó.

—Tienes que venir con nosotros —le dijo Chenko.

Vladimir salió de entre las sombras.

—¿Por qué está él aquí? —preguntó Sandy.

—Me va a ayudar esta noche —le contestó Chenko.

—¿Qué queréis?

—Tienes que salir de casa.

—¿Así? No puedo.

—Estoy de acuerdo —dijo Chenko—, vístete. Como si fueras a una cita.

—¿A una cita?

—Tienes que ponerte muy guapa.

—Pero tendré que ducharme. Secarme el pelo.

—Tenemos tiempo.

—¿Una cita con quién?

—Solo tiene que parecerlo. Arréglate como si tuvieras una cita.

—¿A estas horas de la noche? La ciudad entera está durmiendo.

—La ciudad entera no. Nosotros estamos despiertos, por ejemplo.

—¿Cuánto me vais a pagar?

—Doscientos —dijo Chenko—. Por ser tan tarde.

—¿Cuánto tiempo tardaré?

—Solo un momento. Solo tendrás que dejar que te vean pasear.

—No sé.

—Doscientos dólares por un minuto no está nada mal.

—No es solo un minuto. Tardaré una hora hasta estar lista.

—Doscientos cincuenta, entonces —dijo Chenko.

—Bueno —dijo Sandy.

Chenko y Vladimir aguardaron en la sala de estar, escuchando a través de las finas paredes mientras Sandy se duchaba, se secaba el pelo, se maquillaba, la goma elástica de la ropa interior, el susurro del tejido sobre su piel. Chenko se percató de que Vladimir estaba agitado y sudando. No por la tarea pendiente, sino porque había una mujer desnuda en la habitación de al lado. Vladimir no era de fiar según en qué situaciones. Chenko se alegraba de estar allí como supervisor. De no ser así, el plan se iría a pique.

Sandy volvió a la sala de estar al cabo de una hora, totalmente guapísima. Llevaba una blusa fina negra, casi transparente. Debajo llevaba un sujetador que moldeaba sus senos en dos montículos idénticos, redondos e increíbles. En la parte de abajo, unos pantalones negros ceñidos que le llegaban por debajo de la rodilla. ¿Ciclistas? ¿Piratas? Chenko no estaba seguro del nombre. Calzaba unos zapatos negros de tacón alto. Con su piel clara, pelo rojo y ojos verdes parecía una chica de catálogo.

«Qué pena», pensó Chenko.

—¿Mi dinero? —preguntó Sandy.

—Luego —dijo Chenko—. Cuando te traigamos de vuelta.

—Déjame verlo.

—Está en el coche.

—Entonces vamos a verlo —dijo Sandy.

Caminaron en fila india. Chenko en cabeza. Sandy detrás de él. Vladimir a la retaguardia. Subieron por la carretera. El coche estaba aparcado a la derecha. Estaba frío y empañado. En el interior no estaba el dinero. No había ningún dinero. Chenko lo sabía. Se detuvo casi dos metros antes de llegar y se dio la vuelta. Hizo un gesto de asentimiento hacia Vladimir.

—Ahora —le dijo.

Vladimir estiró la mano derecha. Agarró a Sandy por el hombro derecho desde atrás. Le dio la vuelta y le estampó el puño izquierdo en la sien derecha. Un golpe descomunal. Explosivo. La cabeza de la chica se sacudió violentamente, sus pies cedieron y cayó al suelo en vertical, igual que un traje al resbalar de una percha.

Chenko se agachó junto a ella. Esperó un instante y comprobó el pulso en su cuello. No tenía.

—Le has roto el cuello —dijo.

Vladimir asintió.

—Se trata de la posición —explicó—. Es un golpe casi de perfil, en que la cabeza está girando. Así que no es una fractura exactamente. Más bien parece que le estés retorciendo el cuello. Parecido a la soga de la horca.

—¿Tienes bien la mano?

—Mañana la tendré más dolorida.

—Buen trabajo.

—Lo he hecho lo mejor que he podido.

Seguidamente abrieron el coche, retiraron el apoyabrazos del asiento trasero y extendieron el cuerpo. Había suficiente espacio de un extremo a otro. Era de poca estatura. A continuación subieron a la parte delantera del coche y arrancaron. Se dirigieron hacia el este, y llegaron al Metropole Palace por la parte posterior. Esquivaron la zona donde estaban los cubos de basura y vieron un callejón lateral. Se detuvieron junto a la salida de emergencia. Vladimir salió del coche y abrió la puerta posterior del vehículo. Extrajo el cuerpo, sujetándolo por los hombros, y lo dejó justo donde cayó. Volvió a meterse en el coche. Chenko arrancó y avanzó unos cinco metros. Se volvió. La chica estaba tendida en el suelo, junto al muro del callejón, en el lado opuesto de la salida de emergencia. Parecía un escenario real: después de huir dolida y asustada de la habitación del soldado, no había querido esperar a coger el ascensor, sino que había bajado corriendo por las escaleras hasta salir al exterior, en la oscuridad de la noche. Quizás había tropezado bajando, agravando aún más las heridas. Quizás había tropezado y había chocado contra el muro, y la conmoción había hecho que una de las vértebras se le acabara de desprender.

Chenko volvió a colocarse de frente y siguió conduciendo durante algunos kilómetros en dirección noroeste, ni rápido ni despacio, para no llamar la atención, para no destacar, camino de vuelta a la residencia de El Zec.

8

Reacher se despertó a las siete de la mañana y salió a comprobar si le estaban siguiendo, a la vez que aprovechó para ir a comprar a una tienda de comestibles. Caminó en zigzag medio kilómetro. No vio a nadie que le siguiera. Encontró una tienda dos manzanas más allá del motel. Compró café negro, un paquete de maquinillas desechables, un frasco de espuma de afeitar y un tubo nuevo de pasta de dientes. Se dirigió hacia el hotel por una ruta alternativa cargando con la compra. Volvió a dejar la ropa debajo del colchón, se sentó en la cama y se tomó el café. A continuación se duchó y se afeitó. Tardó veintidós minutos en hacer ambas cosas, siguiendo su rutina. Se lavó el pelo dos veces. Se volvió a vestir y salió a desayunar al único sitio que pudo encontrar. Se trataba del restaurante de comida para llevar que había visto el día anterior. En el interior había una pequeña barra. Pidió más café y también un bollo inglés relleno de un trozo redondo de jamón y algo que podía ser un huevo, primero frito, luego revuelto y más tarde remezclado. Su listón culinario era muy bajo, pero aquello se encontraba sin duda al límite.

Después del bollo tomó un trozo de tarta de limón. Le apetecía algo dulce. Estaba mejor que el bollo, así que repitió, acompañando la tarta con otra taza de café. Más tarde se dirigió a la peluquería. Empujó la puerta y tomó asiento. Eran las ocho y media en punto.

A esa hora la investigación sobre el homicidio en el exterior del Metropole Palace llevaba en marcha tres horas. Un empleado de la limpieza que entraba a trabajar había descubierto el cuerpo en el callejón a las cinco y cuarto de la mañana. Era un hombre de mediana edad, hondureño. No tocó el cadáver. No comprobó si tenía pulso. La postura del cuerpo le dijo todo lo que necesitaba saber. Se puede reconocer perfectamente el vacío propio de la muerte. El hombre entró rápidamente al hotel y se lo contó al conserje de noche. Después volvió a su casa, dado que no tenía permiso de residencia y no quería verse involucrado en una investigación policial. El conserje de noche llamó al 911 desde el mostrador del hotel y luego fue a la salida de emergencia a echar un vistazo. Volvió al cabo de media hora, sin haber disfrutado de lo que había visto.

Al cabo de ocho minutos llegaron dos coches patrulla y una ambulancia. Los médicos confirmaron el estado de la víctima y la ambulancia se volvió a marchar. Los policías acordonaron la zona y la salida de emergencia. Seguidamente tomaron declaración al conserje de noche, quien explicó que había salido para despejarse y había descubierto el cuerpo. Protegía al empleado de Honduras. Se acercaba a la verdad. La policía no tenía ninguna razón para dudar de su palabra. Los agentes se limitaron a permanecer allí y esperar a Emerson.

Emerson llegó hacia la seis y veinticinco. Iba con Donna Bianca, su mano derecha, el forense de la ciudad y Bellantonio para que trabajara en la escena del crimen. El trabajo técnico ocupó los primeros treinta minutos. Medidas, fotografías, recopilación de pruebas. A continuación Emerson obtuvo el visto bueno y se acercó al cuerpo. Se tropezó entonces con su primer gran problema: la chica no llevaba bolso ni identificación. Nadie tenía la más mínima idea de quién era.

Ann Yanni apareció en la parte posterior del Metropole a las siete y cuarto. La acompañaba un equipo de la NBC, que consistía en un cámara y un técnico de sonido que llevaba un micrófono al final de una barra larga. El micrófono estaba cubierto con una funda gris de protección contra el viento y la barra medía tres metros. El chico arrimó la cadera al cordón policial, extendió los brazos todo lo que pudo y oyó la voz de Emerson por los auriculares. Estaba hablando con Bianca sobre prostitución.

El forense examinó los brazos y las piernas de la chica, así como el espacio entre los dedos de los pies. No encontró rastros de pinchazos. Así pues, no había ido allí a drogarse. Por lo tanto, podía ser que se estuviera prostituyendo. ¿Quién si no andaría por la parte trasera de un hotel céntrico en mitad de la noche con aquella ropa? Era joven y guapa, así que no ofrecería sus servicios a bajo precio. Por consiguiente, debería llevar un bolso grande lleno de billetes de veinte dólares, procedentes de la cuenta de algún empresario. Quizás se hubiese encontrado con alguien, algún tipo que la estuviese esperando a ella o a cualquier otra persona que le brindase la misma oportunidad. Quienquiera que fuese, le había arrebatado el bolso y le había golpeado en la cabeza, más fuerte de lo necesario.

Dado que se trataba de una joven de diecinueve o veinte años que no era drogadicta, no sería necesario tomarle las huellas, a no ser que tuviese antecedentes penales. Emerson pensó que esto último no sería probable, por lo que no esperaba averiguar su identidad a través del banco de datos de la policía. Esperaba averiguarla en el interior del hotel, ya fuese a través del conserje o del tipo que la hubiese llamado.

—Que no salga nadie —le comentó a Bianca—. Vamos a hablar con los huéspedes y el personal, uno por uno. Busca una habitación donde podamos hacerlo. Y comunica a todas las unidades que estén atentos a un tipo que tenga más billetes de veinte dólares nuevos de los que debería.

—Un hombre corpulento —agregó Bianca.

Emerson asintió.

—Un tipo realmente corpulento. La causa del crimen fue un solo puñetazo.

El forense se llevó el cuerpo al depósito de cadáveres y Donna Bianca se apropió del bar del hotel, donde realizó las entrevistas a los huéspedes. A las ocho y media de la mañana habían hablado con dos tercios de los que allí se hospedaban.

El barbero era un hombre mayor y que sabía lo que hacía. Seguramente llevaba cortando el mismo estilo de pelo desde hacía cincuenta años. Le cortó el pelo a Reacher a una pulgada y media por la parte de arriba, y utilizó las tijeras para la zona de la nuca y los costados. A continuación, dejó las tijeras y utilizó una cuchilla para retocarle las patillas. Finalmente le sacudió los restos de cabello que tenía en el cuello. Era un corte con el que Reacher se sentía familiarizado. Lo había llevado así la mayor parte de su vida, salvo en períodos en los que la pereza había hecho que se despreocupase del pelo, y un par de semestres en los que había preferido raparse al uno.

El barbero cogió un espejo de mano y le mostró el resultado.

—¿Le gusta? —le preguntó.

Reacher asintió. Estaba perfecto, si no fuese porque alrededor del cabello había un margen de media pulgada de piel tan blanca como la leche. Cuando había estado en Miami, llevaba el pelo más largo y el sol no le había bronceado aquella zona. El barbero le retiró la toalla del cuello. Reacher le entregó ocho dólares, uno de propina. A continuación dio la vuelta a la manzana. Nadie le seguía. Una vez en el hotel, se lavó la cara y se volvió a afeitar las patillas, pues sobraba un centímetro de pelo. La cuchilla del barbero estaba desafilada.

Las entrevistas en el Metropole terminaron a las nueve y veinte. Emerson no obtuvo nada en claro. El conserje de noche juró y perjuró no saber nada. Solo había doce huéspedes y ninguno de ellos parecía sospechoso. Emerson era un detective experimentado y un hombre de talento, sabía quién decía la verdad. Y para un detective aceptar una verdad era tan importante como rechazar una mentira. Por lo tanto, consultó con Donna Bianca y ambos concluyeron que habían perdido tres horas por una mala corazonada.

Entonces llamó Gary, un chico de la tienda de repuestos de automóvil.

Gary debía empezar a trabajar a las ocho y se había encontrado con una urgente falta de personal. Continuaba sin haber rastro de Jeb Oliver y Sandy tampoco aparecía. Al principio se enfadó. Llamó al apartamento de Sandy pero no contestaron. «Estará de camino —supuso—. Tarde.» Pero no apareció. A partir de entonces la llamó cada treinta minutos. Hacia las nueve y media el enfado dio paso a la preocupación. Comenzó a pensar en un posible accidente de coche. Así que llamó a la policía para informarse. El telefonista le dijo que no había habido ningún accidente de tráfico aquella mañana. A continuación hubo una pequeña pausa y el telefonista pareció considerar otra posibilidad, así que le pidió el nombre y la descripción de la chica. Gary le dijo que se llamaba Alexandra Dupree, conocida como Sandy, diecinueve años, blanca, baja de estatura, ojos verdes, pelirroja. Diez segundos más tarde Gary estaba hablando con un detective llamado Emerson.

Gary cerró la tienda aquel día. Emerson envió un coche patrulla a recogerle. La primera parada fue el depósito de cadáveres. Gary identificó el cuerpo. Cuando llegó al despacho de Emerson, Gary se encontraba pálido y profundamente agitado. Donna Bianca le tranquilizó, mientras Emerson le observaba detenidamente. Las estadísticas demuestran que las mujeres asesinadas son víctimas de sus maridos, novios, hermanos, jefes y compañeros de trabajo, en orden descendente de probabilidad, en una lista donde los extraños aparecen al final. Y, en ocasiones, el novio y el compañero de trabajo son la misma persona. No obstante, Emerson creía que Gary quedaba fuera de toda sospecha. Estaba demasiado afectado. Nadie habría fingido aquella sorpresa y el shock repentino ante algo que hubiese sabido desde hacía ocho o diez horas.

Así pues, Emerson comenzó a formularle las típicas preguntas policiales con delicadeza. ¿Cuándo la había visto por última vez? ¿Sabía algo de su vida privada? ¿Familia? ¿Novios? ¿Exnovios? ¿Llamadas telefónicas extrañas? ¿Tenía algún enemigo? ¿Problemas? ¿Problemas de dinero?

Y a continuación, inevitablemente: ¿ha notado algo inusual en ella últimamente?

Y con esto, sobre las once menos diez, Emerson se enteró de lo que había sucedido con aquel desconocido el día anterior. Muy alto, corpulento, bronceado, agresivo, exigente, y que llevaba unos pantalones verde oliva y una camisa de franela del mismo color. El desconocido se había reunido con Sandy misteriosamente en dos ocasiones, en la oficina de la parte posterior del establecimiento. Se fue en el coche de Sandy, había conseguido la dirección de Jeb Oliver a base de amenazas, y Jeb Oliver también había desaparecido.

Emerson dejó a Gary con Donna Bianca. Se dirigió al pasillo y llamó con su teléfono móvil a la oficina de Alex Rodin.

—Hoy estás de suerte —le dijo—. Tenemos un homicidio cuya víctima es una joven de diecinueve años. Alguien le ha roto el cuello.

—¿Y por eso estoy de suerte?

—Su último contacto desconocido fue ayer, en su trabajo, con un tipo cuya descripción encaja a la perfección con la de nuestro amigo Jack Reacher.

—¿De verdad?

—El jefe de la chica nos lo ha descrito perfectamente. Le rompieron el cuello de un solo golpe a un lado de la cabeza, algo nada fácil, a menos que tengas la fuerza de Reacher.

—¿Quién era la chica?

—Una pelirroja que trabajaba en la tienda de recambios de coches que hay cerca de la autopista. También ha desaparecido un chico que trabajaba en el mismo sitio.

—¿Dónde ha sido el homicidio?

—Al lado del Metropole Palace.

—¿No es ahí donde se aloja Reacher?

—No según el registro.

—Entonces, ¿es sospechoso o no?

—En estos momentos parece que está metido hasta el cuello.

—¿Y qué haces que no vas a por él?

—Lo haré en cuanto lo encuentre.

—Llamaré a Helen —dijo Alex Rodin—. Ella debe de saber dónde está.

Rodin engañó a su hija. Le dijo que Bellantonio tenía que ver a Reacher para corregir una posible equivocación sobre una prueba del caso.

—¿Qué prueba? —preguntó Helen.

—Algo de lo que estuvieron hablando. Seguramente no sea nada importante, pero me estoy encargando del caso con extremo cuidado. No me gustaría que utilizaras cualquier detalle para apelar.

«El cono de tráfico», pensó Helen.

—Va de camino al aeropuerto —le dijo.

—¿Para qué?

—Para saludar a Eileen Hutton.

—¿Se conocen?

—Eso parece.

—Eso no es ético.

—¿Que se conozcan?

—Que influya en una declaración.

—Estoy segura de que no lo hará.

—¿Cuándo volverá?

—Después de comer, supongo.

—De acuerdo —dijo Rodin—. Esperaremos.

Pero no esperaron, por supuesto. Emerson se dirigió al aeropuerto inmediatamente. Había visto a Reacher cara a cara en dos ocasiones, así que podría encontrarle entre la multitud. Donna Bianca le acompañó. Juntos cruzaron el área restringida y accedieron a la oficina de seguridad que vigilaba las salas de llegadas a través de un espejo. Examinaron detenidamente los rostros de todas las personas que esperaban. Ni rastro de Reacher. No había llegado. Así que también esperaron.

9

Reacher no fue al aeropuerto. Fue más listo. El personal militar superior pasa mucho tiempo volando, tanto en avionetas como en aviones de pasajeros, y no les gusta. Sin estar en combate, muere más personal militar en accidentes de avión que en cualquier otra circunstancia. Por consiguiente, dado que Eileen Hutton era una inteligente general de brigada, no habría volado desde Indianápolis. No le habría importado volar a bordo de un jet desde Washington, pero no haría otro vuelo para seguir el trayecto. De ninguna manera. En su lugar, alquilaría un coche.

Así que Reacher caminó en dirección a la biblioteca. Preguntó a la mujer deprimida que había detrás del mostrador dónde podía encontrar las Páginas Amarillas. Se dirigió hacia donde ella le indicó, y se llevó la guía a una mesa. La abrió por la letra *H* de hoteles. Comenzó a buscar. Estaba casi seguro de que algún encargado del departamento militar judicial había hecho lo mismo que él el día anterior, pero a distancia, probablemente por Internet. Hutton le habría pedido que le reservase una habitación. El encargado, ansioso por quedar bien, habría buscado en el plano un hotel y habría escogido un lugar adecuado, con parking donde aparcar el coche de alquiler. Probablemente una cadena hotelera con una tarifa establecida por el gobierno.

«El Marriott Suites —pensó Reacher—. Allí es donde se alojará.» Al sur de la autopista y de la ciudad, tomando un desvío hacia la izquierda, allí estaba, a tres manzanas al norte de los juzgados, muy fácil de llegar, con desayuno incluido. El encargado habría impreso la dirección y la habría grapado junto al itinerario, ansioso por quedar bien. Hutton producía ese efecto sobre las personas.

Reacher memorizó el número del Marriott y volvió a dejar la guía en su sitio. Seguidamente se dirigió hacia el vestíbulo y llamó por teléfono desde una cabina.

—Quiero confirmar una reserva —dijo.

—¿Nombre?

—Hutton.

—Sí, aquí está. Solo una noche, una suite.

—Gracias —dijo Reacher, y colgó el teléfono.

Eileen tomaría un vuelo muy temprano desde Washington D.C. Tras dos décadas en el ejército, se levantaría a las cinco, tomaría un taxi a las seis, embarcaría a las siete. Llegaría a Indianápolis a las nueve, como muy tarde. Saldría de Hertz con el coche de alquiler a las nueve y media. El trayecto por carretera era de dos horas y media. Llegaría al mediodía. Faltaba solo una hora.

Reacher salió de la biblioteca, cruzó la plaza y se encaminó a través de una pequeña multitud. Dejó atrás la oficina de reclutamiento y los juzgados. Encontró el Marriott sin dificultad. Entró en la cafetería y se sentó a una mesa que había en el rincón, esperando a que apareciera.

Helen Rodin llamó a Rosemary Barr al trabajo. No estaba allí. La recepcionista parecía algo incómoda cuando le preguntó. Así que Helen probó llamándola a casa, y contestó tras el segundo tono.

—¿Te han echado? —preguntó.

—He sido yo —contestó Rosemary—. He dimitido. Todo el mundo actuaba de forma extraña conmigo.

—Eso es horrible.

—Así es la naturaleza humana. Tengo que pensar en algo. Quizás debería irme.

—Necesito que me hagas una lista de los amigos de tu hermano —dijo Helen.

—No tiene ninguno. La prueba irrefutable de la amistad es la adversidad, ¿no? Pues no le ha ido a ver nadie. Ni me ha llamado nadie para preguntarme cómo está.

—Quiero decir antes —especificó Helen—. Necesito saber a quién vio, con quién solía salir, quién le conocía bien. Sobre todo si ha hecho últimamente alguna nueva amistad.

—No había nadie nuevo —repuso Rosemary—. Al menos que yo sepa.

—¿Estás segura?

—Bastante.

—¿Y los viejos amigos?

—¿Tienes dónde apuntar?

—Todo un bloc.

—Bueno, no vas a necesitarlo. Con una cajetilla de fósforos tendrás suficiente. James es una persona muy autosuficiente.

—Pero debe de tener amigos.

—Un par, imagino —dijo Rosemary—. Hay un tipo llamado Mike, de su vecindario. Se juntan para hablar de sus jardines y de béisbol, ya sabes, cosas de hombres.

Mike, escribió Helen. *Cosas de hombres.*

—¿Alguien más?

Rosemary hizo una pausa.

—Un tal Charlie —contestó.

—Háblame de Charlie —le pidió Helen.

—No sé mucho de él. En realidad nunca le he llegado a conocer.

—¿Cuánto tiempo hace que le conoce?

—Años.

—¿Eso incluye el tiempo que viviste con él?

—Nunca vino a casa cuando vivíamos juntos. Solo le he visto en una ocasión, una vez que entraba en casa cuando yo salía. Le pregunté a James quién era y me dijo que era Charlie, como si se tratara de un viejo amigo.

—¿Qué aspecto tenía?

—Bajo. Con el pelo extraño, igual que una escobilla de aseo pero negra.

—¿Es de por aquí?

—Creo que sí.

—¿Qué les unía?

—Las armas —dijo Rosemary—. Era su interés común.

Charlie, anotó Helen. *Armas.*

Donna Bianca estuvo hablando por teléfono durante un buen rato, apuntando los horarios de vuelos entre Washington D.C. e Indianápolis. Los vuelos de conexión desde Indianápolis salían una hora después, y el trayecto duraba treinta y cinco minutos. Imaginó que una persona que tenía una cita en los juzgados a las cuatro en punto no tendría intención de llegar más tarde de las dos y treinta y cinco. Lo que significaba salir de Indianápolis a las dos, lo que implicaba tomar tierra a la una y media, como muy tarde. Por lo tanto, debía abandonar el aeropuerto de Washington National como máximo a las once y media o doce. Lo cual no era posible. El último vuelo directo desde Washington National hasta Indianápolis era a las nueve y media. Solo había un avión por la mañana y un avión por la tarde. Ninguno intermedio.

—Llegará a las doce y treinta y cinco —dijo.

Emerson comprobó su reloj. Las doce menos cuarto.

Reacher llegaría pronto.

A las doce menos diez llegó un mensajero al edificio donde trabajaba Helen Rodin. El chico llevaba seis cajas grandes de cartón con las copias del informe de la defensa sobre las pruebas del proceso judicial, el proceso de descubrimiento, según las normas del debido proceso basado en la Declaración de Derechos. El mensajero llamó desde el vestíbulo a la oficina de Helen, y esta dijo que subiera. El chico tuvo que hacer dos viajes con la carretilla. Amontonó las cajas sobre el escritorio vacío que había en recepción. Helen firmó el albarán y el mensajero se marchó. Helen abrió las cajas. Había cantidad de papeles y docenas de fotografías. Y once cintas VHS nuevas con etiquetas y números claramente impresos en referencia a un folio firmado por un notario, confirmando que se trataba de copias fieles e íntegras de las cintas de seguridad obtenidas en el parking, y que habían sido copiadas mediante una tercera persona contratada, totalmente independiente a ambas partes. Helen cogió las cintas y las separó del resto de papeles. Tenía intención de llevárselas a casa y verlas con su propio aparato de vídeo. No tenía videocasete en la oficina. Tampoco televisor.

En la cafetería del Marriott sí había televisor. Estaba en la parte superior del rincón, sobre un soporte articulado de color negro. No tenía sonido. Reacher vio un anuncio donde aparecía una mujer con un vestido de verano transparente, retozando por un campo de flores amarillas. No estaba seguro del producto que anunciaban. El vestido, quizás, o un maquillaje, un champú, medicina para la alergia. Seguidamente apareció la cabecera del noticiario. *Noticias del mediodía*. Reacher miró la hora en su reloj. Exactamente las doce. Echó una ojeada al mostrador de recepción, en el vestíbulo. Desde su asiento podía ver perfectamente quién entraba. Ni rastro de Hutton. Aún no. Así que volvió a mirar hacia la televisión. En ella apareció Ann Yanni. Al parecer se trataba de una retransmisión en directo, desde el centro de la ciudad, en la calle. Frente al Metropole Palace. Ann comenzó a hablar en voz baja, pero poco a poco subió el tono. A continuación emitieron unas imágenes a media luz. Un callejón. Barreras policiales. Una forma indefinida bajo una sábana blanca. Luego salió en pantalla una fotografía de carné. Piel clara. Ojos verdes. Pelirroja. Debajo de la barbilla, un titular sobrepuesto decía: Alexandra Dupree.

Alexandra. Sandy.

«Ahora sí que se han pasado», pensó Reacher.

Sintió un escalofrío.

«Se han pasado de la raya, y mucho.»

Siguió mirando el televisor. El rostro de Sandy seguía en pantalla. A continuación, retiraron la fotografía y emitieron imágenes de horas anteriores. Apareció Emerson de espaldas. Era una entrevista grabada. Yanni le pegaba el micrófono a la nariz. Continuó hablando. Yanni se acercó el micrófono y le hizo una pregunta. La chica tenía los ojos apagados, vacíos, cansados y medio cerrados para evitar el flash de la cámara. Aunque el televisor no tenía sonido, Reacher imaginó que Emerson prometía una investigación rigurosa y a fondo. «Vamos a atraparle», decía.

—Te he visto desde el mostrador —dijo una voz. Y continuó—: Y me he dicho a mí misma, ¿no conozco a ese tipo?

Reacher apartó la vista del televisor.

Eileen Hutton estaba de pie, frente a él.

Llevaba el pelo más corto. No estaba bronceada. Alrededor de los ojos tenía líneas finas. Pero por lo demás estaba exactamente igual que hacía catorce años. Igual de guapa. De estatura media, delgada, atrevida. Arreglada, fragante. Increíblemente femenina. No había engordado un solo kilo. Iba vestida de paisano. Pantalones chinos color caqui, una camiseta blanca y una camisa azul abierta. Mocasines sin calcetines. Nada de maquillaje ni joyas.

Ni alianza.

—¿Te acuerdas de mí? —le dijo.

Reacher asintió.

—Hola, Hutton —la saludó—. Me acuerdo de ti. Por supuesto que sí. Me alegro de volver a verte.

Eileen llevaba un bolso y una tarjeta magnética en la mano, la llave de la habitación. A sus pies había una maleta con ruedas y mango largo.

—Yo también me alegro de verte —contestó ella—. Pero, por favor, dime que es una coincidencia. Por favor, dímelo.

Increíblemente femenina, excepto por el hecho de que continuaba siendo una mujer en un mundo de hombres. Si se sabía dónde mirar, se veía la dureza interior. Y ese lugar eran sus ojos, cuya expresión podía variar entre dulzura, alegría y destello repentino, que se traducía como: intenta jugármela y te arrancaré los pulmones.

—Siéntate —le dijo Reacher—. Comamos juntos.

—¿Comer?

—Es lo que se hace a esta hora.

—Me estabas esperando. Me has estado esperando.

Reacher asintió. Volvió a echar una ojeada al televisor. La foto de carné de Sandy de nuevo estaba en pantalla. Hutton siguió los ojos de Reacher.

—¿Es esa la chica muerta? —preguntó—. Lo he oído por la radio, conduciendo hacia aquí. En esta ciudad deberían pagarnos como si estuviésemos en la guerra.

—¿Qué han dicho por la radio? Ese televisor no tiene sonido.

—Homicidio. La pasada madrugada. Le han roto el cuello a una chica de por aquí. Un único golpe en la sien derecha. En un callejón, junto al hotel. Este no, espero.

—No —dijo Reacher—. No ha sido en este.

—Brutal.

—Ya veo.

Eileen Hutton se sentó a la mesa. No lejos de Reacher, sino en la silla que había junto a él. Igual que Sandy se había sentado a su lado en el bar.

—Estás muy guapa —le dijo—. De verdad.

Eileen no contestó.

—Me alegro de verte —le volvió a decir.

—Igualmente.

—No, lo digo en serio.

—Yo también lo digo en serio. Créeme. Si estuviéramos en alguna fiesta de cócteles en Beltway, puede que me pusiera triste y nostálgica recordando los viejos tiempos. Podría incluso ponerme ahora, de no ser porque sé por qué has venido.

—¿Qué razón es esa?

—Mantener tu promesa.

—¿Aún te acuerdas de eso?

—Por supuesto que sí. Me hablaste de ello una noche.

—Y tú estás aquí porque el departamento del ejército recibió una citación.

Hutton asintió.

—De algún abogado estúpido.

—Rodin —repuso Reacher.

—Eso es.

—Fue por mi culpa —declaró Reacher.

—Dios —dijo Hutton—. ¿Qué le has contado?

—Nada —contestó Reacher—. No le he contado nada. Pero él sí me dijo algo. Me dijo que mi nombre aparecía en la lista de testigos de la defensa.

—¿En la lista de la defensa?

Reacher asintió.

—Lo que me sorprendió, obviamente. Me sentía confuso, así que le pregunté a Rodin si habían sacado mi nombre de los archivos del Pentágono.

—Imposible —dijo Hutton.

—Averigüé la fuente más tarde —continuó Reacher—. Sin embargo, ya había pronunciado las palabras mágicas. Había mencionado el Pentágono. Conociendo a Rodin, sabía que acabaría indagando. Es muy inseguro. Le gusta atar todos los cabos sueltos. Lo lamento.

—Eso espero. Voy a perder dos días en este lugar apartado de la mano de Dios y también voy a tener que jurar en falso.

—No tienes por qué hacerlo. Puedes reclamar el derecho a la seguridad nacional.

Hutton negó con la cabeza.

—Hablamos sobre ello larga y detenidamente. Decidimos mantenernos al margen de cualquier cosa que pueda llamar la atención. La excusa de los palestinos está cogida con pinzas. Si se descubre, todo saldrá a la luz. Por eso estoy aquí, para jurar y perjurar que James Barr era un modelo de soldado.

—¿Y te sientes a gusto así?

—Ya conoces el ejército. Ninguno es virgen en esto. Se trata de la misión, y la misión es evitar que se destape el asunto.

—¿Por qué han delegado en ti?

—Porque así matan dos pájaros de un tiro. No conviene mandar a otra persona que no sea yo misma, que conozco la verdad. De este modo, no podré hablar sobre ello nunca más ni en ningún otro sitio, a no ser que confesara haber jurado en falso en Indiana. No son tontos.

—Me sorprende que aún les importe. Prácticamente pertenece a la antigüedad.

—¿Cuánto tiempo llevas fuera?

—Siete años.

—Y sin duda alguna no estás suscrito a *Army Times*.

—¿Qué?

—O quizás nunca lo llegaste a saber.

—¿Saber qué?

—Hasta dónde llegó aquel asunto, hasta qué eslabón de la cadena de mando.

—A la división, supongo. Pero tal vez no llegó hasta lo más alto.

—Acabó en un coronel. Fue él quien puso punto y final al tema.

—¿Y?

—Era Petersen.

—¿Y?

—El coronel Petersen es en la actualidad el teniente general Petersen. Tres estrellas. Forma parte del congreso y está a punto de conseguir su cuarta estrella. También está a punto de que le nombren vicepresidente del ejército.

«Eso podría complicar las cosas», pensó Reacher.

—Una situación comprometida —dijo.

—Puedes apostar el trasero —repuso Hutton—. Así que créeme,

el caso tiene que permanecer tal y como está. Tienes que metértelo en la cabeza. Sea lo que sea lo que pretendas hacer con tu promesa, no puedes hablar de lo sucedido. Lo mismo que yo. Encontrarían la manera de dar contigo.

—Ninguno de los dos tiene por qué hablar de ello. Eso está hecho.

—Me alegra oírtelo decir.

—O eso creo.

—¿Eso crees?

—Pregúntame de dónde sacaron en realidad mi nombre.

—¿De dónde sacaron tu nombre?

—Del mismo James Barr.

—No me lo creo.

—Yo tampoco me lo creía. Pero ahora sí.

—¿Por qué?

—Vayamos a comer juntos. Tenemos que hablar. Creo que hay alguien además de nosotros que conoce la historia.

Emerson y Bianca continuaban en el aeropuerto a la una menos diez. Reacher no apareció por allí. El vuelo de enlace llegó a la hora prevista. No salió ninguna mujer que fuera la general de brigada del Pentágono. Esperaron hasta que la sala de llegadas se vació y quedó en silencio. A continuación se subieron al coche y se dirigieron de vuelta a la ciudad.

Reacher y Hutton se dispusieron a comer juntos. Una camarera se acercó, contenta por tener algún cliente a quien atender en la mesa del rincón. El menú era el típico de una cafetería. Reacher pidió un sándwich de queso a la parrilla y café. Hutton un plato de pollo y té. Comieron y hablaron. Reacher repasó los detalles del caso. Seguidamente le explicó a Eileen su teoría. Lo erróneo de la posición, la supuesta coacción. Le explicó también la teoría de Niebuhr sobre la amistad nueva y persuasiva. Pero Barr no tenía ninguna amistad nueva y muy pocos amigos de toda la vida.

—De todos modos no puede ser un nuevo amigo —le repuso Hutton—. La puesta en escena implica un paralelismo entre los hechos de esta ciudad y los sucedidos en Kuwait: segundo nivel de un parking hace catorce años en la ciudad de Kuwait; segundo nivel de un parking aquí. Prácticamente el mismo rifle. Munición de punta hueca. Y las botas camperas, parecidas a las que usábamos allí. Quienquiera que preparase todo esto conocía el pasado de Barr, lo que significa que no es una nueva amistad. Barr tardaría años en compartir con alguien lo ocurrido en Kuwait.

Reacher asintió.

—Pero es evidente que con el tiempo lo ha compartido. Por eso digo que hay alguien más que sabe lo ocurrido.

—Tenemos que encontrar a esa persona —dijo Hutton—. La misión es evitar que se destape lo sucedido en Kuwait.

—No es mi misión. No me importa si ese tal Petersen consigue o no su cuarta estrella.

—Pero sí que te importa que un cuarto de millón de veteranos no manden su reputación al garete. El escándalo les salpicaría a todos ellos. Y eran buenas personas.

Reacher no dijo nada.

—Es muy fácil —continuó Hutton—. Si James Barr no tiene amigos, no hay mucho donde buscar. Uno de ellos ha de ser el tipo que nos interesa.

Reacher continuó en silencio.

—Matamos dos pájaros de un tiro —añadió Hutton—. Tú consigues a tu director de marionetas y el ejército respira tranquilo.

—Entonces, ¿por qué no se encarga el ejército en lugar de mí?

—No podemos permitirnos llamar la atención.

—Pues yo sufro problemas operativos —dijo Reacher.

—¿De jurisdicción?

—Peor que eso. Están a punto de arrestarme.

—¿Por qué?

—Por matar a la chica que han encontrado junto al hotel.

—¿Qué?

—Al director de marionetas no le gusta mi presencia. Ya intentó algo el lunes por la noche. Utilizó a la misma chica como anzuelo. Por esa razón fui a verla ayer, dos veces. Y ahora la han matado, y estoy seguro de que yo soy su último contacto.

—¿Tienes una coartada?

—Depende de la hora exacta, pero probablemente no. Estoy seguro de que la policía ya me está buscando.

—Menudo problema —dijo Hutton.

—Solo temporal —replicó Reacher—. La ciencia está de mi lado. Si le rompieron el cuello de un solo golpe en la sien derecha, la cabeza se le giró levemente, en sentido contrario al de las agujas del reloj, lo que significa que quien le propinó el puñetazo es zurdo. Y yo soy diestro. Si le hubiera golpeado en la sien derecha, la habría dejado sin sentido, pero no le habría roto el cuello. Tendría que haberla rematado después.

—¿Estás seguro?

Reacher asintió.

—Recuerda que solía ganarme la vida analizando estas cosas.

—Pero ¿te creerán? ¿O simplemente pensarán que eres lo bastante fuerte como para haberle golpeado con tu mano más débil?

—No me voy a arriesgar a averiguarlo.

—¿Vas a huir?

—No, voy a quedarme por aquí, pero voy a mantenerme lejos de la policía. Por eso decía que sufro problemas operativos.

—¿Puedo ayudarte?

Reacher sonrió.

—Me alegro de verte, Hutton —le dijo—. Lo digo de verdad.

—¿Cómo puedo ayudarte?

—Imagino que Emerson te estará esperando cuando termines de declarar. Te preguntará por mí. Simplemente hazte la tonta. Diles que no he venido por aquí, que no me has visto, que no sabes dónde estoy. Ese tipo de cosas.

Eileen permaneció un instante en silencio.

—Estás disgustado —le dijo—. Lo noto.

Reacher asintió. Se frotó la cara, como si se la estuviera lavando en seco.

—No me importa demasiado lo que le suceda a James Barr —expresó—. Si alguien ha querido tenderle una trampa para que cargue con la culpa, a mí me da igual. Debería haber recibido su merecido hace catorce años. Pero lo que le ha pasado a la chica es diferente. Se han pasado de la raya. Solo era una cría dulce y boba. No merecía que le hiciesen daño.

Hutton permaneció callada durante un instante más prolongado que el anterior.

—¿Estás seguro de las amenazas a la hermana de Barr? —preguntó al fin.

—No veo ningún otro motivo.

—Pero no existen indicios de amenaza.

—¿Por qué si no habría hecho Barr algo así?

Hutton no contestó.

—¿Nos vemos luego? —le preguntó Eileen.

—Me hospedo en una habitación no muy lejos —respondió Reacher—. Me pasaré por aquí.

—De acuerdo —repuso ella.

—A no ser que me metan en la cárcel.

La camarera volvió y pidieron el postre. Reacher pidió más café y Hutton más té. Continuaron hablando de todo tipo de asuntos. Se hicieron todo tipo de preguntas. Tenían pendientes catorce años.

Helen Rodin buscó entre las seis cajas de pruebas y encontró una fotocopia nítida de un trozo de papel que habían encontrado junto al teléfono de James Barr. Se trataba de una página de una agenda telefónica personal. Aparecían tres números, escritos con letra clara. Dos eran números de su hermana, uno de su casa y otro del trabajo. El tercero era de Mike. El vecino. No había ninguno de Charlie.

Helen llamó al número de Mike. Sonó seis veces y saltó el contestador automático. Helen le dejó el número de su oficina y le pidió que la llamara urgentemente.

Emerson pasó una hora con un dibujante de retratos. Finalmente consiguieron un rostro bastante similar al de Jack Reacher. A continuación escanearon el dibujo y lo colorearon. Pelo rubio oscuro, ojos azules, piel bronceada. Emerson añadió el nombre. Calculó aproximadamente una altura de dos metros, un peso de ciento quince kilos, y una edad entre treinta y cinco y cuarenta y cinco años. Colocó el número de teléfono del departamento policial en la parte posterior del dibujo. Más tarde lo envió por e-mail a todo el mundo e imprimió doscientas copias a color. Mandó a los coches patrulla que cogieran un fajo y lo repartieran por todos los hoteles y bares de la ciudad. Y también en restaurantes, cafeterías, granjas y sandwicherías.

Mike, el amigo de James Barr, llamó a Helen Rodin sobre las tres en punto del mediodía. Ella le preguntó las señas de su domicilio y acordaron verse en persona. Mike le dijo que estaría en casa durante el resto del día. Así pues, Helen pidió un taxi y se dirigió hacia allá. Mike vivía en la misma calle que James Barr, a veinte minutos del centro de la ciudad. La casa de Barr se veía desde el jardín delantero de Mike. Ambas casas eran parecidas. Todas las de aquella calle se parecían. Se trataba de ranchos construidos en los años cincuenta, de gran longitud y poca altura. Helen imaginó que al comienzo todas habrían sido idénticas. Sin embargo, tras medio siglo de reparaciones, restauraciones y creación de nuevos jardines, habían terminado variando la una de la otra. Algunas parecían mejores, mientras que otras parecían corrientes. La casa de Barr estaba algo descuidada. La de Mike, en cambio, completamente nueva.

Mike era un hombre de aspecto cansado. Debía de tener unos cincuenta y tantos años. Trabajaba en turno de mañana en un tienda de pinturas al por mayor. Su esposa llegó a casa cuando Helen se estaba presentando. También era una mujer de aspecto cansado, de unos cincuenta y tantos. Se llamaba Tammy, un nombre que no le pegaba demasiado. Era enfermera dentista a tiempo parcial. Trabajaba dos mañanas a la semana en una clínica situada en el centro de la ciudad. Hizo pasar a Helen y a Mike a la sala de estar y se marchó a preparar un café. Helen y Mike tomaron asiento y comenzaron con un incómodo silencio inicial que duró unos minutos.

—Bueno, ¿qué puedo decirle? —preguntó al fin Mike.

—Usted es amigo del señor Barr —le dijo Helen.

Mike echó un vistazo a la puerta de la sala de estar. Estaba abierta.

—Solo somos vecinos —corrigió.

—Su hermana le definió como amigo.

—Somos buenos vecinos. Llamémoslo así.

—¿Pasaban tiempo juntos?

—Solíamos hablar un rato mientras él paseaba al perro.

—¿Sobre qué cosas?

—Sobre nuestros jardines —contestó Mike—. Si Barr lo arreglaba me pedía la pintura, yo le preguntaba quién le había arreglado la entrada... Cosas de ese tipo.

—¿Sobre béisbol?

Mike asintió.

—También solíamos hablar de eso.

Tammy entró con tres tazas de café en una bandeja. También llevaba crema, azúcar, un platito de *cookies* y tres servilletas de papel. Depositó la bandeja sobre una mesita y se sentó junto a su marido.

—Sírvase usted misma —le dijo a Helen.

—Gracias —contestó Helen—. Muchas gracias.

Todos se sirvieron. Hubo un silencio en la habitación.

—¿Alguna vez estuvo en casa del señor Barr? —continuó preguntando Helen.

Mike miró a su mujer.

—Una o dos veces —contestó.

—No eran amigos —intervino Tammy.

—¿Les pilló por sorpresa? —preguntó Helen—. ¿Que hiciera lo que hizo?

—Sí —respondió Tammy—. Así fue.

—Entonces no tienen por qué preocuparse por haberse relacionado con él. Fue algo que nadie podía predecir. Este tipo de cosas siempre son una sorpresa. El vecindario nunca se lo espera.

—Usted intenta conseguir que salga en libertad.

—Realmente no —repuso Helen—. Pero tenemos una nueva teoría basada en el hecho de que no actuó solo. Y yo solo intento asegurarme de que la otra persona involucrada también sea condenada.

—Mike no ha sido —exclamó Tammy.

—Yo no creo que haya sido él —dijo Helen—. De verdad. Al menos por el momento, ahora que le conozco. Pero quienquiera que sea el otro hombre, Mike o usted podrían conocerle, haber oído hablar de él o haberle visto por el vecindario.

—En realidad Barr no tenía amigos —repuso Mike.

—¿Ninguno?

—Ninguno, que yo sepa. Vivía con su hermana, hasta que ella se fue. Eso es todo lo que sé.

—¿Le dice algo el nombre de Charlie?

Mike se limitó a negar con la cabeza.

—¿A qué se dedicaba el señor Barr cuando tenía trabajo?

—No lo sé —contestó Mike—. Lleva años sin trabajar.

—Yo he visto a un hombre por aquí —interrumpió Tammy.

—¿Cuándo?

—De vez en cuando. Ocasionalmente. Llegaba y se iba. A cualquier hora del día y de la noche, como si fuese un amigo.

—¿Durante cuánto tiempo?

—Desde que nos trasladamos. Yo paso más tiempo en casa que Mike. Por eso me he percatado.

—¿Cuándo fue la última vez que vio a ese hombre?

—La semana pasada, creo. Un par de veces.

—¿El viernes?

—No, antes. Martes y miércoles, quizás.

—¿Qué aspecto tiene?

—Es de estatura pequeña. De pelo extraño. Negro, como el hocico de un cerdo.

«Charlie», pensó Helen.

Eileen Hutton caminó tres manzanas al sur desde el Hotel Marriott. Llegó a los juzgados a las cuatro menos un minuto exactamente. La secretaria de Alex Rodin la acompañó hasta la tercera planta. Las declaraciones se tomaban en una enorme sala de conferencias, dado que la mayoría de los testigos llevaban a sus propios abogados y estenógrafos judiciales. Pero Hutton acudió sola. Se sentó en un extremo de la larga mesa y sonrió delante del micrófono y una videocámara que le enfocaba el rostro. A continuación entró Rodin y se presentó a sí mismo. Llevó con él a su pequeño equipo. Un ayudante, su secretaria y un estenógrafo judicial con su máquina.

—¿Podría decir su nombre y cargo delante de la cámara? —le preguntó.

Hutton miró a la cámara.

—Eileen Ann Hutton —dijo—. General de brigada del cuerpo judicial militar del ejército de Estados Unidos.

—Espero que esto no se alargue demasiado —repuso Rodin.

—No se alargará —dijo Hutton.

Y así fue. Rodin tanteaba el terreno a ciegas. Se encontraba completamente perdido. Lo único que podía hacer era dar pasos en falso y esperar a ver si tenía suerte. Después de tres preguntas se dio cuenta de que no lograría nada.

Comenzó:

—¿Cómo caracterizaría el servicio militar de James Barr?

—Ejemplar, aunque no excepcional —contestó Hutton.

Preguntó:

—¿Tuvo alguna vez problemas?

—No, que yo tenga conocimiento —respondió Hutton.

Preguntó:

—¿Cometió alguna vez algún crimen?

—No, que yo tenga conocimiento —volvió a contestar Hutton.

Preguntó:

—¿Está usted al corriente de los hechos sucedidos recientemente en esta ciudad?

—Sí, lo estoy —dijo Hutton.

Preguntó:

—¿Hay algo en el pasado de James Barr que pudiera ayudarnos a averiguar si realmente ha cometido tales crímenes?

—No, que yo tenga conocimiento —contestó Hutton.

Finalmente Rodin preguntó:

—¿Existe alguna razón por la que el Pentágono pudiera sensibilizarse con James Barr más que con cualquier otro veterano del ejército?

—No, que yo tenga conocimiento —concluyó Hutton.

Llegados a ese punto, Alex Rodin desistió.

—De acuerdo —dijo—. Gracias, general Hutton.

Helen Rodin caminó treinta metros y permaneció un instante delante de la casa de James Barr. La entrada había sido acordonada por la policía y había una lámina de madera contrachapada en lugar de la puerta delantera, que se había derribado. La residencia parecía abandonada y vacía. No había nada que ver. Así pues, Helen pidió un taxi con su teléfono móvil, ya que quería visitar el hospital del condado. Era algo más tarde de las cuatro de la tarde cuando llegó al hospital. El sol brillaba por el oeste, dibujando suaves sombras naranjas y rosas sobre la fachada del edificio blanco de hormigón.

Helen subió hasta la sexta planta y firmó la renuncia de responsabilidad. Vio al aburrido doctor de treinta años y le preguntó sobre el estado de James Barr. El doctor en realidad no le contestó. No le interesaba demasiado el estado de James Barr. Estaba claro. Así que Helen dejó de hablar con él y abrió la puerta de la habitación de Barr.

Barr estaba despierto. Continuaba esposado a la cama. Seguía teniendo la cabeza inmovilizada. Tenía los ojos abiertos, mirando hacia el techo. Su respiración era lenta y profunda, y el monitor del ritmo cardíaco emitía menos de un pitido por segundo. Los brazos le temblaban ligeramente y las esposas le chocaban contra la baranda de la cama. Un sonido metálico, sordo, flojo.

—¿Quién está ahí? —preguntó.

Helen se acercó a él y se inclinó para que pudiera verla.

—¿Te cuidan bien? —se interesó Helen.

—No tengo queja —contestó él.

—Háblame de tu amigo Charlie.

—¿Ha venido?

—No, no ha venido.

—¿Y Mike?

—No puedes recibir visitas. Solo abogados y familia.

Barr no dijo nada.

—¿Son ellos tus dos únicos amigos? —preguntó Helen—. ¿Mike y Charlie?

—Supongo que sí —dijo Barr—. Mike es más que un vecino.

—¿Qué hay de Jeb Oliver?

—¿Quién?

—Trabaja en la tienda de repuestos de automóvil.

—No le conozco.

—¿Estás seguro?

Barr movió los ojos y frunció los labios, como si intentara recordar, esforzarse, ponerse a prueba.

—Lo siento —dijo—. No me suena de nada.

—¿Tomas drogas?

—No —respondió Barr—. Nunca. Yo no haría algo así. —Permaneció en silencio un instante—. La verdad es que no hago mucho de nada. Solo vivo. Por eso no le encuentro a todo esto ningún sentido. He perdido catorce años tratando de recuperar mi vida. ¿Por qué iba a tirarlo todo por la borda?

—Háblame de Charlie —le pidió Helen.

—Solemos pasar el rato —dijo Barr—. Hacemos cosas.

—¿Con armas?

—A veces.

—¿Dónde vive Charlie?

—No lo sé.

—¿Desde hace cuánto tiempo sois amigos?

—Cinco años. Quizás seis.

—¿Y no sabes dónde vive?

—Nunca me lo ha dicho.

—Él ha estado en tu casa.

—¿Y?

—¿Tú nunca fuiste a la suya?

—No, era él quien venía a la mía.

—¿Tienes su número de teléfono?

—Solamente le veo de vez en cuando, aquí y allá, ocasionalmente.

—¿Sois íntimos?

—Bastante.

—¿Muy íntimos?

—Nos llevamos bien.

—¿Le explicarías lo que sucedió hace catorce años?

Barr no contestó. Solo cerró los ojos.

—¿Se lo explicaste?

Barr seguía sin decir nada.

—Creo que lo hiciste —dijo Helen.

Barr no confirmaba ni negaba.

—Me sorprende que alguien no sepa dónde vive un amigo suyo. Especialmente tratándose de un amigo tan cercano como Charlie.

—No quería forzar la situación —dijo Barr—. Me sentía afortunado de tenerle como amigo. No quería estropearlo con preguntas.

Eileen Hutton se levantó de la mesa y estrechó la mano de Alex Rodin. Seguidamente salió al pasillo y se encontró cara a cara con un tipo que imaginó sería Emerson. El policía sobre el que le había advertido Reacher. Emerson le confirmó su identidad entregándole una tarjeta con su nombre.

—¿Podemos hablar? —le preguntó.

—¿Sobre qué? —le preguntó Eileen a su vez.

—Sobre Jack Reacher —dijo Emerson.

—¿Qué pasa?

—Usted le conoce, ¿no es así?

—Le conocí hace catorce años.

—¿Cuándo fue la última vez que le vio?

—Hace catorce años —contestó—. Estuvimos juntos en Kuwait. Luego le enviaron a otro destino. O a mí. No me acuerdo.

—¿No le ha visto hoy?

—¿Está en Indiana?

—Está en la ciudad. Aquí, ahora.

—El mundo es un pañuelo.

—¿Cómo ha llegado hasta aquí?

—Volé hasta Indianápolis y luego alquilé un coche.

—¿Va a pasar la noche aquí?

—¿Tengo elección?

—¿Dónde?

—En el Marriott.

—Reacher asesinó a una chica la pasada noche.

—¿Está usted seguro?

—Es nuestro único sospechoso.

—No es algo propio de él.

—Llámeme si le ve. El número de la comisaría está en la tarjeta. Y mi extensión directa. Y mi teléfono móvil.

—¿Por qué iba a verle?

—Como usted dice, el mundo es un pañuelo.

Dos agentes de policía vestidos con uniforme blanco y negro patrullaban en su coche dirección norte a la hora punta. Pasaron junto a la tienda de armas, junto a la peluquería. *Cualquier estilo 7$.* A continuación el coche redujo la velocidad y giró en dirección al motel. El policía que iba en el asiento del copiloto salió del coche y se dirigió a la recepción. Se apoyó sobre el mostrador.

—Llámenos si ve a este tipo por aquí, ¿entendido? —le dijo al recepcionista.

—Se hospeda aquí —contestó el chico—. Pero su nombre es Heffner, no Reacher. Le di la habitación ocho, anoche.

El policía se quedó de piedra.

—¿Está en su habitación ahora?

—No lo sé. Ha salido y ha entrado varias veces.

—¿Por cuántas noches ha reservado?

—Ha pagado solo una noche. Pero todavía no ha devuelto la llave.

—Entonces es que ha previsto volver también esta noche.

—Supongo.

—A no ser que ya esté aquí.

—Supongo.

El policía se dirigió hacia la puerta principal del motel. Le hizo señas a su compañero, que apagó el motor, cerró con llave el coche y entró en el establecimiento.

—Habitación ocho, nombre falso —dijo el primer policía.

—¿Está dentro ahora mismo?

—No lo sabemos.

—Pues vamos a averiguarlo.

Se hicieron acompañar por el recepcionista. Le dijeron que se echara hacia atrás. Desenfundaron las armas y llamaron a la puerta de la habitación número ocho.

No hubo respuesta.

Volvieron a llamar.

No hubo respuesta.

—¿Tiene una llave maestra? —preguntó el primer policía.

El recepcionista les entregó una llave. El agente la metió en la cerradura, suavemente, con una sola mano. La giró lentamente. Abrió la puerta medio centímetro, se detuvo y de pronto la abrió por completo y entró en el interior. Su compañero le siguió detrás. Movían las pistolas de izquierda a derecha, de arriba abajo, con movimientos rápidos, aleatorios y tensos.

La habitación estaba vacía.

No había nada en absoluto en el interior, excepto algunos accesorios de baño alineados en la estantería del lavabo. Un paquete de maquinillas desechables nuevo abierto, de las cuales una usada. Un bote nuevo de espuma de afeitar, con pompas secas en el pulverizador. Un tubo nuevo de pasta de dientes, con dos estrujones.

—Este tipo viaja ligero de equipaje —dijo el primer policía.

—Pero todavía no se ha marchado —le contestó el compañero—. Eso seguro. Lo que significa que volverá.

10

Reacher se estaba quedando dormido en la cama de la habitación 310 del Marriott Suites, boca arriba, igual que un muerto. Hutton y él habían hablado durante tanto tiempo en la cafetería que ella casi había llegado tarde a su cita. Eileen había comprobado su reloj a las cuatro menos cinco, le había lanzado su tarjeta llave a Reacher y le había pedido que dejara la maleta en su habitación. A continuación salió corriendo a la calle. Reacher pensó que debía devolver la llave a recepción después de dejar el equipaje de Hutton en la habitación, pero no lo hizo. No tenía que ir a ningún sitio. En aquellos momentos no. Así que dejó la maleta y se quedó dentro.

Pensándolo bien, no es que la habitación 310 le entusiasmara. Se encontraba en la tercera planta, lo que hacía de la ventana una difícil vía de escape. La habitación número ocho del motel habría sido mejor, mucho mejor. Planta baja, estructura laberíntica. Existía la posibilidad de poder escapar de allí. Solo había que abrir una ventana, salir al exterior, buscar un callejón, una puerta u otra ventana. Aquel motel sí que estaba bien, y no el Marriott, a tres plantas sobre el nivel del suelo. Demasiada altura. Y ni siquiera estaba seguro de que las ventanas de las habitaciones se abrieran del todo. Tal vez ni se abriesen. Quizás el departamento militar para el que trabajaba Hutton no quería cargar con responsabilidades. O habían previsto una grave inundación y querían prevenir a Hutton. O era una cuestión de dinero. Quizás el coste de las bisagras y los mangos fuera superior al del aire acondicionado. Sea como fuera, no era una buena habitación donde alojarse, en ningún sentido, para permanecer durante una larga temporada.

Pero estaba para una estancia corta. Por lo que Reacher cerró los ojos y se quedó dormido. *Duerme cuando puedas, porque nunca se sabe cuándo podrás volver a hacerlo.* Así rezaba una vieja máxima del ejército.

El plan de Emerson era bastante sencillo. Metió a Donna Bianca en la habitación número siete. Ordenó a los dos coches patrulla que aparcaran a tres calles del motel, que después volvieran y aguardaran en la habitación número nueve. El mismo Emerson colocó un coche dos calles detrás del motel, otro cuatro manzanas al norte, en el mismo lugar donde se encontraba el concesionario, y otro dos manzanas al sur. Le pidió al recepcionista que estuviera atento, que vigilara por la ventana y que llamara a Bianca a la habitación siete en cuanto viera aparecer al tipo que conocía como Heffner.

Eileen Hutton volvió al Marriott a las cuatro y media. No había ninguna llave para ella en recepción. Tampoco ningún mensaje. De modo que subió en el ascensor y siguió las flechas en dirección a la habitación 310. Llamó a la puerta. Hubo una breve pausa. Enseguida Reacher abrió.

—¿Qué tal se está en mi habitación? —le preguntó ella.

—La cama es cómoda —contestó él.

—Se supone que he de llamar a Emerson si te veo —dijo.

—¿Y lo vas a hacer?

—No.

—Perjurio y cobijo a un fugitivo —repuso Reacher—. Todo en un solo día.

Eileen buscó en su bolso y sacó la tarjeta de Emerson.

—Eres el único sospechoso. Me dio tres números de teléfono distintos. Parece serio.

Reacher tomó la tarjeta. La metió en el bolsillo trasero de su pantalón, junto a la servilleta de papel donde Helen Rodin había apuntado su número de teléfono. Reacher se estaba convirtiendo en una agenda telefónica andante.

—¿Cómo ha ido con Rodin? —preguntó Reacher.

—Fue sencillo.

Reacher no dijo nada. Eileen se paseó por la habitación, examinándola. Baño, habitación, sala de estar, una cocina pequeña. Cogió el bolso y lo dejó con cuidado junto a la pared.

—¿Quieres quedarte? —preguntó Eileen.

Reacher negó con la cabeza.

—No puedo —contestó.

—De acuerdo —repuso ella.

—Pero podría volver más tarde, si quieres.

Eileen hizo una breve pausa.

—Muy bien —respondió—. Ven más tarde.

Alex Rodin volvió a entrar en su despacho. Cerró la puerta y llamó a Emerson.

—¿Le tienes? —preguntó.

—Es solo cuestión de tiempo —contestó Emerson—. Le estamos buscando por todas partes. Y estamos vigilando su habitación. Está hospedado en el viejo motel. Utiliza un nombre falso.

—Interesante —repuso Rodin—. Eso significa que también podría haber utilizado un nombre falso en el Metropole.

—Lo comprobaré —dijo Emerson—. Le enseñaré la foto al recepcionista.

—Podríamos estar a punto de pillarle —dijo Rodin.

Colgó el teléfono, imaginándose dos nuevos titulares en la pared de su oficina. Primero Barr, y luego Reacher.

Reacher abandonó la suite de Hutton. Bajó por las escaleras en lugar de utilizar el ascensor. Cuando llegó a la planta baja, giró por el vestíbulo y encontró un pasillo posterior con una salida de emergencia al fondo. Empujó la puerta y la dejó entreabierta con la ayuda del pie. Sacó del bolsillo la tarjeta de Emerson y la rompió longitudinalmente por la mitad. Seguidamente dobló cuatro veces una de las mitades, por donde estaba impreso el nombre. Hundió el cierre de la puerta con el dedo pulgar, y en su lugar encajó la tarjeta de cartón. Cerró la puerta con cuidado y, con la palma de la mano, comprobó que estuviese al mismo nivel que el marco. A continuación comenzó a caminar. Pasó al lado de los contenedores de basura y de la zona de aparcamiento destinada al personal del hotel. Finalmente salió a una calle, en dirección norte. Las aceras estaban repletas de gente y la carretera comenzaba a sufrir atascos. Mantuvo un paso normal. Aprovechaba su altura para comprobar si en los alrededores había coches patrulla o agentes de policía en los chaflanes. Todavía hacía calor. Se aproximaba una tormenta. Había altas presiones, que hacían que el ambiente oliese a tierra húmeda y a nitrógeno fertilizante.

Alcanzó la carretera elevada y giró, poco después, en dirección oeste, por un desvío que cruzaba por debajo de la calzada. Pilares de doce metros de altura sujetaban la estructura. A su alrededor, había edificios construidos desordenadamente. Algunos vacíos y llenos de suciedad, otros ocupados por locales viejos de ladrillo con tragaluces en las azoteas, otros con tejados a dos aguas convertidos en tiendas de cosméticos, otros con pintadas en las paredes. Reacher dejó atrás la torre negra de cristal, continuó caminando a la sombra de la autopista y giró en dirección sur hasta llegar a la parte posterior de la biblioteca. De repente se detuvo, se agachó y se tocó el zapato, como si fuera a quitarse una piedrecita. Echó una ojeada por debajo del brazo y comprobó que nadie le seguía.

Continuó caminando. Tras pasar junto a la biblioteca, anduvo bajo el sol unos treinta y cinco metros. La plaza se encontraba al este. Reacher se detuvo un instante bajo el punto exacto donde Helen Rodin había aparcado el día anterior, el mismo punto donde James Barr debería haber aparcado el viernes. Treinta y cinco metros más abajo la vista era distinta, pero la geometría era la misma. Reacher no alcanzaba a ver las flores marchitas colocadas sobre el muro sur de la piscina. Eran ráfagas de colores desteñidos en la distancia. Tras ellos se hallaba la puerta del edificio de tráfico. La gente salía de allí sola o en parejas. Comprobó su reloj. Las cinco menos diez.

Continuó avanzando y giró por el bloque situado más al norte de First Street. Después giró una manzana en dirección sur y tres en dirección este. Apareció frente al parking, en el ala oeste. Subió por la rampa de la entrada y encontró la cámara de seguridad. El objetivo era un cristal pequeño, circular y sucio, sujeto a una sencilla caja negra encajada en el ángulo de dos paredes de hormigón. Reacher saludó a la cámara. Estaba colocada a demasiada altura. Debería haber estado más baja, al nivel de las matrículas. Los muros del parking estaban llenos de arañazos y rozaduras. Formaban un arco iris de colores. Los conductores no tenían cuidado. Si hubiesen colocado la cámara más abajo, habría durado un día y medio. Tal vez incluso menos.

Subió por la rampa hasta el segundo nivel. Se dirigió al sector noreste, a la esquina situada al fondo. El parking estaba tranquilo y en silencio, pero lleno de coches. La plaza donde James Barr aparcó en su día estaba ocupada. No había lugar para el sentimentalismo ni las contemplaciones en la lucha por una plaza libre en el centro de la ciudad.

La frontera entre el parking viejo y el nuevo estaba delimitada por tres cintas de plástico que se extendían de un pilar a otro. En una cinta se podía leer el habitual mensaje en blanco y amarillo de *Precaución. No entrar*. Por encima y por debajo de esta, había dos cintas más de color azul y blanco que decían *Policía. No pasar*. Reacher apartó las tres cintas hacia arriba y se coló por debajo. No se apoyó sobre la rodilla, no se rozó los pantalones, no dejó rastro de fibras. No era necesario y eso que él medía quince centímetros más que Barr. Tampoco era necesario dejar rastro si hubiesen utilizado un precinto quince centímetros por debajo del que tuvo que esquivar Reacher. *Barr dejó a propósito todas aquellas pruebas.*

Reacher continuó caminando a oscuras. La nueva zona en obras tenía forma rectangular. Medía aproximadamente treinta y cinco metros de norte a sur, y ciento ochenta metros de este a oeste. Así pues, para alcanzar el extremo noreste de la ampliación, tuvo que dar treinta y cinco pasos. Se detuvo a una distancia de unos dos metros del muro periférico. Seguidamente miró hacia abajo y a su derecha. Tenía una vista perfecta. No necesitó apoyarse en ninguna columna. No tuvo que pasearse por el lugar como un caballo en la pradera.

Permaneció allí y observó. Multitud de personas salían de las dependencias del gobierno. Era un flujo constante. Algunas se detenían a encenderse un cigarrillo en cuanto salían a la calle. Otras avanzaban en dirección oeste. Unos más deprisa, otros más despacio. Todos ellos giraban por el extremo norte de la piscina. Nadie transitaba por el lugar por donde lo habían hecho las víctimas de Barr. Las ofrendas funerarias les hacían esquivar el camino. Un recordatorio. Por ese motivo era difícil hacerse una idea del escenario del viernes. Difícil, pero no imposible. Reacher observó a los viandantes y los imaginó siguiendo la ruta que tanto respeto les causaba. Imaginó que continuaban avanzando, sin girar. Al entrar en el pasillo disminuirían el paso. Pero tampoco demasiado. Y se acercarían unos a otros. La combinación de velocidad moderada y de proximidad exageraría los ángulos de desviación. Lo cual haría la tarea más difícil. Se trataba de un principio básico para un francotirador. Un pájaro atravesando el cielo a cien metros de distancia era un blanco fácil. El mismo pájaro a la misma velocidad volando a dos metros de distancia era un blanco imposible.

Imaginó a la gente caminando de derecha a izquierda. Cerró un ojo, estiró un brazo y apuntó con el dedo. *Clic, clic-clic, clic-clic-clic.* Seis disparos. Cuatros segundos. Rápidos. Difícil geometría. Tensión, exposición, vulnerabilidad.

Seis disparos, incluido el disparo que Barr falló deliberadamente.

Una matanza sin igual.

«No lo olvidan.»

Reacher bajó el brazo. Hacía frío a la sombra. Se estremeció. El aire era frío, húmedo y olía a lima. En Kuwait, en cambio, hacía calor, y el aire olía a la cálida arena del desierto. Catorce años atrás, en el parking de Kuwait, Reacher sudaba, y la calle se había convertido en un lugar cegador, cruel, igual que un alto horno.

Calor en la ciudad de Kuwait.

Cuatro disparos allí.

Seis disparos aquí.

Continuó inmóvil y observó a la gente que salía del edificio de tráfico. Habían montones de personas. Diez, doce, quince, veinte. Giraban, caminaban en dirección norte, giraban de nuevo y caminaban en dirección oeste, entre la piscina y la estatua de la NBC. Dejaban espacio entre ellos. No obstante, si hubieran tenido que cruzar por el pasillo no habrían tenido otro remedio que apiñarse.

Muchísima gente.

Seis disparos, en cuatro segundos.

Reacher trató de encontrar a alguien que no se moviese. No pudo ver a nadie. Ningún policía, ningún hombre mayor con traje de corte cuadrado. Dio la vuelta y volvió por el mismo camino por donde había llegado. Levantó el precinto de nuevo, pasó por debajo y descendió por la rampa. Salió a la calle y giró dirección oeste, hacia la sombra que proyectaba la carretera elevada, camino a la biblioteca.

Atravesó los treinta y cinco metros que le separaban de la biblioteca y se arrimó al muro lateral del edificio. Entró por una entrada para minusválidos. Tenía que cruzar cerca del mostrador, pero no le importó. Si Emerson estaba repartiendo avisos de búsqueda, seguro que primero los distribuiría por bares, oficinas de correos y hoteles. Pasaría mucho tiempo antes de que comenzara a recorrerse las bibliotecas.

Atravesó el vestíbulo sin ningún problema y se dirigió hacia los teléfonos públicos. Extrajo la servilleta de papel de su bolsillo y marcó el número de teléfono de Helen Rodin. Ella contestó al cabo de cinco tonos. Reacher se la imaginó rebuscando en su bolso, echando un vistazo a la pantalla y pulsando el botón de respuesta.

—¿Estás sola? —le preguntó.

—¿Reacher?

—Sí —contestó—. ¿Estás sola?

—Sí —dijo ella—. Pero tú tienes problemas.

—¿Quién te lo ha dicho?

—Mi padre.

—¿Le crees?

—No.

—Voy a verte.

—Hay un policía en el vestíbulo.

—Lo imaginaba. Entraré por el garaje.

Reacher colgó, pasó por delante del mostrador y salió por la entrada lateral. Caminó por debajo de la autopista, aprovechando la sombra, hasta que llegó a la parte posterior de la torre negra de cristal, detrás de la rampa del parking. Miró a la derecha, a la izquierda, y continuó caminando. Dejó atrás las camionetas de la NBC y el Mustang que según él era de Ann Yanni. Fue hasta el ascensor, pulsó el botón y esperó. Comprobó la hora en su reloj. Las cinco y media. La mayoría de la gente estaría abandonando el edificio a esa hora. Un ascensor que bajara pararía seguramente en la planta cero. Un ascensor que subiera tal vez no. O al menos eso esperaba Reacher.

El ascensor se abrió en la planta del garaje y salieron tres personas. Reacher entró. Pulsó el botón de la planta cuarta. Se situó al fondo. El ascensor subió una planta y se detuvo en el vestíbulo. Las puertas se abrieron como un telón. El agente de policía estaba allí, a metro y medio del ascensor, mirando hacia otro lado. Tenía los pies separados y las manos en las caderas. Estaba tan cerca que habría podido tocarle. Un hombre entró en el ascensor. No dijo nada. Saludó con la cabeza, como se suele saludar al entrar en un ascensor. Reacher movió la cabeza a modo de respuesta. El hombre pulsó el botón de la planta séptima. Las puertas permanecían abiertas. El agente miraba hacia la calle. El tipo que acababa de subir pulsó el botón que cerraba las puertas. El policía se movió. Se quitó la gorra de la cabeza y se pasó los dedos por el pelo. Las puertas se cerraron. El ascensor se elevó.

Reacher se bajó en la cuarta planta y se cruzó con algunas personas que se iban para casa. Helen Rodin tenía la puerta de su oficina abierta y se disponía a partir también. Reacher entró y ella cerró tras él. Llevaba una falda corta negra y una blusa blanca. Parecía más joven, una colegiala. Y se la veía preocupada. Como si estuviese confusa.

—Debería entregarte —dijo Helen.

—Pero no lo harás —repuso Reacher.

—No —dijo—. Debería, pero no lo haré.

—La verdad es que esa chica me caía bien —dijo Reacher—. Era una cría agradable.

—Te tendió una trampa.

—No me sentí ofendido.

—Pues parece ser que a alguien no le caía tan bien.

—Eso no lo sabemos. El cariño no ha tenido nada que ver. La utilizaron como un artículo de usar y tirar, eso es todo. Un medio destinado a un fin.

—Indudablemente, el director de marionetas no te quiere cerca.

Reacher asintió.

—Eso me ha quedado claro. Pero esta vez la suerte no está de su lado, porque no me pienso ir. Él mismo ha conseguido que me decida a quedarme.

—¿Es seguro que te quedes?

—Lo suficiente. Pero lo ocurrido con la chica va a hacer que me retrase. Así que tendrás que ocuparte tú de la mayor parte del trabajo.

Helen condujo a Reacher hacia la oficina interior. A continuación tomó asiento en su silla, tras el escritorio. Se mantuvo alejada de la ventana. Reacher se sentó en el suelo y apoyó la cabeza en la pared.

—Ya me he puesto manos a la obra —prosiguió Helen—. Hablé con Rosemary y con el vecino de Barr. Después volví al hospital. Creo que buscamos a un tipo llamado Charlie. Bajo, con el pelo negro y erizado, interesado en las armas. Tengo la impresión de que es una especie de furtivo. Creo que va a ser difícil dar con él.

—¿Cuánto tiempo hace que le conoce Barr?

—Cinco o seis años, al parecer. Es el único viejo amigo que me ha mencionado. El único con el que Barr se ha confesado.

Reacher asintió.

—Eso me sirve.

—Y Barr no conoce a Jeb Oliver, ni toma drogas.

—¿Le crees?

—Sí, le creo —dijo Helen—. De verdad. Creo que todo es verdad. Es como si hubiese pasado catorce años intentando cambiar su vida y no pudiese creer que haya vuelto a sucederle. Creo que está tan disgustado como todos los demás.

—Excepto las víctimas.

—Dale un respiro, Reacher. Algo extraño está pasando.

—¿Ese tal Charlie sabe algo de lo sucedido en Kuwait?

—Barr no me lo ha dicho. Pero creo que sí.

—¿Dónde vive?

—Barr no lo sabe.

—¿No lo sabe?

—Solo le ve por ahí. Charlie suele aparecer y desaparecer. Como te he dicho, creo que va a ser difícil dar con él.

Reacher no dijo nada.

—¿Has hablado con Eileen Hutton? —le preguntó Helen.

—No significa una amenaza. El ejército no quiere que nada salga a la luz.

—¿Has encontrado al tipo que te estaba siguiendo?

—No —contestó Reacher—. No le he vuelto a ver. Han debido de quitármelo de encima.

—Así que estamos igual.

—Estamos más cerca que antes. Ahora empezamos a ver una estructura. Podemos diferenciar, al menos, cuatro tipos. Uno: el tipo mayor del traje. Dos: ese tal Charlie. Tres: alguien fuerte, grande, y zurdo.

—¿De dónde has sacado a ese?

—Fue quien mató a la chica. El tipo mayor es demasiado viejo, y Charlie, demasiado pequeño. Y las pruebas físicas indican que fue un puñetazo asestado con la mano izquierda.

—Y el número cuatro es el director de marionetas.

Reacher volvió a asentir.

—Oculto en algún lugar, maquinando, moviendo los hilos. Podemos suponer que no hace el trabajo sucio personalmente.

—Pero ¿cómo podemos llegar hasta él? Si te ha quitado al hombre que te seguía, habrá hecho lo mismo con el tal Charlie. Se están escondiendo.

—Hay otra manera.

—¿Cuál?

—Hemos pasado por alto algo evidente —dijo Reacher—. Hemos perdido el tiempo buscando en el extremo equivocado del arma. Lo único que hemos hecho es centrarnos en quien disparó.

—¿Y qué deberíamos haber hecho?

—Deberíamos haber pensado un poco más.

—¿En qué?

—James Barr disparó cuatro veces en ciudad Kuwait. Y aquí seis veces.

—De acuerdo —repuso Helen—. Disparó dos veces más aquí. ¿Y bien?

—Pero no fue así —prosiguió Reacher— si pensamos en paralelo a la historia de Kuwait. Lo cierto es que aquí disparó cuatro veces menos.

—Eso es ridículo. Seis son dos más que cuatro. No cuatro menos.

—En la ciudad de Kuwait hace mucho calor. Es insoportable a mediodía. Hay que estar loco para salir a la calle. Las calles están vacías la mayor parte del día.

—¿Y?

—Pues que en Kuwait James Barr mató a los únicos seres humanos que vio. Un, dos, tres, cuatro, se acabó. La calle estaba desierta salvo por aquellos cuatro tipos. Eran las únicas personas lo bastante estúpidas para salir con el calor que hacía. Y Barr acabó con todos. Por entonces me pareció que tenía alguna lógica, quería ver el humo rosado. Aunque me extrañó, ya que debería haberse dado por satisfecho matando a una sola víctima. Al parecer no fue así. Por lo tanto pensé que se proponía acabar con todos los blancos. Y eso hizo. En ciudad Kuwait acabó con todos los blancos.

Helen Rodin permaneció callada.

—Pero aquí no acabó con todos los blancos —dijo Reacher—. Debía de haber una docena de personas caminando por aquel pasillo. O quince. Más de diez seguro. Y en la recámara llevaba diez balas. Sin embargo, se detuvo tras el sexto disparo. No las utilizó todas. Las cuatro balas restantes las tiene Bellantonio en su mural de pruebas. A eso es a lo que me refiero. En Kuwait disparó a todo cuanto pudo, y aquí disparó cuatro veces menos de las que habría podido. Lo decidió así. Pero ¿por qué?

—¿Porque tenía prisa?

—Llevaba un arma de recarga automática. La grabación del tiroteo muestra que fueron seis disparos en cuatro segundos. Lo que significa que podría haber disparado diez veces en menos de siete segundos. Tres segundos más no significaban nada para él.

Helen permaneció en silencio.

—Le pregunté —continuó Reacher—, cuando le vi en el hospital, cómo lo habría hecho teóricamente, como contestando a un informe de reconocimiento. Él se lo pensó. Conoce la zona. Dijo que habría aparcado el coche en la carretera, detrás de la biblioteca, que habría bajado la ventanilla y habría vaciado la recámara.

Helen continuó callada.

—Pero no vació la recámara —dijo Reacher—. Se detuvo después del sexto tiro. Sencillamente paró. Fría y calmadamente. Lo cual revoluciona toda la dinámica. No se trataba de un pirado con la misión de aterrorizar a una ciudad, no le mandaron allí para obtener una satisfacción con aquella carnicería. No fue algo arbitrario, Helen, ni una locura. Tras ello se esconde un propósito específico, coherente y determinado. Lo cual invierte el enfoque. Así es como deberíamos haberlo visto. Deberíamos habernos dado cuenta de que todo esto gira alrededor de las víctimas, y no del tirador. No fueron simples víctimas en el momento y el lugar equivocados.

—¿Eran un objetivo concreto? —preguntó Helen.

—Cuidadosamente escogidos —respondió Reacher—. Y en cuanto acabó con ellos, recogió todo y se fue. Con cuatro balas en la recámara. Un episodio psicótico realizado al azar no habría acabado igual. En tal caso, Barr habría apretado el gatillo hasta haber acabado con la última bala. Así pues, no fue una carnicería por diversión, sino un asesinato múltiple.

Silencio en la oficina.

—Tenemos que averiguar quiénes fueron las víctimas —prosiguió Reacher— y quién quería cargárselos. Eso nos llevará a donde tenemos que llegar.

Helen Rodin permaneció inmóvil.

—Y tenemos que darnos prisa —dijo Reacher—. Porque no tengo mucho tiempo y hemos malgastado la mayor parte del tiempo buscando donde no debíamos.

El agotado doctor de treinta años que trabajaba en la sexta planta del hospital del condado estaba acabando la ronda de la tarde. Había dejado a James Barr para el final. En parte porque no esperaba ningún cambio importante en su estado, y en parte porque tampoco le importaba. Encargarse de ladrones y estafadores enfermos ya era lo bastante malo, pero encargarse de un asesino en masa era absurdo. Doblemente absurdo, ya que en cuanto Barr se recuperara, le tumbarían en una camilla y otro doctor le administraría una inyección letal.

Pero las obligaciones éticas no se pueden ignorar, dado que son un hábito. Así como también lo son el deber, la rutina y la estructura. Por tanto, el doctor entró en la habitación de Barr y cogió el informe médico del cajón situado a los pies de la cama. Sacó un bolígrafo. Echó una ojeada a las máquinas. Después al paciente. Estaba despierto. Movía los ojos.

Alerta, anotó el doctor.

—¿Estás bien? —le preguntó.

—La verdad es que no —contestó Barr.

Responde, anotó el doctor.

—Pues te jodes —repuso, y guardó el bolígrafo.

La mano derecha de Barr temblaba, lo que provocaba que las esposas chocaran contra la barandilla. Ahuecaba las manos y movía constantemente los dedos pulgar e índice, como tratando de dar forma a una imaginaria bola de cera.

—Deja de hacer eso —dijo el doctor.

—¿El qué?

—Lo que haces con la mano.

—No puedo.

—¿Es nuevo?

—Hace uno o dos años.

—¿No te empezó cuando recobraste el conocimiento?

—No.

El doctor miró su informe. *Edad: cuarenta y uno.*

—¿Bebes? —le preguntó.

—En realidad no —contestó Barr—. Algún trago de vez en cuando, para ayudarme a dormir.

El doctor desconfió de él automáticamente y hojeó en sus apuntes el informe toxicológico y los resultados de las pruebas hepáticas. *No consume alcohol habitualmente. No es alcohólico ni similar.*

—¿Has visto a tu médico de cabecera últimamente? —preguntó.

—No tengo seguro —dijo Barr.

—¿Rigidez en brazos y piernas?

—Un poco.

—¿Te pasa lo mismo en la otra mano?

—A veces.

El doctor volvió a sacar el bolígrafo y garabateó al pie del informe: *Se observa un temblor en la mano derecha, no postraumático, el primer diagnóstico descarta alcoholismo. Rigidez presente en las extremidades, ¿posibles indicios de PA?*

—¿Qué me pasa? —preguntó Barr.

—Cállate —contestó el doctor.

Tras hacer los deberes volvió a colocar el informe en el cajón situado a los pies de la cama y salió de la habitación.

Helen Rodin buscó entre las cajas de los informes y encontró la lista detallada de los cargos que se le imputaban a James Barr. Entre otras muchas violaciones técnicas de la ley, el Estado de Indiana había enumerado cinco imputaciones por homicidio en primer grado con circunstancias agravantes y, tal y como el debido proceso requería, en la lista constaban las cinco víctimas. Nombre, sexo, edad, dirección y profesión. Helen examinó la hoja. Buscó con el dedo las direcciones y la profesión.

—Yo no veo ninguna conexión evidente —repuso.

—No quise decir que todos ellos fueran objetivo —dijo Reacher—. Seguramente solo lo fuese uno de ellos. Dos, como mucho. Los otros solo sirvieron de tapadera para disfrazar el asesinato de matanza. Eso es lo que yo pienso.

—Me pondré manos a la obra —dijo Helen.

—Nos vemos mañana —concluyó Reacher.

Reacher bajó por las escaleras de emergencia en lugar de utilizar el ascensor. Volvió al garaje sin ser visto. Subió apresuradamente por la rampa, cruzó la calle y volvió a encontrarse bajo la carretera elevada. *El hombre invisible. La vida entre las sombras.* Sonrió. Se detuvo.

Decidió buscar una cabina.

Encontró una en el muro exterior de una pequeña tienda de comestibles llamada Martha's, dos manzanas al norte de la tienda de ropa a bajo precio donde había entrado a comprar. El teléfono estaba

enfrente de un callejón ancho que la gente utilizaba como una pequeña zona de aparcamiento. Había seis plazas ocupadas. Tras los vehículos, un muro alto de ladrillos coronado por un ventanal roto. El callejón se encontraba en la esquina de la tienda de comestibles. Reacher
imaginó que por detrás volvía a girar formando otra manzana en dirección sur.

«Bastante seguro», pensó.

Sacó del bolsillo la tarjeta rasgada de Emerson. Decidió llamarle al
teléfono móvil. Marcó el número. Apoyó el hombro en la pared y vigi-
ló ambos extremos del callejón, mientras escuchaba el tono de la línea.

—¿Sí? —contestó Emerson.

—A ver si adivinas quién soy —dijo Reacher.

—¿Reacher?

—Correcto.

—¿Dónde estás?

—Todavía en la ciudad.

—¿Dónde?

—No muy lejos.

—Sabes que te estamos buscando, ¿verdad?

—Eso he oído.

—Así que debes entregarte.

—No creo.

—Entonces te encontraré —repuso Emerson.

—¿Crees que podrás?

—Será fácil.

—¿Conoces a un tipo llamado Franklin?

—Claro que sí.

—Pregúntale a él si es fácil.

—Eso fue diferente. Podías estar en cualquier lado.

—¿Tienes vigilado el motel?

Hubo una pausa. Emerson no contestó.

—Mantén a tu gente allí —dijo Reacher—. Puede que vuelva.
O puede que no.

—Te encontraré.

—No lo creo. No eres lo bastante bueno.

—Quizás estemos rastreando esta llamada.

—Voy a ahorrarte la molestia. Estoy justo al lado de una tienda de comestibles llamada Martha's.

—Deberías salir de tu escondite.

—Hagamos un trato —contestó Reacher—. Si encuentras a la persona que colocó el cono en el parking, me pensaré lo de salir de mi escondite.

—Barr lo colocó.

—Sabes que no fue él. Su furgoneta no sale en las cintas.

—Porque usaría otro vehículo.

—No tiene otro vehículo.

—Pues lo pediría prestado.

—¿A un amigo? —preguntó Reacher—. Tal vez. O tal vez un amigo colocó el cono por él. Sea como fuera, encuentra a ese amigo, y me pensaré lo de salir y hablar contigo.

—En las cintas aparecen cientos de coches.

—Dispones de recursos —repuso Reacher.

—No acepto el trato —dijo Emerson.

—Creo que se llama Charlie —prosiguió Reacher—. De baja estatura, pelo negro y áspero.

—No acepto el trato —volvió a decir Emerson.

—Yo no he matado a la chica —dijo Reacher.

—Eso es lo que tú dices.

—Me gustaba.

—Me rompes el corazón.

—Y sabes que no me hospedé en el Metropole la pasada noche.

—Pero la mataste allí.

—Y no soy zurdo.

—No te sigo.

—Dile a Bellantonio que hable con vuestro médico forense.

—Te encontraré —dijo Emerson.

—No lo harás —negó Reacher—. Nadie lo ha hecho nunca.

A continuación colgó y se dirigió de nuevo hacia la calle. Cruzó la carretera, caminó media manzana en dirección norte y se escondió detrás de unas vallas que no se utilizaban. Allí aguardó. Seis minutos después dos coches patrulla aparecieron frente a la tienda de comestibles Martha's. Llevaban las luces encendidas, pero las sirenas en silencio. Salieron cuatro policías en avalancha. Dos entraron en la tienda y dos fueron a buscar la cabina. Seguidamente Reacher les vio reagruparse en la acera. Observó cómo los agentes rastreaban el callejón y revisaban los alrededores. Les vio volver a sus coches, admitiendo la derrota. Uno de ellos mantuvo una breve conversación por radio acompañada de un lenguaje corporal exagerado. Levantó las manos, se encogió de hombros. Finalmente la conversación llegó a su fin y Reacher se marchó dirección este, de vuelta al Marriott.

A El Zec solo le quedaban un pulgar y otro dedo en cada mano. En la derecha, tenía un muñón del dedo índice, ennegrecido y nudoso debido a la congelación. En una ocasión pasó una semana en invierno a la intemperie, vestido con una guerrera del Ejército Rojo, que tenía el bolsillo derecho mucho más desgastado que el izquierdo, porque el dueño anterior solía llevar la cantimplora a la derecha. Por aquel entonces, la supervivencia de El Zec dependía de una trivialidad. Salvó su mano izquierda, pero perdió la derecha. Sintió cómo sus dedos morían, empezando por el meñique y siguiendo con los demás. Sacó la mano del bolsillo y dejó que se le congelara hasta que se le entumeció por completo. Después se arrancó los dedos con los dientes, antes de que la gangrena se extendiera. Recordaba haber escupido los dedos al suelo, uno tras otro, como ramitas de color marrón.

En la mano izquierda conservó el meñique. Pero le faltaban los tres dedos del medio. Dos se los había amputado un sádico con unas tijeras de podar. El Zec se había arrancado el otro él mismo, con una cuchara afilada, con el fin de que le inhabilitaran para el trabajo en general. No podía recordar los detalles, pero se acordaba de un rumor convincente que decía que era mejor perder otro dedo que trabajar a las órdenes de un capataz.

Las dos manos destrozadas. Era recuerdo de otra época, en otro lugar. En realidad tampoco era demasiado consciente de tal amputación, pero así la vida moderna resultaba complicada. Los teléfonos móviles eran cada vez más pequeños. El número de Linsky era de diez dígitos, y llamarle era una verdadera pesadilla. El Zec nunca mantenía la misma línea durante mucho tiempo, y no merecía la pena guardar los números de teléfono en la agenda. Sería una tontería.

Cuando al final conseguía introducir el número, se concentraba y pulsaba el botón de llamada con el meñique izquierdo. A continuación hacía malabares con el teléfono para colocárselo en la otra mano y ponérselo en la oreja. No necesitaba acercárselo demasiado. Su sentido del oído todavía era excelente, gracias a Dios.

—¿Sí? —contestó Linsky.

—No pueden dar con él —dijo El Zec—. No debí haberte dicho que dejaras de vigilarle. Fue un error.

—¿Dónde han buscado?

—Por aquí y por allá. Anoche se alojó en el motel. Lo tienen rodeado, pero estoy seguro de que no volverá. Tienen otro policía vigilando el despacho de la abogada. Aparte de eso, andan a ciegas.

—¿Qué quieres que haga?

—Quiero que le encuentres. Usa a Chenko y a Vladimir. Te enviaré también a Raskin. Trabajad juntos. Encontradle esta misma noche y llamadme.

Reacher se detuvo a dos manzanas del Marriott. Sabía lo que Emerson estaría haciendo. Él había hecho lo mismo durante trece años. Estaría repasando mentalmente una lista con los posibles lugares adonde Reacher pudiera acudir. A aquella hora del día incluiría los establecimientos donde ir a comer. Así pues, Emerson estaría enviando coches a restaurantes, barès y cafeterías, incluyendo el local de ensaladas preferido de Helen Rodin y el bar recreativo. En cuanto a las personas conocidas, prácticamente el círculo se limitaba a Helen Rodin. Seguro que Emerson había hecho subir al policía del vestíbulo hasta la cuarta planta y llamar a la puerta de su oficina.

Más tarde, Emerson probaría con Eileen Hutton.

Así pues, Reacher se detuvo a dos manzanas de distancia del Marriott y buscó en los alrededores un lugar donde esperar. Encontró un escondite detrás de una zapatería. Rodeado por tres muros de ladrillo a la altura de una persona, había un espacio rectangular donde se guardaba el contenedor de la basura a los ojos de la gente. Reacher se aproximó a aquel lugar. Comprobó que si apoyaba el hombro en el contenedor podía ver bastante bien la entrada principal del Marriott. No era un escondite agradable, a pesar de que se trataba del contenedor de basura con mejor olor al que se había acercado nunca. Olía a cartón y a zapatos nuevos. Mucho mejor que la basura que hay detrás de una pescadería.

Pensó que si Emerson era un profesional eficiente esperaría menos de treinta minutos. Si fuera muy eficiente, menos de veinte. El promedio, no obstante, rondaba la hora. Reacher se apoyó en el contenedor y dejó pasar el tiempo. No era tarde, pero las calles ya estaban en silencio. Había muy poca gente fuera de sus casas. Observó y siguió esperando. El olor a piel nueva de las cajas de zapatos le distrajo. Comenzó a pensar en el calzado. Quizás debería comprarse un par de zapatos nuevos. Se miró los pies. Sus náuticos eran suaves y ligeros, de suela delgada. En Miami le habían ido bien, pero en su situación actual no eran tan adecuados. Debería comprarse un calzado más resistente.

Continuó observándose los zapatos. Juntó los pies y dio un paso hacia adelante. Se detuvo. Probó con el pie contrario y se detuvo de nuevo, igual que la imagen congelada de alguien mientras camina. Tenía la mirada clavada en el suelo y algún que otro pensamiento en la cabeza. Una de las pruebas de Bellantonio. Alguna de aquellas miles de páginas impresas.

A continuación volvió a levantar la mirada, ya que había visto de reojo movimiento en la puerta del Marriott, a dos manzanas. Vio un coche patrulla. El vehículo se movió dentro de su campo de visión, frenó y se detuvo. Del interior salieron dos policías vestidos de uniforme. Reacher comprobó la hora en su reloj. Veintitrés minutos. Sonrió. Emerson era bueno, pero no increíble. Los dos policías entraron en el hotel. Pasarían cinco minutos hablando con el recepcionista. El recepcionista les daría el número de habitación de Hutton sin rechistar. En general, los recepcionistas de los hoteles de zona interior no eran activistas que defendiesen las libertades civiles de los norteamericanos. Y los huéspedes se iban al día siguiente, pero la policía local se quedaba para siempre.

Por consiguiente, los policías se dirigirían a la habitación de Hutton. Llamarían a la puerta. Hutton les dejaría pasar. No tenía nada que ocultar. Los policías fisgonearían y saldrían. Diez minutos, como mucho.

Reacher volvió a comprobar la hora. Siguió esperando.

Los policías salieron ocho minutos después. Se detuvieron a la salida del hotel, diminutos a lo lejos. Uno de ellos inclinó la cabeza hacia el hombro, hablando por la radio. Comunicó la negativa del registro, escuchó su siguiente destino. El siguiente lugar adonde Reacher podría acudir. La siguiente persona conocida. Pura rutina. «Divertíos esta tarde, chicos —pensó Reacher—. Porque yo lo voy a hacer. Eso por supuesto.» Vio cómo se alejaban en el coche y esperó un minuto más, por si acaso volvían. A continuación salió de su escondite y se dirigió a la habitación de Eileen Hutton.

Grigor Linsky aguardaba en una plaza reservada al cuerpo de bomberos, en la zona de aparcamiento de un supermercado, al lado de una ventana con la pegatina de una naranja gigante anunciando carne de vaca a muy bajo precio. «Caducada y estropeada —pensó Linsky—. O infectada de listeria. El tipo de comida por la que El Zec y yo hubiésemos matado.» Y cuando hablaba de matar lo hacía en serio. No se trataba de ninguna imaginación. En absoluto. El Zec y él eran aún peores gracias a sus experiencias.

El sufrimiento que habían tenido que padecer ambos no les había otorgado bondad ni nobleza, sino todo lo contrario. Los hombres que en su situación se habían inclinado hacia la bondad o la nobleza habían muerto en cuestión de horas. Pero El Zec y él habían sobrevivido, como ratas de alcantarilla, dejando atrás la inhibición y a base de fuerza y lucha, traicionando a quienes eran más fuertes que ellos y dominando a los más débiles.

Y habían aprendido que lo que funciona una vez lo hace siempre.

Linsky miró por el espejo retrovisor y vio acercarse el coche de Raskin. Era un Lincoln Town, de chasis antiguo y rectangular, negro y polvoriento, de los que ya no quedan. Raskin detuvo el coche detrás del de Linsky y salió. Tenía exactamente el aspecto de lo que era: un matón de Moscú de segunda categoría. Cuadrado, sin expresión, chaqueta barata de piel, mirada vacía. Cuarenta y tantos años. Un estúpido, según Linsky, pero había sobrevivido al último hurra del Ejército Rojo en Afganistán, había que tenerlo en cuenta. Muchísimas personas más listas que Raskin no habían vuelto enteras o ni siquiera habían vuelto. Lo que hacía de Raskin un superviviente, la cualidad más importante de las que valoraba El Zec.

Raskin abrió la puerta posterior del coche de Linsky, entró y se sentó. No dijo una palabra. Solamente le entregó a Linsky cuatro copias del cartel de «Se busca» de James Barr que le había dado El Zec. Cómo los había conseguido era algo de lo que Linsky no estaba seguro. Pero podía suponerlo. Los carteles estaban bastante bien. La similitud era casi exacta. Servirían a su propósito.

—Gracias —dijo Linsky educadamente.

Raskin no respondió.

Chenko y Vladimir llegaron dos minutos más tarde, en el Cadillac de Chenko. Chenko iba al volante. Siempre conducía él. Aparcaron detrás del Lincoln de Raskin. Tres coches grandes negros, los tres en línea. La procesión del funeral de Jack Reacher. Linsky sonrió para sí mismo. Chenko y Vladimir salieron del coche y se acercaron. El uno pequeño y de cabello oscuro, el otro grande y rubio. Subieron en el Cadillac de Linsky. Chenko en el asiento delantero, Vladimir en el trasero, junto a Raskin. Así pues, en el sentido de las agujas del reloj, se encontraban Linsky en el asiento del conductor, Chenko a su lado, Vladimir y Raskin, respetando la jerarquía impuesta y obedeciéndola instintivamente. Linsky sonrió de nuevo y entregó a cada uno de los demás una copia del cartel. Conservó una, aunque en realidad no la necesitaba. Había visto muchas veces a Jack Reacher.

—Vamos a empezar —dijo— desde el principio. Asumiremos que la policía ha podido olvidar algo.

Reacher empujó la puerta de la salida de emergencia, retiró el cartón de la cerradura y se lo guardó en el bolsillo. Entró y dejó que la puerta se cerrara tras de sí. Caminó por el pasillo hasta el ascensor y subió hasta la tercera planta. Llamó a la puerta de la habitación de Hutton. En su mente rondaba una frase que había oído decir a Jack Nicholson, en el papel de un severo coronel de la marina, en una película de militares: «No hay nada mejor en este mundo que saludar a una mujer por la mañana».

Hutton se tomó su tiempo para abrir la puerta. Reacher imaginó que se habría acomodado después de la visita de la policía. No esperaría que la volvieran a molestar tan pronto. Pero finalmente la puerta se abrió y apareció ella. Llevaba puesto un albornoz, recién salida de la ducha. La luz de fondo producía una aureola alrededor de su cabello. El pasillo estaba a oscuras; la habitación, cálida y acogedora.

—Has vuelto —le dijo Eileen.

—¿Pensabas que no lo haría?

Reacher entró en la suite y Eileen cerró la puerta.

—La policía acaba de estar aquí —le dijo.

—Lo sé —contestó él—. Les he visto.

—¿Dónde estabas?

—En un contenedor de basura, a dos manzanas de aquí.

—¿Quieres darte una ducha?

—Era un contenedor muy limpio. Detrás de una zapatería.

—¿Quieres salir a cenar?

—Preferiría que viniera el servicio de habitaciones —contestó—. No quiero pasearme por ahí más de lo estrictamente necesario.

—De acuerdo —dijo Eileen—. Me parece lógico. Pediremos algo.

—Pero aún no.

—¿Hace falta que me vista?

—Aún no.

Hutton hizo una pequeña pausa.

—¿Por qué no? —preguntó.

—Tenemos asuntos pendientes —contestó.

Hutton no dijo nada.

—Me alegro de verte —dijo Reacher.

—Han pasado menos de tres horas —repuso ella.

—Quiero decir —continuó— después de tanto tiempo.

Reacher se acercó a ella y le rodeó el rostro con las manos. Le pasó los dedos por el pelo, tal y como solía hacer, y le acarició el contorno de las mejillas con los pulgares.

—¿Deberíamos hacerlo? —preguntó ella.

—¿No quieres?

—Han pasado catorce años —contestó.

—Es como montar en bicicleta —repuso Reacher.

—¿Piensas que será igual?

—Mejor.

—¿Cómo mejor? —preguntó Eileen.

—Siempre fuimos buenos —dijo—. ¿O no? ¿Podríamos mejorarlo?

Hutton permaneció inmóvil un minuto eterno. Después se puso las manos detrás de la cabeza. Se acercó a Reacher, él se inclinó hacia ella y ambos se besaron. Seguidamente volvieron a besarse, con más intensidad. Y otra vez, más tiempo. Los catorce años que les separaban se desvanecieron. El mismo sabor, el mismo sentimiento. La misma excitación. Ella le quitó la camisa, desabotonándola desde arriba, con urgencia. Cuando acabó con el último botón, le acarició el pecho, los hombros, la espalda, por debajo de la cinturilla, por los costados y por el centro. Reacher se quitó los zapatos y los calcetines rápidamente. Se bajó los pantalones y le desabrochó el albornoz a Eileen. Este cayó al suelo.

—Maldita sea, Hutton —dijo Reacher—. No has cambiado en absoluto.

—Tú tampoco —dijo ella.

Se tumbaron en la cama, tropezándose, rápida y excitadamente, cayendo el uno encima del otro como torpes animales.

Grigor Linsky revisó la zona sur de la ciudad. Comprobó el restaurante de ensaladas y seguidamente se dirigió hacia el puerto. Dio media vuelta y examinó las calles estrechas, revisando los tres lados de cada manzana y deteniéndose en la esquina para comprobar el cuarto. El Cadillac repasaba cada una de las calles. La dirección silbaba en cada esquina. Era una tarea lenta, que requería paciencia. Pero no era una ciudad grande. No había bullicio, ni muchedumbre. Y nadie podía esconderse eternamente. Se lo decía la experiencia.

Hutton estaba tendida en los brazos de Reacher. Con las yemas de los dedos trazaba lenta y suavemente los rasgos del cuerpo que tan bien había conocido tiempo atrás. Catorce años lo habían variado. Reacher le había dicho: «No has cambiado en absoluto», y ella le había contestado: «Tú tampoco», pero sabía que ambos habían sido generosos. Nadie se mantiene igual. El Reacher que ella había conocido en el desierto era más joven, tostado y delgado, debido al calor, tan ágil y grácil como un galgo. Ahora pesaba más, y tenía los músculos nudosos y duros como la caoba. Las cicatrices que recordaba en él se habían alisado y borrado, y en su lugar habían aparecido marcas nuevas. Tenía arrugas en la frente y alrededor de los ojos. Pero su nariz continuaba recta e intacta. Los dientes delanteros seguían, como trofeos. Hutton deslizó su mano por encima de la de Reacher y palpó sus nudillos. Eran grandes y duros, como cáscaras de nuez, cubiertos de marcas. «Sigue siendo un luchador —pensó—. Todavía se sirve de las manos para salvar la nariz y los dientes.» Se fijó en su pecho. Tenía un agujero, en el centro a la izquierda. Ruptura muscular, un cráter lo bastante grande para meter la punta del dedo. Una herida de bala. Vieja, pero nueva para ella. Probablemente de una 38.

—Nueva York —dijo Reacher—. Hace años. Todo el mundo me lo pregunta.

—¿Todo el mundo?

—Quien la ve.

Hutton se le arrimó más.

—¿Cuánta gente la ve?

Reacher sonrió.

—Ya sabes, en la playa, o algo así.

—¿Y en la cama?

—En los vestuarios —dijo él.

—Y en la cama —repitió ella.

—No soy un monje —repuso Reacher.

—¿Te dolió?

—No me acuerdo. Estuve inconsciente tres semanas.

—La tienes encima del corazón.

—Era un revólver pequeño. Seguramente utilizaron mala munición. Debería haber disparado a la cabeza. Le habría salido mejor.

—Pero no a ti.

—Soy un hombre con suerte. Siempre lo he sido y siempre lo seré.

—Puede ser. Pero deberías tener más cuidado.

—Lo intentaré.

Chenko y Vladimir continuaron juntos y revisaron el sector norte de la ciudad. Se mantuvieron alejados del motel. Presumiblemente, la policía tenía aquella zona controlada. Así pues, su primera parada fue el bar recreativo. Entraron en el local y examinaron el interior. Estaba oscuro y no había demasiada gente. Unos treinta hombres. Ninguno de ellos encajaba con el dibujo. Ninguno era Reacher. Vladimir aguardó junto a la puerta del baño mientras Chenko registraba el interior. Uno de los retretes tenía la puerta cerrada. Chenko esperó hasta que el usuario tiró de la cadena y salió. No era Reacher. Solo un hombre. Así que Chenko se reunió de nuevo con Vladimir y ambos regresaron al coche. Comenzaron a examinar las calles, lenta, pacientemente, repasando los tres lados de cada manzana y deteniéndose en la última esquina para comprobar las aceras del cuarto.

Hutton se recostó en el hombro de Reacher al tiempo que le observaba. Seguía teniendo los mismos ojos. Quizás algo más hundidos y encapuchados. Pero conservaban aquel color azul como el hielo del Ártico bajo la luz del sol, como un mapa a color de dos lagos idénticos formados por nieve deshecha de las altas montañas. Pero su expresión había cambiado. Hacía catorce años, debido a las tormentas de arena del desierto, tenía los ojos enrojecidos, y una especie de cinismo le empañaba la mirada. Eran ojos de guerra, ojos de policía. Hutton recordaba cómo aquellos ojos se movían lenta y pausadamente, igual que los ojos de un rastreador tras un objetivo. Ahora, los ojos de Reacher eran más transparentes, más tiernos, más inocentes. Tenía catorce años más, pero su mirada volvía a ser como la de un niño.

—Te has cortado el pelo —le dijo Hutton.

—Me lo he ido a cortar esta mañana —contestó—. Por ti.

—¿Por mí?

—Ayer parecía un salvaje. Me dijeron que ibas a venir. No quería que pensaras que era una especie de vagabundo.

—¿Es que no lo eres?

—En cierta manera, supongo.

—¿De qué manera?

—Voluntaria.

—Deberíamos cenar algo —dijo Hutton.

—Me parece una buena idea.

—¿Qué te apetece?

—Cualquier cosa que pidas. Lo compartiremos. Pide raciones grandes.

—Escoge tú, si quieres.

Reacher negó con la cabeza.

—Dentro de un mes, algún oficial del departamento de defensa tendrá que revisar tus gastos. Es mejor que vea solo una comida en lugar de dos.

—¿Te preocupa mi reputación?

—Me preocupa tu próximo ascenso.

—No me lo darán. Voy a ser general de brigada de por vida.

—Ese tal Petersen te debe una.

—No puedo negar que tener dos estrellas estaría genial.

—Para mí también —repuso Reacher—. Me han jodido cantidad de oficiales con dos estrellas. Estaría bien pensar que esta vez he sido yo quien ha jodido a una.

Hutton le hizo una mueca.

—Comida —dijo Reacher.

—Me gustan las ensaladas —dijo ella.

—Hay gente para todo, supongo.

—¿A ti no te gustan?

—Pide ensalada de primero y bistec de segundo. Tú cómete la comida de conejos, que yo me comeré el bistec. Y luego un buen postre. Y una cafetera llena de café.

—A mí me gusta el té.

—No, por favor —dijo Reacher—. Existen una serie de cosas por las que no puedo sacrificarme. Ni siquiera aunque sea por el departamento de defensa.

—Pero me muero de sed.

—Seguro que nos ponen cubitos de hielo. Siempre los ponen.

—Te recuerdo que soy tu superior.

—Siempre lo fuiste. ¿Y acaso me viste beber té?

Hutton negó con la cabeza y se incorporó. Caminó desnuda por la habitación. Echó una ojeada al menú y llamó por teléfono. Pidió ensalada, un filete de solomillo y tarta helada. Y una cafetera hasta arriba de café. Reacher sonrió en dirección a ella.

—Veinte minutos —dijo Hutton—. Vamos a darnos una ducha.

Raskin se ocupó de buscar por el centro de la ciudad. Caminaba con el dibujo en la mano y una lista en su cabeza: restaurantes, bares, cafeterías, pizzerías, tiendas de comestibles, hoteles. Comenzó por el Metropole Palace. El vestíbulo, el bar. No hubo suerte. Se dirigió hacia un restaurante chino, a dos manzanas del hotel. Entró y salió enseguida, discretamente. Pensó que era bastante bueno para aquel tipo de trabajo. No era un hombre que llamara demasiado la atención, ni que se le recordara fácilmente. Estatura media, peso medio, rostro sin rasgos destacables. Simplemente uno más, lo que en cierta manera podía ser motivo de frustración, pero la mayoría de las veces era una ventaja importante. La gente le miraba, pero realmente no le veía. Los ojos pasaban de largo.

Reacher tampoco se encontraba en el restaurante chino. Ni en el local de comida rápida, ni en el bar irlandés. Así pues, Raskin se detuvo y decidió tomar un desvío hacia el norte. Revisaría la oficina de la abogada y a continuación se dirigiría hacia el Marriott, puesto que, tal y como había mencionado Linsky, era allí donde se hallaban las mujeres. Y según la experiencia de Raskin, los tipos que no pasaban inadvertidos solían pasar más tiempo con mujeres que el resto de hombres.

Reacher salió de la ducha. Cogió prestado el cepillo de dientes de Hutton, la pasta dental y el peine. Seguidamente se quitó la toalla, atravesó la habitación y cogió su ropa. Se vistió. Cuando terminó se sentó en la cama y oyó que llamaban a la puerta.

—Servicio de habitaciones —exclamó una voz desconocida.

Hutton asomó la cabeza por detrás de la puerta del baño. Estaba vestida, pero aún no había acabado de secarse el pelo.

—Ve tú —le dijo Reacher.

—¿Yo?

—Tendrás que firmar.

—Podrías firmar por mí.

—Dentro de dos horas la policía no me habrá encontrado, así que volverán a venir. Será mejor que nadie sepa que no estás sola.

—Nunca te relajas, ¿verdad?

—Cuanto menos me relajo más suerte tengo.

Hutton se pasó la mano por el pelo y se dirigió a la puerta. Reacher oyó el sonido metálico de un carrito, el tintineo de platos y el roce de un bolígrafo sobre el papel. A continuación oyó cerrarse la puerta. Avanzó hacia la sala de estar y vio una mesita con ruedas en medio de la habitación. El camarero había colocado una silla detrás.

—Un cuchillo —dijo Hutton—. Un tenedor. Una cuchara. No habíamos caído en eso.

—Lo haremos por turnos —dijo Reacher—. Será romántico.

—Puedo cortarte el filete y luego tú usas los dedos.

—Podrías darme de comer. Deberíamos haber pedido uvas.

Hutton sonrió.

—¿Te acuerdas de James Barr? —preguntó Reacher.

—Ha llovido mucho desde entonces —contestó Hutton—. Pero releí su informe ayer.

—¿Cómo era como tirador?

—Ni el mejor que haya visto, ni tampoco el peor.

—Eso es lo que yo recuerdo. He estado en el parking, echando un vistazo. Fue un tiroteo impresionante. Realmente impresionante. No recordaba que Barr fuese tan bueno.

—Poseen numerosas pruebas que le señalan.

Reacher asintió. No dijo nada.

—Tal vez haya estado practicando —prosiguió Hutton—. Estuvo en el ejército cinco años, pero ha estado en combate como mucho tres veces. Quizás haya adquirido mayor destreza al cabo de los años.

—Quizás.

Hutton le miró.

—No te vas a quedar, ¿verdad? Estás pensando en marcharte, justo después de cenar. Por la policía. Crees que volverán a la habitación.

—Lo harán —dijo Reacher—. Cuenta con ello.

—No tengo por qué dejarles entrar.

—En un lugar como este, la policía hace lo que quiere. Y si me encuentran aquí te meterás en problemas.

—No si eres inocente.

—No hay forma legal de decirles que lo soy.

—Aquí yo soy la abogada —dijo Hutton.

—Y yo era el policía —añadió Reacher—. Así que sé cómo son. Odian a los fugitivos. No pueden ni verlos. Te arrestarán conmigo y no lo solucionarán hasta pasado un mes. Por entonces, tu segunda estrella estará en el fondo del retrete.

—¿Y adónde vas a ir?

—Ni idea. Pero ya se me ocurrirá.

La puerta principal de la torre negra de cristal se cerraba con llave por la noche. Raskin llamó, dos veces. El guarda de seguridad que había sentado tras el escritorio del vestíbulo le miró. Raskin le mostró el dibujo.

—Una entrega —dijo.

El guarda se levantó, caminó hacia la puerta y usó una de las llaves que tenía en un manojo. Raskin entró.

—Rodin —dijo—. Planta cuarta.

El guarda asintió. La oficina de Helen Rodin había recibido numerosas entregas aquel día. Sobres, paquetes, cajas en carretilla. Era de esperar que recibiera más. No era algo de extrañar. El guarda volvió a su escritorio sin decir una palabra mientras Raskin se acercaba al ascensor. Entró y pulsó el botón de la cuarta planta.

Lo primero que vio en la cuarta planta fue a un policía de pie junto a la puerta del despacho de la abogada. Raskin supo inmediatamente lo que aquello significaba. Significaba que el despacho de la abogada continuaba siendo una posibilidad. Significaba que Reacher no estaba allí en aquel momento, y que no había intentado ir recientemente. Así pues, Raskin giró por el pasillo, como si se hubiera confundido. Esperó un instante y seguidamente volvió a entrar en el ascensor. Dobló el dibujo y lo guardó en el bolsillo. En el vestíbulo le hizo un gesto al guarda como si hubiera acabado su trabajo y volvió a adentrarse en la oscuridad de la noche. Giró a la izquierda, dirección noreste, hacia el Marriott Suites.

Reacher no pudo terminar todo el café que contenía la cafetera. Tuvo que parar de beber después de la quinta taza. A Hutton pareció no importarle. Reacher pensó que cinco tazas de seis justificaban el hecho de haber insistido tanto con el café.

—Ven a verme a Washington —le dijo.

—Lo haré —contestó Reacher—. Tenlo por seguro. La próxima vez que vaya.

—No dejes que te atrapen.

—No lo harán —repuso—. Ellos no.

Luego miró a Eileen durante un minuto, guardando aquel recuerdo, añadiendo otro fragmento a su mosaico. La besó en los labios y se dirigió hacia la puerta. Salió al pasillo y avanzó hacia las escaleras. En la planta baja giró por detrás del vestíbulo y volvió a salir por la salida de emergencia. La puerta se cerró por completo. Reacher suspiró y comenzó a caminar entre las sombras.

Raskin le vio inmediatamente. Se encontraba a unos treinta metros de él. Avanzaba a paso rápido, aproximándose al Marriott por detrás del edificio. Vio un destello de luz en mitad de la oscuridad. La puerta de la salida de emergencia abrirse. Vio a un hombre alto saliendo, inmóvil por un instante. Poco después la puerta se cerró y el hombre se dio la vuelta asegurándose de que estuviera completamente encajada. Un débil rayo de luz le iluminó el rostro. Fue una fracción de segundo, pero suficiente para convencer a Raskin. El hombre que salía por aquella puerta era el mismo que aparecía en el dibujo. Jack Reacher, seguro, no había duda. La misma altura, el mismo peso, la misma cara. Raskin había examinado cada detalle detenidamente.

Así pues, Raskin se detuvo en seco y se escondió entra las sombras. Vigilaba y aguardaba. Vio a Reacher mirar hacia la derecha, hacia la izquierda, avanzar decidido, dirección oeste, rápida e ininterrumpidamente. Raskin permaneció donde estaba y contó *un, dos, tres* en su cabeza. Entonces salió de entre las sombras, cruzó la zona de aparcamiento, se detuvo de nuevo y se asomó por la esquina de la calle para divisar la zona oeste. Reacher se encontraba a una distancia de unos veinte metros. Seguía caminando, tranquilamente, sin percatarse de la presencia de Raskin. Paseaba por el centro de la acera, a grandes zancadas, con los brazos estirados a ambos lados. Era un tipo de gran estatura. Seguro que era él. Tan grande como Vladimir.

Raskin volvió a contar hasta tres, hasta que Reacher se encontró a unos cuarenta metros de distancia. Entonces continuó siguiéndole. Raskin mantenía los ojos fijos en su objetivo. Mientras tanto, hurgó en su bolsillo y sacó el teléfono móvil. Marcó rápidamente el número de Grigor Linsky. Reacher continuaba caminando, a una distancia de cuarenta metros. Raskin se llevó el teléfono a la oreja.

—¿Sí? —contestó Linsky.

—Le he encontrado —susurró Raskin.

—¿Dónde?

—Va andando. Al oeste del Marriott. A tres manzanas dirección norte en paralelo al motel.

—¿Adónde se dirige?

—Espera —susurró Raskin—. Un momento.

Reacher se detuvo en una esquina. Miró a la izquierda y giró hacia la derecha, hacia la sombra proyectada por la autopista elevada. Continuaba tranquilo. Raskin le observaba pasar junto a una papelera en un aparcamiento vacío.

—Ha girado hacia el norte —susurró.

—¿Y adónde va?

—No lo sé. Al bar recreativo, quizás.

—De acuerdo —dijo Linsky—. Iremos hacia el norte. Esperaremos a unos cincuenta metros de la calle del bar. Vuelve a llamarme dentro de tres minutos exactamente. Mientras tanto, no le pierdas de vista.

—Entendido —dijo Raskin.

Colgó el teléfono, pero no lo guardó. Tomó un pequeño atajo en el aparcamiento vacío. Se apoyó en un muro de hormigón blanco y asomó la cabeza. Reacher seguía andando a unos cuarentas metros, por el centro de la acera, balanceando los brazos y a paso rápido. Un hombre seguro, pensó Raskin. Quizás demasiado confiado.

Linsky llamó a continuación a Chenko y a Vladimir. Les dijo que se reunieran a cincuenta metros al norte del bar, tan pronto como les fuera posible. A continuación llamó a El Zec.

—Le hemos encontrado —dijo.

—¿Dónde?

—En la zona norte del centro.

—¿Quién va tras él?

—Raskin. Van por la calle, caminando.

El Zec se quedó callado un instante.

—Espera que entre en algún sitio —dijo—. Y luego Chenko que llame a la policía. Tiene acento extranjero, que se haga pasar por barman, o recepcionista, o lo que sea.

Raskin se mantuvo a cuarenta metros de distancia de Reacher. Volvió a llamar a Linsky. Reacher seguía andando, las mismas zancadas, al mismo ritmo. Su ropa apenas se distinguía en la oscuridad de la noche. Tenía el cuello y las manos morenas, algo más visibles que la ropa. Una silueta más clara le rodeaba el cabello, recién cortado, que le daba un toque fantasmagórico en mitad de la noche. Raskin centró los ojos en aquella aureola. Era un resplandor blanco en forma de U que se elevaba a metro ochenta del suelo, y que ascendía y descendía media pulgada constantemente, a cada paso que daba. «Idiota —pensó Raskin—. Tendría que haber utilizado betún para las botas, como en Afganistán.» Luego pensó: «Aunque no siempre teníamos betún para las botas. Ni peluqueros».

A continuación se detuvo, pues Reacher acababa de hacer lo mismo cuarenta metros por delante. Raskin volvió a ocultarse entre las sombras. Reacher miró hacia la derecha y giró hacia la izquierda, en dirección a una bocacalle. Raskin le perdió de vista tras un edificio.

—Ha vuelto a girar hacia el oeste —susurró Raskin.

—¿Todavía va en dirección al bar recreativo? —preguntó Linsky.

—O hacia el motel.

—Cualquiera de los dos nos sirve. Acércate un poco más. No le pierdas de vista ahora.

Raskin corrió unos diez pasos y se detuvo al llegar a la esquina. Se asomó por el ángulo del edificio y miró. Problema. No le veía. La calle era larga, ancha y recta. Al final había luces que alumbraban los cuatro carriles que se extendían en dirección al norte, hacia la carretera estatal. Así que Raskin tenía un excelente campo de visión. El problema era que Reacher ya no formaba parte. Había desaparecido.

11

Reacher había leído en una ocasión que los zapatos náuticos habían sido inventados por un balandrista que buscaba una mejor adherencia en los resbaladizos puertos. El hombre cogió un zapato deportivo normal de suela lisa y rajó la goma con una navaja, formando pequeños surcos en ella. Comenzó a hacer pruebas y terminó por realizar los cortes ondulados, en lateral y cerca los unos de los otros, de tal modo que la suela se asemejaba a un neumático en miniatura. Acababa de nacer toda una nueva industria. El estilo se extendió, por asociación, de los barcos a los puertos, y de los puertos a los paseos marítimos, y de los paseos marítimos a las calles en verano. En la actualidad los zapatos náuticos estaban por todas partes. A Reacher no le gustaban demasiado. Eran ligeros, delgados y poco compactos.

Pero eran silenciosos.

Había visto al tipo de la chaqueta de piel nada más salir por la puerta de emergencia del Marriott. Habría sido difícil no verle. A treinta metros de distancia, en mitad de la calle, a la luz de las farolas. Al mirar hacia la izquierda, Reacher le había visto perfectamente, había notado su reacción, cómo se detenía. Por consiguiente, le identificó como un adversario. Reacher continuó caminando, a la vez que intentaba analizar la imagen de aquel hombre en su cerebro. ¿Qué tipo de adversario era? Reacher cerró los ojos y se concentró durante dos o tres pasos.

Raza caucásica, estatura media, peso medio, rostro colorado y cabello rubio, aunque a la luz de las farolas parecía naranja y amarillo.

¿Policía o no?

No. Lo deduje por la chaqueta, de estilo cuadrado por los hombros y cruzada sobre el pecho, de color marrón avellana. Si hubiese sido de día, Reacher podría haber distinguido perfectamente el color rojizo de la prenda, un color brillante. No era norteamericana. Ni siquiera había salido del tipo de tienda a bajo precio que vendía ropa de piel por cuarenta y nueve dólares. Era de corte extranjero. De Europa del Este, igual que el traje que llevaba el hombre encorvado que había visto en la plaza. No se trataba de ropa más barata, sino diferente. Rusa, búlgara, estonia, o de esa zona.

Por lo tanto, no era policía.

Reacher continuó andando. Hacía el menor ruido posible al caminar, concentrándose en el sonido de las pisadas tras él, a cuarenta metros. Zancadas cortas, suelas gordas, el roce de la piel, el crujido débil sobre el suelo, los golpes del talón. No se podría decir que se tratara de un hombre pequeño. No es que fuera grande, pero tampoco pequeño. Y no tenía el pelo negro. Y no era el tipo que había matado a la chica, no era lo bastante grande. Así que uno más a añadir a la lista. No eran cuatro, sino cinco. Al menos. Quizás más.

¿Plan?

¿Estaría armado? Posiblemente solo llevara un revólver. No podría llevar nada de mayor tamaño. Reacher se sintió optimista como blanco en movimiento de un hombre armado con revólver a cuarenta metros de distancia. Los revólveres eran armas adecuadas para las distancias cortas, no largas. Para disparar con éxito un revólver se requería una distancia máxima de cuatro metros. Reacher se encontraba a diez veces tal distancia. Oiría el sonido del gatillo en el silencio de la noche. Tendría tiempo de reaccionar.

Así pues, ¿cuál era el plan? Se sentía tentado a dar media vuelta y abatirle. Solo para divertirse. Solo por venganza. Le gustaba la venganza. *La venganza es lo primero*, era su credo. *Demuéstrales con quién están jugando.*

Quizás.

O quizás no. Quizás en otro momento.

Continuó caminando. Pisadas silenciosas. Mantenía un ritmo constante. Dejó que su perseguidor le siguiera el ritmo. Parecía como si estuviera hipnotizado. Izquierda, derecha, izquierda, derecha. Expulsó de su cerebro cualquier cosa salvo aquellos pasos en la lejanía. Los acercó a su oído. Se concentró en ellos. Estaban allí, débiles pero perceptibles. *Cras, cras, cras, cras.* Izquierda, derecha, izquierda, derecha. Como hipnotizado. Oyó las teclas de un teléfono móvil marcando un número. La brisa transportó aquellos diez tonos electrónicos, muy bajo, casi inaudibles.

Giró al azar y continuó avanzando. Izquierda, derecha, izquierda, derecha. Las calles estaban desiertas. El centro estaba muerto después de que las tiendas cerraran. Reacher seguía andando. Oyó un susurro sibilante a unos cuarenta metros por detrás. El teléfono móvil. «¿Con quién hablas, amigo?» Continuó. Al llegar a la siguiente esquina se detuvo. Miró hacia la derecha y giró a la izquierda, entrando en una amplia travesía, tras la fachada de un edificio de cuatro plantas.

Entonces comenzó a correr. Cinco zancadas, diez, quince, veinte. Deprisa y en silencio. Cruzó la calle y llegó a la acera situada a la derecha. Pasó de largo por el primer callejón que vio y giró por el segundo. Se agazapó entre las sombras, junto a una puerta. Una salida de emergencia de un teatro o un cine. Se tendió en el suelo, delante de la puerta. El tipo que le seguía miraría en vertical. Instintivamente, buscaría a metro ochenta sobre el nivel del terreno. Una pequeña forma sobre el suelo no destacaría nada.

Reacher aguardó. Oyó pisadas en la acera contraria. El tipo le había visto girar hacia la izquierda, por lo que, subconscientemente, seguiría buscando en la acera de la izquierda. Su primer pensamiento sería buscar una forma vertical por los callejones y portales situados a la izquierda.

Reacher continuó esperando. Las pisadas se acercaban. Estaban próximas. Entonces Reacher vio al tipo. Estaba en la acera situada a la izquierda de la calle. Se movía despacio. Parecía indeciso. Miraba hacia delante, hacia la izquierda, otra vez hacia delante. Tenía un teléfono móvil pegado a la oreja. Se detuvo. Permaneció inmóvil. Miró hacia atrás, a los callejones y portales situados al lado opuesto de la calle. «¿Merecía la pena revisarlos?»

«Sí.»

El tipo se desplazó de lado y hacia atrás, como un cangrejo. A continuación cruzó en diagonal hacia la acera de la derecha. Avanzó, de tal manera que quedó fuera del campo de visión de Reacher. Él se incorporó en silencio y caminó hacia el fondo del callejón, hasta penetrar en una absoluta oscuridad. Encontró una rejilla de ventilación amplia, de alguna cocina, y se ocultó tras ella. Se puso de cuclillas y esperó.

Fue una larga espera, hasta que se aproximaron los pasos. En la acera. En el callejón. Lentos, calmados, sigilosos. El tipo andaba de puntillas. No apoyaba el talón. Reacher oía solo el roce de las suelas de piel en el pavimento. Susurraban suavemente y producían un débil eco en el callejón. El tipo se acercaba cada vez más.

Se acercó tanto que Reacher pudo percibir su olor.

Colonia, sudor, piel. Se detuvo a poco más de un metro del lugar donde Reacher estaba escondido e intentó distinguir algo en la oscuridad. Reacher pensó: «Un paso más y eres historia, amigo. Solo un paso más y se acabó el juego para ti».

El tipo se dio la vuelta. Salió del callejón.

Reacher se puso en pie y le siguió, rápidamente y en silencio. «Las tornas han cambiado. Ahora soy yo quien va detrás de ti. Es hora de cazar a los cazadores.»

Reacher era más grande que la mayoría de personas y, en cierto modo, bastante torpe. No obstante, andaba sin hacer ruido cuando se lo proponía, y siempre se le había dado bien perseguir a la gente. Era una habilidad que había adquirido gracias a la práctica. Principalmente se necesitaba precaución y anticipación. Se ha de saber cuándo la presa va a reducir el ritmo, parar, girar, comprobar la retaguardia. Y si no se sabe, se ha de pecar de precavido. Es mejor esconderse y mantener una distancia de diez metros más que echarlo todo a perder.

El tipo de la chaqueta de piel buscaba en cada rincón y en cada portal, a ambos lados de la calle. No a fondo, pero suficiente. Buscaba y avanzaba, víctima del error que suele cometer la gente que se conforma con lo mínimo.

—Todavía no la he jodido. Está por aquí —repetía por el teléfono móvil, en voz baja, pero con un susurro nervioso.

Reacher se deslizaba de sombra a sombra, detrás de su adversario, manteniendo la distancia, pues las luces al final de la calle se iban acercando. La búsqueda se iba haciendo cada vez más rápida y de manera más superficial. El tipo estaba al tiempo desesperado y aterrorizado. Enseguida se dispuso a mirar por el siguiente callejón, pero se paró en seco y permaneció inmóvil.

Y renunció. Simplemente dejó de buscar. Se quedó en mitad de la acera y escuchó lo que le decían por el teléfono móvil. Respondió algo, dejó caer los brazos a ambos lados y no pudo contener durante más tiempo la tensión que estaba intentando disimular. Relajó el cuerpo y comenzó a caminar, deprisa y de manera ruidosa, igual que un hombre que no tiene ningún propósito en el mundo excepto ir de aquí para allá. Reacher esperó hasta asegurarse de que no se trataba de una trampa. A continuación volvió a seguirle entre las sombras.

Raskin pasó de largo por el bar recreativo. Vio el coche de Linsky a lo lejos. También el de Chenko. Los dos Cadillacs estaban aparcados uno detrás del otro junto al bordillo, esperándole. Esperando su fracaso. Esperando a aquel hombre que pasaba inadvertido. «Bueno, pues aquí estoy», pensó.

Pero Linsky fue cortés con él. Principalmente porque criticar a uno de los discípulos de El Zec era como criticar al mismo Zec, y nadie se atrevería a hacer tal cosa.

—Probablemente se equivocó al girar de calle —dijo Linsky—.

Quizás no tenía intención alguna de tomar aquel camino. Seguramente volvió a girar por algún callejón. O se escondió para seguirte a ti luego.

—¿Comprobaste si te seguía? —preguntó Vladimir.

—Claro que sí —mintió Raskin.

—¿Y ahora qué? —preguntó Chenko.

—Llamaré a El Zec —dijo Linsky.

—Se cabreará muchísimo —dijo Vladimir—. Casi le teníamos.

Linsky marcó el número de teléfono. Transmitió la mala noticia y escuchó la respuesta. Raskin observó la cara de Linsky. Pero el rostro de Linsky siempre era ilegible. Una habilidad adquirida gracias a la experiencia, y una necesidad vital. Fue una llamada breve. Una breve respuesta. Indescifrable. Solo se podía percibir un murmullo a través del auricular.

Linsky colgó.

—Sigamos buscando —dijo— en un radio de ochocientos metros del lugar donde Raskin le vio por última vez. El Zec va a mandarnos a Sokolov. Seguro que lo conseguiremos si somos cinco.

—No conseguiremos nada —repuso Chenko—. Excepto un buen dolor de trasero y quedarnos sin dormir esta noche.

Linksy levantó el teléfono.

—Pues llama a El Zec y díselo.

Chenko no contestó.

—Tú ve por el norte, Chenko —le dijo Linsky—. Vladimir, al sur. Raskin, al este. Y yo al oeste. Sokolov puede sumarse a donde necesitemos que vaya.

Raskin volvió a encaminarse al este, por donde había venido, tan rápido como pudo. Entendió la lógica del plan. Había visto por última vez a Reacher hacía quince minutos, y un hombre andando a escondidas no podía avanzar más de ochocientos metros en quince minutos. Así pues, la lógica elemental apuntaba dónde debía estar Reacher, en algún lugar en un radio de ochocientos metros. Ya le habían encontrado una vez. Podían volver a hacerlo.

Volvió a recorrer el mismo camino en dirección a la travesía. A continuación giró hacia el sur, hacia la autopista de pilares. Desandaba lo andado. Caminó bajo la sombra que proyectaba la carretera elevada, en dirección a la zona de aparcamiento vacía que había en la siguiente esquina. Iba pegado a la pared. Giró.

De repente el muro se le echó encima.

Al menos eso le pareció. Sintió cómo le asestaban un golpe tremendo desde atrás, lo cual provocó que cayera de rodillas y se le nublara la visión. Después le volvieron a golpear, lo vio todo negro y cayó de cabeza contra el suelo. La última cosa que notó antes de perder la conciencia fue una mano en su bolsillo, robándole el teléfono móvil.

Reacher caminó por debajo de la autopista, con el tacto cálido del teléfono móvil en la mano. Apoyó un hombro en un pilar de hormigón del tamaño de una suite. Se deslizó por el pilar, de modo que con el cuerpo se resguardaba en la sombra, y tendió las manos a la luz de una farola. Sacó la tarjeta rasgada con el número de Emerson y le llamó al móvil.

—¿Sí? —dijo Emerson.

—Adivina quién soy —dijo Reacher.

—Esto no es un juego, Reacher.

—Dices eso solo porque vas perdiendo.

Emerson no dijo nada.

—¿Soy fácil de encontrar? —preguntó Reacher.

No hubo respuesta.

—¿Tienes papel y boli?

—Claro que sí.

—Entonces escucha —ordenó Reacher—. Y apunta.

Reacher recitó los números de matrícula de los dos Cadillacs.

—Mi idea es que uno de esos dos coches fue al parking antes del viernes con el cono. Deberías comprobar las placas y las cintas, y hacer algunas preguntas. Descubrirás una banda formada, al menos, por seis hombres. Oí algunos nombres. Raskin y Sokolov, seguramente cargos de bajo nivel. Luego Chenko y Vladimir. Vladimir encajaría con el hombre que asesinó a la chica. Es grande como una casa. Hay una especie de mando cuyo nombre no entendí. Tiene unos sesenta años y sufre una lesión en la columna vertebral. Este último habló con su jefe y se refirió a él como El Zec.

—Todos son nombres rusos.

—¿Tú crees?

—Excepto Zec. ¿Qué tipo de nombre es Zec?

—No es Zec. Es *El* Zec. Es una palabra. Una palabra que utilizan como nombre.

—¿Qué significa?

—Averígualo. Lee algunos libros de historia.

Hubo una pausa. Reacher oyó cómo Emerson escribía.

—Deberías salir de tu escondite —dijo Emerson—. Hablar conmigo cara a cara.

—Aún no —dijo Reacher—. Haz tu trabajo y me lo pensaré.

—Ya estoy haciendo mi trabajo. Persigo a un fugitivo. Mataste a una chica. No fue el tipo que tú dices, ni es grande como una casa.

—Una última cosa —añadió Reacher—. Creo que el hombre llamado Chenko es el mismo que Charlie, amigo de James Barr.

—¿Por qué?

—La descripción. Pequeño, tez morena, pelo negro y despeinado como un cepillo de barrer.

—¿James Barr tiene un amigo ruso? No según nuestras investigaciones.

—Haz tu trabajo, tal como te digo.

—Es lo que estamos haciendo. Nadie mencionó a ningún amigo ruso.

—Habla igual que un americano. Creo que está involucrado en

lo sucedido el viernes, lo que significa que quizás todos los demás lo estén también.

—¿Hasta qué punto?

—No lo sé. Pero pienso averiguarlo. Te llamaré mañana.

—Mañana estarás en la cárcel.

—¿Igual que lo estoy ahora? Sigue soñando, Emerson.

—¿Dónde estás?

—Cerca —contestó Reacher—. Que duermas bien, detective.

Colgó el teléfono y volvió a guardar la tarjeta de Emerson en el bolsillo. Después sacó el número de Helen Rodin. Marcó y se deslizó por la columna hasta penetrar por completo en la oscuridad.

—¿Sí? —dijo Helen Rodin.

—Soy Reacher.

—¿Estás bien? Un policía hace guardia en la puerta de mi despacho.

—Ya me va bien —dijo Reacher—. Y a él también, imagino. Le deben de pagar cuarenta dólares por cada hora extra.

—En las noticias de las seis han emitido un dibujo de tu rostro. Es bastante grave.

—No te preocupes por mí.

—¿Dónde estás?

—Sano y salvo. Y haciendo progresos. He visto a Charlie. Le he proporcionado a Emerson el número de matrícula de su coche. ¿Tú has conseguido algo?

—La verdad es que no. Todo lo que tengo son cinco nombres que no me dicen nada. No veo ninguna razón por la que ordenasen a James Barr disparar a ninguna de esas personas.

—Necesitas a Franklin. Dile que investigue.

—No puedo pagarle.

—Quiero que me consigas esa dirección de Kentucky.

—¿Kentucky?

—El lugar donde James Barr iba a disparar.

Reacher oyó cómo Helen hacía malabares con el teléfono a la vez que hojeaba unas páginas. A continuación leyó una dirección. A Reacher aquellas señas no le dijeron nada. Una carretera, una ciudad, un estado, un código postal.

—¿Qué tiene que ver Kentucky con todo esto? —le preguntó Helen.

Reacher oyó un coche en la calle. Cerca, a su izquierda, neumático ancho rodando despacio. Se asomó por el pilar. Un coche de policía, patrullando, con las luces apagadas. En los asientos delanteros iban dos policías, con el cuello estirado, mirando a derecha e izquierda.

—Tengo que dejarte —le dijo.

Colgó y dejó el teléfono en el suelo, en la base del pilar. El equipo de identificación de llamadas de Emerson habría localizado el número. Se podía rastrear la ubicación física de cualquier teléfono móvil mediante el reconocimiento de la frecuencia enviada a la red, una señal cada quince segundos, tan regular como un reloj. Así pues, Reacher abandonó el teléfono en el suelo y tomó rumbo al oeste.

Al cabo de diez minutos llegó a la parte posterior de la torre negra de cristal, a la sombra de la carretera, frente a la rampa del parking. Había un coche de policía vacío aparcado junto al bordillo. Frío e inmóvil, parecía como si llevara allí todo el día. «El que vigila la puerta del despacho de Helen», pensó Reacher. Cruzó la calle y descendió por la rampa. Entró en el parking subterráneo. El hormigón estaba pintado de un color blanco sucio y había tubos de fluorescente encendidos cada cinco metros. Había espacios con luz y otros espacios a oscuras. A Reacher le parecía como si viajara a través de una sucesión de secuencias más o menos iluminadas. El techo tenía poca altura. Columnas anchas y cuadradas sujetaban la estructura. El ascensor estaba situado en el centro. El parking era frío y silencioso. Había sido construido a unos treinta y cinco metros por debajo de la superficie y tenía una extensión de unos ciento diez metros.

Treinta y cinco metros de profundidad.

Exactamente la misma extensión que el parking nuevo de First Street. Reacher avanzó con la espalda pegada a la pared frontal. Atravesó el parking hasta llegar a la pared posterior. *Treinta y cinco pasos.* Dio una vuelta, igual que un nadador al finalizar un largo, y desanduvo lo andado. *Treinta y cinco pasos.* Cruzó en diagonal a la esquina opuesta. Aquel extremo del parking estaba completamente a oscuras. Reacher caminó entre dos furgonetas de la NBC y vio el Ford Mustang color azul, que según su opinión era propiedad de Ann Yanni. El vehículo estaba limpio y reluciente. Recién encerado. Tenía las ventanas pequeñas, debido al techo descapotable. Los cristales opacos.

Reacher intentó abrir la puerta del copiloto. Estaba cerrada con llave. Dio la vuelta al coche y probó con la puerta del conductor. Cedió. Estaba abierta. Miró a su alrededor y la abrió.

No sonó ninguna alarma.

Reacher se coló en el interior del vehículo y pulsó el botón del seguro de las puertas. Escuchó un triple sonido sordo. Provenía de los tres pestillos al abrirse, dos de las puertas y uno del maletero. Salió del vehículo, cerró la puerta del conductor, fue a la parte posterior y abrió el maletero. La rueda de repuesto estaba oculta bajo la superficie. En el hueco interior de la rueda había un gato y la barra de metal que servía para desenroscar las tuercas de la rueda. Reacher cogió la barra y cerró el maletero. Se desplazó hasta la puerta del copiloto, abrió y entró de nuevo en el coche.

El interior olía a perfume y a café. Reacher abrió la guantera y encontró un montón de mapas de carretera y una carpeta de piel pequeña, del mismo tamaño que una agenda de bolsillo. Dentro de la carpeta, había documentos de una compañía de seguros y el permiso de circulación del vehículo. Todo iba a nombre de la *Srta. Janine Lorna Ann Yanni,* y una dirección de Indiana. Reacher volvió a dejar la carpeta donde estaba y cerró la guantera. Encontró las palancas y reclinó el asiento al máximo, aunque no logró variar la posición demasiado. Luego echó el asiento hacia atrás, de modo que tuviese todo el espacio posible para las piernas. Se sacó la camisa del pantalón, colocó la barra en su regazo y se recostó. Se estiró. Tenía que esperar unas tres horas. Intentó dormir. *Duerme cuando puedas*, decía la vieja norma del ejército.

Lo primero que hizo Emerson fue contactar con la compañía telefónica. Confirmó que el número que habían identificado pertenecía a un teléfono móvil. El contrato de la línea estaba a nombre de la empresa *Servicios Especializados de Indiana*. Emerson ordenó a un detective novato que indagara sobre aquella empresa y pidió a la compañía telefónica que rastreara el número. Hubo progresos de todo tipo. La búsqueda de Servicios Especializados de Indiana se convirtió en un callejón sin salida, pues era propiedad de una compañía fiduciaria en el paraíso fiscal de las Bermudas y no constaba ninguna dirección local. Pero la compañía telefónica informó de que el teléfono móvil estaba asignado a una línea de teléfono fijo, asociado a su vez a tres móviles distintos. Se trataba de una línea local y sería fácil rastrearla.

Rosemary Barr engatusó al guarda que estaba tras el escritorio donde se firmaban las renuncias de responsabilidad, en la sexta planta del hospital, y consiguió ver a su hermano, aunque ya hubiese acabado el horario de visitas.

Sin embargo, cuando entró en la habitación le encontró profundamente dormido. Su engatusamiento no había servido de nada. Se sentó junto a él media hora, pero Barr no despertó. Rosemary observó los monitores. El ritmo cardíaco era fuerte y regular. La respiración estable. Continuaba esposado y con la cabeza inmovilizada, su cuerpo en calma absoluta. Rosemary echó una ojeada al informe médico para asegurarse de que le estuvieran atendiendo adecuadamente. Vio los garabatos del doctor: *¿Posibles indicios de PA?* No tenía ni idea de qué significaba, y en mitad de la noche tampoco podía encontrar a nadie que se lo explicara.

La compañía telefónica señaló la localización del teléfono móvil en un mapa de la ciudad a gran escala y se lo envió por fax a Emerson. Cuando lo recibió, estuvo cinco minutos intentando descifrarlo. Esperaba que las tres flechas apuntaran hacia un hotel, un bar o un restaurante. Sin embargo, señalaban una zona vacía situada bajo la carretera elevada. A Emerson se le pasó por la cabeza la imagen de Reacher durmiendo sobre cartones, en el suelo. A continuación concluyó que el teléfono había sido abandonado, lo cual se confirmó diez minutos más tarde por el coche patrulla que había enviado allí.

Seguidamente, por pura formalidad, encendió el ordenador e introdujo los números de matrícula que Reacher le había facilitado. Pertenecían a dos Cadillac Deville último modelo, ambos de color negro, registrados bajo el nombre de Servicios Especializados de Indiana. Anotó *callejón sin salida* en un pedazo de papel y lo guardó en el archivo.

Reacher se despertaba cada vez que oía el ruido del motor del ascensor, el silbido de los cables y los contrapesos del hueco. Las tres primeras veces fueron falsa alarma. Se trataba de oficinistas anónimos que volvían a casa tras un largo día de trabajo. Cada cuarenta minutos aproximadamente, bajaba alguna persona al parking y se dirigía agotada hacia su coche dispuesta a volver a casa. En tres ocasiones el hedor a humo procedente de los tubos de escape se apoderó del lugar, en tres ocasiones el parking volvió a quedar en silencio y Reacher volvió a quedarse dormido.

A la cuarta, permaneció despierto. Oyó el motor del ascensor y comprobó la hora en su reloj. Las doce menos cuarto. Hora del espectáculo. Aguardó y oyó las puertas del ascensor que se abrían. Esta vez no se trataba de otro tipo solitario con traje, sino de un gran número de personas. Ocho o diez. Hacían ruido. Se trataba del equipo al completo de las noticias de las once de la NBC.

Reacher se hundió en el asiento de copiloto del Mustang y escondió la barra de metal debajo de la camisa. Sintió su tacto frío en contacto con la piel de su estómago. Fijó la mirada en la tapicería del techo y esperó.

Un tipo fuerte con vaqueros anchos avanzó en la oscuridad a metro y medio del guardabarros delantero del Mustang. Llevaba una barba descuidada gris y una camiseta de los Grateful Dead debajo de una chaqueta de algodón hecha jirones. Sin duda se trataba de alguien que no trabajaba delante de las cámaras. Tal vez fuera un operador de cámara. Continuó caminando en dirección a una furgoneta plateada y se subió a ella. Seguidamente Reacher vio a un hombre de traje gris y maquillaje naranja. Tenía el pelo espléndido y los dientes blancos. Decididamente aquel era un talento de la pantalla, tal vez el hombre del tiempo o el de los deportes. Pasó junto al asiento del conductor del Mustang y se metió en un Ford Taurus blanco. A continuación llegaron tres mujeres juntas, jóvenes, vestidas informalmente. Se trataba quizás de la regidora, la jefa de sección y la operadora de imagen. Atravesaron apiñadas el espacio que había entre el maletero del Mustang y una camioneta de la cadena. El coche se balanceó tres veces a su paso. Luego se separaron y cada una de ellas tomó un camino diferente.

Después llegaron tres personas más.

Entonces llegó Ann Yanni.

Reacher no notó su presencia hasta que Yanni puso una mano sobre la puerta. La chica se detuvo y le dijo algo en voz alta a una de aquellas personas. Le contestaron, Ann replicó, y seguidamente abrió la puerta. Entró de culo, agachando la cabeza. Llevaba unos vaqueros viejos y una blusa de seda nueva, en apariencia cara. Reacher supuso que habría estado trabajando delante de las cámaras, pero en la mesa de los presentadores, visible solamente de cintura para arriba. Tenía el pelo tieso por la laca. Yanni se dejó caer en el asiento y cerró la puerta. Miró entonces hacia su derecha.

—Estate bien calladita —le dijo Reacher— o te disparé.

Reacher le apuntaba con la barra de hierro por debajo de la camisa. Larga, recta, de dos centímetros de grosor, parecía una pistola de verdad. Yanni miraba el arma en estado de shock. Cara a cara, a poco más de medio metro, era más delgada y mayor de lo que parecía en televisión. Tenía finas líneas alrededor de los ojos, cubiertos de maquillaje. Pero era muy guapa. Poseía unos rasgos faciales increíblemente perfectos, llamativos, vivos e impresionantes, como la mayoría de la gente que trabaja en televisión. El cuello de su blusa era formal, pero llevaba abiertos los tres primeros botones. Formal y al tiempo sexy.

—Las manos donde yo pueda verlas —le ordenó Reacher—. Sobre las rodillas. —No quería que Yanni llamara a nadie por teléfono—. Las llaves en el salpicadero. —Reacher no quería que pulsara el botón de la alarma. Los nuevos modelos Ford que él había conducido tenían un botoncito rojo en el mando de las llaves. Reacher pensaba que aquel botón servía para activar una alarma—. Tú siéntate bien —continuó—. Tranquila y calladita, y no te pasará nada.

Reacher pulsó el botón que tenía al lado y cerró con seguro el coche.

—Sé quién eres —dijo Ann Yanni.

—Yo también —repuso Reacher.

Reacher continuó empuñando la barra de hierro y esperó. Yanni se sentó recta, con las manos sobre el regazo. Respiraba con dificultad, cada vez más asustada a medida que sus colegas arrancaban los coches. Una neblina azul cubrió el aparcamiento. Todo el mundo se marchó, uno a uno. Ninguno echó la vista atrás. El final de un largo día.

—Estate callada —volvió a decir Reacher, a modo de recordatorio— y no pasará nada.

Yanni miró a la izquierda, a la derecha. Estaba tensa.

—No lo hagas —dijo Reacher—. No hagas nada o apretaré el gatillo. Un tiro al estómago. O al fémur. Tardarás veinte minutos en desangrarte, con muchísimo dolor.

—¿Qué quieres? —preguntó Yanni.

—Quiero que te quedes callada y sentada, tal y como estás, solamente unos minutos más.

Yanni apretó los dientes, permaneció en silencio y sentada. El último coche abandonó el lugar. El Taurus blanco. El hombre de cabello espléndido, presentador del tiempo o de deportes. Hubo un chirrido de neumáticos cuando el coche tomó la curva y ruido de motor a medida que ascendía por la rampa. Finalmente el ruido cesó, y el aparcamiento quedó en absoluto silencio.

—¿Qué quieres? —insistió Yanni.

Su voz era débil. Sus ojos enormes. Temblaba, al tiempo que pensaba en violación, asesinato, tortura, desmembramiento.

Reacher la miró bajo la luz tenue.

—Quiero ganar el Pulitzer —contestó.

—¿Qué?

—O el Emmy, o lo que ganéis vosotros.

—¿Qué?

—Quiero que escuches una historia —le dijo.

—¿Qué historia?

—Observa —le dijo Reacher.

Se levantó la camisa. Le mostró la barra de hierro contra su estómago. Ann la observó. O quizás observaba la cicatriz de herida de metralla. O ambas cosas. Reacher no estaba seguro. Puso la barra de hierro en la palma de su mano. La elevó hacia la luz.

—De tu maletero —le dijo—. No es una pistola.

Volvió a pulsar el botón de la puerta, y quitó el seguro del coche.

—Eres libre para irte —repuso— cuando quieras.

Yanni reposó la mano en la puerta, dispuesta a abrirla.

—Pero si te vas, yo también me iré —continuó Reacher—. No me volverás a ver. Y no escucharás la historia. Se la contaré a otra gente.

—Hemos emitido tu foto durante toda la noche —le dijo—. Y la policía ha repartido carteles de búsqueda por toda la ciudad. Tú mataste a esa chica.

Reacher sacudió la cabeza.

—En realidad no fui yo, y eso forma parte de la historia.

—¿Qué historia? —volvió a preguntar.

—La del viernes pasado —dijo Reacher—. No sucedió como parece.

—Voy a salir del coche ahora mismo —dijo Yanni.

—No —dijo Reacher—. Saldré yo. Discúlpame si te he asustado. Pero necesito tu ayuda y tú la mía. Así que voy a salir. Cierra con seguro, arranca el coche, coloca el pie sobre el pedal del freno, y abre la ventanilla tres centímetros. Hablaremos a través de ella. Así podrás irte cuando quieras.

Ann Yanni no dijo nada. Se limitó a mirar hacia delante, como si pudiera hacer que Reacher desapareciera por el simple hecho de no mirarle. Reacher abrió la puerta. Salió, se volvió y depositó con cuidado la barra de metal sobre el asiento. A continuación cerró la puerta y permaneció allí. Volvió a meterse la camisa por dentro de los pantalones. Yanni cerró con seguro las puertas. Arrancó. Las luces rojas de freno se encendieron. Apagó la luz interior. El rostro de la chica desapareció entre las sombras. Se oyó el ruido de las marchas al quitar el punto muerto. Las luces blancas de marcha atrás se iluminaron al salir de la plaza. Luego las luces de freno se apagaron y el motor rugió. Rápidamente, el vehículo trazó un círculo alrededor del garaje. Las ruedas chirriaron. Los neumáticos se agarraron a la superficie lisa de hormigón. El chirrido de las ruedas resonó por todo el aparcamiento. Ann Yanni se dirigió hacia la rampa de salida y pisó a fondo el acelerador.

Pero de repente pisó el freno.

El Mustang se detuvo con las ruedas delanteras en la base de la rampa. Reacher se aproximó al vehículo, agachándose un poco, para mirar por el espejo retrovisor. No vio ningún teléfono móvil. Yanni permanecía sentada, con la vista al frente y las manos aferradas al volante. Las luces de freno estaban encendidas, tan intensas que dolían a los ojos. El tubo de escape retumbaba, desprendía humo blanco. Gotas de agua salpicaban el suelo, formando diminutos charcos.

Reacher se acercó a la ventanilla de Yanni, manteniendo una distancia de un metro. La chica bajó la ventana cinco centímetros. Reacher se agachó para poder verle el rostro.

—¿Por qué iba a necesitar yo tu ayuda? —le preguntó.

—Porque el viernes acabó demasiado pronto para ti —contestó—. Pero puedes retomarlo. Hay mucho más. Es una gran historia. Conseguirás premios, un puesto mejor. La CNN se peleará por ti.

—¿Tan ambiciosa crees que soy?

—Creo que eres periodista.

—¿Qué quieres decir con eso?

—Pues que os gustan las historias. Saber la verdad.

Yanni hizo una pausa, casi fue un minuto. Miró al frente. El coche vibraba y zumbaba por el calor del motor. Miró hacia abajo, cambió la marcha y se dispuso a aparcar. El Mustang avanzó marcha atrás quince centímetros y se detuvo. Reacher se desplazó hacia un lado para continuar frente a la ventanilla. Yanni se volvió y le miró fijamente.

—Cuéntame la historia —le pidió—. Cuéntame la verdad.

Reacher le contó la historia, y la verdad. Se sentó de piernas cruzadas en el suelo, para dar la impresión de inmóvil e inofensivo. No se dejó nada. Repasó cada uno de los acontecimientos, cada una de las deducciones, cada una de las teorías, cada una de las conjeturas. Cuando terminó dejó de hablar y esperó a la reacción de Yanni.

—¿Dónde estabas tú cuando asesinaron a la chica? —le preguntó.

—Durmiendo en el motel.

—¿Solo?

—Toda la noche. Habitación número ocho. Dormí muy bien.

—No tienes coartada.

—Nunca se tiene una coartada cuando se necesita. Es una ley universal de la naturaleza.

Yanni le observó durante un buen rato.

—¿Qué quieres que haga? —le preguntó.

—Quiero que investigues a las víctimas.

La chica se quedó callada un instante.

—Podríamos hacerlo —repuso después—. Tenemos investigadores.

—No son lo bastante buenos —dijo Reacher—. Quiero que contrates a un tipo llamado Franklin. Helen Rodin puede hablarte de él. Ella trabaja en este mismo edificio, dos plantas más arriba.

—¿Por qué no ha contratado ella misma a ese tal Franklin?

—Porque no puede permitírselo. Vosotros sí. Supongo que disponéis de un presupuesto. Contratar durante una semana a Franklin probablemente os cueste menos que la peluquería de vuestro hombre del tiempo.

—¿Y luego qué?

—Luego juntaremos todas las piezas.

—¿Es muy gordo el asunto?

—Del tamaño de un Pulitzer. O un Emmy. O de un mejor puesto.

—¿Y tú qué sabes? No estás en este negocio.

—Estuve en el ejército. Allí supongo que sería digno de una Estrella de Bronce. Seguramente fuese la condecoración militar aproximada equivalente. Mejor eso que nada.

—No lo sé —repuso ella—. Debería entregarte a la policía.

—No podrás —le dijo—, en cuanto saques el teléfono subiré por la rampa. No me encontrarán. Ya lo han estado intentando durante todo el día.

—En realidad no me interesa ganar ningún premio —dijo.

—Entonces hazlo por diversión —repuso Reacher—. Por satisfacción profesional.

Reacher se inclinó a un lado y extrajo la servilleta de papel con el número de teléfono de Helen Rodin. La coló por la abertura de la ventanilla. Yanni la cogió con cuidado, evitando rozar los dedos de Reacher.

—Llama a Helen —le indicó Reacher— ahora mismo. Ella responde por mí.

Yanni sacó el móvil del bolso, le dio la vuelta, miró la pantalla y esperó hasta que estuvo lista para marcar el número de teléfono. Devolvió a Reacher la servilleta. Se llevó el auricular al oído.

—¿Helen Rodin? —preguntó Yanni.

A continuación cerró del todo la ventanilla y Reacher no pudo oír la conversación. Tuvo que arriesgarse a que fuera Helen Rodin quien estuviera al otro lado de la línea. También era posible que Yanni hubiese mirado la servilleta y hubiese marcado otro número distinto. No el 911, ya que había marcado diez dígitos, pero podía haber llamado a la centralita de la comisaría. Un periodista podía saberse el número de memoria.

Pero era con Helen con quien hablaba. Yanni volvió a bajar la ventanilla y le pasó el teléfono móvil por la rendija.

—¿Va en serio? —le preguntó Helen.

—Creo que aún no lo ha decidido —contestó Reacher—. Pero podría funcionar.

—¿Es una buena idea?

—Dispone de recursos. Y tener a los medios de comunicación vigilándonos las espaldas podría beneficiarnos.

—Pásame otra vez con ella.

Reacher entregó el teléfono a Yanni. En esta ocasión, Yanni mantuvo el cristal bajado, de modo que Reacher pudo oír el resto de la conversación. En un principio Yanni se mostró escéptica, luego neutral, y más tarde convencida hasta cierto punto. Quedaron en reunirse en la cuarta planta a primera hora de la mañana. Finalmente colgó el teléfono.

—Un policía vigila la puerta de su oficina —le informó Reacher.

—Ya me lo ha dicho —dijo Yanni—. Pero es a ti a quien están buscando, no a mí.

—¿Qué es lo que vas a hacer exactamente?

—Aún no lo tengo decidido.

Reacher no dijo nada.

—Creo que necesito entender qué pintas tú en todo esto —repuso Yanni—. Obviamente no te importa lo que le pase a James Barr. Así pues, ¿es por su hermana? ¿Rosemary?

Reacher se percató de que Yanni le observaba. Una mujer, periodista.

—En parte es por Rosemary —contestó.

—¿Pero?

—Sobre todo por el director de marionetas. Está ahí sentado, creyéndose el más listo de todos. Eso no me gusta. Nunca me ha gustado. Me provoca el deseo de demostrarle lo listo que es de verdad.

—¿Se trata de un reto?

—Mandó matar a la chica, una cría dulce y boba que solo buscaba un poco de diversión. Ahí se pasó de la raya. Por lo tanto, merece que le dejen las cosas claras. Ese es el reto.

—Tú apenas la conocías.

—Eso no la hace menos inocente.

—De acuerdo.

—¿De acuerdo, qué?

—Contrataremos a Franklin. Ya veremos adónde nos lleva.

—Gracias —le dijo Reacher—. Te lo agradezco.

—Más te vale.

—Discúlpame de nuevo por haberte asustado.

—Casi me muero de miedo.

—Lo siento mucho.

—¿Algo más?

—Sí —contestó Reacher—. ¿Puedes prestarme el coche?

—¿Mi coche?

—Tu coche.

—¿Para qué?

—Para dormir un poco y conducir hasta Kentucky.

—¿Qué pasa en Kentucky?

—Es una pieza del puzle.

Yanni sacudió la cabeza.

—Esto es de locos.

—Soy un conductor muy prudente.

—Estoy ayudando a un criminal fugitivo, soy su cómplice.

—No soy un criminal —replicó Reacher—. Un criminal es alguien declarado culpable de un crimen después de un juicio. Del mismo modo, tampoco soy ningún fugitivo, ya que no me han arrestado ni acusado. Soy un sospechoso, eso es todo.

—No puedo prestarte el coche habiéndose divulgado tu fotografía durante toda la noche.

—Podrías decir que no me reconociste. Es un dibujo, no una fotografía. Quizás no sea del todo exacta.

—El pelo es diferente.

—Ahí está. Me lo he ido a cortar esta mañana.

—Pero debería saber tu nombre. No voy a prestar mi coche a un extraño del que ni siquiera sé cómo se llama.

—Podría haberte dado un nombre falso. Conoces a un hombre con otro nombre que no se parece mucho al tipo del dibujo. Eso es.

—¿Qué nombre?

—Joe Gordon —contestó Reacher.

—¿Quién es ese?

—Segunda base de los Yankees en 1940. Quedaron terceros. No por Joe. A sus espaldas tiene una carrera decente. Jugó exactamente mil partidos y obtuvo exactamente mil aciertos.

—Sabes mucho.

—Sabré más mañana si me dejas tu coche.

—¿Cómo iré a casa esta noche?

—Yo te llevaré.

—Entonces sabrás dónde vivo.

—Ya sé dónde vives. He comprobado el registro de tu coche para asegurarme de que fuera el tuyo.

Yanni se quedó callada.

—No te preocupes —le dijo—. Si hubiese querido hacerte daño, ya te lo habría hecho, ¿no crees?

Yanni permaneció en silencio.

—Soy un conductor prudente —repitió—. Te lo devolveré intacto.

—Pediré un taxi —repuso ella—. Será mejor para ti. Las carreteras están muy tranquilas a esta hora y es un coche inconfundible. La policía sabe que es mío. Me paran continuamente. Dicen que corro demasiado, pero en realidad quieren un autógrafo o mirarme el escote.

Yanni llamó de nuevo por teléfono. Pidió que el taxi se reuniera con ella en el interior del garaje. Seguidamente salió del coche, dejando el motor en marcha.

—Aparca en una esquina a oscuras —le dijo—. Será mejor que no salgas antes de la hora punta mañana por la mañana.

—Gracias —repuso Reacher.

—Y hazlo ya —prosiguió—. Tu rostro ha salido en todos los telediarios y el taxista lo habrá visto. Al menos espero que así haya sido. Necesito un nivel alto de audiencia.

—Gracias —volvió a decir Reacher.

Ann Yanni se alejó y permaneció al pie de la rampa, como si estuviera esperando un autobús. Reacher entró en el coche, dio marcha atrás, un rodeo por el garaje y finalmente aparcó de morro en una esquina lejana. Apagó el motor y miró por el retrovisor. Cinco minutos después un taxi marca Crown Vic verde y blanco bajó por la rampa, y Ann Yanni se subió a él. El taxi giró, se incorporó a la carretera y el garaje quedó de nuevo en silencio.

Reacher no salió del Mustang de Ann Yanni, pero tampoco permaneció en el parking de la torre negra de cristal. Demasiado arriesgado. Si Yanni cambiara de opinión, estaría perdido. Podía imaginarse a la periodista sufriendo una crisis de conciencia y llamando a Emerson. «En este momento está durmiendo en mi coche, en una esquina del parking de mi trabajo.» Así pues, tres minutos después de que el taxi partiera, Reacher arrancó nuevamente y condujo hasta el parking de First Street. Estaba vacío. Subió al segundo nivel y aparcó en la misma plaza donde James Barr lo había hecho anteriormente. No metió dinero en el parquímetro. Sacó la pila de planos de Yanni y planeó la ruta. Después se acomodó detrás del volante, reclinó el asiento y se dispuso a dormir.

Despertó cinco horas más tarde, antes de que amaneciera, y tomó rumbo sur, en dirección a Kentucky. Vio tres coches de policía antes de traspasar los límites de la ciudad, pero no le prestaron atención. Estaban demasiado ocupados buscando a Jack Reacher para perder el tiempo hostigando a una atractiva presentadora de telediario.

12

Amanecía por el este cuando Reacher llevaba una hora de viaje. El cielo cambió de negro a gris, luego a púrpura y finalmente la luz naranja del sol apareció en el horizonte. Reacher apagó las luces. No le gustaba conducir con luces después del amanecer. Se trataba simplemente de un mensaje subliminal, dirigido a la policía del estado. Las luces encendidas después del amanecer sugieren todo tipo de cosas, como huidas nocturnas. El Mustang ya era lo bastante provocativo por sí solo. Era un coche llamativo, agresivo. Un tipo de coche que se solía robar a menudo.

Pero los policías que Reacher vio no se fijaron en él. Reacher condujo a una velocidad de ciento diez kilómetros por hora, como si no tuviera nada que esconder. Pulsó el botón del CD. Sonó Sheryl Crow, algo que no le molestó en absoluto. No lo quitó. *Every day is a winding road,* le decía Sheryl. *Cada día es un camino tortuoso.* «Lo sé —pensó—. A mí me lo vas a decir.»

Atravesó el río Ohio por un puente de hierro. El sol brillaba a su izquierda. Por un instante, la luz del sol convirtió las aguas tranquilas en oro fundido. La luz dorada del río se reflejó en Reacher, e hizo que el interior del coche brillara de forma increíble. Las barras del puente destellaban como un estroboscopio. El efecto resultaba desconcertante. Reacher cerró el ojo izquierdo. Así entró en Kentucky, guiñando un ojo.

Continuó rumbo al sur por una carretera del condado. Esperaba divisar el río Blackford. Según los mapas de Ann Yanni, era un afluente que fluía diagonalmente, desde el sudeste hasta el nordeste, hasta desembocar en el Ohio. Cerca de su nacimiento, formaba un triángulo equilátero perfecto de unos cinco kilómetros en cada lado. Dos caminos rurales recorrían aquel espacio. Según la información que Helen Rodin había obtenido, el campo de tiro preferido de James Barr estaría en el interior del triángulo.

Pero resultó que el campo de tiro *era* el triángulo. Al llegar vio una alambrada a lo largo del lado izquierdo del camino. Empezaba después de cruzar el puente sobre el río Blackford. La alambrada se extendía hasta la siguiente intersección y en cada poste se podía leer el cartel: *Prohibida la entrada. Campo de tiro.* La alambrada se inclinaba formando un ángulo de sesenta grados y recorría unos cinco kilómetros más de norte a este. La rodeó. Cuando volvió a ver el río Blackford, vio también una verja, un descampado de gravilla y un complejo de cabañas pequeñas. La verja estaba cerrada con una cadena, de donde colgaba un cartel pintado a mano que decía: *Abierto de 8 de la mañana hasta que anochezca.*

Reacher comprobó la hora en su reloj. Había llegado media hora antes. Al lado opuesto del camino, en un solar de tierra, había una cafetería. Condujo en dirección a ella y detuvo el Mustang delante de la puerta. Estaba hambriento. Parecía que hubiesen pasado años desde la carne que le había servido el servicio de habitaciones del Marriott.

Tomó tranquilamente un desayuno copioso, sentado a una mesa junto a la ventana. Mientras tanto, observaba el paisaje a través de ella. A las ocho en punto había tres camionetas esperando para entrar en el campo de tiro. A las ocho y cinco llegó un hombre en un Humvee diésel negro. Hizo gestos de disculpas por llegar tarde y retiró la cadena de la puerta. Se apartó a un lado y dejó que los clientes entraran antes que él en el recinto. A continuación volvió a entrar en su Humvee y les siguió. Volvió a disculparse cuando llegaron a la puerta de la cabaña principal y seguidamente entraron los cuatro hombres y desaparecieron de vista. Reacher pidió otra taza de café. Consideró dar un tiempo al encargado del campo para atender el trabajo, y después pasar por allí para hablar un rato con él. Y el café era bueno. Demasiado bueno como para perdérselo. Recién hecho, caliente y muy fuerte.

Hacia las ocho y veinte, Reacher comenzó a oír disparos de rifle. Sonidos sordos, que carecían de fuerza e impacto a causa de la distancia, el viento y los desniveles del terreno. Imaginó que los tiradores se hallaban a una distancia de ciento ochenta metros, disparando en dirección oeste. Los disparos eran lentos y regulares. Tiradores concentrados en acertar sus blancos. A continuación, Reacher oyó una serie de pequeños estallidos, un revólver. Escuchó atento aquellos sonidos familiares durante un momento, dejó dos dólares en la mesa y pagó la cuenta de doce dólares a la cajera. Salió, subió de nuevo al Mustang y condujo por el camino de tierra lleno de baches, cruzando la verja abierta.

Encontró al hombre del Humvee en la cabaña principal, tras un mostrador que le llegaba a la altura de la cintura. De cerca, era más mayor de lo que parecía de lejos. Más de cincuenta años, menos de sesenta. Cabello gris y escaso, rostro arrugado y afilado. Tenía el cuello curtido, más ancho que la cabeza. Sus ojos delataban que era un exmarine, incluso sin tener en cuenta los tatuajes que llevaba en los antebrazos ni los recuerdos que colgaban de la pared. Los tatuajes eran viejos y habían perdido color. Los recuerdos eran, en su mayoría, gallardetes y distintivos. Pero la pieza central de su exposición era una diana amarilla de papel enmarcada tras un cristal. Consistía de una serie de cinco disparos en el anillo interior y un sexto disparo sobre la línea.

—¿En qué puedo ayudarle? —preguntó el tipo, mirando sobre el hombro de Reacher, hacia la ventana, en dirección al Mustang.

—He venido a solucionar todos sus problemas —contestó Reacher.

—¿De verdad?

—No, la verdad es que no. Solo querría hacerle unas preguntas.

El hombre hizo una pausa.

—¿Sobre James Barr?

—Exacto.

—No.

—¿No?

—No hablo con periodistas.

—No soy periodista.

—Ese es un Mustang con un par de accesorios extra. Así que no es un coche de policía o de alquiler. Y tiene matrícula de Indiana. Y lleva una pegatina de la NBC en el parabrisas. Por lo tanto, usted debe de ser un reportero dispuesto a conseguir la historia sobre mi campo de tiro que James Barr usó para entrenarse y prepararse.

—¿Y fue así?

—Le he dicho que no voy a hablar.

—Pero Barr venía aquí, ¿verdad?

—Que no voy a hablar —repitió el hombre.

En su voz no había malicia, sino determinación. No había hostilidad, sino confianza en sí mismo. No iba a hablar. Fin de la cuestión. La cabaña se quedó en silencio. No se oía nada excepto disparos a lo lejos y un débil zumbido procedente de otra habitación. Un frigorífico, tal vez.

—No soy periodista —volvió a afirmar Reacher—. Le pedí prestado el coche a una periodista para llegar hasta aquí, eso es todo.

—Entonces, ¿usted qué es?

—Un tipo que conoció a James Barr hace tiempo. Quiero saber algo sobre su amigo Charlie. Creo que su amigo Charlie llevó a Barr por el mal camino.

El tipo no preguntó *¿Qué amigo?* ni *¿Quién es Charlie?* Se limitó a negar con la cabeza y decir:

—No puedo ayudarle.

Reacher fijó la mirada en la diana enmarcada.

—¿Es suya? —preguntó.

—Todo lo que ve aquí es mío.

—¿A qué distancia disparó? —preguntó nuevamente.

—¿Por qué?

—Porque creo que si fue a quinientos metros es usted bastante bueno. Si fue a setecientos es usted bueno. Y si fue a novecientos es usted increíble.

—¿Dispara? —le preguntó el tipo.

—Antes —contestó Reacher.

—¿Militar?

—Hace mucho tiempo.

El hombre se volvió y descolgó el marco. Lo colocó cuidadosamente sobre el mostrador. Había una inscripción a mano en tinta borrosa al pie del papel: *1978 Campeonato de Novecientos Metros del Cuerpo de Marina de Estados Unidos. Gunny Samuel Cash, tercer clasificado.* A continuación, las firmas de tres jueces.

—¿Usted es el sargento Cash? —preguntó Reacher.

—Retirado y escarmentado.

—Yo también.

—Pero no de la marina.

—¿Puede adivinarlo solo con mirar a alguien?

—Perfectamente.

—Ejército terrestre —repuso Reacher—. Pero mi padre fue marine.

Cash asintió.

Reacher pasó la yema del dedo por encima del cristal, sobre los agujeros de bala. Un grupo de cinco disparos juntos y un sexto al que le había faltado un pelo.

—Buena puntería —repuso Reacher.

—Ojalá lograra hacer lo mismo hoy en día a la mitad de distancia.

—Igual que yo —repuso Reacher—. El tiempo pasa.

—¿Lo lograría si pasara el día de hoy disparando?

Reacher no contestó. Lo cierto era que había ganado el campeonato de novecientos metros de la Marina, exactamente diez años después de que Cash hubiera arañado aquel tercer puesto. Reacher había conseguido que todos sus tiros hicieran blanco en el centro de la diana, formando un boquete por el que cabía un dedo pulgar. Expuso la copa dorada que obtuvo como premio sobre una estantería de un despacho en el que pasó doce meses ajetreados. Había sido un año excepcional. Alcanzó su punto más alto, tanto física como mentalmente, en todos los aspectos. No podría olvidar aquel año. Sin embargo, no defendió el título al año siguiente, a pesar de que la jerarquía de la policía militar así lo habría querido. Más tarde, echando la vista atrás, Reacher entendió cómo aquella decisión marcó dos cosas: el principio de su divorcio largo y lento del ejército, y el inicio de su agitada vida, el principio de sus continuos traslados, tras los cuales nunca echaba la vista atrás, y el principio de la actitud de no querer hacer lo mismo dos veces.

—Novecientos metros es mucha distancia —dijo Gunny Cash—. La verdad es que desde que dejé la Marina no he conocido a ningún hombre que pudiera siquiera acertar al papel.

—Quizás yo podría alcanzar el borde del papel —repuso Reacher.

Cash retiró el marco del mostrador y lo volvió a colgar de la pared. Lo colocó recto con el dedo pulgar.

—Aquí no tengo un campo de novecientos metros —dijo—. Sería un desperdicio de munición y haría que los clientes se sintieran mal consigo mismos. Pero tengo un buen campo de trescientos metros que nadie está utilizando esta mañana. Podría probar. Alguien que puede alcanzar el borde del papel en un campo de novecientos metros debería ser bastante bueno en un campo de trescientos.

Reacher no respondió.

—¿No cree? —preguntó Cash.

—Supongo —contestó Reacher.

Cash abrió un cajón y extrajo una diana nueva de papel.

—¿Cómo se llama?

—Bobby Richardson —respondió Reacher. Robert Clinton Richardson, 301 bateos en 1959, 141 bateos en 134 partidos. No obstante, los Yanks quedaron los terceros.

Cash cogió un bolígrafo que llevaba en el bolsillo de la camisa, y escribió sobre la diana *R. Richardson, 300 metros,* la fecha y la hora.

—¿Guarda los récords?

—Manías —repuso Cash.

Seguidamente el hombre dibujó una X en el anillo central. La X medía poco más de un centímetro de altura y, debido a la inclinación de la escritura, algo menos de un centímetro de anchura. Cash dejó el papel sobre el mostrador y entró en la habitación de donde procedía el ruido del frigorífico. Al cabo de un minuto salió portando un rifle. Se trataba de un Remington M24, con una mira telescópica Leupold Ultra y un bípode frontal. Una arma de francotirador estándar de la Marina. Parecía usado, pero se mantenía en perfectas condiciones. Cash lo colocó de lado sobre el mostrador. Abrió al cargador y le mostró a Reacher el arma descargada. Accionó el cerrojo, le mostró la recámara, también vacía. Rutina, acto reflejo y de precaución. Pura cortesía profesional.

—Es mía —explicó—. Con ella se alcanza un blanco a trescientos metros exactamente. Lo hago yo, personalmente.

—Eso está bastante bien —repuso Reacher. Y en realidad lo pensaba. Era algo creíble teniendo en cuenta que se trataba de un exmarine que en 1978 había sido el tercer mejor tirador del mundo.

—Un disparo —le dijo Cash.

Sacó un único cartucho del bolsillo. Lo sostuvo. Winchester 300. Lo apoyó recto contra la X dibujada en la diana. Encajaba a la perfección. Sonrió. Reacher sonrió también, pues había entendido el trato. Lo había entendido perfectamente. *Acierta y te hablaré sobre James Barr.*

«Al menos no es un combate cuerpo a cuerpo», pensó Reacher.

—Vamos —dijo.

Fuera el aire estaba en calma. No hacía frío ni calor, la temperatura idónea para disparar. Nada de temblores, ni de ráfagas de calor, ni corrientes, ni riesgo de deslumbramiento. Nada de viento. Cash cargó con el rifle y la diana, mientras Reacher llevaba el cartucho en la palma de la mano. Ambos subieron al Humvee de Cash, quien encendió el vehículo provocando un estrepitoso ruido de motor.

—¿Le gusta este coche? —le preguntó Reacher.

—La verdad es que no —contestó Cash—. Me gustaría más un sedán. Pero es cuestión de imagen. A los clientes les gusta.

El paisaje lo formaban colinas de poca altura, cubiertas de hierba y árboles enanos. Se habían construido caminos con una máquina excavadora. Se trataba de senderos anchos y rectos. Debían de tener una extensión de cientos de metros y estaban situados en paralelo entre sí a cientos de metros también. Cada camino era un campo de tiro distinto. Cada campo estaba aislado del resto mediante colinas naturales. El lugar parecía un campo de golf a medio construir. Había zonas artificiales, zonas salvajes, y surcos excavados con la máquina. Rocas y cantos rodados pintados de color blanco delimitaban los caminos, algunos para vehículos, otros para ir a pie.

—Mi familia siempre ha sido propietaria de esta tierra —explicó Cash—. El campo de tiro fue idea mía. Pensé que podría ser como un campo de golf o unas pistas de tenis. Ya conoces a ese tipo de gente, se dedican a ello, se retiran, vuelven después de un tiempo a dar clases.

—¿Y funcionó? —preguntó Reacher.

—En realidad no —contestó Cash—. La gente viene aquí a disparar, pero pagar a un tío para que te diga que no tienes ni idea, sienta mal.

Reacher vio tres furgonetas aparcadas en tres campos de tiro distintos. Los hombres que habían estado esperando a las ocho en punto se encontraban en plena sesión matutina. Los tres estaban tendidos sobre esterillas. Disparaban, pausa, divisaban, disparaban otra vez.

—Es una manera de ganarme la vida —dijo Cash, en respuesta a una pregunta que Reacher no había formulado.

Seguidamente entró con el Humvee por el camino principal y condujo trescientos metros en dirección a un campo de tiro vacío. Cash salió del coche, colocó el papel en la diana, volvió al coche, aparcó con cuidado y apagó el motor.

—Buena suerte —le dijo.

Reacher se quedó inmóvil un instante. Estaba más nervioso de lo que debería. Tomó aliento, contuvo la respiración y notó la excitación de la cafeína en sus venas. Se trataba de un temblor imperceptible. Cuatro tazas rápidas de café negro no eran el aperitivo ideal si se proponía disparar con acierto a una larga distancia.

Pero eran solo trescientos metros. Trescientos metros, con un buen rifle, sin calor, frío, ni viento. Todo lo que tenía que hacer era apuntar al centro de la diana y apretar el gatillo. Podía hacerlo con los ojos cerrados. No tenía ningún problema de puntería. El problema era lo que estaba en juego. Deseaba dar con el director de marionetas más de lo que había deseado ganar la copa de la Marina años atrás. Mucho más. No sabía por qué. Pero aquel era el problema.

Expulsó el aire de sus pulmones. Solo eran trescientos metros. No seiscientos, ni setecientos, ni novecientos. No eran demasiados.

Salió del Humvee y cogió el rifle del asiento trasero. Lo llevó a cuestas hasta el lugar donde estaba tendida la esterilla. Colocó el arma con delicadeza sobre el bípode, a un metro del borde de la esterilla. Se inclinó y cargó la munición. Dio un paso hacia atrás, se agachó, se puso de rodillas y finalmente se estiró. Arrimó la culata al hombro. Relajó el cuello moviéndolo de izquierda a derecha y miró a su alrededor. Sentía como si estuviera solo en mitad de ninguna parte. Agachó la cabeza. Cerró el ojo izquierdo y miró con el derecho a través de la mira telescópica. Colocó la mano izquierda sobre el cañón y apretó hacia abajo y hacia atrás. Consiguió un trípode, sólido, el bípode y su hombro. Extendió las piernas y colocó los pies de tal modo que estuvieran planos sobre la esterilla. Elevó la pierna izquierda ligeramente y clavó la suela de su zapato en las fibras de la esterilla para poder soportar el peso muerto de la extremidad. Se relajó y estiró por completo. Más que prepararse para disparar, parecía que le hubieran disparado.

Miró a través de la mira telescópica. Vio los gráficos ópticos. Apuntó al objetivo. Parecía estar tan cerca que podía tocarlo. Se concentró en el punto donde las dos aspas de la X se cruzaban. Apoyó los dedos en el gatillo. Se relajó. Respiró. Notaba los latidos de su corazón. Parecía como si se le fuera a salir del pecho. La cafeína fluía por sus venas. La diana bailaba tras la mira telescópica, esperando a ser disparada, sacudiéndose, de izquierda a derecha, de arriba abajo.

Reacher cerró el ojo derecho. Esperó a que su ritmo cardíaco se tranquilizara. Expulsó el aire hasta vaciar los pulmones, un segundo, dos. Luego otra vez, dentro, fuera, aguanta. Contrajo toda la energía en la parte baja, en el intestino. Relajó los hombros. Dejó que todos sus músculos se relajaran. Se serenó. Volvió a abrir el ojo y vio que la diana no se movía. Fijó la mirada en el blanco. Lo sentía. Lo deseaba. Apretó el gatillo. El arma reculó y rugió. La boca del rifle lanzó una nube de polvo más allá de la esterilla, lo que oscureció el campo de visión de Reacher. Reacher levantó la cabeza, tosió una vez y se agachó para ver a través de la mira.

Perfecto.

La X había desaparecido. Había un agujero en el centro de la diana. A su alrededor había solo cuatro trazos diminutos de bolígrafo, dos arriba y dos abajo. Reacher volvió a toser, se echó hacia detrás y se puso en pie. Cash se aproximó a él y miró por la mira telescópica para comprobar el resultado.

—Buen disparo —le dijo.

—Buen rifle —contestó Reacher.

Cash abrió el pestillo y el casquillo usado cayó sobre la esterilla. Se puso de rodillas, lo recogió y se lo guardó en el bolsillo. A continuación se puso de pie y cargó con el rifle de vuelta al Humvee.

—Así pues, ¿estoy clasificado?

—¿Para qué?

—Para hablar.

Cash se volvió.

—¿Se ha creído que esto era una prueba?

—Sinceramente, espero que lo fuera.

—Podría no querer oír lo que tengo que decir.

—Inténtelo —repuso Reacher.

Cash asintió.

—Vayamos a hablar a mi oficina.

Se desviaron a mitad del camino para recuperar el papel de la diana. A continuación dieron la vuelta y se dirigieron a las cabañas. Dejaron atrás a los tipos de las camionetas. Continuaban disparando. Aparcaron el vehículo y entraron en la cabaña principal. Cash archivó la diana de Reacher en un cajón, debajo de la R de Richardson. Seguidamente deslizó los dedos hasta la B de Barr y extrajo un gran manojo de papeles.

—¿Espera que le demuestre que su viejo amigo no lo hizo? —le preguntó.

—No era mi amigo —contestó Reacher—. Le conocí en una ocasión, eso es todo.

—¿Y?

—No recuerdo que fuese tan buen tirador.

—En las noticias de televisión dicen que fue una distancia relativamente corta.

—Con blancos en movimiento y ángulos de desviación.

—En las noticias dicen que las pruebas son claras.

—Y así es —dijo Reacher—. Las he visto.

—Mire esto —repuso Cash.

Esparció las dianas como si fueran una baraja de cartas, repartidas por todo el mostrador. Después las colocó una al lado de la otra, ajustándolas para que cupieran todas. A continuación distribuyó una segunda fila, justo debajo de la primera. En total, expuso treinta y dos dianas a lo largo de dos largas filas de círculos concéntricos repetitivos. Todas tenían escrito *J. Barr, 300 metros*, con fecha y hora a lo largo de tres años.

—Mírelas y échese a llorar —dijo Cash.

Cada una de ellas mostraba perfectamente las muescas.

Reacher las observó, una detrás de otra. En cada círculo había agujeros definidos. Disparos apiñados, boquetes enormes. Treinta y dos dianas, diez disparos en cada una.

—¿Esto es todo lo que hizo? —preguntó Reacher.

Cash asintió.

—Como dijo usted, guardo todos los récords.

—¿Qué arma?

—Un Super Match. Un buen rifle.

—¿Le ha llamado la policía?

—Un tipo llamado Emerson. Fue muy amable. Tengo que pensar en mí mismo. No quiero que mi reputación se resienta solo porque Barr entrenara aquí. He trabajado mucho en este sitio, y todo esto quizás empañe el nombre de mi negocio.

Reacher examinó las dianas, una vez más. Recordó haberle dicho a Helen Rodin: «No lo olvidan».

—¿Y su amigo Charlie? —le preguntó.

—Charlie era un caso perdido en comparación.

Cash apiló las dianas de James Barr en un montón y las volvió a archivar en la B. Seguidamente abrió otro cajón, deslizó los dedos hasta la S y sacó otro fajo de papel.

—Charlie Smith —dijo—. También fue militar, lo supe por su aspecto, pero Tío Sam no consigue nada que dure para siempre.

Cash realizó la misma operación. Esparció las dianas de Charlie en dos filas largas. Treinta y dos.

—¿Siempre venían juntos? —preguntó Reacher.

—Como uña y carne —contestó Cash.

—¿Utilizaban campos distintos?

—Mundos distintos —repuso Cash.

Reacher asintió. En términos numéricos, los resultados de Charlie eran peores que los de James Barr. Mucho peores. Eran el producto de un tirador mediocre. Una de las dianas tenía solo cuatro tiros, todos ellos por fuera del círculo exterior y uno en la esquina del cuadrante. En las cuarenta y dos dianas, Charlie solo había conseguido dar en el círculo central en ocho ocasiones. Uno de los disparos alcanzó perfectamente el blanco. La suerte del novato, tal vez, o viento, una corriente o una ráfaga. Los otros siete se habían acercado. Aparte de esas ocho marcas, las demás estaban distribuidas por todas partes. La mayoría de los disparos ni siquiera habían alcanzado el papel. Y casi todos los que lo habían alcanzado estaban agrupados en la zona blanca entre los dos círculos exteriores. Un resultado mediocre. Pero los disparos no eran exactamente aleatorios. Seguían una especie de patrón extraño. Charlie apuntaba, pero fallaba. Quizás sufría de astigmatismo en la vista.

—¿Qué tipo de hombre era? —preguntó Reacher.

—¿Charlie? —dijo Cash—. Era como una pizarra en blanco. Impredecible. Si hubiera tenido otro físico, seguro que me hubiese venido a tocar las narices.

—Un tipo pequeño, ¿verdad?

—Enano. De pelo extraño.

—¿Hablaban mucho con usted?

—En realidad no. Solo eran dos tipos de Indiana que venían a despejarse con sus rifles. Por aquí hay muchos de esos.

—¿Les vio disparar?

Cash sacudió la cabeza.

—Aprendí que nunca tenía que mirar a nadie. La gente se lo toma como una crítica. Yo les dejo que acudan a mí, aunque nunca nadie lo ha hecho.

—Barr compraba la munición aquí, ¿cierto?

—Lake City. Cara.

—Su arma tampoco era barata.

—Le sacaba provecho.

—¿Qué arma usaba Charlie?

—La misma. Eran como un matrimonio. En el caso de Charlie resultaba cómico. Como un gordo que se compra una bicicleta de fibra de carbono.

—¿Dispone de campos adecuados para revólveres o pistolas?

—Tengo uno, interior. Se usa cuando llueve. Si no, dejo que se dispare al aire libre, donde quieran. No me interesan demasiado ese tipo de armas. No requieren ningún arte.

Reacher asintió mientras Cash recogía las dianas de Charlie, ordenándolas con cuidado por fechas. Las amontonó y las volvió a colocar en la letra S.

—Smith es un apellido común —dijo Reacher—. En realidad, creo que es el apellido más común de América.

—Pues era verdadero —dijo Cash—. Siempre pido el carné de conducir a la gente para hacerles socios.

—¿De dónde era Charlie?

—¿Tenía acento de alguna zona del norte?

—¿Puedo llevarme una de las dianas de James Barr?

—¿Para qué demonios la quiere?

—Como recuerdo —dijo Reacher.

Cash no dijo nada.

—No la voy llevar a ningún lado —repuso Reacher—. No voy a venderla en Internet.

Cash permaneció callado.

—Barr no va a volver —dijo Reacher—. Eso está claro. Y si de verdad quiere que esto no le salpique debería deshacerse de todas ellas.

Cash se encogió de hombros y volvió a abrir el cajón.

—La más reciente —solicitó Reacher—, a poder ser.

Cash rebuscó en la pila y extrajo una hoja. La colocó sobre el mostrador. Reacher la tomó, la dobló con cuidado y se la guardó en el bolsillo de la camisa.

—Buena suerte con su amigo —le dijo Cash.

—No es mi amigo —insistió Reacher—. Pero gracias por su ayuda.

—De nada —respondió Cash—. Porque sé quién es usted. Le he reconocido cuando se ha puesto detrás del rifle. Nunca olvido la posición de un francotirador. Usted ganó el campeonato de la Marina diez años después de que yo participara en él. Estuve entre el público. Su nombre real es Reacher.

Reacher asintió.

—Ha sido muy educado por su parte —repuso Cash— no mencionarlo después de que yo le contara que había quedado en tercer puesto.

—La suya fue una competición mucho más dura —dijo Reacher—. Diez años después allí no había más que un puñado de inútiles.

Reacher se detuvo en la última gasolinera de Kentucky y llenó el depósito del coche de Yanni. Después llamó a Helen Rodin desde una cabina.

—¿Aún está allí el policía? —preguntó.

—Hay dos —dijo ella—. Uno en el vestíbulo, otro en la puerta.

—¿Ha empezado ya Franklin?

—Esta mañana a primera hora.

—¿Algún progreso?

—Nada. Eran cinco personas corrientes.

—¿Dónde está la oficina de Franklin?

Helen Rodin le dio la dirección. Reacher miró la hora.

—Nos vemos allí a las cuatro en punto —dijo Reacher.

—¿Qué tal por Kentucky?

—Confuso —contestó.

Reacher volvió a cruzar el río Ohio por el mismo puente con Sheryl Crow diciéndole otra vez que había que emprender el tortuoso camino. Subió el volumen y giró hacia la izquierda, en dirección oeste. Los mapas de Ann Yanni mostraban una autopista con cuatro bifurcaciones a unos sesenta y cinco kilómetros. Se dirigiría al norte y en un par de horas podría atravesar la ciudad entera, recorriendo la carretera elevada. Le parecía una idea mejor que atravesar las calles de la ciudad. Imaginaba que Emerson estaría empezando a desesperar. Y, en consecuencia, llegaría a estar realmente furioso a lo largo del día. Reacher lo habría estado. Reacher había sido Emerson durante trece años, y en ese tipo de situaciones se habría empleado a fondo, vistiendo las calles de uniforme, intentándolo todo.

Encontró el cruce de cuatro bifurcaciones y tomó la autopista en dirección al norte. Apagó el CD cuando empezó a sonar nuevamente desde el principio. Se acomodó para el trayecto. El Mustang respondía bastante bien a ciento diez kilómetros por hora. Retumbaba al paso, con fuerza, sin finura alguna. Reacher pensó que si pudiera colocar aquel motor en un sedán de chasis viejo y abollado, habría dado con su coche ideal.

Bellantonio llevaba trabajando en su laboratorio criminológico desde las siete en punto de la mañana. Extrajo las huellas impresas en el teléfono móvil que habían encontrado abandonado bajo la carretera. Pero no había conseguido nada que mereciera la pena. Más tarde había conseguido una copia de la relación de llamadas. El último número marcado era el del móvil de Helen Rodin. El penúltimo, del móvil de Emerson. Sin duda, Reacher había realizado ambas llamadas. Después había una larga lista de llamadas a diversos números de móvil registrados como Servicios Especializados de Indiana. Quizás las hubiera realizado él también, o quizás no. No había manera de averiguarlo. Bellatonio apuntó todos los detalles, pensando que Emerson no haría nada al respecto. La única manera de ejercer presión era llamar a Helen Rodin. Sin embargo, Emerson no ganaría nada interrogando a una abogada defensora sobre una conversación con un testigo, fuera sospechoso o no. Sería una pérdida de tiempo.

Así pues, decidió pasar al tema de las cintas del parking. Se trataba de una grabación de cuatro días, noventa y seis horas, tres mil vehículos distintos en movimiento. Su equipo las había revisado.

Solo aparecían tres Cadillacs. En Indiana sucedía lo mismo que en la mayoría de los estados del interior. La gente compraba por este orden furgonetas, todoterrenos, cupés y descapotables. Los vehículos corrientes no se vendían demasiado, y en su mayoría eran Toyotas, Hondas o utilitarios de tamaño mediano. Los sedanes de gran tamaño eran poco frecuentes, y los de alta gama totalmente infrecuentes.

El primer Cadillac que aparecía en la cinta era un Eldorado de color blanco. Un cupé dos puertas, de una antigüedad de varios años. Había estacionado antes de las diez de la mañana del miércoles, ocupando una plaza durante cinco horas. El segundo Cadillac era un STS nuevo, quizás rojo o gris, posiblemente azul claro. Era difícil concretar, debido a la imagen monocroma y oscura. Sea como fuera, había estacionado la tarde del jueves y permaneció en su plaza dos horas.

El tercer Cadillac era un Deville color negro. La cámara lo había grabado entrando al parking justo después de las seis en punto de la mañana del viernes. *Del viernes negro*, como lo llamaba Bellantonio. A las seis en punto de la mañana el parking solía estar completamente vacío. La cinta mostraba al Deville ascendiendo por la rampa, deprisa y seguro, y su salida cuatro minutos más tarde.

El tiempo suficiente para dejar el cono.

No se distinguía al conductor en ninguna secuencia. Solo se veía una imagen borrosa gris detrás del parabrisas. Tal vez fuese Barr, tal vez no. Bellantonio hizo una serie de anotaciones para Emerson. Anotó mentalmente revisar la cinta para determinar si aquella estancia de cuatro minutos en el parking era la más corta de las que aparecían en las cintas. Sospechaba que sí, claramente.

A continuación examinó el informe forense del apartamento de Alexandra Dupree. Había asignado aquella tarea a un ayudante, dado que no era la escena del crimen. No hallaron nada interesante, nada en absoluto, excepto huellas. El apartamento estaba repleto de ellas, igual que todos los apartamentos. La mayoría eran de la chica, pero había otras cuatro, tres de ellas sin identificar.

La cuarta pertenecía a James Barr.

James Barr había estado en el apartamento de Alexandra Dupree. En la sala de estar, en la cocina, en el baño. No había duda. Huellas claras que encajaban a la perfección. Inequívocamente.

Bellantonio anotó también aquello para Emerson.

Después leyó un informe del médico forense. Alexandra Dupree había muerto a causa de un golpe único y fuerte en la sien derecha, propinado por un agresor zurdo. La chica había caído a una superficie de gravilla que contenía materia orgánica que incluía hierba y suciedad. Sin embargo, la habían encontrado en un callejón pavimentado con piedra caliza. Por consiguiente, el cuerpo había sido trasladado de la escena de la muerte a donde lo habían encontrado. Otras pruebas fisiológicas así lo confirmaban.

Bellantonio arrancó una hoja nueva de papel y apuntó dos preguntas para Emerson: *¿Reacher es zurdo? ¿Tenía acceso a un vehículo?*

El Zec pasó la mañana pensando qué hacer con Raskin. Raskin había fracasado en tres ocasiones. En primer lugar, con la persecución inicial. Luego, permitiendo que le atacaran por detrás. Y finalmente, permitiendo que le robaran el teléfono móvil. A El Zec no le gustaba el fracaso. No le gustaba lo más mínimo. Al principio consideró retirar a Raskin de las calles y limitar su trabajo a vigilar la planta baja de la casa. Pero ¿por qué iba a querer confiar en un fracasado para que velase por su seguridad?

En aquel momento llamó Linsky. Habían estado buscando durante catorce horas y no habían encontrado rastro alguno del soldado.

—Deberíamos ir a por la abogada —opinó—. Después de todo, no puede hacer nada si ella no está. Es el eje central, quien mueve las fichas.

—Eso haría que las apuestas subiesen —dijo El Zec.

—Ya están bastante altas.

—Tal vez el soldado se haya ido de una vez.

—Puede ser —repuso Linsky—. Pero lo que importa es lo que ha imbuido a la abogada.

—Me lo pensaré —dijo El Zec—. Te volveré a llamar.

—¿Seguimos buscando?

—¿Cansado?

Linsky estaba exhausto. La columna le estaba matando.

—No —mintió—. No estoy cansado.

—Entonces seguid buscando —repuso El Zec—. Pero envíame a Raskin.

Reacher redujo la velocidad a ochenta kilómetros por hora cuando la carretera comenzó a elevarse sobre los pilares. Permaneció por el carril central. Dejó a su derecha el desvío que pasaba por detrás de la biblioteca. Continuó conduciendo en dirección norte durante tres kilómetros, hasta que llegó al cruce de cuatro caminos, donde también se hallaban el concesionario y el almacén de repuestos de automóvil. Tomó dirección este por la carretera del condado. Después giró de nuevo hacia el norte, por el camino rural que llevaba a la casa de Jeb Oliver. Enseguida se halló en lo más profundo del silencioso campo. Los aspersores de riego giraban lentamente y el sol proyectaba un arco iris sobre las gotitas.

«La zona interior. Donde se guardan los secretos.»

Avanzó hacia un stop, junto al buzón de Oliver. De ninguna manera el Mustang podría atravesar aquel sendero. El montículo del centro habría desgarrado los bajos del coche por completo. La suspensión, el tubo de escape, el eje, el diferencial, todo lo que llevara ahí debajo. A Ann Yanni aquello no le habría agradado en absoluto. Así pues, Reacher salió del vehículo y dejó el coche allí, con su poca altura y el color azul brillante a la luz del sol. Atravesó el sendero a pie. Notaba cada una de las piedras a través de la suela fina de sus zapatos. El Dodge rojo de Jeb Oliver no se había movido. Se encontraba en el mismo sitio, algo más sucio debido al polvo marrón y al rocío seco. La vieja casa estaba en silencio. El granero, cerrado con llave.

Reacher no prestó atención alguna a la puerta delantera. Rodeó la casa en dirección al porche trasero. La madre de Jeb estaba allí sentada en su columpio. Llevaba la misma ropa, pero en esta ocasión no sostenía ninguna botella. Parecía tener una mirada de maníaca y los ojos grandes como platos. Tenía un pie doblado debajo del cuerpo y con el otro balanceaba el columpio con doble ímpetu que la vez anterior.

—Hola —le dijo.

—¿Aún no ha vuelto Jeb? —preguntó Reacher.

La mujer sacudió la cabeza. Reacher oyó los mismos sonidos que anteriormente. El siseo de los aspersores, el chirrido del columpio, el crujido de las tablillas del porche.

—¿Tiene un arma? —le preguntó.

—No las soporto —contestó ella.

—¿Y teléfono? —continuó Reacher.

—Está desconectado —respondió—. Debo dinero. Pero tampoco lo necesito. Jeb me deja utilizar su móvil cuando me hace falta.

—Bien —dijo Reacher.

—¿Qué demonios está bien? Jeb no está aquí.

—Eso es precisamente lo que está bien. Voy a entrar en su granero y no quiero que llame a la policía mientras lo hago. Ni que me dispare.

—Es el granero de Jeb. No puede entrar ahí.

—No veo cómo va a impedirlo.

Reacher le dio la espalda y avanzó por el camino. Tras una leve curva el sendero le condujo directamente a las puertas dobles del granero. Al igual que el resto de la estructura, estaban hechas de tablones viejos que alternaban madera quemada y podrida después de cientos de veranos e inviernos. Tocó las tablas con los nudillos y notó que la madera estaba seca y hueca. La cerradura era nueva. Se trataba de un candado de bicicleta en forma de U como los que utilizan los mensajeros en las ciudades. El candado atravesaba dos arandelas negras de acero, aferradas a los tablones que formaban las puertas. Reacher tocó la cerradura. La sacudió. Acero resistente, caliente por el sol. Se trataba de un material muy sólido. No existía forma de cortarlo o romperlo.

Pero una cerradura es tan resistente como el material al que se aferra.

Reacher agarró el extremo del candado. Estiró de él, con cuidado, y a continuación más fuerte. Las puertas se abrieron ligeramente hasta llegar al tope. Colocó la palma de la mano sobre la madera y continuó tirando. Estiró del candado con la mano derecha. La cerradura cedió un poco, pero no demasiado. Seguramente se había fijado por detrás de la puerta con tornillos, tal vez bastante grandes.

Pensó: «De acuerdo, más fuerza».

Agarró el candado con ambas manos y tiró de él como si estuviera practicando esquí acuático. Continuó tirando con fuerza. Empujó un pie contra la puerta, justo por debajo de la cerradura. Sus piernas eran más largas que sus brazos, por lo que estaba incómodo y el empujón no le servía de mucho. Pero fue suficiente. La madera vieja comenzó a astillarse y la cerradura se desprendió medio centímetro. Reacher recuperó las fuerzas y volvió a intentarlo. La cerradura cedió un poco más. De repente, el tablón que formaba la puerta izquierda se abrió y las arandelas comenzaron a desprenderse. Reacher puso la palma izquierda sobre la puerta y rodeó el candado con los dedos de la derecha. Tomó aliento, contó hasta tres y volvió a tirar con fuerza. El candado cayó al suelo y las puertas se abrieron. Reacher retrocedió un paso, abrió las puertas hacia atrás hasta el tope y dejó que la luz del sol iluminara el interior.

Él esperaba ver un laboratorio de drogas. Tal vez con mesas de trabajo, vasos, balanzas, quemadores de propano y montones de bolsitas vacías listas para embolsar el producto. O algún gran alijo, a punto para ser distribuido.

Pero no vio nada de eso.

La luz del sol penetraba en vertical entre los tablones inclinados. El granero medía aproximadamente unos doce metros de largo por seis de ancho. El suelo lo formaba la misma arena. Aquel lugar estaba completamente vacío, salvo por una camioneta vieja aparcada en el centro.

La camioneta era una Chevy Silverado. Tenía unos cuantos años. Era de color marrón claro, como la tierra. Era un vehículo para el trabajo, no había ninguna otra especificación extra. Era un modelo básico. Asientos de vinilo, llantas de acero, neumáticos nada espectaculares. La parte trasera descubierta estaba limpia, pero arañada y abollada. No llevaba matrícula. Las puertas estaban cerradas y Reacher no vio la llave por ningún sitio.

—¿Qué es esto?

Reacher se volvió y vio a la madre de Jeb Oliver detrás de él. Tenía la mano apoyada en la jamba de la puerta, como si no se atreviera a cruzar el umbral.

—Una camioneta —respondió Reacher.

—Eso ya lo veo.

—¿Es de Jeb?

—Nunca la había visto.

—¿Qué conducía Jeb antes de la camioneta roja?

—Esto no.

Reacher se acercó al camión y echó una ojeada por la ventana del conductor. Cambio de marchas manual. Polvo y mugre. El cuentakilómetros indicaba muchos kilómetros. Pero no había basura. La camioneta había servido fielmente a alguien. Usada, pero no abusada.

—Nunca la había visto —volvió a repetir la mujer.

Parecía como si llevara allí mucho tiempo. Las ruedas estaban ligeramente deshinchadas. No olía a aceite ni a gasolina. Estaba fría, inerte, cubierta de polvo. Reacher se puso de rodillas y comprobó los bajos. No había nada. Solo la estructura, llena de suciedad y golpeada por las piedras y la grava.

—¿Cuánto tiempo lleva esto aquí? —preguntó Reacher desde el suelo.

—No lo sé.

—¿Cuándo puso Jeb el candado en la puerta?

—Hará unos dos meses.

Reacher se incorporó.

—¿Qué esperaba encontrar? —le preguntó la mujer.

Reacher se volvió de cara a la mujer y la miró a los ojos. Tenía las pupilas enormes.

—Más de lo que ha desayunado usted —contestó.

Ella sonrió.

—¿Pensaba que Jeb tenía montado aquí un laboratorio?

—¿No era así?

—Su padrastro es quien lo trae.

—¿Está usted casada?

—Lo estuve. Pero sigue viniendo por aquí.

—¿Consumió Jeb el lunes por la noche? —preguntó Reacher.

La mujer volvió a sonreír.

—Una madre puede compartir algo con su hijo, ¿no? ¿Para qué si no están las madres?

Reacher se volvió y observó nuevamente la camioneta.

—¿Por qué guardaría un camión viejo aquí dentro y dejaría el nuevo a la intemperie?

—Ni idea —respondió la mujer—. Hace las cosas a su manera.

Reacher salió del granero y cerró las puertas. Apretó con los pulgares las arandelas de la cerradura. Al colocar el candado, el peso hizo que la cerradura se desprendiera de nuevo. Reacher lo dejó lo más parecido posible a como estaba antes. Después comenzó a alejarse, solo.

—¿Volverá Jeb algún día? —le gritó la mujer.

Reacher no le contestó.

El Mustang estaba aparcado cara al norte, así que Reacher siguió aquel rumbo. Encendió el aparato de música, subió el volumen y continuó conduciendo quince kilómetros por una carretera recta, en dirección a un horizonte que parecía no llegar nunca.

Raskin cavó su propia tumba con una máquina excavadora. Era la misma máquina que se había utilizado para nivelar la hacienda de El Zec. Tenía una pala de medio metro con cuatro dientes de acero. La pala retiraba montones de arena blanda y la apartaba a un lado. El motor rugía y descansaba, rugía y descansaba, mientras nubes constantes de gasóleo inundaban el cielo de Indiana.

Raskin había nacido durante la Unión Soviética y había visto muchas cosas. Afganistán, Chechenia, agitaciones en Moscú. Un hombre ante tales situaciones podría haberse expuesto a la muerte en numerosas ocasiones, y ese hecho, unido al fatalismo natural propio de los rusos, hacía que se mostrara totalmente indiferente frente a su destino.

—*Ukase* —había dicho El Zec. Orden de autoridad absoluta.

—*Nichevo* —había contestado Raskin. A la orden.

Así pues, Raskin se subió a la excavadora. Una vez arriba, escogió un lugar discreto en las inmediaciones de la casa. Excavó una buena zanja, de medio metro de anchura, metro ochenta de altura y metro ochenta de profundidad. Amontonó la tierra a su derecha, hacia el este, a modo de barrera entre sí mismo y su hogar. Cuando hubo terminado, apartó la excavadora y la apagó. Bajó de la cabina y aguardó. No tenía escapatoria. No podía huir. Si huía, le encontrarían de todos modos, y entonces no necesitaría una tumba. Le meterían en bolsas de basura de plástico negras, cinco o seis. Precintarían con alambre las bolsas que contuviesen sus extremidades. Introducirían en el interior un ladrillo y las lanzarían al río.

Raskin lo había visto hacer antes.

En la lejanía, El Zec salió de su casa. Un hombre bajo y gordo, anciano, encorvado. Caminaba a una velocidad moderada, rebosando fuerza y energía. Se abrió paso a través del terreno irregular. Miraba hacia abajo, hacia delante. Cincuenta metros, cien. Se detuvo al llegar junto a Raskin. Se metió la demacrada mano en el bolsillo y sacó un revólver pequeño. Colocó en pinza el pulgar y el muñón de su dedo índice sobre el guardamanos. Extendió el revólver hacia Raskin y este lo aceptó.

—*Ukase* —dijo El Zec.

—*Nichevo* —respondió Raskin.

Un sonido breve, afable, de aprobación, como *de rien* en francés, como *de nada* en español, como *prego* en italiano. *Por favor, estoy para servirte.*

—Gracias —dijo El Zec.

Raskin se acercó al borde de la zanja. Abrió el tambor del revólver y vio una sola bala. Cerró el tambor y lo giró para que el primer disparo la consumiera. Se metió el cañón en la boca. Se volvió, de modo que quedó cara a El Zec y de espaldas al foso. Arrastró los pies hasta notar que tenía los talones al filo de la zanja. Permaneció tranquilo, recto, centrado y sereno, como un saltador olímpico que se prepara para un complicado salto hacia atrás desde lo más alto del trampolín.

Cerró los ojos.

Apretó el gatillo.

En un kilómetro a la redonda los cuervos negros alzaron el vuelo ruidosamente. Sangre, sesos y huesos se arquearon a la luz del sol formando una parábola perfecta. El cuerpo de Raskin cayó hacia atrás, tumbado al fondo del foso. Los cuervos dejaron de volar y el sonido débil de las máquinas excavadoras en la distancia volvió a hacerse audible. Algo similar al silencio. A continuación El Zec trepó a la cabina de la máquina y encendió el motor. Todas las palancas terminaban en pomos grandes como bolas de billar, lo que hacía que el aparato fuera fácil de manejar con las palmas de las manos.

Reacher se detuvo a veinticinco kilómetros al norte de la ciudad. Estacionó el Mustang en un descampado en forma de V, al lado de la carretera. Era una zona donde se unían dos campos de cultivo circulares. Había cosechas por todas partes. Al norte, al sur, al este y al oeste. Un campo detrás de otro, en filas y columnas interminables. Cada uno poseía su propia bomba de riego. Todos los surtidores rotaban a la misma velocidad, despacio.

Reacher apagó el motor y salió del coche. Se puso de pie, se desperezó y bostezó. El aire estaba cargado de bruma por el agua de regadío. De cerca, los aspersores parecían máquinas industriales enormes. Similares a naves espaciales de alienígenas que acabaran de aterrizar. En el centro de cada campo, había una fuente de agua, una especie de chimenea de metal. El aspersor se desplazaba horizontalmente y escupía agua por un pulverizador. En el extremo opuesto al pulverizador, había un soporte vertical cuya misión era cargar con el peso. Al pie de dicho soporte, había una rueda de caucho, tan grande como la de un avión. Hacía siempre el mismo recorrido, una y otra vez.

Reacher observó y esperó a que se aproximara la rueda del cultivo más cercano. Pisó el campo y se colocó junto a ella. Siguió su mismo paso. La rueda le llegaba casi a la altura de la cintura. La bomba propiamente le quedaba por encima de la cabeza. Se colocó a la izquierda de la rueda y comenzó a examinarla girando en el sentido de las agujas del reloj. Caminaba a través de una agradable bruma. Hacía frío. El pulverizador silbaba con fuerza. La rueda ascendía y descendía por los pequeños montículos, formando un enorme círculo. La máquina debía de medir cuarenta y cinco metros de largo, y el agua alcanzaba un perímetro de más de trescientos metros. Un diámetro igual al número *pi*. La superficie era 3,14 veces el radio al cuadrado. Por consiguiente, había unos siete mil metros cuadrados, más de un acre y medio. Lo cual significaba que las esquinas desaprovechadas sumaban poco más de dos mil metros cuadrados, más del veintiuno por ciento. Más de cuatrocientos cincuenta metros cuadrados por cada esquina. Igual que las siluetas situadas en las esquinas de un blanco. El Mustang estaba aparcado en una de las esquinas. Proporcionalmente, el vehículo medía lo mismo que un agujero de bala en una diana de papel.

Como uno de los agujeros de bala de Charlie, en las esquinas de la diana.

Reacher se detuvo en el punto donde había empezado a examinar la máquina, un poco más mojado, con los zapatos llenos de barro. Dio un paso hacia atrás, colocándose sobre el terreno de gravilla, mirando hacia el oeste. En el lejano horizonte una bandada de cuervos alzó el vuelo y se posaron de nuevo. Reacher volvió a entrar en el coche, giró la llave en el contacto. Vio los raíles de la capota y accionó la palanca para retirarla. Miró la hora. Faltaban dos para la reunión en la oficina de Franklin. Así pues, se recostó en el asiento y dejó que el sol le secara la ropa. Extrajo de su bolsillo el papel de la diana y lo observó durante un buen rato. Lo olió. Lo levantó hacia el sol y dejó que los rayos de luz penetraran por los huecos definidos y redondos. A continuación volvió a guardárselo en el bolsillo. Miró hacia arriba y no vio nada más aparte del cielo. Cerró los ojos, dado que el sol le cegaba, y empezó a pensar sobre el ego, la motivación, la ilusión, la realidad, la culpabilidad, la inocencia y la naturaleza del azar.

13

Emerson leyó los informes de Bellantonio. Vio que Reacher había telefoneado a Helen Rodin. No se sorprendió. Probablemente no era más que una de tantas llamadas. Abogados y entrometidos, trabajando duro para hacer historia. No era algo extraordinario. Después leyó las dos preguntas de Bellantonio: *¿Reacher es zurdo? ¿Cuenta con un vehículo?* Respuestas: *Probablemente* y *probablemente*. Las personas zurdas no eran poco comunes. Si se juntase a veinte individuos, habría cuatro o cinco que serían zurdos. Y Reacher ahora sí que tenía acceso a un vehículo, por supuesto. No estaba en la ciudad, y no se había marchado en autobús. Por consiguiente, disponía de vehículo, y probablemente así había sido durante todo el tiempo.

Finalmente Emerson leyó la última página: James Barr había estado en el apartamento de Alexandra Dupree. ¿Qué demonios significaba aquello?

Según los mapas de carretera de Ann Yanni, la oficina de Franklin se encontraba en pleno centro de la ciudad, en mitad de un laberinto de calles. No se trataba, en absoluto, del lugar ideal adonde dirigirse. Obras, la hora punta, tráfico lento en las calles principales. Reacher empezaba a pensar que las ventanas tintadas de la Ford Motor Company servían de algo. Sin duda.

Arrancó el coche y bajó la capota. Abandonó el descampado y se dirigió al sur. Al cabo de doce minutos, volvió a pasar por delante de la casa de Oliver. Giró en dirección oeste por la carretera del condado y luego hacia el sur por la carretera de cuatro carriles que llevaba a la ciudad.

Emerson volvió a hojear el informe de Bellantonio sobre las llamadas telefónicas. Reacher había llamado a Helen Rodin. Compartían negocios. Tenían asuntos por discutir. Volvería a contactar con ella, tarde o temprano. O ella con él. Emerson cogió el teléfono. Llamó a su ayudante.

—Envía un coche camuflado a la oficina de Helen Rodin —dijo—. Si abandona el edificio, seguidla.

Reacher condujo más allá del motel. Permaneció hundido en el asiento, mirando hacia ambos lados. No vio indicios de actividad ni de vigilancia. Pasó de largo por la peluquería y por la tienda de armas. El tráfico se hacía más lento a medida que se aproximaba a la carretera elevada. Cada vez más lento, alcanzando la misma velocidad que si hubiese ido a pie. Su rostro se encontraba a corta distancia de los peatones que caminaban a su derecha, a corta distancia de los conductores parados a su izquierda. En los cuatro carriles, los dos que entraban en la ciudad avanzaban despacio, los dos que salían permanecían inmóviles.

Reacher quiso apartarse de la acera. Encendió el intermitente y pasó al carril contiguo. Al conductor que circulaba tras él pareció no gustarle. «No sufras —pensó Reacher—. Aprendí a conducir con un camión de dos toneladas y media. Por aquel entonces habría pasado por encima de ti.»

El carril de la izquierda avanzaba algo más rápido. Reacher comenzó a adelantar a los coches de su derecha. Miró hacia delante. Había tres coches patrulla por aquel carril. A lo lejos, se podía ver el semáforo en verde. La circulación en el carril de la izquierda avanzaba a paso de tortuga. El de la derecha era aún más lento. Solo dos coches separaban a Reacher de la policía. Se detuvo. El conductor irritado que iba detrás de él tocó la bocina. Reacher avanzó. Ahora solo un coche le separaba de la policía.

El semáforo cambió a ámbar.

El coche que tenía delante apretó el acelerador.

El semáforo se puso en rojo.

El coche de policía se detuvo en la línea, y Reacher a su lado.

Colocó el codo en el salpicadero y se puso la mano en la cabeza. Estiró los dedos cuanto pudo para ocultar su rostro en lo posible. Miró hacia el frente, al semáforo, deseando que cambiara.

Helen Rodin bajó dos plantas en ascensor y se encontró con Ann Yanni en la recepción de la NBC. La NBC estaba pagando a Franklin, por lo que era justo que Yanni estuviera presente en la reunión. Bajaron juntas al parking y subieron al Saturn de Helen. Una vez en el coche, ascendieron por la rampa y salieron al exterior. Helen miró hacia la derecha y giró hacia la izquierda. No se percató del Impala color gris que había junto al bordillo y que las empezó a seguir a veinte metros de distancia.

El semáforo permaneció rojo durante una espera horrible e interminable. Después cambió a verde. El conductor situado detrás de Reacher volvió a hacer sonar la bocina. Reacher desapareció del campo de visión del agente y no miró hacia atrás. Tomó un desvío hacia la izquierda y perdió de vista el coche, a su derecha. Vio cómo la circulación volvía a atascarse poco más adelante. No quería volver a circular al lado de la policía y giró hacia la izquierda. Se dio cuenta de que había vuelto a la calle donde estaba la tienda de comestibles. El tráfico también era lento. Se movió en el asiento y hurgó en los bolsillos del pantalón. Palpó entre las monedas. Encontró un cuarto de dólar. Discutió consigo mismo, veinte metros, treinta, cuarenta.

Sí.

Entró en la diminuta zona de aparcamiento que había junto a la tienda de Martha. Dejó el motor en marcha, se levantó del asiento y dio la vuelta al coche. Se dirigió a la cabina que había pegada a la pared. Introdujo el cuarto de dólar en la rendija y sacó la tarjeta rota de Emerson. Eligió el número de la comisaría y marcó.

—¿En qué puedo ayudarle? —dijo el hombre de la centralita.

—¿Policía? —preguntó Reacher.

—Dígame, señor.

Reacher habló alto y claro, en tono nervioso y grave.

—¿El tipo del cartel «Se busca»? ¿El que estuvisteis repartiendo?

—¿Sí, señor?

—Está aquí, ahora mismo.

—¿Dónde?

—En mi restaurante, el que hay al norte de la carretera principal de la ciudad, cerca de la tienda de neumáticos. Está dentro ahora mismo, en la barra, comiendo.

—¿Está seguro de que es él?

—Es igual que el del dibujo.

—¿Y tiene coche?

—Una camioneta grande Dodge roja.

—Señor, ¿cómo se llama?

—Tony Lazzery —respondió Reacher. *Anthony Michael Lazzery, bateó 273 bolas en 118 apariciones como segunda base en 1935. Quedó en segundo lugar.* Reacher pensó que pronto tendría que dejar de usar nombres de segundas bases. Los Yankees no habían tenido suficientes jugadores desconocidos.

—Vamos para allá, señor —dijo el agente.

Reacher colgó y volvió a entrar en el Mustang. Descansó hasta que oyó las primeras sirenas corriendo en dirección norte.

Helen Rodin circulaba por Second Street cuando notó un alboroto al mirar por el espejo retrovisor. Un Impala gris daba tumbos por el carril a una distancia de tres coches. El vehículo hizo un cambio de sentido en mitad de la calle y se fue por donde había llegado.

—Gilipollas —dijo Helen.

Ann Yanni se volvió en su asiento.

—Un coche de policía —añadió Helen—. Se pueden identificar por las antenas.

Reacher llegó a la oficina de Franklin unos diez minutos tarde. El despacho estaba situado en un edificio de ladrillo de dos plantas. La planta baja parecía una especie de nave industrial abandonada. Había rejas de hierro en las puertas y ventanas. Pero en las ventanas de arriba había persianas venecianas, y al fondo luces. Una escalera exterior llevaba a la primera planta. En la puerta había una placa blanca de plástico que decía: *Investigaciones Franklin.* Al pie del edificio había una zona de aparcamiento, con espacio para unos cuatro coches situados uno al lado del otro. El Saturn verde de Helen Rodin estaba allí, también un Honda Civic azul y un Chevy Suburban negro tan largo que sobresalía varios centímetros de la acera. El Suburban era de Franklin, apostó Richard. El Honda de Rosemary Barr, tal vez.

Reacher pasó de largo sin reducir la velocidad y dio una vuelta a la manzana. No vio nada que no le gustara. Así pues, aparcó el Mustang al lado del Saturn, salió del coche y cerró con llave. Subió por la escalera y abrió sin llamar a la puerta. Se encontró en un recibidor, con una cocina pequeña a la derecha y otro cuarto a su izquierda, que supuso que sería el baño. Más adelante pudo distinguir voces procedentes de una habitación más grande. Entró en la sala y vio a Franklin sentado al escritorio, a Helen Rodin y Rosemary Barr sentadas conversando, y a Ann Yanni mirando su coche por la ventana. Los cuatro se volvieron al verle entrar.

—¿Sabes algo de terminología médica? —le preguntó Helen.

—¿Como qué?

—PA —le dijo—. Un doctor lo anotó.

Reacher la miró. Después se fijó en Rosemary Barr.

—Déjame que piense —dijo—. Es el diagnóstico de James Barr. Probablemente sea un caso leve.

—Indicios —repuso Rosemary—. De lo que quiera que sea.

—¿Cómo lo sabías? —preguntó Helen.

—Intuición —respondió Reacher.

—¿Qué es?

—Dejémoslo para luego —dijo Reacher—. Vayamos por partes. —Se volvió hacia Franklin—. Dime lo que has averiguado sobre las víctimas.

—Cinco personas escogidas al azar —dijo Franklin—. No existe ninguna conexión entre ellas, ni ninguna conexión real con nada en absoluto. Desde luego no guardaban relación alguna con James Barr. Creo que tenías toda la razón. Barr no les disparó por ningún motivo propio.

—No, estaba completamente equivocado —dijo Reacher—. Lo cierto es que James Barr no les disparó.

Grigor Linsky se cobijó bajo la sombra de un portal y marcó un número en su teléfono.

—He seguido una corazonada —dijo.

—¿Cuál? —preguntó El Zec.

—Con la policía en el despacho de la abogada, imaginé que el soldado no podría ir a verla. Pero, evidentemente, tienen asuntos pendientes. Por lo que pensé que quizás ella iría a verle a él. Y así ha sido. La he seguido. Ahora mismo están juntos en la oficina del detective privado, con la hermana y la presentadora del telediario.

—¿Los demás están contigo?

—Tenemos la manzana entera vigilada. Este, oeste, norte y sur.

—No te muevas —dijo El Zec—. Te volveré a llamar.

Helen Rodin dijo:

—¿Quieres explicarnos esa afirmación?

—Las pruebas son sólidas —dijo Franklin.

Ann Yanni sonrió. *Una historia.*

Rosemary Barr se limitaba a observar.

—Le compraste a tu hermano una radio —dijo Reacher—, una Bose, para escuchar los partidos. Me lo contó. ¿Le compraste algo más?

—¿Como qué?

—Ropa.

—A veces —contestó.

—¿Pantalones?

—A veces —volvió a decir.

—¿Qué talla?

—¿Talla? —repitió sin comprender.

—¿Qué talla de pantalón usa tu hermano?

—Cuarenta y cuatro de cintura, cuarenta y cuatro de largo.

—Exacto —dijo Reacher—. Es relativamente alto.

—¿Eso en qué nos ayuda? —preguntó Helen.

—¿Sabes algo sobre juegos de números? —le preguntó Reacher a Helen—. Juegos antiguos e ilegales, lotería estatal, la Powerball, ese tipo de cosas.

—¿Qué pasa?

—¿Qué es lo más difícil?

—Que te toque —contestó Ann Yanni.

Reacher sonrió.

—Desde el punto de vista de los jugadores seguro que sí. Pero lo más difícil para los organizadores es que los números salgan realmente por azar. El azar verdadero es muy difícil de conseguir en la vida humana. Años atrás los organizadores de juegos ilegales anunciaban el número premiado en la sección de negocios del periódico. Acordaban con antelación la cifra, tal vez la segunda columna, las últimas dos cifras, la cifra del medio o lo que fuese. Se acercaba bastante al azar de verdad. Hoy en día las grandes loterías utilizan máquinas complicadas, pero los matemáticos pueden probar que los resultados no son del todo al azar, dado que somos los humanos quienes construimos las máquinas.

—¿Eso qué tiene que ver? —preguntó Helen.

—Simplemente es algo que se me ha pasado por la cabeza —explicó Reacher—. Estaba sentado esta tarde en el coche de la señorita Yanni, disfrutando del sol, pensando en lo difícil que es encontrar el azar de verdad.

—Pues tienes la cabeza en otra parte —repuso Franklin—. James Barr disparó a cinco personas. Las pruebas son aplastantes.

—Tú fuiste policía —le dijo Reacher—. Corrías peligro. Vigilancias, peleas, situaciones de mucha presión, momentos de estrés extremo. ¿Qué es lo primero que hacías después?

Franklin miró a las mujeres.

—Ir al baño —contestó.

—Exacto —dijo Reacher—. Yo también. Pero James Barr no. El informe de Bellantonio sobre la residencia de Barr muestra polvo de cemento en el garaje, la cocina, la sala de estar, la habitación y el sótano. Pero no en el baño. Así pues, Barr se fue a casa, ¿pero no hizo sus necesidades hasta después de ducharse y vestirse? ¿Y cómo pudo ducharse sin entrar en el baño?

—Tal vez de camino a casa.

—Nunca estuvo en el parking.

—Estuvo allí, Reacher. Hay pruebas.

—No existen pruebas que confirmen que Barr estuviera allí.

—¿Estás loco?

—Existen pruebas que confirman que su furgoneta estuvo allí, y sus zapatos, sus pantalones, su abrigo, su arma, su munición y su cuarto de dólar, pero nada que pruebe que fuera él.

—¿Se hicieron pasar por él? —preguntó Ann Yanni.

—Hasta el último detalle —contestó Reacher—. Condujo el coche, se vistió como él y usó su arma.

—Es una locura —dijo Franklin.

—Eso explica la gabardina —prosiguió Reacher—. Una prenda amplia que cubría todo excepto los vaqueros. ¿Por qué llevar una gabardina en un día cálido y seco?

—¿Quién fue? —preguntó Rosemary.

—Mirad —dijo Reacher.

Permaneció inmóvil y a continuación dio un paso hacia adelante.

—Uso una talla cuarenta y seis de pantalón —repuso—. Atravesé la parte nueva del parking en treinta y cinco zancadas. James Barr usa una talla cuarenta y cuatro, lo que significa que debería haber cruzado el mismo espacio en treinta y ocho zancadas. Pero las huellas del informe del Bellantonio muestran cuarenta y ocho zancadas.

—Alguien muy bajo —dijo Helen.

—Charlie —afirmó Rosemary.

—Yo también lo pensé —continuó Reacher—. Pero entonces fui a Kentucky. En principio porque quería corroborar algo más. Llegué a pensar que tal vez James Barr no fuera tan buen tirador. Estuve en la escena del crimen. Era un tiroteo complicado. Y hace catorce años Barr era bueno, pero no tanto. Cuando le vi en el hospital no tenía ninguna marca en el hombro derecho. Y para disparar tan bien como él lo hizo, se necesita práctica. Y una persona que practica habitualmente el tiro tiene marcas en el hombro. Una especie de callo. Barr no tenía ninguno. Así pues, pensé que alguien que no había destacado como tirador, al cabo del tiempo, aún menguaría más su habilidad. Especialmente si no practica demasiado. Algo lógico, ¿verdad? Quizás había llegado a un punto en el que se encontraba incapacitado para realizar el tiroteo del viernes. Quizás se tratara de una simple falta de capacidad. Eso era lo que yo pensaba. Por eso fui a Kentucky, para asegurarme de cuánto había empeorado.

—¿Y bien? —preguntó Helen.

—Había mejorado —dijo Reacher—. Mucho. No había empeorado. Mirad. —Extrajo la diana del bolsillo de su camisa y la desdobló—. Esta es la última de las treinta y dos sesiones en los últimos tres años. Es mucho mejor tirador que cuando estuvo en el ejército, hace catorce años. Lo cual es raro, ¿verdad? Ha disparado solo trescientas veinte veces en los últimos tres años, ¿y se ha convertido en un magnífico tirador? Mientras que cuando trabajaba para el ejército disparaba doscientas veces cada semana y era solo del montón.

—¿Qué significa todo eso?

—Iba al campo de tiro de Kentucky con Charlie. El tipo que dirige el negocio es un campeón de la Marina. Guarda las dianas usadas. Lo que significa que Barr tenía al menos dos testigos de sus resultados, siempre.

—Yo también querría tener testigos —dijo Franklin— si disparara igual.

—No es posible mejorar si no se practica —repuso Reacher—. La verdad es que creo que empeoró bastante. Y creo que su ego no podía asumirlo. Todos los tiradores son competitivos. En la actualidad era pésimo y no podría enfrentarse a ello. Quería ocultarlo. Presumir.

Franklin señaló hacia la diana.

—A mí no me parece pésimo.

—Esta diana es de mentira —dijo Reacher—. Se la entregaréis a Bellantonio y él os lo demostrará.

—¿Cómo que de mentira?

—Me juego lo que queráis a que son disparos con revólver. Una nueve milímetros, a bocajarro. Si Bellantonio mide los agujeros, apuesto a que descubrirá que son más grandes que los agujeros de una bala 308. Y si analiza el papel, encontrará restos de pólvora en él. Porque en mi opinión, James Barr daba un paseo por el campo y luego hacía estos agujeros a una distancia de dos centímetros, no de trescientos metros. Siempre que iba.

—Eso es solo una teoría.

—Es simple metafísica. Barr nunca fue tan bueno. Y lo normal es asumir que ha debido de empeorar. Si hubiese empeorado solo un poco lo hubiese admitido. Pero no lo admitió, por lo que podemos pensar que empeoró muchísimo. Lo bastante para sentirse avergonzado. Tal vez tanto que ni siquiera podía acertar a disparar en el papel.

Nadie dijo nada.

—Es una teoría que se demuestra por sí sola —continuó—. El hecho de que falsificara el resultado por vergüenza demuestra que ya no podía disparar bien. Si ya no podía disparar bien, no pudo haber cometido los crímenes del viernes.

—Solo son conjeturas —dijo Franklin.

Reacher asintió.

—Lo eran. Ya no. Ahora estoy seguro. Disparé una vez en Kentucky. El tipo me obligó a cambio de hablar con él. Había tomado mucha cafeína. Me temblaba el cuerpo exageradamente. Ahora sé que Barr empeoró muchísimo.

—¿Por qué? —preguntó Rosemary.

—Porque sufre la enfermedad de Parkinson —le contestó Reacher—. PA significa Parálisis Agitante, y la Parálisis Agitante es lo que los médicos llaman enfermedad de Parkinson. Tu hermano está enfermando, me temo. Tiembla y se agita. Y no hay manera humana de disparar un rifle certeramente si se sufre la enfermedad de Parkinson. En mi opinión, no solo no cometió los crímenes del viernes, sino que no existe posibilidad alguna de que los haya cometido.

Rosemary se quedó callada. Buenas y malas noticias. Miró por la ventana. Luego hacia el suelo. Iba vestida igual que una viuda. Blusa negra de seda, falda negra de tubo, medias negras, zapatos negros de charol de tacón bajo.

—Quizás por eso estaba todo el día enfadado —repuso—. Quizás notaba que se acercaba. Se sentía impotente y fuera de control. Su cuerpo empezó a fallarle. Lo odiaría. Cualquiera lo habría hecho.

Miró directamente a Reacher.

—Te dije que era inocente —le dijo.

—Señora, mis más sinceras disculpas —contestó Reacher—. Tenías razón. Se reformó. Cumplió su parte del trato. Merece que creamos en su palabra. Y siento que esté enfermo.

—Ahora tienes que ayudarle. Lo prometiste.

—Le estoy ayudando. Desde el lunes por la mañana no he hecho otra cosa.

—Esto es de locos —interrumpió Franklin.

—No, ha sido exactamente igual todo el tiempo —dijo Reacher—. Alguien intenta que James Barr cargue con las culpas. Pero en lugar de haberle obligado a hacerlo, se hicieron pasar por él. Es la única diferencia.

—Pero ¿eso es posible? —preguntó Ann Yanni.

—¿Por qué no? Piénsalo bien. Plantéatelo.

Ann Yanni se lo planteó. Repasó cada movimiento, lenta y detenidamente, como si fuera una actriz.

—Se pone la ropa de Barr, los zapatos. Quizás encuentra un cuarto de dólar en un tarro, o en un bolsillo, en cualquier lado. Se pone guantes, para no borrar las huellas de Barr. Ya ha cogido el cono de tráfico de su garaje, tal vez el día anterior. Coge el rifle del sótano. El arma ya ha sido cargada, por el mismo Barr, con anterioridad. Conduce a la ciudad en la furgoneta de Barr. Deja todo tipo de pistas. Se reboza en polvo de cemento. Vuelve a casa, deja las pruebas y se va. Rápidamente, sin tener ni siquiera tiempo para ir al baño. Más tarde James Barr vuelve a casa y se ve atrapado en una trampa desconocida para él.

—Así es exactamente como yo lo veo —dijo Reacher.

—Pero ¿dónde estuvo Barr mientras tanto? —preguntó Helen.

—Fuera —dijo Reacher.

—Es una gran coincidencia —dijo Franklin.

—Yo no creo que lo sea —dijo Reacher—. Creo que prepararon algo para quitárselo de encima. Lo último que Barr recuerda es haber ido a algún sitio, que se sentía optimista, como si algo bueno estuviera a punto de suceder. Creo que le prepararon una cita el viernes.

—¿Con quién?

—Con la pelirroja, quizás. Lo probaron conmigo. Quizás lo probaran también con él. Iba bien vestido el viernes. El informe muestra que guardaba la cartera en unos buenos pantalones.

—¿Entonces quién lo hizo? —preguntó Helen.

—Alguien frío como el hielo —dijo Reacher—. Alguien que ni siquiera necesitó ir al baño después de hacerlo.

—Charlie —dijo Rosemary—. Tuvo que ser él. Tiene que ser él. Es bajo. Es extraño. Conocía la casa. Sabía dónde estaba todo. El perro le conocía.

—Y era un tirador malísimo —repuso Reacher—. Esa es la otra razón por la que fui a Kentucky. Quería analizar esa teoría.

—Entonces, ¿quién fue?

—Charlie —respondió Reacher—. También falsificó sus resultados. Pero de forma diferente. Los agujeros producidos por sus disparos estaban por todo el papel. Pero realmente no estaban por todo el papel. La distribución no era totalmente al azar. Intentaba disimular lo bueno que era en realidad. Apuntaba hacia objetivos arbitrarios del papel, y acertaba cada uno de ellos, todo el tiempo, algo increíble, creedme. Llegaba un punto en que se aburría y apuntaba a la anilla interior, o al margen del papel. Incluso llegó a perforar las cuatro esquinas. El caso es que realmente no importa a lo que apuntes, siempre y cuando aciertes. Disparar al centro de la diana es solo una convención. Se practica igual si se apunta a cualquier otra parte. Incluso a algo fuera del papel, por ejemplo a un árbol. Eso es lo que Charlie hacía. Era un tirador excelente, entrenaba duro, pero fingía fallar. Y, como os he dicho, conseguir el azar verdadero es imposible. Siempre existen patrones.

—¿Por qué haría eso?

—Para tener una excusa.

—¿Haciendo creer a la gente que no sabía disparar?

Reacher asintió.

—Se percató de que el dueño del negocio guardaba las dianas usadas. Charlie es en realidad un asesino profesional de sangre fría.

—¿Cuál es su nombre real?

—Su nombre real es Chenko y forma parte de una banda rusa. Probablemente sea veterano del Ejército Rojo. Seguramente fue uno de sus francotiradores. Eran realmente buenos. Siempre lo han sido.

—¿Cómo llegaremos a él?

—A través de las víctimas.

—Volvemos al punto de partida. Las víctimas son un callejón sin salida. Tendrás que pensar en algo mejor.

—Su jefe se hace llamar El Zec.

—¿Qué tipo de nombre es ese?

—Es un término, no un nombre. Jerga de los tiempos de la Unión Soviética. Un zec era el presidiario de un campo de trabajos forzados, en el Gulag de Siberia.

—Esos campos son de la prehistoria.

—Por lo tanto El Zec es un hombre muy anciano. Pero también peligroso. Seguramente mucho más de lo que podamos imaginar.

El Zec se encontraba cansado después de trabajar con la máquina excavadora. Pero estaba acostumbrado a estar cansado. Llevaba cansado sesenta y tres años. Desde el día en que el reclutador había llegado a su pueblo, a principios de otoño de 1942. Su pueblo se encontraba a una distancia de seis mil quinientos kilómetros de cualquier parte, y el reclutador era un hombre de Moscú al que nunca nadie había visto antes. Un tipo dinámico, seguro de sí mismo y lleno de confianza. No toleraba que le llevaran la contraria ni que le discutieran. Todos los varones entre dieciséis y cincuenta años tuvieron que irse con él.

El Zec tenía diecisiete años por aquel entonces. Al principio lo pasaron por alto, ya que estaba en prisión por haberse acostado con la mujer de un hombre mayor, y cuando el marido apareció despotricando, El Zec le metió una paliza. El marido solicitó la exención, debido a su estado físico, y le contó al reclutador que su agresor permanecía en prisión. El reclutador, ansioso por alistar soldados, sacó a El Zec de su celda y le ordenó que se uniera al resto de hombres en la plaza del pueblo. El Zec obedeció feliz. Pensó que le habían concedido la libertad, que tendría cientos de oportunidades por delante.

Se equivocaba.

Encerraron a los reclutas en un camión, luego en un tren, durante un trayecto que duró cinco semanas. El reclutamiento propiamente en el Ejército Rojo llegaría más tarde. Les entregaron uniformes, prendas gruesas de lana, un abrigo, botas y una cartilla de identificación. Pero nada de dinero. Ni un arma. Ninguna instrucción tampoco. El tren hizo una breve parada sobre los raíles cubiertos de nieve. Allí un comisario gritaba una y otra vez en dirección al tren con un megáfono enorme de metal. El hombre repetía un sencillo discurso de diecisiete palabras que a El Zec se le quedó grabado en la memoria: «El destino del mundo se decidirá en Estalingrado, donde lucharéis hasta el final por nuestra madre patria».

El viaje de cinco semanas finalizó en la orilla este del Volga, donde descargaron a los reclutas como si de ganado se tratase, y les obligaron a dirigirse rápidamente a una zona donde había anclados transbordadores viejos de río y cruceros de placer. A ochocientos metros de distancia, en la orilla opuesta, el paisaje era infernal. Una ciudad, más grande que cualquier otra que hubiera visto antes El Zec, estaba en ruinas, vomitando humo y fuego. El río estaba ardiendo y explotaba, escupiendo restos de mortero. El cielo estaba repleto de aviones que sobrevolaban y caían en picado, lanzando bombas, disparando. Había cadáveres por todas partes, cuerpos hechos pedazos y heridos gritando.

Obligaron a El Zec a subir a un pequeño bote con una vela a rayas de colores alegres. El barco iba a reventar de soldados. No había espacio suficiente para moverse. Nadie iba armado. El bote se tambaleaba en mitad de la corriente helada, mientras los aviones caían en picado como moscas sobre porquería. Tardaron quince minutos en cruzar el río. Cuando llegaron, El Zec se dio cuenta de que se había manchado de sangre en la barca.

Le obligaron a avanzar por un embarcadero estrecho de madera.

Tenían que ir uno detrás de otro. Luego les hicieron correr en dirección a la ciudad, a un puesto militar donde tendría lugar la segunda fase de su entrenamiento: dos intendentes estaban distribuyendo rifles cargados y munición en una fila interminable, mientras entonaban algo que más tarde El Zec adoptaría como un poema, una canción o un himno. El cántico remataba toda aquella locura. Una y otra vez, sin descansar:

> Quien lleve rifle que dispare.
> Quien no lo lleve que vaya detrás.
> Cuando maten al que lleva el rifle
> que recoja el rifle el que vaya detrás y dispare.

A El Zec le entregaron munición, pero no rifle. Le empujaron y siguió a ciegas al hombre que tenía delante. Dobló una esquina. Pasó frente a un hoyo donde soldados con ametralladora se preparaban para disparar, de modo que pensó que la línea del frente debía de estar muy cerca. Entonces el comisario levantó una bandera y volvió a gritar por el megáfono: «¡No hay retirada! ¡Si dais un solo paso marcha atrás, os dispararemos!». Así pues, El Zec corrió impotente hacia adelante, dobló otra esquina y se encontró ante una lluvia de balazos alemanes. Se detuvo, dio media vuelta, y le alcanzaron restos de metralla en los brazos y en las manos. Cayó al suelo y se apoyó en los restos derruidos de un muro de ladrillo. En pocos minutos se vio enterrado entre una pila de cadáveres.

Despertó veintiocho horas después en un hospital improvisado. Allí vivió el primer contacto con la justicia militar soviética: dura, severa, ideológica, pero absolutamente acorde a sus normas secretas. El asunto a tratar era darle la vuelta: ¿eran heridas causadas por los enemigos de su patria? ¿O habían sido sus propios compatriotas? Debido a su ambigüedad física le absolvieron de la ejecución y le condenaron a formar parte del pelotón de batalla. Así fue como comenzó un proceso de supervivencia que había durado, hasta el momento, sesenta y tres años.

Un proceso que El Zec pensaba continuar.

Telefoneó a Grigor Linsky.

—Debemos asumir que el soldado ha hablado —le dijo—. Sea lo que sea lo que sepa, ahora los demás también lo saben. Por lo tanto, es hora de conseguir la póliza del seguro.

Franklin dijo:

—No hay manera de seguir adelante, ¿verdad? Emerson no creerá nada a menos que consigamos algo más.

—Pues ponte a trabajar con la lista de víctimas —dijo Reacher.

—Eso podría llevarme toda la vida. Cinco personas, cinco historias.

—Pues céntrate en uno.

—Genial. Estupendo. Entonces me puedes decir en quién quieres que me centre.

Reacher asintió. Recordó la descripción que había hecho Helen Rodin sobre lo que había oído. El primer disparo, una breve pausa, y luego otros dos disparos. A continuación otra pausa, algo más larga, pero en realidad de una fracción de segundo, y después los tres últimos disparos. Reacher cerró los ojos. Dibujó en su mente el gráfico de audio que le mostró Bellantonio, el que habían conseguido a partir de la grabación del contestador. Recordó su propia simulación en la penumbra del aparcamiento, con el brazo derecho extendido como si fuera el rifle: *clic, clic-clic, clic-clic-clic.*

—No fue la primera víctima —dijo—. Pues el arma estaba fría, y así es bastante probable que fallase. Así pues, la primera no tenía importancia para él. Es parte del envoltorio. Tampoco fueron las víctimas de los tres últimos disparos. Solo hizo un bang-bang-bang seguido. La bala que falló a propósito y más parte del envoltorio. Por entonces el trabajo ya estaba hecho.

—Entonces, se trata de la segunda o de la tercera. O ambas.

Clic, clic-clic.

Reacher abrió los ojos.

—La tercera —dijo—. Ahí marca el ritmo. El primer disparo en frío, luego una introducción y luego el disparo clave. El objetivo. Luego una pausa. Observa a través de la mira telescópica. Se asegura de haber abatido el blanco. Así es. Y finalmente los tres últimos.

—¿Quién fue la tercera? —preguntó Helen.

—La mujer —dijo Franklin.

Linksy llamó a Chenko, luego a Vladimir y a Sokolov. Les explicó la misión. La oficina de Franklin no tenía entrada trasera. Solo se accedía a ella por la escalera exterior. El coche del objetivo se encontraba allí mismo. Era sencillo.

Reacher dijo:

—Háblame de la mujer.

Franklin revolvió entre sus notas. Las volvió a ordenar por importancia.

—Se llamaba Oline Archer —dijo—. Mujer de raza caucásica, casada, sin hijos, treinta y siete años. Vive al oeste de aquí, a las afueras de la ciudad.

—Empleada del edificio de tráfico —continuó Reacher—. Si ella era el objetivo real, Charlie tenía que saber dónde estaba y cuándo saldría.

Franklin asintió.

—Empleada del edificio de tráfico. Llevaba trabajando allí un año y medio.

—¿Qué hacía exactamente?

—Oficinista. Tareas de ese tipo.

—¿Tuvo algo que ver con su trabajo? —preguntó Ann Yani.

—¿Demasiado tiempo en la cola? —dijo Franklin—. ¿Una mala fotografía en el carné de conducir? Lo dudo. He comprobado el banco nacional de datos. Los funcionarios de tráfico no son asesinados por sus clientes. Simplemente no sucede.

—Entonces, ¿hay algo de su vida personal? —preguntó Helen Rodin.

—No he visto nada que me llame la atención —contestó Franklin—. Era una mujer normal. Pero voy a seguir buscando. Escarbaré todo lo que pueda. Tiene que haber algo.

—Hazlo rápido —intervino Rosemary Barr—. Por el bien de mi hermano. Tenemos que sacarle de ahí.

—Para ello necesitamos opiniones médicas —repuso Ann Yanni—. Quiero decir de doctores que no sean psiquiatras.

—¿Pagará la NBC? —preguntó Helen Rodin.

—Solo si la teoría se sostiene.

—Pues debería —dijo Rosemary—. ¿O no? Lo del Parkinson es una razón de peso.

—Puede resultar en un juicio —opinó Reacher—. Es una razón convincente de que James Barr no podría haberlo hecho. Eso, junto a un discurso plausible de que lo hiciera otra persona, podría crear una duda razonable.

—Plausible es una gran palabra —dijo Franklin—. Y duda razonable es un concepto arriesgado. Es mejor que Alex Rodin retire todos los cargos. Lo que significa que antes tenemos que convencer a Emerson.

—Yo no puedo hablar con ninguno de los dos —dijo Reacher.

—Yo sí que puedo —intervino Helen.

—Yo también —añadió Franklin.

—Y yo, por supuesto, también puedo —repuso Ann Yanni—. Todos podemos, aparte de ti.

—Pero podríais no querer hacerlo —dijo Reacher.

—¿Por qué no? —preguntó Helen.

—Esta parte no os va a gustar demasiado.

—¿Por qué no? —volvió a preguntar Helen.

—Piensa —respondió Reacher—. Repasad lo sucedido. La chica

llamada Sandy asesinada, lo que sucedió en el bar recreativo el lunes por la noche, ¿por qué ocurrieron esas dos cosas?

—Para pararte los pies. Para evitar que estropearas el caso.

—Correcto. Dos intentos, el mismo objetivo, el mismo fin, el mismo autor.

—Evidentemente.

—Lo ocurrido la noche del lunes comenzó cuando me siguieron desde mi hotel. Sandy, Jeb Oliver y sus colegas estuvieron paseando con el coche por las calles, haciendo tiempo, esperando a que alguien les llamara y les dijera dónde estaba yo. Por lo tanto, realmente empezaron a seguirme desde el hotel. Desde muy temprano.

—Eso ya lo sabemos.

—Pero ¿cómo consiguió mi nombre el director de marionetas? ¿Cómo sabía siquiera que yo ya estaba en la ciudad? ¿Cómo sabía que había un tipo que se iba a convertir en un problema potencial?

—Alguien se lo contó.

—¿Quién lo sabía, desde primera hora de la mañana del lunes?

Helen hizo una breve pausa.

—Mi padre —contestó—. Desde el lunes a primera hora. Y luego Emerson, se supone, algo más tarde. Habrían estado hablando sobre el caso. Se habrían puesto inmediatamente en contacto si algo lo hubiese puesto en peligro.

—Exacto —dijo Reacher—. Así pues, uno de los dos habló con el director de marionetas. Mucho antes del lunes a la hora de cenar.

Helen no dijo nada.

—A menos que uno de los dos sea el director de marionetas —añadió Reacher.

—El Zec es el director de marionetas. Tú mismo lo has dicho.

—He dicho que es el jefe de Charlie. Eso es todo. Pero no hay manera de saber si existe alguien más por encima de ellos.

—Tienes razón —dijo Helen—. No me gusta en absoluto lo que estás diciendo.

—Alguien contactó con él —insistió Reacher—. De eso estoy ab-

338

solutamente convencido. Tu padre o Emerson. Consiguieron mi nombre dos horas después de salir del autobús. Por consiguiente, uno de ellos está metido hasta el cuello, y el otro no nos ayudará porque le gusta el caso tal y como ahora está.

La habitación se quedó en silencio.

—Tengo que irme a trabajar —dijo Ann Yanni.

Nadie dijo nada.

—Llamadme si hay algo nuevo —pidió Yanni.

La habitación permaneció en silencio. Reacher no dijo nada. Ann Yanni atravesó la sala. Se detuvo a su lado.

—Las llaves —le dijo.

Reacher buscó en su bolsillo y se las entregó.

—Gracias por el préstamo —repuso—. Buen coche.

Linsky vio que el Mustang dejaba el aparcamiento. El vehículo se dirigió hacia el norte. Motor fuerte, gran nube de humo. Se podía oír el ruido a una manzana de distancia. Después la calle volvió a quedar en silencio y Linsky llamó por teléfono.

—La mujer de la televisión ya se ha ido —dijo.

—El detective privado permanecerá en su despacho —repuso El Zec.

—¿Qué pasa si todos los demás se van juntos?

—Espero que no sea así.

—Pero ¿y si es así?

—Cogedlos a todos.

Rosemary Barr preguntó:

—¿Existe cura para la enfermedad de Parkinson?

—No —contestó Reacher—. No hay cura ni prevención. Pero sus síntomas pueden retardarse. Existen fármacos, fisioterapia, y el sueño. Los síntomas desaparecen cuando el paciente está dormido.

—Quizás por eso tomaba pastillas, para escapar.

—No debería intentar escapar demasiado. El contacto social es bueno.

—Debería ir al hospital —dijo Rosemary.

—Explícaselo —dijo Reacher—. Explícale lo que sucedió en realidad el viernes.

Rosemary asintió. Atravesó la habitación y salió. Unos minutos más tarde su coche arrancó y partió.

Franklin fue a la cocina a hacer algo de café. Reacher y Helen Rodin se quedaron a solas en la oficina. Reacher se sentó en la silla que Rosemary Barr había dejado vacía. Helen se acercó a la ventana y miró hacia la calle. Estaba de espaldas a la habitación. Vestía igual que Rosemary Barr. Camisa negra, falda negra, zapatos negros de charol. Pero ella no parecía una viuda, sino una mujer de Nueva York o París. Llevaba tacones altos y sus piernas, largas y morenas, iban sin medias.

—Estos tipos de los que estamos hablando son rusos —dijo.

Reacher no dijo nada.

—Mi padre es norteamericano —afirmó Helen.

—Un norteamericano que se llama Aleksei Alekseivitch —añadió Reacher.

—Nuestra familia se trasladó aquí antes de la primera guerra mundial. No existe posible conexión. ¿Cómo podría ser? La gente de la que hablamos son soviéticos de clase social baja.

—¿A qué se dedicaba tu padre antes de ser abogado del distrito?

—Era ayudante del distrito.

—¿Y antes?

—Siempre ha trabajado ahí.

—¿Te has fijado en el juego de café?

—¿Qué le pasa?

—Se sirve en tazas de porcelana china y bandeja de plata. El condado no se lo ha pagado.

—¿Y?

—¿Te has fijado en sus trajes?

—¿Sus trajes?

—El lunes llevaba un traje de mil dólares. No se ven demasiados funcionarios que lleven trajes de mil dólares.

—Tiene gustos caros.

—¿Cómo se los puede permitir?

—No quiero hablar de eso.

—Una pregunta más.

Helen no dijo nada.

—¿Te presionó para que no aceptaras el caso?

Helen no contestó. Miró a izquierda. A derecha. Después se volvió.

—Dijo que perder podría significar ganar.

—¿Refiriéndose a tu carrera?

—Eso es lo que pensé. Es lo que sigo pensando. Es un hombre honrado.

Reacher asintió.

—Existe un cincuenta por ciento de probabilidades de que tengas razón.

Franklin volvió a entrar con el café, de marca desconocida. Portaba una bandeja de madera con tres tazas de juegos diferentes, dos de las cuales tenían la cerámica picada. También llevaba un cartón abierto de leche, un paquete amarillo de azúcar y una única cucharilla de café. Dejó la bandeja sobre la mesa. Helen Rodin se quedó observándola, como si aquella bandeja corroborara el punto de vista de Reacher: *Así es como se sirve el café en una oficina.*

—David Chapman —intervino—, el primer abogado de James Barr, escuchó tu nombre el lunes. Lo supo desde el sábado.

—Pero no sabía que había llegado —dijo Reacher—. Supongo que nadie se lo dijo.

—Yo también lo sabía —repuso Franklin—. Quizás yo también debería estar entre los sospechosos.

—Pero no sabías la razón real de que yo estuviera aquí —contestó Reacher—. No me habrías atacado, me habrías reclamado como testigo.

Nadie dijo nada.

—Me equivoqué sobre Jeb Oliver —prosiguió—. No es un camello. En su granero no había nada excepto una vieja camioneta.

—Me alegro de que te puedas equivocar en algo —dijo Helen.

—Jeb Oliver no es ruso —afirmó Franklin.

—Es tan norteamericano como el pastel de manzana —confirmó Reacher.

—Así pues, esos tipos trabajan con norteamericanos. A eso es a lo que me refiero. Podría ser Emerson. No tiene por qué ser el abogado del distrito.

—Cincuenta por ciento de posibilidades —repuso Reacher—. Todavía no estoy acusando a nadie.

—Siempre y cuando tengas razón.

—Esos tipos me estuvieron siguieron desde el principio.

—No creo que sean Emerson o el fiscal del distrito. Los conozco a los dos.

—Puedes llamarle por su nombre —interrumpió Helen—. Se llama Alex Rodin.

—No creo que sea ninguno de los dos —insistió Franklin.

—Voy a volver a la oficina —dijo Helen.

—¿Me puedes llevar? —preguntó Reacher—. Y dejarme debajo de la carretera elevada.

—No —respondió Helen—. La verdad es que no me apetece.

Cogió el bolso y el maletín y salió sola de la oficina.

Reacher se sentó apaciblemente y escuchó atento los sonidos de la calle. Oyó una puerta de coche abrirse y cerrarse, un motor poniéndose en marcha, un coche partiendo. Bebió café y dijo:

—Creo que se ha molestado.

Franklin asintió.

—Yo también lo creo.

—Esos tipos cuentan con alguien. Eso está claro, ¿verdad? Es un hecho. Así pues, Helen debería ser capaz de hablar de ello.

—Tiene más sentido que sea un policía, y no un fiscal.

—No estoy de acuerdo. Un policía solo controla sus casos. A la larga, un abogado lo controla todo.

—Preferiría que así fuera. Yo fui policía.

—Yo también —repuso Reacher.

—Y debo decir que Alex Rodin echa abajo numerosos casos. La gente dice que se debe a su prudencia, pero podría ser algo más.

—Deberías investigar qué tipo de casos son los que rechaza.

—Como si no tuviera suficientes cosas ahora.

Reacher asintió. Bajó la taza. Se puso de pie.

—Empieza con Oline Archer —dijo—, la víctima. Ahora es lo que importa.

Seguidamente se acercó a la ventana y observó la calle. No vio nada. Hizo un gesto de asentimiento a Franklin, caminó hacia el vestíbulo y salió hasta el rellano de las escaleras.

Se detuvo en el escalón más alto y se desperezó. Hacía calor. Estiró los hombros, flexionó las manos, respiró profundamente. Se sentía incómodo por haber pasado todo el día conduciendo y sentado. Y agobiado por tener que esconderse todo el tiempo. El hecho de estar tan tranquilo y no hacer nada le hizo sentirse bien allá arriba, expuesto al aire libre, a la luz del día. A sus pies, a la izquierda, todos los coches se habían marchado, excepto el Suburban negro. La calle estaba en silencio. Miró hacia la derecha. Había atascos en dirección norte y sur. A su izquierda había un poco menos de tráfico. Planeó que primero se escabulliría por la zona oeste. Pero alejándose de la comisaría, situada en el interior. Tendría que esquivarla. A continuación tomaría dirección norte. El norte de la ciudad era un laberinto de calles. Allí era donde se sentía más resguardado.

Comenzó a bajar las escaleras. Cuando pisó la acera, oyó una pisada cinco metros por detrás de él. Una pisada de lado. Suelas delgadas sobre la piedra caliza. Silencio. A continuación el crunch-crunch inconfundible del sonido de pistón de un revólver.

Seguidamente oyó decir:

—Quieto ahora mismo.

Un acento americano. Discreto pero distinto. *De alguna zona del norte.* Reacher se detuvo. Permaneció inmóvil con la vista al frente, observando un muro blanco de ladrillo que había al lado opuesto de la calle.

La voz dijo:

—Hacia la derecha.

Reacher se desplazó hacia la derecha. Una zancada de lado.

La voz dijo:

—Ahora date la vuelta muy despacio.

Reacher se volvió, muy despacio. Tenía las manos separadas del cuerpo, con las palmas hacia fuera. Vio a un tipo a cinco metros, el mismo que había visto la noche anterior desde las sombras. No mediría más de metro setenta ni pesaría más de sesenta kilos. Menudo, de piel clara, con el pelo negro y despeinado. Era Chenko, Charlie. En su mano derecha, inmóvil como una piedra, llevaba un revólver de cañón recortado. En la izquierda llevaba algo negro.

—Cógelo —dijo Charlie.

Le lanzó el objeto negro. Reacher lo vio rodar y brillar por el aire, en dirección a él. Su subconsciente le dijo: *No es una granada.* Así que lo cogió con las dos manos. Era un zapato. Un zapato de mujer, de charol negro, con tacón. Aún estaba caliente.

—Ahora lánzamelo otra vez —le ordenó Charlie—, como he hecho yo.

Reacher hizo una pausa. *¿De quién era?* Lo observó.

Tacón bajo.

¿De Rosemary Barr?

—Lánzamelo —repitió Charlie—. Recto y despacio.

Valoración y evaluación: Reacher iba desarmado. Sujetaba un zapato. No una piedra, ni una roca. El zapato era ligero y no estaba hecho de material aerodinámico. No haría daño a nadie. Flotaría y perdería velocidad en el aire, y Charlie simplemente lo esquivaría.

—Lánzamelo —volvió a repetir Charlie.

Reacher no hizo nada. Podía arrancar el tacón y lanzárselo como un dardo. Como un misil. Pero Charlie podía disparar en el momento que le viese echar el brazo hacia atrás para coger impulso. Charlie estaba a cinco metros de distancia, preparado, concentrado, imperturbable, con el arma inmóvil en la mano. Demasiado cerca para fallar. Demasiado lejos para acertarle a él.

—Última oportunidad —dijo Charlie.

Reacher le devolvió el zapato. Un lanzamiento alto y limpio. Charlie lo cogió con una mano. Parecía como si hubieran rebobinado la escena.

—Está en la escuela de verano —comentó Charlie—. Míralo así. Le vamos a dar todo tipo de detalles. Prepararemos su testimonio. Su hermano planeó todo con antelación y le contó a ella lo que pretendía hacer. Será una gran testigo. Hará que ganemos el caso. Lo entiendes, ¿verdad?

Reacher no dijo nada.

—Así que el juego ha acabado —dijo Charlie.

Reacher permaneció callado.

—Retrocede dos pasos —le ordenó.

Reacher retrocedió dos pasos, justo al filo del bordillo. Charlie quedó a seis metros. Seguía sosteniendo el zapato en la mano. Sonreía.

—Vuélvete —le dijo.

—¿Vas a dispararme? —le preguntó.

—Puede ser.

—Deberías.

—¿Por qué?

—Porque si no lo haces, te encontraré y haré que lo lamentes.

—Gran discurso.

—No es solo un discurso.

—Entonces puede que te dispare.

—Deberías.

—Date la vuelta —ordenó Charlie.

Reacher se dio la vuelta.

—Quieto ahí —dijo Charlie.

Reacher permaneció quieto en mitad de la calle. Tenía los ojos bien abiertos, mirando hacia el asfalto, que era de adoquines viejos. La superficie era irregular, llena de baches. Reacher empezó a contar los adoquines por hacer algo en lo que podrían ser los últimos segundos de su vida. Se esforzó por escuchar algún sonido procedente de atrás, como el roce de la ropa de Charlie mientras extendía el brazo, o el clic metálico del gatillo retrocediendo un milímetro. ¿Dispararía Charlie? Su sentido común le decía que no. Los homicidios siempre eran investigados.

Pero esa gente estaba loca. Y había un cincuenta por ciento de probabilidades de que trabajaran para un policía local, o de que él trabajara para ellos.

Silencio. Reacher continuó esforzándose por escuchar algo.

Pero no oyó nada. No ocurrió nada, nada en absoluto. Pasaron un minuto. Dos. A continuación, a unos cien metros en dirección este se oyó una sirena, un coche de policía abriéndose camino a través del tráfico.

—No te muevas —le dijo Charlie.

Reacher permaneció inmóvil. Diez segundos. Veinte. Treinta. Seguidamente los dos coches de policía aparecieron por la esquina de la manzana. Uno desde el este, el otro desde el oeste. Ambos avanzaban velozmente. Los motores rugían. Los neumáticos chirriaban. El ruido resonaba contra las paredes. Se detuvieron en un stop. Abrieron las puertas. Salieron en avalancha. Reacher volvió la cabeza. Charlie ya no estaba allí.

14

El arresto fue rápido y eficiente. Se llevó a cabo de manera usual. Armas, gritos, esposas, lectura de derechos. Reacher permaneció callado durante el proceso. Sabía que era mejor eso que hablar. Había sido policía durante trece años y sabía en qué te puedes meter si hablas y lo mucho que podía retrasar el proceso. Decir cualquier palabra implicaba que los policías tuviesen que parar para escribirlo. Y Reacher no podía permitir que se perdiera tiempo en aquel momento.

El trayecto hasta la comisaría fue, gracias a Dios, corto, dos manzanas más allá. Reacher pensó que tenía sentido que un expolicía como Franklin tuviera su oficina en el mismo barrio donde trabajaba antes. Aprovechó el trayecto en coche para pensar en una estrategia. Imaginó que le llevarían ante Emerson, lo que significaba tener el cincuenta por ciento de probabilidades de estar en una habitación con un poli corrupto.

O con un buen poli.

Sin embargo, finalmente tuvo el cien por cien de probabilidades de que le llevaran ante el malo, porque Emerson y Alex Rodin estaban juntos en la comisaría. Los policías sacaron a Reacher del coche y le empujaron hasta el despacho de Emerson. Emerson estaba sentado detrás de su escritorio. Rodin en una silla justo delante.

«No puedes decir una palabra —pensó Reacher—. Esto tiene que ser muy rápido.»

A continuación pensó: «¿Quién? ¿Rodin? ¿O Emerson?». Rodin llevaba puesto un traje azul, veraniego, caro, tal vez el mismo que llevaba el lunes. Emerson estaba en mangas de camisa. Jugueteaba con un bolígrafo, golpeándolo contra el escritorio.

«Empecemos», pensó Reacher.

—No eras tan difícil de encontrar —dijo Emerson.

Reacher no contestó. Seguía esposado.

—Háblanos de la noche en que la chica fue asesinada —le pidió Rodin.

Reacher no dijo nada.

—Dinos cómo te sentiste —le dijo Emerson— cuando le partiste el cuello.

Reacher permaneció callado.

—El jurado te odiará —repuso Rodin.

Reacher dijo:

—Una llamada de teléfono.

—¿Quieres un abogado? —preguntó Emerson.

Reacher no respondió.

—¿Quién es tu abogado? —preguntó Rodin.

—Tu hija —contestó Reacher.

—¿Quieres llamarla? —preguntó Emerson.

—Quizás. O quizás a Rosemary Barr.

Les miró a los ojos.

—¿A la hermana? —dijo Rodin.

—¿Quieres llamar a la hermana? —preguntó Emerson.

«Uno de los dos sabe que ella no va a contestar», pensó Reacher.

«¿Cuál de los dos?»

«Nada en sus ojos.»

—A Ann Yanni —les dijo.

—¿De la televisión? —se extrañó Rodin—. ¿Por qué ella?

—Tengo derecho a una llamada —respondió Reacher—. No tengo por qué explicar nada. Yo os digo a quién y vosotros marcáis el número.

—Se estará preparando para emitir en antena. Las noticias locales comienzan a las seis en punto.

—Entonces esperaremos —repuso Reacher—. Tengo todo el tiempo del mundo.

«¿Quién de los dos sabe que no es verdad?»

Esperaron, pero resultó que la espera no fue larga. Emerson llamó a los estudios de la NBC y le dijo al ayudante de Ann Yanni que el departamento de policía había arrestado a Jack Reacher y que requería su presencia por alguna razón desconocida. Era un mensaje extraño, pero Yanni se presentó en la oficina de Emerson en menos de treinta minutos. Era una periodista especializada en acudir al epicentro de la noticia. Y al día siguiente aquella historia sería mucho más interesante que las noticias de siempre.

—¿En qué puedo ayudar? —preguntó.

Tenía presencia. Era como una estrella en su universo. Y representaba a los medios de comunicación. Tanto Emerson como Rodin parecían algo intimidados. No por ella como mujer, sino por lo que representaba.

—Lo siento —le dijo Reacher—. Sé que tú no querrás, y yo dije que nunca lo diría, pero dadas las circunstancias, vas a tener que confirmar la coartada que tengo. No hay elección, me temo.

Reacher la observó. Vio cómo la chica atendía a sus palabras. Vio confusión en su mirada. En su rostro no había reacción alguna. Ambos se miraron fijamente a los ojos. No hubo reacción.

«Ayúdame a salir de aquí, chica.»

Un segundo.

Dos segundos.

No hubo reacción

Reacher aguantó la respiración.

No hubo reacción.

A continuación Yanni asintió. Comprendió. Reacher expiró. *Buena llamada*. Habilidad profesional. Yanni era una persona habituada a escuchar noticias de última hora por el auricular y repetirlas delante de la cámara medio segundo después, como si lo hubiese sabido toda su vida.

—¿Qué coartada? —preguntó Emerson.

Yanni miró a Emerson. Seguidamente a Rodin.

—Creía que me habían llamado por Jack Reacher —repuso.

—Así es —dijo Emerson.

—Pues este es Joe Gordon —dijo—. Al menos eso me dijo.

—¿Le dijo que se llamaba Joe Gordon?

—Cuando le conocí.

—¿Cuándo fue eso?

—Hace dos días.

—Habéis estado emitiendo su retrato en las noticias.

—¿Ese era su retrato? No se parece en nada a él. Tiene el pelo totalmente diferente. No se parecen en nada.

—¿Qué coartada? —volvió a preguntar Emerson.

—¿Cuándo? —preguntó a su vez Yanni.

—La noche que murió la chica. Es de eso de lo que estamos hablando.

Yanni se quedó callada.

Rodin dijo:

—Señorita, si sabe algo, tiene que contárnoslo.

—Prefiero no hacerlo —dijo Yanni.

Reacher sonrió para sí. La manera en que Yanni dijo aquellas palabras garantizaba al cien por cien que Emerson y Rodin estuvieran a punto de rogarle que contara la historia. Yanni permanecía de pie, colorada ante la pregunta, con la espalda recta y los tres primeros botones de la blusa abiertos. Era toda una actriz. Reacher pensó que quizás todos los nuevos presentadores lo fueran.

—Se trata de algo necesario —dijo Emerson.

—Evidentemente —dijo Yanni—. Pero ¿no puede sencillamente creer en mi palabra?

—¿Su palabra, respecto a qué?

—A que él no lo hizo.

—Necesitamos los detalles —intervino Rodin.

—Tengo que pensar en mi reputación —dijo Yanni.

—Su declaración no se hará pública si retiramos los cargos.

—¿Pueden garantizarme que retirarán los cargos?

—No antes de oír su declaración —contestó Emerson.

—Entonces es el pez que se muerde la cola —repuso Yanni.

«No te pases —pensó Reacher—. No tenemos tiempo.»

Yanni suspiró. Miró hacia el suelo. Levantó la vista, directamente a los ojos de Emerson. Furiosa, avergonzada, espléndida.

—Pasamos esa noche juntos —dijo.

—¿Reacher y usted?

—Joe Gordon y yo.

Emerson señaló a Reacher.

—¿Este hombre?

Yanni asintió.

—Ese hombre.

—¿Toda la noche?

—Sí.

—¿Desde cuándo y hasta cuándo?

—Desde las doce menos veinte aproximadamente. Cuando acabó el telediario. Hasta que, a la mañana siguiente, me informaron de que la policía había encontrado el cuerpo de una chica.

—¿Dónde estuvieron?

Reacher cerró los ojos. Hizo memoria sobre la conversación mantenida con ella la noche anterior en el parking. La ventanilla del coche abierta unos centímetros. *¿Se lo había dicho?*

—En el motel —dijo Yanni—. En su habitación.

—El recepcionista no nos dijo nada sobre haberla visto.

—Claro que no me vio. Tengo que tener cuidado con ese tipo de cosas.

—¿Qué habitación?

¿Se lo había dicho?

—Ocho —contestó Yanni.

—¿Reacher no abandonó la habitación en toda la noche?

—No, no lo hizo.

—¿En ningún momento?

—No.

—¿Cómo puede estar segura?

Yanni apartó la mirada.

—Porque en realidad no dormimos ni un minuto.

Hubo un silencio en la oficina.

—¿Puede ofrecernos algún detalle que confirme lo que nos acaba de contar? —preguntó Emerson.

—¿Como qué? —preguntó a su vez Yanni.

—Como marcas distintivas. Algo que no podamos ver pero que haya podido ver alguien que haya estado en su lugar.

—Oh, por favor.

—Es la última pregunta —insistió Emerson.

Yanni no dijo nada. Reacher recordó el momento en que encendió la débil luz interior del Mustang, se apartó la camisa y le mostró la barra de hierro. Movió las manos esposadas y se las colocó en la cinturilla.

—¿Alguna cosa? —insistió Emerson.

—Es importante —repuso Rodin.

—Tiene una cicatriz —dijo Yanni—. Debajo del estómago. Una marca grande y horrible.

Emerson y Rodin se volvieron y miraron hacia Reacher. Él se agarró la camisa y tiró de ella hasta sacársela de los pantalones. La levantó.

—De acuerdo —dijo Emerson.

—¿De qué es? —preguntó Rodin.

—La mandíbula de un sargento de la Marina —le respondió Reacher—. Los médicos calcularon que debía de pesar unos cien gramos. Salió despedida a dos kilómetros por segundo desde el epicentro de una explosión de trinitrotolueno, por encima de la superficie del mar, hasta que chocó conmigo.

Reacher se volvió a bajar la camisa. No se la metió dentro de los pantalones. Con las esposas hubiera sido difícil hacerlo.

—¿Contentos ya? —preguntó—. ¿Habéis avergonzado lo suficiente a la señorita?

Emerson y Rodin se miraron el uno al otro. «Uno de los dos sabe perfectamente que soy inocente —pensó Reacher—. Y no me importa lo que piense el otro.»

—Señorita Yanni, tendrá que poner por escrito lo que nos ha contado —le dijo Emerson.

—Usted escriba, que yo lo firmaré —repuso Yanni.

Rodin miró hacia Reacher.

—¿Puedes corroborarlo tú?

—¿Cómo?

—Parecido a lo que ha hecho la señorita Yanni con tu cicatriz, pero respecto a algo que ella tenga.

Reacher asintió.

—Sí, podría. Pero no lo haré. Y si insistes te incrustaré los dientes en la garganta.

Silencio en la oficina. Emerson rebuscó en su bolsillo y encontró la llave de las esposas. De repente se volvió y se la lanzó a Reacher, que continuaba esposado, pero pudo alcanzar la llave con la mano derecha. La atrapó en la palma derecha y sonrió.

—¿Has hablado con Bellantonio? —dijo.

—¿Por qué le diste a la señorita Yanni un nombre falso? —le preguntó Emerson.

—Tal vez no sea falso —dijo Reacher—. Tal vez Gordon sea mi verdadero nombre.

Le lanzó la llave de vuelta, dio un paso hacia adelante, extendió las muñecas y esperó a que Emerson le quitara las esposas.

El Zec respondió a una llamada dos minutos después. Una voz familiar, grave y nerviosa.

—No ha funcionado —dijo—. Tenía una coartada.

—¿Auténtica?

—Probablemente no. Pero tampoco podemos probarlo.

—¿Entonces qué hacemos?

—Quédate ahí. Está muy cerca. Podría ir a por ti ahora mismo. Así pues, enciérrate y prepárate para lo que va a pasar.

—No han opuesto demasiada resistencia, ¿no? —dijo Ann Yanni, arrancando el motor del Mustang cuando Reacher hubo cruzado la puerta de la comisaría.

—Tampoco esperaba que lo hiciesen —contestó—. El inocente sabe que el caso es poco sólido. Y el culpable sabe que devolviéndome a las calles me quitarán de en medio igual de rápido que si estuviera en la cárcel.

—¿Por qué?

—Porque tienen a Rosemary Barr y saben que iré a buscarla. De modo que me están esperando. Así que antes de mañana estaré muerto. Ese es el nuevo plan. Más efectivo que la cárcel.

Condujeron nuevamente hasta la oficina de Franklin, subieron deprisa por la escalera exterior y encontraron a Franklin sentado detrás del escritorio. Las luces estaban apagadas y Franklin tenía la cara pegada a la pantalla del ordenador. Lo miraba atentamente, como si el aparato le estuviera diciendo algo. Reacher le contó lo que le había sucedido a Rosemary Barr. Franklin se quedó inmóvil y miró hacia la puerta. Luego hacia la ventana.

—Acabábamos de estar aquí —dijo.

Reacher asintió.

—Los tres. Tú, Helen y yo.

—Yo no oí nada.

—Yo tampoco —dijo Reacher—. Son realmente buenos.

—¿Qué pretenden?

—Van a hacer que testifique en contra de su hermano. Una especie de historia disfrazada.

—¿Le harán daño?

—Depende de lo que se resista.

—No lo permitirá —intervino Yanni— ni en un millón de años. ¿No lo veis? Está totalmente dispuesta a limpiar el nombre de su hermano.

—Entonces le harán daño.

—¿Dónde está? —preguntó Franklin—. ¿Podemos encontrarla?

—Dondequiera que estén ellos —respondió Reacher—. Pero no sé dónde es.

Rosemary Barr estaba en la casa de El Zec, en la sala de estar de la planta alta, atada a una silla. El Zec la observaba. Le fascinaban las mujeres. En una ocasión había pasado veintisiete años sin ver a ninguna. En el batallón de combate al que se había unido en 1943 había unas cuantas, pero formaban una pequeña minoría y morían enseguida. Más tarde, cuando ganaron la gran guerra patriótica, comenzó su pesadilla en el Gulag. En 1949 vio a una campesina cerca del canal del mar Blanco. Se trataba de una anciana encorvada y fea, que caminaba por un campo de remolachas, a unos doscientos metros. Después nada, hasta 1976 cuando vio a una enfermera en un troika, un trineo tirado por tres caballos, por las tierras nevadas de Siberia. El Zec trabajaba en una cantera por aquel entonces. Había salido del agujero, junto a un centenar de zecs como él. Se dirigían todos de vuelta, formando una columna larga y desordenada, descendiendo por un camino. El trineo de la enfermera se aproximaba por otro camino serpenteante. El terreno era llano, sin árboles ni arbustos, y estaba cubierto de nieve. Los zecs podían divisar el paisaje a la perfección. Se detuvieron y observaron a la enfermera a un kilómetro y medio de distancia. A continuación volvieron las cabezas y la siguieron con la vista mientras pasaba de largo y avanzaba otro kilómetro y medio. Los guardias les negaron la comida aquella noche como castigo por el alto que hicieron en el camino sin estar autorizados. Cuatro hombres murieron, pero él no.

—¿Estás cómoda? —le preguntó.

Rosemary Barr no contestó. El tal Chenko ya le había devuelto el zapato. Se había puesto de rodillas ante ella y la había calzado como lo habría hecho un dependiente de zapatería. Seguidamente, se había apartado y había tomado asiento en el sofá, junto al tipo llamado Vladimir. Sokolov permaneció en el piso de abajo, en una habitación repleta de equipos de vigilancia. Linsky paseaba por la habitación, pálido de dolor. Le pasaba algo en la espalda.

—Cuando El Zec habla, tú debes responder —le dijo Vladimir.

Rosemary apartó la mirada. Tenía más miedo de Vladimir que de los demás. Vladimir era enorme, tenía aspecto de depravado y olía igual.

—¿Entiende sus derechos? —preguntó Linsky.

El Zec le sonrió, y Linsky sonrió también, a modo de respuesta. Se trataba de una broma entre ellos. En los campamentos, cualquier reivindicación de derechos o de trato humano se resumía en la pregunta y en la respuesta: *¿Entiendes tus derechos? Tú no tienes derechos. Tú no eres nada para la madre patria.* La primera vez que Linsky había oído tal pregunta había estado a punto de responder, pero El Zec le había dicho que se callara. Por aquel entonces, El Zec llevaba dieciocho años preso, y aquella intervención no era propia de él. Pero sin duda le unía una conexión especial con aquel joven salvaje. Desde entonces estuvieron juntos, viviendo en una serie interminable de lugares diferentes, cuyos nombres ya no recordaban. Se han escrito muchos libros sobre el Gulag, se han descubierto muchos documentos y se han hecho muchos mapas. La ironía es que aquellos que participaron no tenían ni idea de dónde habían estado. Nadie se lo dijo. Un campamento era un campamento: alambrada, cabañas, bosques enormes, tundras infinitas, trabajo interminable. ¿Qué más daba cómo se llamase?

Linsky había sido soldado y ladrón. En el oeste de Europa o en

América, podrían haberle condenado a una pena de cárcel, pero durante la Unión Soviética robar significaba una infracción ideológica. Se consideraba una preferencia antisocial y errónea de la propiedad privada, y se resolvía con el distanciamiento permanente de la sociedad civilizada. En el caso de Linsky, el distanciamiento duró desde 1963 hasta que la sociedad civilizada fracasó y Gorbachev tuvo que retirarse del Gulag.

—Entiende sus derechos —comentó El Zec—. Ahora tiene que aceptarlos.

Franklin llamó a Helen Rodin. Diez minutos después, esta acudió a la oficina. Seguía enfadada con Reacher, era obvio, pero estaba demasiado preocupada por Rosemary Barr para pensar en él. Franklin permaneció sentado, con un ojo pegado a la pantalla del ordenador. Helen y Ann Yanni se sentaron a la mesa, una al lado de la otra. Reacher miró por la ventana. El cielo comenzaba a oscurecerse.

—Deberías llamar a alguien —dijo Helen.

—¿A quién? —preguntó Reacher.

—A mi padre. No tiene nada que ver con esto.

Reacher se dio la vuelta.

—Supongamos que tienes razón. ¿Qué le diríamos? ¿Que ha desaparecido una persona? Llamaría a la policía, porque ¿qué más puede hacer? Y si Emerson es el malo, se le dará carpetazo al asunto. Aunque Emerson no lo fuera actuarían igual. Los adultos desaparecidos no movilizan a nadie. Hay demasiados.

—Pero Rosemary es parte esencial del caso.

—El caso es el de su hermano. Por consiguiente, es muy natural que huya. Su hermano es un criminal muy conocido y ella querría ahorrarse la vergüenza.

—Pero tú sabes que la han raptado. Puedes decírselo.

—Yo he visto un zapato. Eso es todo lo que puedo decir. Y aquí no tengo credibilidad alguna. He estado jugando al escondite dos días.

—Entonces, ¿qué hacemos?

Reacher volvió a mirar por la ventana.

—Cuidar de nosotros mismos —dijo.

—¿Cómo?

—Lo único que necesitamos es un lugar. Debemos investigar a la mujer que dispararon, conseguir nombres, un contexto, un lugar. Luego iremos allí.

—¿Cuándo? —preguntó Yanni.

—A las doce —contestó Reacher—. Antes de que amanezca. Esos tipos están siguiendo un plan. Querrán encargarse de mí primero, y luego empezar con Rosemary Barr. Hay que encontrarla antes de que se les acabe la paciencia.

—¿O sea que te dejarás ver exactamente cuando ellos se lo esperen?

Reacher no dijo nada.

—Será como caer en su trampa —repuso Yanni.

Reacher no contestó. Yanni se volvió hacia Franklin y dijo:

—Dinos algo más sobre la mujer a la que dispararon.

—No hay nada más —repuso Franklin—. He investigado todo sobre su vida. Era una persona corriente.

—¿Familia?

—Viven todos en el este, de donde ella proviene.

—¿Amigos?

—Dos, básicamente. Una compañera de trabajo y una vecina. Ninguna de las dos es interesante. Ninguna es rusa, por ejemplo.

Yanni se volvió hacia Reacher.

—Entonces, puede que te equivoques. Puede que el disparo clave no fuera el tercero.

—Tuvo que ser el tercero —dijo Reacher—. Si no, ¿por qué hizo una pausa? Estaba comprobando haber alcanzado el blanco.

—También hizo una pausa después del sexto.

—No habría esperado tanto. Por entonces puede que la situación se le hubiera escapado de las manos. Que empezasen a brincar los unos sobre los otros.

—Pero no fue así.

—Pero él no podía predecirlo.

—Estoy de acuerdo —dijo Franklin—. Una cosa así, no se hace con la primera ni con la última bala.

A continuación los ojos de Franklin miraron hacia la nada. Su mirada se quedó clavada en la pared, aunque en realidad ni la viese.

—Esperad —dijo.

Miró hacia la pantalla.

—Hay algo que he pasado por alto —dijo.

—¿Qué? —preguntó Reacher.

—Lo que habéis dicho sobre Rosemary Barr. Lo de las personas desaparecidas.

Puso las manos sobre el ratón y el teclado y comenzó a utilizar ambos. Seguidamente pulsó la tecla de *Enter* y se inclinó hacia delante, mirando fijamente la pantalla, como si la proximidad acelerara el proceso.

—Última posibilidad —dijo.

Reacher sabía, gracias a los anuncios de la televisión, que los ordenadores operaban mediante gigahercios, una unidad muy rápida. Sin embargo, la pantalla de Franklin permaneció en blanco durante mucho tiempo. En la esquina aparecía un pequeño gráfico que rotaba lentamente. Se trataba de una búsqueda paciente y minuciosa en un campo de datos infinito. La búsqueda continuó unos minutos. Finalmente concluyó. Hubo un sonido electrostástico, la pantalla mostró algo. Se trataba de un documento lleno de letras. La escritura era la que se utiliza en los ordenadores. Reacher no alcanzaba a leerlo desde donde estaba.

La oficina se quedó en silencio.

Franklin levantó la vista.

—Muy bien —dijo—. Aquí lo tenemos. Por fin tenemos algo que no es normal. Por fin hemos conseguido algo.

—¿Qué es? —preguntó Yanni.

—Oline Archer denunció hace dos meses la desaparición de su marido.

15

Franklin echó la silla hacia atrás dejando espacio mientras los demás se apiñaron detrás de la pantalla. Reacher y Helen Rodin terminaron hombro con hombro. Sin rencores, solamente la emoción de aquel descubrimiento.

La mayor parte del documento la constituía el encabezamiento y la fuente de donde procedía dicha información. Letras, números, hora. El informe en sí era corto. Hacía dos meses la señora Oline Anne Archer había denunciado la desaparición de su marido, de nombre Edward Stratton Archer. Este había abandonado el hogar conyugal para asistir al trabajo, igual que todos los lunes por la mañana, pero el miércoles, fecha en que redactaron el informe, todavía no había vuelto.

—¿Sigue desaparecido? —preguntó Helen.

—Sí —contestó Franklin, señalando una letra A que había en la parte superior de la pantalla—. Sigue activo.

—Entonces, vayamos a hablar con los amigos de Oline —dijo Reacher—. Es preciso conocer los antecedentes.

—¿Ahora? —preguntó Franklin.

—Sólo nos quedan doce horas —dijo Reacher—. No hay tiempo que perder.

Franklin anotó los nombres y las direcciones de la compañera de trabajo y de la vecina de Oline. Le entregó el papel a Ann Yanni, ya que era ella quien pagaba sus honorarios.

—Yo me quedaré aquí —dijo—. Revisaré si el marido aparece en las bases de datos. Podría ser una coincidencia. Tal vez tenga una mujer en cada estado. No sería la primera vez.

—Yo no creo en las coincidencias —repuso Reacher—. Así que no pierdas tiempo. Búscame un número de teléfono en lugar de eso. Un tipo llamado Cash, marine retirado. Es el dueño del campo de tiro adonde iba a disparar James Barr, en Kentucky. Llámale de mi parte.

—¿Y qué le digo?

—Dale mi nombre. Dile que meta el culo en su Humvee. Que venga hasta aquí, esta noche. Dile que se celebra un gran campeonato.

—¿Campeonato?

—Él lo entenderá. Dile que traiga su M24. Con una mira telescópica nocturna. Y cualquier otra cosa que tenga por ahí.

Reacher alcanzó a Ann Yanni y a Helen Rodin, que bajaban ya por las escaleras. Entraron en el Saturn de Helen. Las mujeres iban delante mientras que Reacher se sentó detrás. Reacher pensó que todos habrían preferido viajar en el Mustang, pero solo tenía dos asientos.

—¿Dónde vamos primero? —preguntó Helen.

—¿Cuál está más cerca? —preguntó a su vez Reacher.

—La compañera de trabajo.

—De acuerdo, pues iremos primero allí.

El tráfico era lento. Las calles estaban levantadas por las obras y por todos lados circulaba maquinaria de construcción. Reacher miró la hora en su reloj. A continuación miró por la ventanilla. La luz del día desaparecía. Estaba anocheciendo. «El tiempo pasa.»

La compañera de trabajo vivía en las afueras, al este de la ciudad. La urbanización estaba formada por una cuadrícula de calles rectas residenciales. Las calles se alineaban a ambos lados de la calzada mediante modestas casas. Contaban con zonas pequeñas de aparcamiento, banderas en lo alto de mástiles, canastas en las puertas de los garajes y antenas parabólicas en el tabique de la chimenea. Algunos de los árboles que había plantados en la acera tenían restos de cinta amarilla atados a las ramas. Reacher supuso que simbolizaban solidaridad con las tropas que servían en el extranjero. En qué conflicto, no lo sabía. Para qué, tampoco. Había servido en el extranjero durante más de trece años y nunca había conocido a nadie a quien le importara lo que hubiese atado a un árbol cuando regresara a casa siempre y cuando alguien pagara sus facturas, comida, bebida y munición, y que sus mujeres les fueran fieles. Con eso, la mayoría de los hombres eran felices.

El sol comenzaba a ponerse. Helen conducía lentamente, inclinando la cabeza para distinguir los números de las casas. Divisó la que estaban buscando, avanzó por la entrada de la residencia y aparcó detrás de un sedán pequeño y nuevo. Reacher reconoció la marca del coche, la había visto en su paseo por la carretera de cuatro carriles: *¡la mejor garantía de América!*

La compañera era una mujer de aspecto cansado y agobiado, de unos treinta y cinco años. Abrió la puerta, caminó hacia el pórtico y volvió a cerrar, para aislar el ruido de lo que parecía una docena de críos corriendo como locos en el interior de la casa. La mujer reconoció enseguida a Ann Yanni, incluso miró detrás de ella para ver si había alguna cámara.

—¿Sí? —preguntó.

—Tenemos que hablar sobre Oline Archer —dijo Helen Rodin.

La mujer no dijo nada. Parecía molesta, como si hablar con periodistas sobre las víctimas de una tragedia fuera de mal gusto. Sin embargo, la presencia de Ann Yanni le hizo olvidar sus reticencias.

—De acuerdo —dijo—. ¿Qué quieren saber? Oline era una persona encantadora y todos los de la oficina la echamos muchísimo de menos.

«La naturaleza de la arbitrariedad», pensó Reacher. Los asesinatos al azar siempre tenían como víctimas personas encantadoras una vez muertas. Nadie decía nunca: *Era una rata de cloaca y me alegro de que haya muerto. Quienquiera que lo hiciese, nos hizo a todos un gran favor.* Eso nunca sucedía.

—Necesitamos saber algo sobre el marido de Oline Archer —repuso Helen.

—Yo nunca conocí a su marido —dijo la mujer.

—¿Le hablaba Oline de él? —le dijo.

—Un poco, supongo. De vez en cuando. Se llama Ted, creo.

—¿A qué se dedicaba?

—Tenía negocios. No estoy segura de qué tipo.

—¿Le habló Oline de su desaparición?

—¿Desaparición?

—Oline denunció su desaparición hace dos meses.

—Estaba muy preocupada. Creo que él tenía problemas en su negocio. De hecho, creo que los había tenido durante un año o dos. Por eso Oline se puso a trabajar de nuevo.

—¿No siempre había trabajado?

—Oh, no, señora. Creo que empezó y luego lo dejó. Pero tuvo que volver debido a las circunstancias. Igual que de pobres a ricos, pero al revés.

—De ricos a pobres —repuso Reacher.

—Sí, eso es —dijo la mujer—. Ella necesitaba el trabajo, económicamente. Aquello la avergonzaba.

—¿Pero le habló con detalle? —preguntó Ann Yanni.

—Era una persona muy cerrada —contestó la mujer.

—Es importante.

—De pronto se volvió distraída. Eso no era propio de ella. Una semana aproximadamente antes de que la mataran, faltó casi toda una tarde, cosa que tampoco era normal en ella.

—¿Sabe lo que hizo aquella tarde?

—No, la verdad es que no.

—Cualquier cosa que recuerde de su marido nos ayudaría.

La mujer sacudió la cabeza.

—Se llama Ted. Es lo único de lo que estoy segura.

—De acuerdo, gracias —le dijo Helen.

Helen se volvió y se dirigió al coche. Yanni y Reacher la siguieron.

La mujer, en el pórtico, les observó, decepcionada, con la misma sensación de haber fracasado en una audición.

Ann Yanni dijo:

—Negativo. Pero no os preocupéis. Siempre pasa lo mismo. A veces pienso que debería saltarme la primera persona de la lista. Nunca saben nada.

A Reacher le molestaba algo en el asiento trasero del coche. En un bolsillo del pantalón llevaba una moneda que se le estaba clavando en el fémur. Se retorció en el asiento y la sacó. Se trataba de un cuarto de dólar, nuevo y brillante. Se quedó mirándolo un momento y a continuación lo guardó en el otro bolsillo.

—Estoy de acuerdo —dijo—. Deberíamos habérnosla saltado. Ha sido culpa mía. Era de esperar que una compañera de trabajo no supiera demasiado. La gente suele ser reservada con sus colegas. Especialmente la gente rica que pasa por malos momentos.

—La vecina sabrá algo más —repuso Yanni.

—Esperemos —contestó Helen.

Se incorporaron al tráfico de la ciudad, desde la periferia este hasta la periferia oeste. Fue un trayecto muy lento. Reacher comprobó la hora y después miró por la ventanilla. El sol estaba muy bajo, en el horizonte. Detrás de ellos ya había anochecido.

«El tiempo pasa.»

Rosemary Barr se movió en la silla, forcejeando para librarse de la cinta adhesiva con que le habían atado las muñecas.

—Sabemos que fue Charlie —dijo.

—¿Charlie? —repitió El Zec.

—El tipo al que mi hermano consideraba un amigo.

—Chenko —repuso El Zec—. Se llama Chenko. Y sí, fue él. Tácticamente, fue su plan. Lo ejecutó con éxito. Por supuesto, su físico ayudó. Fue capaz de meter sus propios zapatos en los de tu hermano. Tuvo que remangarse los pantalones y las mangas de la gabardina.

—Pues nosotros lo sabemos —dijo Rosemary.

—Pero ¿quién más lo sabe? ¿Y quién les ha invitado a la fiesta?

—Helen Rodin lo sabe.

—La despedirás como abogada. Dejará de representarte. Será incapaz de repetir cualquier cosa que hubiese averiguado durante vuestra relación como abogado y cliente. ¿No es así, Linsky?

Linsky asintió. Se encontraba a dos metros, sentado en el sofá, con la espalda apoyada en el respaldo.

—Así es la ley —repuso— aquí, en América.

—Franklin lo sabe —dijo Rosemary—. Y Ann Yanni.

—Rumores —contestó El Zec—. Teorías, especulaciones e insinuaciones. Ambos carecen de pruebas contundentes. Y también de credibilidad. Los detectives privados y las periodistas de televisión son precisamente el tipo de personas que difunden razones ridículas para explicar hechos como este. Será de esperar. Lo extraño sería que no dijeran nada. Según parece, en este país asesinaron a un presidente hace catorce años y gente como ellos afirma que la verdad aún no se ha descubierto.

Rosemary no dijo nada.

—Tu declaración será definitiva —prosiguió El Zec—. Irás a ver a Rodin y jurarás ofrecer testimonio de que tu hermano planeó lo sucedido y te contó lo que pensaba hacer, con todo tipo de detalle. La hora, el lugar, todo. Dirás que, con gran pesar, no le tomaste en serio. A continuación un abogado de oficio echará una ojeada a las pruebas, le declarará culpable y todo habrá acabado.

—No lo haré —dijo Rosemary.

El Zec la miró fijamente.

—Lo harás —dijo—, te prometo que lo harás. Dentro de veinticuatro horas nos suplicarás hacerlo.

La habitación quedó en silencio. Rosemary miró a El Zec como si tuviera algo que decir. Después apartó la mirada. Pero, de todos modos, El Zec le contestó. Había podido leer el mensaje alto y claro.

—No, no iremos a declarar contigo —le dijo—. Pero nos enteraremos de lo que digas al cabo de unos minutos. Y ni se te ocurra dirigirte a la estación de autobuses. Por dos razones: la primera, mataremos a tu hermano; la segunda, no habrá país en el mundo donde no podamos encontrarte.

Rosemary no dijo nada.

—Pero bueno —continuó—, no discutamos. No es productivo y no tiene sentido. Le contarás lo que nosotros digamos. Lo harás, ya lo sabes. Y desearás hacerlo. Desearás que hubiésemos solicitado la citación mucho antes. Hasta entonces, te pasarás el tiempo de rodillas rogándonos una oportunidad de demostrarnos lo bien que haces tu papel. Así es como sucede normalmente. Somos muy buenos en lo que hacemos. Hemos tenido los mejores maestros.

—Mi hermano sufre la enfermedad de Parkinson —dijo Rosemary.

—¿Cuándo fue diagnosticada? —preguntó El Zec, pues conocía la respuesta.

—Se le está desarrollando.

El Zec negó con la cabeza.

—Demasiado subjetivo. ¿Quién va a decir que no se trata de un estado similar producido por su reciente lesión? Y si confirman que es Parkinson, ¿quién dirá que tal estado significa un impedimento real en un tiroteo de tan corto alcance? Si el abogado de oficio lleva un experto al estrado, Rodin llevará tres. Habrá médicos que juren que Annie Oakley sufría Parkinson desde el mismo día de su nacimiento.

—Reacher lo sabe —dijo Rosemary.

—¿El soldado? El soldado estará muerto mañana. Estará muerto o habrá huido.

—No huirá.

—Entonces estará muerto. Vendrá a por ti esta noche. Estamos preparados para recibirle.

Rosemary no dijo nada.

—Ya nos han perseguido por la noche —dijo El Zec— muchas veces, en muchos lugares. Sin embargo, todavía seguimos aquí. ¿Da, Linsky?

Linsky asintió de nuevo.

—Todavía seguimos aquí —repitió.

—¿Cuándo vendrá? —preguntó El Zec.

—No lo sé —respondió Rosemary.

—A las cuatro de la mañana —dijo Linsky—. Es norteamericano. Les enseñan que las cuatro de la mañana es la mejor hora para un ataque sorpresa.

—¿Dirección?

—Lo más lógico sería desde el norte. La cantera podría ocultar su zona de acantonamiento a una distancia de unos doscientos metros campo a través. Pero no creo que nos lo ponga tan fácil. Evitará el norte, porque es la mejor opción.

—Tampoco accederá desde el oeste —dijo El Zec.

Linsky negó con la cabeza.

—Coincido contigo. No será por el camino de entrada. Demasiado recto y amplio. Vendrá por el sur o el este.

—Di a Vladimir que vaya con Sokolov —comentó El Zec—. Que vigilen atentamente el sur y el este, pero que no pierdan de vista el norte y el oeste. Las cuatro direcciones tienen que ser controladas continuamente, por si acaso. Luego coloca a Chenko a la entrada del piso superior, armado con su rifle. De este modo podría disparar desde cualquier ventana si lo considerase oportuno. Con Chenko un disparo es suficiente.

A continuación se volvió hacia Rosemary Barr.

—Mientras tanto, te llevaremos a algún lugar seguro —le dijo—. Tus lecciones comenzarán en cuanto enterremos al soldado.

La periferia oeste estaba formada por una comunidad dormitorio de gente que trabajaba en la ciudad. Así pues, siguió con atascos durante todo el trayecto. Las casas eran mucho más elegantes que en el este. Eran todas de dos plantas, distintas unas de las otras y bien conservadas. Tenían grandes zonas de aparcamiento, piscinas y vistas verdes estupendas. Con la luz de crepúsculo por detrás, parecían sacadas de un folleto.

—La media clase pudiente —dijo Reacher.

—A lo que todos aspiramos —repuso Yanni.

—No querrán hablar —dijo Reacher—. No es su estilo.

—Hablarán —objetó Yanni—. Todo el mundo habla conmigo.

Pasaron por la casa de Archer, muy despacio. Había una placa de metal debajo del buzón que decía: *Ted y Oline Archer*. Al fondo, detrás de un gran jardín, se erguía la casa. Cerrada, oscura, silenciosa. Se trataba de una casa de estilo Tudor. Maderas mate de color marrón, estuco color crema. Había tres coches en el garaje. «Nadie en casa», pensó Reacher.

La vecina a quien buscaban vivía en la acera contraria, una manzana a la derecha. Su casa tenía casi el mismo tamaño que la de los Archer, pero era de estilo italiano. Adornos de piedra, pequeños torreones, toldos para el sol de color verde oscuro en las ventanas situadas al sur de la casa. La luz vespertina daba paso a la oscuridad, al tiempo que se encendían lámparas en el interior detrás de las cortinas. Toda la calle se fundía en un ambiente agradable, relajado, silencioso y de satisfacción consigo mismo. Reacher dijo:

—Duermen tranquilos en sus camas porque tienen gorilas que se encargan de aquellos que pueden hacerles daño.

—¿Conoces a George Orwell? —preguntó Yanni.

—Fui a la universidad —contestó Reacher—. West Point es una universidad técnica.

Yanni dijo:

—El orden social existente es una estafa, y la mayoría de sus creencias son una ilusión.

—No es posible que nadie medianamente inteligente viva en una sociedad como la nuestra y no quiera cambiarla —repuso Reacher.

—Estoy segura de que la gente que vive aquí es agradable —dijo Helen.

—Pero ¿hablarán con nosotros?

—Hablarán —afirmó Yanni—. Todo el mundo habla.

Helen avanzó por una larga entrada de piedra caliza y aparcó seis metros detrás de un todoterreno importado con neumáticos enormes y llantas cromadas. La puerta frontal de la casa era de madera de roble, antigua y gris. Sobre la madera, había bandas de metal sujetas por clavos enormes con cabezas del tamaño de pelotas de golf. Parecía como si al cruzar aquella puerta fuera uno a adentrarse en el período del Renacimiento.

—La propiedad es un robo —dijo Reacher.

—Proudhon —acertó Yanni—. La propiedad es deseable, es un bien positivo del mundo.

—Abraham Lincoln —repuso Reacher—. En su primer Estado de la Unión.

Había una aldaba de hierro con forma de aro en boca de un león. Helen lo asió y llamó a la puerta. A continuación vio un timbre eléctrico y también lo pulsó. No oyeron ningún ruido a modo de respuesta procedente del interior. La puerta era enorme, las paredes gruesas. Helen volvió a probar con el timbre y antes de retirar el dedo la puerta se abrió como una cámara acorazada. Apareció un hombre con la mano apoyada en el pomo interior.

—¿Sí? —dijo.

Tenía cuarenta y tantos años. De apariencia seria, respetable, probablemente socio del club de golf, tal vez miembro de los Elks o de los Rotarios. Llevaba encima unos pantalones de pana y un jersey con dibujo. Era el tipo de hombre que llegaba a casa y se cambiaba de ropa inmediatamente, siempre la misma rutina.

—¿Se encuentra su mujer en casa? —preguntó Helen—. Nos gustaría hablar con ella sobre Oline Archer.

—¿Sobre Oline? —preguntó el hombre. Miraba a Ann Yanni.

—Soy abogada —dijo Helen.

—¿Qué queda por decir sobre Oline?

—Tal vez más de lo que usted crea —respondió Yanni.

—Usted no es abogada.

—Estoy aquí como periodista —dijo Yanni—. Pero no me interesa la historia humana. Nada de sensacionalismo. Podría estar cometiéndose un error judicial. Eso es lo que me importa.

—¿Un error judicial en qué sentido?

—Podrían haber arrestado al hombre equivocado por el tiroteo del viernes. Por eso estoy aquí. Por eso estamos todos aquí.

Reacher observó al hombre. De pie, sujetando la puerta, intentando decidirse. Al final, simplemente suspiró y dio un paso hacia atrás.

—Mejor entren —dijo.

Todo el mundo habla.

El hombre les guió por un pasillo amarillo y oscuro que conducía a la sala de estar. La habitación era espaciosa y estaba impecable. Sofás de terciopelo, mesas pequeñas de madera de caoba, una chimenea de piedra. No había televisor. Probablemente tenían una habitación separada para ello. Un estudio, un *home cinema*. O quizás no vieran la televisión. Reacher vio a Ann Yanni calculando las probabilidades.

—Iré a llamar a mi mujer —dijo el hombre.

Volvió un minuto más tarde, con una mujer atractiva, algo más joven que él. La mujer llevaba unos vaqueros ajustados y una sudadera del mismo color amarillo que las paredes del pasillo. Calzaba mocasines, sin calcetines. Llevaba un corte de pelo caro, cepillado de tal modo que parecía informal y despeinado. Era de mediana estatura y tan delgada como las mujeres que aparecen en los libros de dieta y asisten a clases de aeróbic.

—¿Qué pasa? —preguntó.

—Ted Archer —dijo Helen.

—¿Ted? Pensaba que le habían dicho a mi marido que querían hablar sobre Oline.

—Pensamos que puede haber una conexión entre la situación de él y la de ella.

—¿Cómo podría haber una conexión? Estoy segura de que lo que le sucedió a Oline fue algo totalmente inesperado.

—Quizás no lo fuese.

—No lo entiendo.

—Sospechamos que Oline podría haber sido una víctima preseleccionada, oculta entre las demás.

—¿Eso no sería asunto de la policía?

Helen hizo una pausa.

—Por el momento la policía parece satisfecha con lo que tiene.

La mujer miró a su marido.

—Entonces no sé si debería hablar —dijo.

—¿Con todos? —preguntó Yanni—. ¿O solo conmigo?

—No estoy segura de querer salir en televisión.

Reacher sonrió para sí. «El otro lado de la moneda.»

—Lo que hablemos solo constituirá el telón de fondo —dijo Yanni—. Y es decisión propia que sus nombres salgan a la luz.

La mujer se sentó en el sofá. El marido se sentó a su lado, muy cerca. Reacher sonrió de nuevo para sí mismo. Subconscientemente, habían adoptado la pose habitual de las parejas entrevistadas por televisión. Dos rostros juntos, ideal para encuadrarlos en un primer plano. Yanni aprovechó para sentarse en un sillón frente a ellos, con las piernas cruzadas e inclinada hacia delante. Tenía los codos reposados sobre las rodillas, y en el rostro lucía una expresión sincera y abierta. Helen tomó asiento en una silla. Reacher se acercó a la ventana y, con los dedos, corrió la cortina. Fuera se había hecho completamente de noche.

El tiempo pasa.

—Háblennos de Ted Archer —les pidió Yanni—, por favor.

Una simple petición, solo seis palabras, pero su tono decía: *Ustedes son las personas más interesantes del mundo y me encantaría ser su amiga.* Por un momento Reacher pensó que Yanni se había equivocado de camino. Habría sido una gran policía.

—Ted tenía problemas en su negocio —dijo la mujer.

—¿Por eso desapareció? —preguntó Yanni.

La mujer se encogió de hombros.

—Eso fue lo primero que pensó Oline.

—¿Pero?

—Más tarde se negó a esa explicación. Y creo que tenía razón. Ted no era de ese tipo de hombres. Y los problemas tampoco eran de ese tipo. Lo cierto es que le estaban jodiendo. Él estaba furioso y luchaba por salir adelante. Y la gente que lucha por salir adelante no huye, ¿verdad?

—¿Cómo le estaban jodiendo?

La mujer miró a su marido. Este se inclinó hacia delante. *Cosas de hombres.*

—Su cliente más importante dejó de comprarle. Cosas que pasan. Los altibajos del comercio son normales. Así que Ted le ofreció negociar, bajar el precio. No hubo trato. Le ofreció bajárselo más. Me dijo que llegó a bajárselo tanto que prácticamente se lo estaba dejando gratis. Sin embargo, no hubo trato. Simplemente no quería comprar.

—¿Qué cree que sucedió? —preguntó Yanni. «Siga hablando, por favor.»

—Corrupción —comentó el hombre—. Incentivos camuflados. Era obvio. Un competidor estaba pagándoles para que dejaran de trabajar con Ted. No hay manera de que un hombre honrado compita contra eso.

—¿Cuándo empezó?

—Hace unos dos años. Fue un problema grave para ellos. Económicamente, cayeron en picado. No tenían dinero. Tuvieron que vender el coche, Oline volvió a trabajar, en la oficina de tráfico. La hicieron supervisora al cabo de un mes de entrar —sonrió levemente, orgulloso de su clase—. Dentro de un año, habría dirigido el departamento, la habrían hecho jefa.

—¿Qué hacía Ted por su parte?

—Intentaba averiguar qué competidor le estaba haciendo aquello.

—¿Lo averiguó?

—No lo sabemos. Lo estuvo intentando durante una buena temporada, y luego desapareció.

—¿Oline hizo referencia a ello en su denuncia?

El hombre se reclinó en el sofá y su esposa se volvió a inclinar hacia delante. Negó con la cabeza.

—No quería, por entonces. No había nada seguro, eran especulaciones. No quería ir lanzando acusaciones. No habría ninguna relación. Supongo que tal y como lo estamos contando ahora, todo parece más obvio de lo que parecía por entonces. Pero Ted no era Sherlock Holmes ni nada por el estilo. No se dedicaba a investigar las veinticuatro horas del día. Continuaba viviendo con normalidad. Solamente hablaba con alguien cuando podía, hacía preguntas, comparaba sus anotaciones, precios. Intentaba encajar las piezas. Fue un período de dos años. Conversaciones ocasionales, llamadas telefónicas, preguntas, cosas así. Desde luego no parecía peligroso.

—¿Oline le contó alguna vez esto a alguien? ¿Más tarde, tal vez?

La mujer asintió.

—Los dos meses después de que su marido desapareciera estuvo muy preocupada. Entre nosotras hablábamos. No dejaba de pensar en ello. Finalmente concluyó que debía de haber una relación. Yo le di la razón. Oline no sabía qué hacer. Le dije que llamara a la policía.

—¿Y lo hizo?

—No llamó. Fue personalmente. Pensó que la tomarían más en serio si se presentaba en persona. Pero por lo visto no fue así. No ocurrió nada. Fue como tirar una piedra a un pozo y no oír el chapoteo.

—¿Cuándo fue?

—Una semana antes de que sucediera lo del viernes pasado en la plaza.

Nadie dijo nada. A continuación, amablemente, con delicadeza, Ann Yanni hizo la pregunta evidente:

—¿No sospecharon una relación?

La mujer sacudió la cabeza.

—¿Por qué íbamos a pensarlo? Parecía una absoluta coinciden-cia. Fue un tiroteo al azar, ¿no es así? Eso dijeron ustedes en las noti-cias de la televisión. Usted misma lo decía. Cinco víctimas al azar, en el lugar y el momento equivocados.

Nadie dijo nada.

Reacher dejó de mirar por la ventana y se volvió.

—¿Qué negocio tenía Ted Archer? —preguntó.

—Lo siento, pensaba que ya lo sabían —dijo el marido—. Posee una cantera. Un área extensa a unos sesenta y cinco kilómetros al norte. Cemento, piedra molida, integrada en vertical, muy eficaz.

—¿Y quién era el cliente que dejó de comprarle?

—La ciudad —contestó el hombre.

—Un gran cliente.

—Muy potente. Todas las obras que se están llevando a cabo en la actualidad significan un regalo para quien trabaja en el negocio. La ciudad invirtió noventa millones de dólares de impuestos municipa-les solamente para cubrir las obras del primer año, lo cual, junto a los inevitables retrasos, supone un gran beneficio.

—¿Qué coche vendió Ted?

—Un Mercedes Benz.

—¿Entonces cuál conducía?

—Usaba una camioneta del trabajo.

—¿Ustedes la vieron?

—Todos los días, durante dos años.

—¿Cuál era?

—Una camioneta de reparto. Una Chevy, creo.

—¿Una Silverado vieja de color marrón? ¿Con llantas de acero?

El hombre le miró extrañado.

—¿Cómo lo sabe?

—Una pregunta más —apuntó Reacher— a su mujer.

La mujer le miró.

—¿Sabe con quién habló Oline cuando acudió a la policía? ¿Fue con un detective llamado Emerson?

La mujer negó con la cabeza antes de que Reacher terminara de formularle la pregunta.

—Le dije a Oline que, si no quería llamar, fuera a la comisaría, pero ella me dijo que estaba muy lejos, que nunca se tomaba tanto tiempo en el descanso y que en vez de eso iría al abogado del distrito, que tenía la oficina mucho más cerca de su trabajo. Y Oline era así, prefería ir directamente a lo más alto. Así que fue a ver a Alex Rodin.

Helen Rodin permaneció callada de vuelta a la ciudad. Temblaba, se estremecía y se agitaba por dentro. Tenía los labios sellados, las mejillas sonrojadas y los ojos completamente abiertos. Aquel silencio hacía imposible que Reacher o Yanni hablaran. Era como si todo el aire que había en el coche se hubiera esfumado, y lo único que hubiera dejado en su lugar fuese un agujero negro de un silencio tan profundo que dolía.

Helen conducía como un robot, correctamente, ni deprisa ni despacio. Respetaba de forma mecánica las líneas que delimitaban los carriles, los stops y los cedas. Estacionó en el aparcamiento a los pies de la oficina de Franklin. Dejó el motor en marcha y dijo:

—Id vosotros dos. Yo no puedo hacerlo.

Ann Yanni salió y subió por las escaleras. Reacher permaneció en el coche y se inclinó sobre el asiento de Helen.

—Todo saldrá bien —le dijo.

—No voy.

—Helen, quita las llaves y sube ahora mismo con nosotros. Eres un representante de la ley y tienes a un cliente en problemas.

Reacher abrió la puerta y salió del coche. Cuando dio la vuelta al maletero Helen ya le estaba esperando al pie de la escalera.

Franklin estaba sentado delante del ordenador, como siempre. Le dijo a Reacher que Cash acudía desde Kentucky. No le hizo ninguna pregunta. Le dijo que el nombre de Ted Archer no aparecía en ninguna otra base de datos. Entonces notó el silenció y la tensión.

—¿Qué ocurre? —preguntó.

—Estamos un poco más cerca —contestó Reacher—. Ted Archer se dedicaba al negocio del hormigón. Fue excluido de todas las obras que se están llevando a cabo en la ciudad por un competidor que ofrecía sobornos. Intentó demostrarlo y debió de estar muy cerca, ya que el otro acabó con él.

—¿Puedes demostrarlo?

—Lo deduzco. No encontraremos su cuerpo a menos que volvamos a excavar en First Street. Pero sé dónde está su camioneta, en el granero de Jeb Oliver.

—¿Y eso?

—Utilizan a Oliver cuando no pueden hacer algo por sí mismos, si no hay que dejarse ver o simplemente si no pueden hacer algo. Supongo que Archer les conocía, y por eso no se acercó a ellos. Pero Oliver era solo un chico del pueblo. Quizás simuló un pinchazo o hizo autoestop. Posiblemente Archer se detuvo a ayudarle. Más tarde esos tipos enterraron el cuerpo y Oliver escondió el camión.

—¿Oline Archer no sospechó nada?

—Con el tiempo sí —dijo Reacher—. Calló durante dos meses, y después, es de suponer, comenzó a encajar las piezas hasta que encontró el sentido. Entonces lo hizo público, sonó la alarma y una semana después había muerto. Disfrazaron su asesinato por no levantar sospechas con el hecho de que su marido hubiera desparecido y dos meses después, la mataron a ella. Así pues, donde parecía haber azar nosotros hemos encontrado coincidencia.

—¿A quién había acudido Oline? ¿A Emerson?

Reacher no contestó.

—A mi padre —respondió Helen Rodin.

Hubo un largo silencio en la sala.

—¿Y ahora qué? —preguntó Franklin.

—Tienes que buscar otra vez en el ordenador —le dijo Reacher—. Quienquiera que se ocupe de las obras de la ciudad tiene que ser quien buscamos. Tenemos que averiguar quién es. Y dónde se encuentra.

—Los archivos públicos —repuso Franklin.

—Compruébalos.

Franklin se volvió sin rechistar y comenzó a teclear. Escribía y señalaba con el ratón. Enseguida dio con la respuesta.

—Servicios Especializados de Indiana —dijo—. Poseen todos los contratos de obra actuales de la ciudad, tanto de cemento, como de hormigón como de piedra molida. Representa muchos millones de dólares.

—¿Dónde se encuentran?

—Os he dado la buena noticia.

—¿Cuál es la mala?

—No aparece ninguna dirección. Es una compañía fiduciaria registrada en las Bermudas. No consta en los archivos.

—¿Qué tipo de compañía es esa?

Franklin no contestó.

—Una compañía de las Bermudas necesita un abogado local —dijo Helen en tono bajo, grave, resignado.

Reacher recordó la placa de la puerta del despacho de A. A. Rodin: el nombre, seguido de las letras que describían su cargo.

Franklin avanzó por dos pantallas más.

—Aparece un número de teléfono —dijo—. Es lo único que tienen.

—¿Cuál? —preguntó Helen.

Franklin lo leyó en voz alta.

—Ese no es el número de mi padre —repuso Helen.

Franklin volvió a visitar la página web anterior. Escribió el número de teléfono. La pantalla cambió, y apareció un nombre y una dirección comercial.

—John Mistrov —dijo.

—Un nombre ruso —dijo Reacher.

—Supongo.

—¿Le conoces?

—Poco. Es un abogado especializado en compañías fiduciarias. Trabaja solo. Nunca he trabajado para él.

Reacher miró la hora.

—¿Puedes averiguar la dirección de su casa?

Franklin entró en un directorio de teléfonos y direcciones. Escribió el nombre y aparecieron unas señas y un teléfono.

—¿Le llamo? —preguntó.

Reacher negó con la cabeza.

—Le haremos una visita. Es mejor ir en persona cuando el tiempo apremia.

Vladimir se dirigió a la habitación de vigilancia situada en la planta baja. Sokolov estaba sentado en una silla con ruedas, frente a una mesa larga con cuatro monitores de televisor. De izquierda a derecha aparecían el norte, el este, el sur y el oeste, algo que tenía lógica si miramos el mundo en el sentido de las agujas del reloj. Sokolov se balanceaba despacio en su silla, examinando cada imagen, desplazándose, moviéndose de oeste a norte, dándose impulso con la pared. Las cuatro pantallas mostraban imágenes borrosas de color verde, ya que fuera estaba oscuro y las cámaras ofrecían visión nocturna. Ocasionalmente, se podía ver un punto brillante moviéndose a lo lejos. Un animal nocturno, un zorro, una mofeta, un mapache, un gato o un perro perdido. En el monitor norte se veía la cantera. Al fondo, se podía distinguir un color verde oliva donde no había nada excepto grandes extensiones de campo regados por el agua fría que expulsaban las bombas de riego, en constante movimiento.

Vladimir colocó una segunda silla con ruedas y tomó asiento a la izquierda de Sokolov. Vigilaría norte y este. Sokolov se concentraría en el sur y en el oeste. De este modo, cada uno de ellos tendría bajo su responsabilidad una dirección probable y otra improbable, una distribución justa del trabajo.

Arriba, en el pasillo de la tercera planta, Chenko cargó su Super Match. Diez balas, Lake City del calibre 308. Si había algo que hicieran bien los americanos era la munición. Abrió las puertas de todas las habitaciones para disponer de acceso rápido a cualquier punto, tal y como se le había ordenado. Se acercó a una ventana y activó la visión nocturna de la mira. Tenía un alcance de setenta metros. Imaginó que le avisarían cuando el soldado estuviese a una distancia de ciento cuarenta metros, el límite de las cámaras. Entonces Chenko se colocaría en la ventana adecuada y apuntaría cuando aquel se encontrara a unos noventa metros. Dejaría que se acercara. Cuando lo tuviera a unos setenta metros dispararía.

Levantó el rifle, se acercó a la mira telescópica. La imagen era limpia y clara. Divisó un zorro cruzando a campo través de este a oeste. «Disfruta de la cacería, mi querido amigo.» Se dirigió de vuelta al pasillo, dejó el arma apoyada en la pared y se sentó a esperar en una silla de respaldo recto.

Helen Rodin insistió en quedarse en la oficina de Franklin. Reacher y Yanni se marcharon solos, en el Mustang. Las calles estaban oscuras y silenciosas. Yanni conducía. Sabía cómo llegar. La dirección que buscaban pertenecía a un *loft* situado en un viejo almacén, a medio camino entre el embarcadero y las vías del tren. Yanni dijo que formaba parte de la nueva estrategia urbanística. «El Soho llegaba a los estados del centro del país.» Comentó que había pensado comprar un local en el mismo edificio.

A continuación repuso:

—Deberíamos cuidar de Helen.

—Se encuentra bien —dijo Reacher.

—¿Tú crees?

—Estoy seguro.

—¿Y si se tratara de tu padre?

Reacher no contestó. Yanni redujo la velocidad al divisar un enorme edificio de ladrillos en medio de la oscuridad.

—Pregunta tú primero —le dijo Reacher—. Si no contesta, intervendré yo.

—Contestará —repuso Yanni—. Todos contestan.

Pero John Mistrov no era como todos. Era un hombre delgado de unos cuarenta y cinco años. Vestía como si estuviera pasando por la crisis de un divorcio. Vaqueros desgastados y demasiado ceñidos, camiseta negra, zapatillas de deporte. Cuando entraron le vieron solo en un apartamento *loft* grande y blanco. Estaba comiendo comida china directamente de las cajas. Al principio se alegró mucho de ver a Ann Yanni. Tal vez codearse con celebridades formaba parte del estilo de vida glamuroso que le habían prometido. Pero su inicial entusiasmo pronto desapareció. Y desapareció por completo cuando Yanni le explicó sus sospechas e insistió en conocer los nombres que había detrás de aquella compañía fiduciaria.

—No puedo decírselo —repuso él—. Estoy seguro de que usted comprenderá que se trata de un tema confidencial. Supongo que lo entenderá.

—Lo que entiendo es que se han cometido graves crímenes —contestó Yanni—. Eso es lo que entiendo. Y usted también tiene que entenderlo. Tiene que escoger de qué lado está, ahora mismo, antes de que el asunto se haga público.

—Sin comentarios —dijo el hombre.

—Usted no va a perder nada —le explicó Yanni, amablemente—. Las personas que nombre estarán mañana entre rejas, ya no volverán.

—Sin comentarios —volvió a decir el hombre.

—¿Quiere que le encierren como a él? —le preguntó Yanni, con aspereza—. ¿Como encubridor? ¿O quiere quedar al margen de todo? Usted elige. Pero puede estar seguro de que aparecerá en las noticias de mañana por la noche, ya sea camino de la cárcel o simplemente delante de las cámaras, diciendo: «Oh, Dios mío, no tenía ni idea, yo solo quise ayudar».

—Sin comentarios —dijo el hombre por tercera vez en un tono alto, claro y engreído.

Yanni desistió. Se encogió de hombros y miró a Reacher. Reacher comprobó la hora en su reloj. *El tiempo pasa*. Se acercó al hombre.

—¿Tiene seguro médico? —le preguntó.

El hombre asintió.

—¿También dentista?

El hombre volvió a asentir.

Reacher le golpeó en la boca con la mano derecha, un golpe fuerte y rápido.

—Pues tendrán que arreglarle eso.

El hombre retrocedió hacia atrás, se dobló y comenzó a toser. La sangre le corría por la barbilla. Le había rajado el labio, y los dientes, teñidos de rojo, se le movían.

—Nombres —ordenó Reacher—. O le romperé los huesos uno a uno.

El hombre dudó. *Error*. Reacher volvió a golpearle. Entonces el hombre comenzó a decir nombres. Seis nombres, con sus respectivas descripciones y una dirección, todo ello tendido en el suelo y en tono ahogado, a la vez que escupía sangre.

Reacher miró a Yanni.

—Todos contestan —repuso.

En la oscuridad del Mustang Ann Yanni dijo:

—Llamará y les avisará.

—No lo hará —contestó Reacher—. Les acaba de traicionar. Apuesto a que marchará de vacaciones una larga temporada.

—Esperemos.

—De todas maneras no importa. Ya saben que voy para allá. Una advertencia más daría igual.

—Tienes un estilo muy directo. No se menciona en los libros.

—Podría enseñarte. Hay que contar con el factor sorpresa. Si consigues sorprenderles no hay que golpear demasiado fuerte.

Yanni dictó a Franklin los nombres que John Mistrov les había dado. Cuatro de ellos correspondían a nombres que Reacher ya había oído: Charlie Smith, Konstantin Raskin, Vladimir Shumilov y Pavel Sokolov. El cuarto era Grigor Linsky. Reacher supuso que debía de ser el hombre trajeado que sufría una lesión. El sexto era Zec Chelovek.

—Pensaba que habías dicho que Zec era solo un término —dijo Franklin.

—Lo es —repuso Reacher—, igual que Chelovek. Es una transliteración de ser humano. Zec Chelovek significa ser humano prisionero. Como Hombre Prisionero.

—Los demás no utilizan nombres clave.

—Probablemente El Zec tampoco. Podría ser el único nombre que conoce, quizás olvidara el suyo. Quizás nos pasaría a todos si hubiésemos estado en el Gulag.

—Parece que te dé pena —comentó Yanni.

—No es pena —afirmó Reacher—. Solo trato de entenderle.

—No nombran a mi padre —dijo Helen.

Reacher asintió:

—El Zec es el director de marionetas. Es quien está al mando.

—Lo que significa que mi padre es un simple empleado.

—No te preocupes por eso ahora. Centrémonos en Rosemary.

Franklin encontró un mapa online. La dirección que John Mistrov les había facilitado pertenecía a una planta de demolición de piedras que había cerca de una cantera, a trece kilómetros al noroeste de la ciudad. A continuación buscó en la base de datos de jurisdicción de propiedades y confirmó que Servicios Especializados de Indiana era el propietario. Seguidamente, en la misma base de datos, descubrió la finca registrada a nombre de la compañía fiduciaria, una casa en un terreno contiguo. Yanni dijo que conocía la zona.

—¿Hay algo más por allí? —le preguntó Reacher.

Yanni sacudió la cabeza.

—Nada en muchos kilómetros, aparte de tierras de cultivo.

—De acuerdo —dijo Reacher—. Vamos para allá. Ahí es donde tienen a Rosemary.

Miró el reloj. Las diez en punto de la noche.

—¿Y ahora qué? —preguntó Yanni.

—Ahora a esperar —contestó Reacher.

—¿A qué?

—A que llegue Cash de Kentucky. Y luego esperaremos un poco más.

—¿A qué?

Reacher sonrió.

—A que se haga completamente de noche —dijo.

Esperaron. Franklin preparó café. Yanni contó anécdotas de la gente que había conocido, las cosas que había visto, las novias de los gobernadores, los amantes de las esposas de los políticos, votaciones amañadas, bandas criminales, acres de marihuana entre el cultivo de maíz a las afueras de Indiana. Luego Franklin habló de sus años en la policía. Y Reacher de sus años en el ejército, su vida errante y aventurera sin un hogar estable.

Helen Rodin no dijo nada en absoluto.

A las once en punto exactamente, oyeron el traqueteo de un potente motor diésel resonando contra el muro de ladrillo. Reacher se aproximó a la ventana y vio el Humvee de Cash amorrado en la zona de aparcamiento debajo del edificio. «Demasiado ruidoso —pensó—. No podremos usarlo.»

O tal vez sí.

—Han llegado los marines —dijo.

Oyeron las pisadas de Cash por la escalera. Llamó a la puerta. Reacher fue hasta el recibidor y le abrió. Cash entró con actitud segura y relajada. Iba vestido de negro. Pantalones impermeables, sudadera impermeable. Reacher le presentó a los demás. Yanni, Franklin, Helen Rodin. Le estrecharon la mano. Cash tomó asiento. Veinte minutos después estaba listo para la misión y dispuesto a formar parte de la aventura.

—¿Se cargaron a una chica de diecinueve años? —preguntó.

—Te habría caído bien —repuso Reacher.

—¿Tenemos un plan?

—Estábamos a punto de idear uno —dijo Reacher.

Yanni fue al coche en busca de sus mapas. Franklin retiró las tazas de café e hizo espacio en la mesa. Yanni escogió el mapa adecuado. Lo extendió sobre el escritorio.

—Aquello es como un tablero enorme de ajedrez —dijo—. Cada cuadrado es un campo de cultivo de unos cien metros de extensión. Cada veinte campos, hay caminos de norte a sur, de oeste a este. —Después señaló con sus dedos delgados de uñas pintadas—. Pero en este punto convergen dos caminos, y al sureste de este extremo hay un descampado. Ahí no hay campos de cultivo. En el área norte se encuentra la fábrica de piedras, y la casa está situada al sur de la planta. He visto esa finca, y puedo deciros que se encuentra a casi doscientos metros del camino, en mitad de la nada. No hay ningún paisaje, no existe vegetación. Pero tampoco hay ninguna valla.

—¿Terreno plano? —preguntó Reacher.

—Como una mesa de billar —contestó Yanni.

—Estará muy oscuro —intervino Cash.

—Como la boca del lobo —dijo Reacher—. Y si no hay ninguna valla significa que disponen de cámaras con visión térmica nocturna, algún tipo de infrarrojos.

—¿A qué velocidad eres capaz de recorrer doscientos metros? —le preguntó Cash.

—¿Yo? —repuso Reacher—. Tan despacio que podrían encargar un rifle por catálogo y luego dispararme.

—¿Cuál es el mejor acceso?

—Desde el norte —dijo Reacher—, sin duda. Podríamos ir desde la fábrica hasta el camino y después avanzar a pie. Allí podríamos escondernos hasta el último momento.

—No podemos ir a pie por ahí si disponen de cámaras nocturnas.

—Ya nos ocuparemos luego de eso.

—De acuerdo, pero contarán con que lleguemos por el norte.

Reacher asintió.

—No iremos por el norte, sería demasiado obvio.

—El sur o el este son la siguiente elección, pues imagino que la entrada principal estará al oeste. Probablemente sea demasiado recta y amplia.

—Ellos pensarán lo mismo.

—Pues me gusta la entrada —dijo Reacher—. ¿Cómo es? ¿Pavimentada?

—De piedra caliza —contestó Yanni—. Tienen de ese material para dar y regalar.

—Demasiado ruidosa —dijo Cash.

—Pero habrá retenido el calor de todo el día —objetó Reacher—. Tendrá una temperatura mayor que la arena. Así pues, el fondo de la imagen quedará disimulado. Si el contraste de temperaturas no es demasiado elevado no distinguirá los cuerpos.

—¿Estás de broma? —preguntó Cash—. Estarás a diez grados más que la temperatura ambiente. Parecerás una llamarada en mitad del camino.

—Estarán vigilando las zonas sur y este.

—No exclusivamente.

—¿Tienes una idea mejor?

—¿Qué tal un asalto frontal con vehículos?

Reacher sonrió.

—Si te propones destruir algo absolutamente, llama al cuerpo de marines de Estados Unidos.

—Recibido —repuso Cash.

—Demasiado peligroso —dijo Reacher—. No podemos permitir que nos vean y convertir el lugar en un campo de batalla. Tenemos que pensar en Rosemary.

Todos callaron.

—Me gusta la entrada —volvió a decir Reacher.

Cash miró hacia Helen Rodin.

—Podríamos llamar a la policía —dijo—. Si el malo es el abogado del distrito no veo problema. Un par de equipos de los SWAT podrían entrar allí.

—Nos encontraríamos con el mismo problema —le contestó Reacher—. Rosemary estaría muerta antes de llegar a la puerta.

—¿Cortar la electricidad? ¿Desactivar las cámaras?

—Es el mismo problema. Sería un aviso.

—Pues tú dirás.

—La entrada —dijo Reacher—. Me gusta la entrada.

—¿Y las cámaras?

—Pensaré en algo —contestó. Se puso delante de la mesa. Miró el mapa. A continuación se volvió hacia Cash—. ¿Tu camión tiene reproductor de CD?

Cash asintió.

—Forma parte del equipamiento.

—¿Te importa que lo conduzca Franklin?

—Franklin puede quedárselo. Yo prefiero un sedán.

—De acuerdo, tu Humvee será nuestro vehículo de acercamiento. Franklin puede llevarnos hasta allí con él, dejarnos y volver aquí.

—¿Llevarnos? —dijo Yanni—. ¿Vamos a ir todos?

—Por supuesto que sí —respondió Reacher—. Los cuatro, y Franklin volverá a la oficina, nuestro puesto de mando.

—Perfecto —repuso Yanni.

—Necesitamos teléfonos móviles —dijo Reacher.

—Yo tengo uno —contestó Yanni.

—Yo también —dijo Cash.

—Y yo —se sumó Helen.

—Yo no tengo —repuso Reacher.

Franklin extrajo un pequeño Nokia de su bolsillo.

—Coge el mío —le dijo.

Reacher lo aceptó.

—¿Puedes preparar una conferencia? ¿Conectar los cuatro móviles al teléfono fijo de tu oficina?

Franklin asintió.

—Dadme vuestros números.

—Quitadles el sonido —les pidió Reacher.

—¿Cuándo lo haremos? —preguntó Cash.

—Las cuatro de la madrugada es mi hora favorita —dijo Reacher—. Pero me estarán esperando a esa hora. Lo aprendimos de ellos. Las cuatro de la mañana era la hora en que la KGB llamaba a las puertas. Se opone menor resistencia, es cuestión de biorritmo. Así que les sorprenderemos. Lo haremos a las dos y media.

—Si les sorprendes no tendrás que pegarles demasiado fuerte —bromeó Yanni.

Reacher sacudió la cabeza.

—Ni tampoco ellos me pegarán demasiado a mí.

—¿Dónde tendré que colocarme yo? —preguntó Cash.

—En el extremo suroeste de la fábrica —contestó Reacher—. Allí podrás divisar los sectores sur y este de la casa, y cubrir los costados oeste y norte simultáneamente con el rifle.

—Entendido.

—¿Qué me has traído a mí?

Cash hurgó en el bolsillo de su sudadera y sacó un cuchillo dentro de una funda. Se lo pasó por encima de la mesa. Reacher lo tomó. Se trataba de un arma habitual en la Marina, un Navy Seal SRK, un cuchillo de supervivencia. Acero de carbono, mango negro, hoja de dieciocho centímetros. No estaba nuevo.

—¿Esto? —preguntó Reacher.

—Es todo lo que tengo —contestó Cash—. Las únicas armas que tengo son el rifle y este cuchillo.

—Estás de broma.

—Soy un hombre de negocios, no un psicópata.

—Por el amor de Dios, Gunny, ¿voy a ir con un cuchillo a un tiroteo? ¿No se supone que debería ir con un arma de fuego?

—Es todo lo que tengo —repitió Cash.

—Estupendo.

—Puedes coger el arma del primero al que ataques. Hazte a la idea, no lo conseguirás si no te acercas lo suficiente para atacar a uno de ellos.

Reacher no contestó.

Aguardaron. Media noche. Las doce y media. Yanni jugueteó con su móvil e hizo una llamada. Reacher volvió a revisar el plan una vez más. Primero en la mente, luego en voz alta, hasta que todo el mundo lo tuvo claro. Detalles, posiciones, movimientos, ajustes.

—Pero todo podría cambiar —dijo— cuando lleguemos allí. Cuando nos encontremos sobre el terreno.

Aguardaron. La una en punto. La una y media. Reacher empezó a pensar en el final de la historia. En lo que vendría después de la victoria. Se volvió hacia Franklin.

—¿Quién es la mano derecha de Emerson? —le preguntó.

—Una mujer llamada Donna Bianca —respondió Franklin.

—¿Es buena?

—Es su mano derecha.

—Tendrá que desplazarse hasta allí después de que pase todo. Aquello se convertirá en un circo tremendo. Demasiado para solo un par de manos. Quiero que les digas a Emerson y a Donna Bianca que vayan para allí. Y a Alex Rodin, por supuesto. Después de que les venzamos.

—Estarán acostados.

—Entonces despiértales.

—Si les vencemos —puntualizó Franklin.

A las dos menos cuarto comenzaron a ponerse nerviosos. Helen Rodin se acercó junto a Reacher. Cogió el cuchillo, lo miró. Volvió a dejarlo en la mesa.

—¿Por qué haces esto? —le preguntó a Reacher.

—Porque puedo. Y por lo de la chica.

—Te matarán.

—Eso es poco probable —repuso—. Son viejos y estúpidos. He superado situaciones peores.

—Eso es lo que tú dices.

—Si consigo entrar sin problemas ya estaré lo bastante seguro. Desplazarme de habitación a habitación no será difícil. La gente se asusta mucho cuando un merodeador entra en su casa. Lo detestan.

—Pero no conseguirás entrar sin problemas. Te verán llegar.

Reacher buscó en su bolsillo izquierdo y sacó el cuarto de dólar reluciente que le había molestado en el coche. Se lo entregó.

—Para ti —le dijo.

Helen se quedó mirando la moneda.

—¿Un recuerdo?

—Un recuerdo de esta noche.

Después comprobó la hora en su reloj. Se puso de pie.

—En marcha —dijo.

16

Permanecieron un instante en la penumbra y el silencio del parking, debajo de las ventanas iluminadas de la oficina de Franklin. Seguidamente, Yanni fue a su Mustang a buscar el CD de Sheryl Crow. Se lo entregó a Cash. Cash abrió la puerta del Humvee con la llave, se inclinó hacia el interior y colocó el CD en el reproductor. A continuación le dio las llaves a Franklin. Franklin se subió en el asiento del conductor. Cash subió al asiento de copiloto, con la M24 apoyada sobre las rodillas. Reacher, Helen Rodin y Ann Yanni se apiñaron en el asiento trasero.

—Pon la calefacción —pidió Reacher.

Cash se inclinó hacia la izquierda y puso el aire acondicionado al máximo. Franklin encendió el motor. Se incorporó a la carretera marcha atrás. Giró y tomó dirección oeste. A continuación giró hacia el norte. El motor sonaba con fuerza. La carretera estaba llena de baches. La calefacción empezó a funcionar, expulsando aire caliente. En el interior, poco a poco, la temperatura fue elevándose. Hacía calor. Giraron en dirección oeste, norte, oeste, norte, siguiendo las cuadrículas de los campos de cultivo. Era un trayecto a base de caminos largos e irregulares, cuyas curvas formaban ángulos de noventa grados. Finalmente tomaron la última curva. Franklin, detrás del volante, pisó a fondo el acelerador.

—Eso es —dijo Yanni—. Sigue hacia adelante, unos cinco kilómetros más.

—Enciende la música —ordenó Reacher—. Canción número ocho.

Cash pulsó el botón.

Every day is a winding road.

—Más alto —pidió Reacher.

Cash subió el volumen. Franklin siguió conduciendo, a cien kilómetros por hora.

—Tres kilómetros —repuso Yanni. Luego—: Kilómetro y medio. Franklin continuó. Reacher miró por la ventana situada a su derecha. Vio los campos al pasar, igual que destellos en la oscuridad. La luz de los faros apenas alcanzaba a enfocarlos. Las bombas de riego giraban tan despacio que parecía que estuvieran quietas. Una bruma teñía el ambiente.

—Pon las luces largas —dijo Reacher.

Franklin las encendió.

—La música a tope —pidió Reacher.

Cash giró el botón al máximo.

EVERY DAY IS A WINDING ROAD.

—Ochocientos metros —exclamó Yanni.

—Ventanas —gritó Reacher.

Cuatro pulgares pulsaron los botones y las cuatro ventanas se abrieron tres centímetros. El aire caliente y la música a todo volumen invadieron el paisaje. Reacher miró hacia la derecha y vio el perfil oscuro de la casa. Lejana, aislada, cuadrada, maciza, imponente, en el interior se distinguía una luz débil. El terreno que les rodeaba era completamente llano. El camino de la entrada estaba construido con piedra caliza, era de color claro, larguísimo, y recto como una flecha.

Franklin mantuvo el pie en el acelerador.

—Una señal de stop a una distancia de trescientos metros —exclamó Yanni.

—Preparaos —gritó Reacher—. Llegó la hora del espectáculo.

—Cien metros —exclamó Yanni.

—Puertas —gritó Reacher.

Las puertas se abrieron tres centímetros. Franklin pisó a fondo el pedal del freno. Se detuvo en la línea. Reacher, Yanni, Helen y Cash salieron precipitadamente del vehículo. Franklin no dudó, volvió a arrancar, como si se tratara de una simple parada reglamentaria. Reacher, Yanni, Cash y Helen se revolcaron en la arena. Se reagruparon en el cruce y miraron hacia el norte, hasta que las luces, el rugido del motor y el sonido de la música desaparecieron en la distancia y la oscuridad.

Sokolov se había percatado de las señales de calor en el monitor oeste y en el monitor sur en el momento en que el vehículo se encontraba a unos ochocientos metros de la casa. Hubiese sido difícil no percatarse. Un vehículo grande y potente, a toda velocidad, dejando una columna de aire caliente procedente de las ventanas. ¿Acaso podía pasar desapercibido? En las pantallas parecía un cohete volando en horizontal. Poco después Sokolov oyó también el ruido a través de las paredes de la casa. Motor potente, música alta. Vladimir le miró.

—¿Alguien que pasa por aquí?

—Ahora lo veremos —repuso Sokolov.

El coche no redujo la velocidad. Avanzó como un rayo. Dejó atrás la casa y prosiguió en dirección norte. En la pantalla, dejó un rastro de calor comparable a una cápsula de reentrada. Oyeron la música retumbar en las paredes, igual que una sirena de ambulancia.

—Solo es alguien que pasa por aquí —dijo Sokolov.

—Algún gilipollas —añadió Vladimir.

Arriba, en la tercera planta, Chenko también lo había oído. Entró en un dormitorio vacío cuya ventana daba al oeste. Miró hacia el exterior. Vio una forma grande y negra a una velocidad de unos cien kilómetros por hora, con las luces largas, los faros traseros iluminados y la música tan alta que se oían vibrar las puertas del coche a una distancia de doscientos metros. El coche rugió al pasar. No redujo la velocidad. Chenko abrió la ventana, se asomó, estiró el cuello y vio una ráfaga de luz al norte, a lo lejos. La luz desapareció por detrás de una maraña de máquinas. Sin embargo, aún se podía percibir cierto resplandor en el ambiente. Cuatrocientos metros más adelante, la luz cambió de color. Esta vez roja, no blanca. Luces de frenos, frente a la señal de stop. Durante un segundo el resplandor desapareció. A continuación la luz roja dio paso de nuevo al resplandor blanco y el coche volvió a avanzar, rápido.

El Zec llamó a Chenko desde el piso inferior.

—¿Era él?

—No —contestó Chenko—. Será algún niñato rico que ha salido de paseo.

Reacher lideraba el grupo, en plena oscuridad. Una fila india de cuatro personas caminando por el asfalto. A su izquierda, la alambrada alta que delimitaba la fábrica. A su derecha, campos enormes y circulares. Cuando el rugido del motor diésel y el sonido de la música a todo volumen desparecieron, hubo silencio absoluto. No se oía nada excepto el siseo del agua de regadío. Reacher levantó la mano e hizo que los demás se detuvieran en el punto en que la alambrada giraba hacia la derecha, extendiéndose en dirección este. El poste de la esquina tenía doble grosor y estaba rodeado de alambre reforzado. En el arcén, las hierbas y los hierbajos crecían alcanzando gran altura. Reacher caminaba, a la vez que comprobaba lo que había a su alrededor. Se hallaba en medio de una diagonal perfecta que llegaba a la esquina noroeste de la casa. Por lo tanto, poseía un campo de visión equivalente a un ángulo de cuarenta y cinco grados. Podía divisar las fachadas norte y oeste. La casa estaba a unos trescientos metros de distancia. La visibilidad era muy mala. El reflejo de la luna proporcionaba algo de luz entre las nubes, pero aparte de eso, todo estaba oscuro.

Retrocedió. Señaló a Cash. A continuación señaló la base del poste situado en la esquina.

—Esta será tu posición —le susurró—. Compruébala.

Cash avanzó, abriéndose paso entre los hierbajos. A dos metros de distancia ya no podían verle. Cash activó la visión nocturna de la mira telescópica y levantó el rifle. Revisó, despacio, de izquierda a derecha, de arriba abajo.

—Tres plantas y un sótano —le susurró—. Un único tejado a dos aguas, aleros de madera, muchas ventanas, una puerta visible en el costado oeste. Ningún lugar donde ocultarse, en ninguna dirección. Han nivelado todo el terreno de alrededor. No crece nada en las proximidades. Parecerás un escarabajo entre las sábanas de una cama.

—¿Cámaras?

El rifle trazó una línea recta de izquierda a derecha.

—Debajo de los aleros. Una en el norte, otra en el oeste. Podemos suponer lo mismo en los otros dos lados que no vemos.

—¿Cómo son de grandes?

—¿Cómo quieres que sean de grandes?

—Lo suficiente para que aciertes.

—Qué gracioso. Si fueran cámaras espías ocultas en encendedores, podría alcanzarlas desde aquí.

—Muy bien, entonces escucha —susurró Reacher—. Lo haremos así: voy a desplazarme hasta mi posición inicial. Después esperaremos a que Franklin regrese a la oficina y conecte los cinco teléfonos. Luego avanzaré. Si no me siento seguro te ordenaré que inicies fuego contra esas cámaras. Una sola palabra y acabarás con ellas. Dos disparos, bang, bang. Eso les distraerá, tal vez diez o veinte segundos.

—Negativo —dijo Cash—. No dispararé a una estructura de madera dentro de la cual sabemos que se encuentra una rehén.

—Rosemary estará en el sótano —repuso Reacher.

—O en el desván.

—Tú dispararías a los aleros.

—Exacto. Ella está en el desván, oye disparos, se tira al suelo, precisamente hacia donde yo estoy apuntando. El límite de un hombre acaba donde empieza el límite de otro.

—Escúchame —le dijo Reacher—. Tendrás que correr el riesgo.

—Negativo. No funcionará.

—Por Dios, Gunny, eres un marine cabeza cuadrada, ¿lo sabías?

Cash no dijo nada. Reacher volvió a avanzar. Intentó distinguir algo detrás del poste. Observó detenidamente lo poco que pudo en la oscuridad y regresó junto a los demás.

—De acuerdo —dijo—. Nuevo plan. Vigila solamente las ventanas del costado oeste. Si ves destellos procedentes de la boca de un arma, dispara a la habitación de donde provengan. Es de suponer que la rehén no estará en la misma habitación que el francotirador.

Cash no dijo nada.

—¿Harás eso al menos? —preguntó Reacher.

—Por entonces podrías haber entrado ya en la casa.

—Asumo la responsabilidad. Asumo voluntariamente el riesgo, ¿de acuerdo? Helen es testigo de mi consentimiento. Es abogada.

Cash no dijo nada.

—No me extraña que quedaras tercero —repuso Reacher—. Necesitas relajarte.

—De acuerdo —contestó Cash—. Si veo fuego hostil, responderé igual.

—Fuego hostil es el único fuego que verás, ¿no crees? Puesto que solo me has traído este maldito cuchillo.

—El ejército terrestre —repuso Cash—. Siempre fastidiando.

—¿Qué hago yo? —preguntó Helen.

—Nuevo plan —contestó Reacher. Tocó la alambrada con la palma de la mano—. Agáchate y sigue la alambrada más allá de la esquina. Detente frente a la casa. Permanece allí. No podrán verte. Está demasiado lejos. Mantente atenta al teléfono. Si necesito distraerles te pediré que corras un poco hacia la casa y luego regreses a tu posición. En zigzag, o en círculos. Hacia delante y hacia detrás. Muy deprisa. No correrás peligro. Cuando se dispongan a apuntarte tú ya habrás vuelto junto a la alambrada.

Helen asintió. No dijo nada.

—¿Y yo? —preguntó Ann Yanni.

—Tú quédate con Cash. Harás de policía. Si se resiste a ayudarme, dale una patada en el culo, ¿entendido?

Nadie dijo nada.

—¿Todos listos? —preguntó Reacher.

—Listos —contestaron, uno tras otro.

Reacher comenzó a caminar, adentrándose en la oscuridad por el desvío.

Continuó avanzando, a lo largo de la carretera, por el arcén, por el camino pedregoso que delimitaba los campos de cultivo. Continuó caminando en dirección a un campo, se adentró en una parcela empapada de agua. Esperó a que la bomba de riego girara lentamente y le alcanzara. A continuación giró noventa grados y avanzó en dirección sur, al mismo paso que la máquina, justo debajo de esta, manteniendo el ritmo, permitiendo que el agua le cayera constantemente encima, empapándole el pelo, la piel y la ropa. La bomba iba separándose de Reacher a medida que seguía su trayectoria circular. Reacher, en cambio, caminaba en línea recta, en dirección al siguiente campo. Volvió a esperar a que la siguiente bomba le alcanzara. Volvió a caminar debajo de esta, manteniendo la misma velocidad que la máquina, levantando los brazos y separándolos para absorber tanta agua como le fuera posible. Seguidamente la bomba se alejó, y Reacher caminó rumbo a la próxima. Y la próxima, y la próxima. Cuando finalmente se halló en el campo que había frente a la entrada de la casa, se limitó a caminar en círculos, debajo de la última bomba, esperando que el móvil le vibrara. Parecía un hombre atrapado en un monzón.

El teléfono móvil de Cash le vibró en la cintura. Lo cogió y descolgó. Oyó la voz de Franklin, en tono prudente y bajo.

—Probando, por favor —dijo.

Cash oyó a Helen decir:

—Presente.

Yanni dijo un metro por detrás de él:

—Presente.

Cash dijo:

—Presente.

A continuación oyó a Reacher decir:

—Presente.

Franklin dijo:

—Muy bien, os oigo alto y claro. Ahora es vuestro turno.

Cash oyó a Reacher indicarle:

—Gunny, comprueba la casa.

Cash levantó el rifle y lo desplazó de izquierda a derecha.

—Ningún cambio.

Reacher dijo:

—Voy para allá.

Seguidamente no hubo nada excepto silencio. Diez segundos. Veinte. Treinta. Un minuto entero. Dos minutos.

Cash oyó a Reacher preguntar:

—Gunny, ¿me ves?

Cash volvió a levantar el rifle. Recorrió con el cañón el camino que conducía hasta la casa.

—Negativo. No te veo. ¿Dónde estás?

—A unos treinta metros desde el principio del camino.

Cash movió el rifle. Calculó treinta metros desde el principio del camino y miró por la mira telescópica. No vio nada. Nada en absoluto.

—Buen trabajo, soldado. Continúa.

Yanni se acercó lentamente a Cash. Le susurró al oído:

—¿Por qué no le ves?

—Porque está chalado.

—No, explícamelo. Tienes una mira de visión nocturna, ¿no?

—La mejor que se pueda adquirir —repuso Cash—. Distingue el calor, igual que esas cámaras —apuntó a lo lejos con el dedo—. Imagino que Reacher ha atravesado los campos y que se ha empapado de agua. Esa agua procede del acuífero, una capa de piedra muy fría. Así que ahora mismo Reacher tiene una temperatura muy parecida a la temperatura ambiente. Yo no puedo verle, ellos tampoco.

—Inteligente —dijo Yanni.

—Valiente —repuso Cash—, pero también de locos. Porque a cada paso que da se va secando y recuperando la temperatura corporal.

Reacher avanzó, a través de la oscuridad, por el camino de tierra que conducía a la casa. Ni deprisa, ni despacio. Tenía los zapatos calados y se enganchaban al barro. Casi los pierde. Tenía tanto frío que temblaba bruscamente. Algo malo. El temblor es una reacción psicológica concebida para calentar rápidamente un cuerpo frío. Y él no quería estar caliente. Todavía no.

Vladimir siempre mantenía el mismo ritmo. Miraba el monitor del este durante cuatro segundos, luego el del norte durante tres segundos. *Este, dos, tres, cuatro, norte, dos, tres, este, dos, tres, cuatro, norte, dos, tres.* Sin moverse de la silla. Solamente se inclinaba un poquito hacia un lado, y luego al otro. A su lado, Sokolov hacía más o menos lo mismo con los monitores del sur y del oeste a intervalos ligeramente diferentes. No estaban perfectamente sincronizados. Pero Sokolov era igual de bueno que Vladimir, pensaba este último. Tal vez incluso mejor, pues Sokolov había pasado mucho tiempo dedicado a la vigilancia.

Reacher continuó caminando. Ni deprisa, ni despacio. En el mapa la entrada parecía medir algo menos de doscientos metros de largo. Sobre el terreno, aquello parecía una pista de aterrizaje. Recta como una flecha. Amplia. Y larga, muy muy larga. A Reacher le daba la impresión de llevar allí toda la vida, cuando en realidad se encontraba a mitad de camino de la casa. Siguió avanzando hacia adelante. Miraba al frente a cada paso que daba, contemplando las ventanas a lo lejos, entre las sombras.

Se dio cuenta de que el pelo ya no le chorreaba.

Se tocó una mano con la otra. Seca. No estaba caliente, pero tampoco fría.

Continuó avanzando. La idea de comenzar a correr le tentaba. Si corriera llegaría antes. Pero correr haría que la temperatura de su cuerpo se elevara. Se acercaba a un punto donde ya no habría salida. No sabía si echar a correr o retroceder. Ya no temblaba. Levantó el teléfono.

—Helen —susurró—, necesito que les distraigas.

Helen se quitó los zapatos de tacón y los dejó con cuidado, el uno al lado del otro, al pie de la alambrada. Durante un momento ridículo, se sintió como una persona que amontona toda su ropa en la playa antes de entrar en el mar para ahogarse. A continuación colocó la palma de las manos sobre el suelo, igual que un corredor en la línea de salida, y salió disparada. Corrió como una loca, seis metros, nueve, doce. De repente, se detuvo en seco y permaneció inmóvil de cara a la casa, con los brazos extendidos, como si fuera un objetivo. «Disparadme —pensó—. Por favor, disparadme.» Poco después le asustó la idea de que aquello se cumpliera, se volvió y corrió hacia el punto de salida haciendo zigzag. Cuando llegó, se tiró al suelo y se arrastró a los pies de la alambrada hasta que encontró sus zapatos.

Vladimir la vio en el monitor del norte. Nada reconocible. Solo una llamarada que duró unos segundos y que, debido a la tecnología fosforescente, se representaba por una imagen borrosa y algo retardada. Sin embargo, Vladimir acercó la cara a la pantalla y observó la imagen. Un segundo, dos. Sokolov notó la interrupción del ritmo de Vladimir y echó una ojeada también. Tres segundos, cuatro.

—¿Un zorro? —preguntó Vladimir.

—No se ve bien —dijo Sokolov—. Pero probablemente.

—Se va por donde ha venido.

—Entonces sí.

Sokolov volvió a mirar a sus dos monitores. Observó la imagen del lado oeste, comprobó la del sur, retomando así el ritmo.

Cash también llevaba su propio ritmo. Desplazaba la mira nocturna de su arma a lo largo de lo que podía ser la velocidad de un hombre a pie. Pero de repente, cada cinco segundos, daba marcha atrás y adelante, por si acaso se equivocaba en los cálculos. Durante uno de sus rápidos recorridos, divisó lo que le pareció una sombra color verde claro.

—Reacher, te veo —susurró—. Eres visible, soldado.

La voz de Reacher le respondió:

—¿Qué mira tienes?

—Litton —respondió Cash.

—Cara, ¿verdad?

—Tres mil setecientos dólares.

—Debe ser mejor que una cámara térmica de mierda.

Cash no contestó.

Reacher dijo:

—Bueno, o eso espero.

Reacher continuó aproximándose a la casa. Probablemente fuese el acto más antinatural al que una persona pueda obligarse a sí misma, avanzar a paso lento hacia un edificio desde donde seguramente le estarían apuntando de pleno. Si Chenko poseía algún tipo de sentido común esperaría, y esperaría, y esperaría, hasta que el blanco estuviera lo bastante cerca. Y Chenko parecía poseer mucho sentido común. Cuarenta y cinco metros estaría bien. O treinta y dos, la misma distancia desde la que había disparado en el parking. Chenko era muy bueno a una distancia de treinta y dos metros. Había quedado patente.

Reacher avanzó. Sacó el cuchillo del bolsillo, lo desenfundó y lo empuñó en la mano derecha, relajadamente, a la altura de la cintura. Se pasó el teléfono a la mano izquierda, acercándoselo al oído. Oyó a Cash decir:

—Ahora eres totalmente visible, soldado. Brillas igual que la estrella polar. Igual que si estuvieras en llamas.

Treinta y seis metros por recorrer.

Treinta y cinco.

Treinta y cuatro.

—¿Helen? —dijo—, hazlo otra vez.

Oyó la voz de Helen:

—De acuerdo.

Continuó avanzando. Aguantó la respiración.

Treinta y dos metros.

Treinta y uno.

Treinta.

Expulsó el aire. Caminó, empeñado en terminar. Veintisiete metros. Oyó jadeos en su oído. Helen, corriendo. Oyó a Yanni preguntar, por detrás del micrófono del teléfono:

—¿A qué distancia está?

Oyó a Cash responder:

—No lo bastante cerca.

Vladimir se inclinó hacia delante y dijo:

—Ahí está otra vez.

Apuntó con el dedo en la pantalla, como si tocándolo averiguara algo más. Sokolov había pasado muchas más horas que Vladimir delante de los monitores. Su trabajo había sido, principalmente, vigilar, igual que Raskin.

—Eso no es un zorro —dijo—. Es demasiado grande.

Observó la imagen cinco segundos más. La mancha zigzagueaba de izquierda a derecha, en el límite del campo de visión que abarcaba la cámara. Tamaño reconocible, forma reconocible, movimientos inexplicables. Vladimir se puso de pie y se asomó por el pasillo.

—¡Chenko! —gritó—. ¡Al norte!

A sus espaldas, en el monitor oeste, una forma del tamaño de un pulgar se iba ampliando cada vez más. Parecía un dibujo fosforescente de esos que se forman uniendo números. Verde lima por fuera, amarillo cromo por dentro y en el centro de un color rojo intenso.

Chenko se dirigió a una habitación vacía. Deslizó hacia arriba el cristal inferior de la ventana tanto como pudo. A continuación echó el cuerpo hacia atrás, resguardándose en la oscuridad de la habitación. De este modo no podrían verle desde abajo y sería invulnerable, excepto en el caso de que le dispararan desde una tercera planta de un edificio contiguo, pero no había ninguno. Encendió la visión nocturna de su mira telescópica y levantó el rifle. Revisó el terreno llano en un radio de doscientos metros. Arriba y abajo, a izquierda y derecha.

Vio a una mujer. Corría como loca, descalza, zigzagueando, yendo hacia atrás y hacia adelante, como si estuviera bailando o jugando a fútbol con una pelota imaginaria. Chenko pensó: «¿Qué?». Retiró el seguro del arma e intentó anticiparse al siguiente movimiento. Trató de adivinar dónde tendría el pecho ella una fracción de segundo después de disparar. Esperó. De pronto la mujer dejó de moverse. Se quedó completamente quieta, de cara a la casa, con los brazos abiertos como si quisiera que le dispararan.

Chenko apretó el gatillo.

Entonces lo entendió. Volvió al pasillo.

—¡Es un señuelo! —gritó—. ¡Es un señuelo!

Cash vio el destello procedente de la boca del arma y dijo:

—Disparo.

Desplazó la mira hasta la ventana norte. El cristal inferior estaba levantado, el superior estaba fijo. No merecía la pena intentar disparar por la abertura. Dado que la trayectoria era ascendente sería un disparo fallido. Así que Cash disparó al cristal. Pensó que si rompía unos cuantos cristales al menos les estropearía la noche.

Sokolov miraba aquella imagen caliente corriendo como poseída en el monitor de Vladimir cuando oyó el disparo de Chenko y seguidamente el grito de advertencia. Miró hacia la puerta y a continuación hacia el monitor sur. No había nada. Entonces oyó otro disparo en respuesta y cristales rotos en el piso superior. Se apartó de la mesa y se dirigió a la puerta.

—¿Estás bien? —le preguntó a Chenko.

—Es un señuelo —exclamó en repuesta Chenko—. Tiene que serlo.

Sokolov volvió a la sala y comprobó las cuatro pantallas, detenidamente.

—No —dijo—. Negativo. Definitivamente nada se acerca.

Reacher tocó el muro frontal de la casa. Madera vieja, pintada en numerosas ocasiones. Se encontraba a tres metros al sur de la puerta delantera, cerca de una ventana que daba a una habitación oscura y vacía. La ventana tenía forma de rectángulo. Tenía dos cristales: el inferior, que se deslizaba hacia arriba, y el superior. Quizás el superior también se deslizara hacia abajo. Reacher no conocía el nombre de aquel tipo de ventanas. Rara vez había vivido en una casa y nunca la había tenido propia. «¿Ventana de guillotina? ¿Doble ventana?» No estaba seguro. La casa era mucho más vieja de lo que parecía de lejos. Tal vez tuviese unos cien años. Una casa de cien años de antigüedad, una ventana de cien años de antigüedad. ¿Pero la cerradura de la ventana también tendría cien años? Pegó la mejilla en el cristal inferior y echó una ojeada al interior.

No pudo ver nada. Demasiado oscuro.

Entonces oyó los disparos. Dos tiros, uno cerca, el otro no. Cristales rotos.

A continuación oyó a Cash por el móvil:

—¿Helen? ¿Estás bien?

No hubo respuesta.

Cash volvió a preguntar:

—¿Helen? ¿Helen?

No hubo respuesta.

Reacher guardó el teléfono en el bolsillo. Introdujo la hoja del cuchillo en el punto donde el marco del cristal superior encajaba con el marco del cristal inferior. Movió la hoja de derecha a izquierda, lenta y cuidadosamente, buscando una cerradura. Encontró una, justo en el centro. La pinchó, ligeramente. Tenía forma de lengüeta de metal duro. Se trataba de una de esas cerraduras que se debían girar noventa grados para abrirlas y para cerrarlas.

¿Pero hacia dónde debía girarla?

Reacher probó de derecha a izquierda. *No se movió.* Extrajo el cuchillo y volvió a colocarlo en el extremo izquierdo de la ranura, a una pulgada del centro. Deslizó la hoja hasta que volvió a encontrar la lengüeta. Empujó, de izquierda a derecha.

Se movió.

Empujó con fuerza y consiguió girar la cerradura hacia la derecha.

Fácil.

Corrió el cristal inferior hacia arriba y se coló en la habitación por el alféizar de la ventana.

Cash avanzó unos pasos y desplazó el rifle noventa grados, hasta la zona situada al este de la alambrada. Observó por la mira. No vio nada. Volvió a su posición inicial. Levantó el teléfono. `

—¿Helen? —susurró.

No hubo respuesta.

Reacher atravesó la habitación vacía en dirección a la puerta. Estaba cerrada. Pegó la oreja en la madera. Escuchó atentamente. No oyó nada. Giró el pomo, lentamente, con mucho cuidado. Abrió la puerta, muy despacio. Se asomó. Comprobó el pasillo.

Vacío.

Vio luz procedente de una puerta abierta, cinco metros a su izquierda. Se detuvo. Levantó un pie y se limpió las suelas de los zapatos en los pantalones. Hizo lo mismo con el otro pie. Se limpió la palma de las manos. Dio un paso. Comprobó el suelo. No crujía. Avanzó hacia adelante, lentamente, silenciosamente. «Zapatos náuticos. Sirven para algo.» Caminó arrimado a la pared, ya que el suelo en esa zona era más sólido. Se detuvo a un metro de la puerta iluminada. Tomó aliento. Continuó avanzando.

Se detuvo en la entrada.

Se halló justo detrás de dos tipos. Estaban sentados uno al lado del otro, delante de una mesa larga, de espaldas a Reacher. Observaban unos monitores de televisor en los cuales aparecían imágenes verdes y fantasmales en plena oscuridad. A la izquierda, Vladimir. A la derecha, un hombre al que no había visto antes. «¿Sokolov? Debe de ser.» A la derecha de Sokolov, a casi un metro de distancia, había un revólver al final de la mesa. Una Smith & Wesson modelo 60. El primer revólver de acero inoxidable que se había producido en el mundo. Cañón de dos pulgadas y media. Capacidad para cinco balas.

Reacher avanzó un paso, sin hacer ruido. Se detuvo. Aguantó la respiración. Cogió al revés el cuchillo, sujetando la hoja entre el pulgar y el nudillo del índice. Levantó el brazo. Tomó impulso llevándose el cuchillo detrás de la cabeza. Echó el brazo hacia delante.

Lanzó el cuchillo.

La hoja se hundió cinco centímetros en la nuca de Sokolov.

Vladimir miró hacia la derecha, hacia el lugar donde se había producido el chasquido. Reacher estaba en movimiento. Vladimir se volvió. Le vio. Comenzó a levantarse, calculando la distancia que le separaba del arma, decidido a cogerla. Reacher se propuso evitarlo. Arremetió contra Vladimir, golpeándole con el hombro en el pecho, rodeándole la espalda con ambos brazos e inmovilizándole. Le levantó del suelo y le apartó de la mesa.

Y luego apretó.

La mejor manera de acabar de manera silenciosa con un tipo tan corpulento como Vladimir era aplastarle hasta matarle. Ni golpearle, ni dispararle. Ningún ruido en absoluto, siempre y cuando los brazos y las piernas del otro no tocasen nada sólido. Nada de gritos, nada de chillidos. Solo un sonido procedente de la garganta, ahogado y apenas audible. Un último aliento que jamás sería reemplazado.

Reacher estrujó a Vladimir con todas sus fuerzas. Le aplastó el pecho en una especie de abrazo de oso tan brutal, constante e intenso que ningún humano habría sobrevivido a ello. Vladimir no se lo esperaba. Pensó que era solo un preámbulo, no el golpe definitivo. Cuando se percató de lo que estaba sucediendo, enloqueció de pánico. Intentó golpear a Reacher con los brazos y con las piernas. «Estúpido —pensó Reacher—. Solo estás consumiendo oxígeno. Y no vas a respirar más, amigo. Será mejor que me creas.» Apretó aún más. Le aplastaba cada vez más fuerte. Y más fuerte. Y más fuerte, siguiendo un ritmo despiadado y subliminal que decía *más, y más, y más*. Los dientes le chirriaban. El corazón le iba a mil por hora. Los músculos se le hincharon, estaban tan duros como rocas y comenzaron a arderle. Podía sentir cómo la caja torácica de Vladimir se movía, se partía, crujía, aplastándose. Y su último aliento de vida al ser expulsado de los pulmones.

Sokolov se movió.

Reacher se desplazó tambaleándose a la vez que continuó apretando a Vladimir. Levantó una pierna torpemente. Pegó una patada a la empuñadura del cuchillo con el talón. Sokolov dejó de moverse. Vladimir también. Reacher continuó ejerciendo presión sobre el pecho de Vladimir un minuto más. A continuación, aflojó poco a poco los brazos, se inclinó y dejó el cuerpo con cuidado sobre el suelo. Se agachó, respirando con dificultad. Comprobó el pulso de Vladimir.

No tenía pulso.

Se puso de pie, retiró el cuchillo de Cash de la nuca de Sokolov y lo utilizó para cortarle el cuello a Vladimir, de oreja a oreja. «Esto por Sandy», pensó. A continuación se volvió hacia Sokolov e hizo lo mismo con su garganta. «Por si acaso.» La sangre empapó toda la mesa, goteando sobre el suelo. No salía a chorros, solo goteaba, ya que el corazón había dejado de bombear. Reacher volvió a agacharse y limpió la hoja del cuchillo en la camisa de Vladimir. Por un lado, luego por el otro. Extrajo el teléfono de su bolsillo. Oyó a Cash decir: *¿Helen?*

—¿Qué pasa? —susurró Reacher.

—Han disparado, no puedo encontrar a Helen —contestó Cash.

—Yanni, ve hacia la izquierda —dijo Reacher—. Búscala. Franklin, ¿estás ahí?

—Sí —contestó Franklin.

—Prepárate para llamar a una ambulancia —le dijo Reacher.

—¿Dónde estás? —preguntó Cash.

—En la casa —respondió Reacher.

—¿Resistencia?

—Derribada —contestó Reacher—. ¿Desde dónde dispararon?

—Desde la ventana norte de la tercera planta. Tiene sentido, estratégicamente. Tienen colocado al francotirador ahí arriba. Pueden indicarle hacia dónde disparar dependiendo de lo que ven por las cámaras.

—Ya no —dijo Reacher. Guardó el teléfono en el bolsillo. Cogió el revólver. Comprobó el tambor. Completamente cargado. Smith &

Wesson calibre 38 de cinco balas. Salió al pasillo, empuñando el cuchillo en la mano derecha y el arma en la izquierda. Inició la búsqueda de la puerta del sótano.

Cash oyó a Yanni hablando sola mientras se desplazaba hacia la izquierda. En voz baja, pero clara. Parecía una comentarista de carreras. Decía:

—Ahora me estoy desplazando hacia el este, agachada, arrimada a la alambrada, en mitad de la oscuridad. Estoy buscando a Helen Rodin. Sabemos que le han disparado. No contesta al teléfono. Esperamos que esté bien, pero nos preocupa que no sea así.

Cash la escuchó hasta que ya no pudo oírla más. Sacudió la cabeza, confundido. A continuación colocó el ojo detrás de la mira y observó la casa.

Rosemary Barr no estaba en el sótano. Reacher tardó menos de un minuto en comprobarlo. El sótano era un espacio abierto, que olía a humedad, vagamente iluminado y totalmente vacío, excepto por los cimientos de tres chimeneas de ladrillo.

Reacher se detuvo frente a la caja de fusibles. Le tentó la idea de apagarlos. Pero Chenko disponía de un rifle con visión nocturna y él no. Así pues, volvió a subir por la escalera.

Yanni encontró los zapatos de Helen Rodin al tropezar con ellos. Estaban colocados perfectamente el uno al lado del otro, al pie de la alambrada. Tacón alto, charol negro, brillaban ligeramente a la luz de la luna. Yanni les dio una patada por accidente y fue entonces cuando se percató de que estaban allí. Se inclinó y los recogió. Los colgó de la alambrada por los tacones.

—¿Helen? —susurró—. Helen, ¿dónde estás?

Entonces oyó una voz.

—Aquí.

—¿Dónde?

—Aquí. Sigue andando.

Yanni siguió andando. Encontró una silueta negra arrimada al pie de la alambrada.

—He perdido el teléfono —dijo Helen—. No puedo encontrarlo.

—¿Estás bien?

—No me han dado. Me he puesto a correr como una loca. Pero casi me alcanzan. Me he asustado. Solté el teléfono y eché a correr.

Helen se sentó. Yanni se agachó a su lado.

—Mira —dijo Helen. Llevaba algo en la palma de la mano. Algo brillante. Una moneda. Un cuarto de dólar, nuevo y reluciente.

—¿Qué es eso? —preguntó Yanni.

—Un cuarto de dólar —contestó Helen.

—¿Qué significa?

—Me lo dio Reacher.

Helen sonreía. Yanni distinguió su blanca dentadura a la luz de la luna.

Reacher avanzó por el pasillo. Iba abriendo puertas y buscando habitaciones a izquierda y derecha. Todas estaban vacías. No se utilizaban para nada. Se detuvo al pie de las escaleras. Retrocedió hacia una sala vacía de veinte metros de largo por veinte metros de ancho, un espacio que podría haber sido utilizado en su día como salón. Se puso de cuclillas, depositó el cuchillo sobre el suelo y sacó el móvil de su bolsillo.

—¿Gunny? —susurró.

Cash respondió:

—¿Has vuelto con nosotros?

—Tenía el teléfono en el bolsillo.

—Yanni ha encontrado a Helen. Está bien.

—Perfecto. En el sótano y en la planta baja no hay nada. Creo que, después de todo, tenías razón. Rosemary debe de estar en el ático.

—¿Vas a subir ahora?

—Creo que debo hacerlo.

—¿Recuento?

—Dos blancos derribados, por el momento.

—Habrá muchos más arriba, entonces.

—Tendré cuidado.

—Recibido.

Reacher volvió a guardar el teléfono en el bolsillo y recogió el cuchillo del suelo. Se puso en pie y se dirigió al pasillo. La escalera estaba situada en la parte trasera de la casa. Era de caracol y de dos colores. Bastante alta. A mitad de tramo, antes de llegar a la primera planta, había un descansillo. Reacher comenzó a subir el primer tramo caminando hacia atrás. Tenía sentido. Quería saber si había alguien en el rellano de la segunda planta asomado a la barandilla. Avanzaba arrimado a la pared, pues era donde las tablillas crujían menos. Subió lentamente, palpando el suelo con los talones, pisando cuidadosa y pausadamente. Y en silencio. «Zapatos náuticos. Sirven para algo.» Después de recorrer cinco peldaños, tenía la cabeza al mismo nivel que el suelo de la segunda planta. Levantó el arma. Dio un paso más. Desde allí veía el pasillo entero. Estaba vacío. Se trataba de un espacio enmoquetado y tranquilo, iluminado solamente por la luz procedente de una bombilla de bajo voltaje. No había nada que ver, excepto seis puertas cerradas, tres a cada lado. Reacher tomó aliento y ascendió hasta el descansillo. Una vez allí, continuó hasta el rellano del segundo piso. Llegó al pasillo.

«¿Y ahora qué?»

Seis puertas cerradas. «¿Quién habrá detrás de cada una?» Se dirigió lentamente hacia la parte frontal de la casa. Escuchó a través de la primera puerta. No oyó nada. Avanzó. Tampoco oyó nada a través de la segunda. Volvió a avanzar, pero antes de llegar a la tercera, oyó sonidos procedentes del piso superior a través del techo. Sonidos que

Reacher no llegaba a comprender. Roces, arañazos, crujidos, chirridos, repetidos rítmicamente, y un solo paso ligero después de cada secuencia. *Roce, arañazo, crujido, paso. Roce, arañazo, crujido, paso.* Reacher elevó los ojos al techo. De repente la tercera puerta se abrió y Grigor Linsky salió al pasillo, colocándose justo delante de Reacher. Linsky se quedó helado.

Llevaba su traje habitual de corte cruzado color gris, hombros rectangulares y pantalones remangados. Reacher le apuñaló en la garganta. Instantáneamente, con la mano derecha, de forma instintiva. Hundió la hoja del cuchillo y seguidamente lo recuperó. «Córtale la tráquea. Que no pueda decir nada.» Se apartó a un lado para evitar que la sangre, que salía a borbotones, le salpicara. Le cogió por las axilas y lo volvió a meter en la habitación de donde había salido. Era una cocina. Linsky había estado preparando té. Reacher apagó el fuego del fogón donde se estaba calentando la tetera. Dejó el revólver y el cuchillo sobre la repisa. Se inclinó, agarró con ambas manos a Linsky por la cabeza, la giró hacia la izquierda y tiró con fuerza hacia la derecha. Le partió el cuello. El ruido fue lo bastante fuerte como para que lo oyesen. Era una casa muy silenciosa. Reacher recogió el revólver y el cuchillo y escuchó atentamente detrás de la puerta. No oyó nada, excepto el *roce, arañazo, crujido, paso. Roce, arañazo, crujido, paso.* Volvió a salir al pasillo. Entonces supo qué era.

«Cristal.»

Cash había devuelto el fuego a través de la ventana que Chenko había elegido como lugar estratégico al norte. Como todos los buenos francotiradores, Cash había intentado que su primer disparo causara el máximo daño posible. A cambio, como todos los buenos francotiradores, Chenko mantenía su lugar de operaciones en condiciones óptimas. *Estaba limpiando los cristales rotos.* Había un veinticinco por ciento de probabilidades de que volviera a utilizar la misma ventana para disparar, y quería tener el paso libre.

Roce, arañazo, crujido, paso. Retiraba los cristales hacia un lado con el pie, amontonándolos en una pila. Avanzaba un paso y repetía la operación. Quería tener una vía libre de más de medio metro para no correr el riesgo de resbalar o tropezar.

«¿Hasta dónde habría limpiado?»

Reacher subió por el segundo tramo de la escalera. Era idéntico al primero. Amplio, a dos colores, de caracol. Ascendió de espaldas, agudizando el oído. *Roce, arañazo, crujido, paso.* Atravesó el descansillo. Siguió avanzando hacia adelante. El pasillo de la tercera planta tenía la misma distribución que el de la segunda, pero no estaba enmoquetado. Era de tablillas de madera. En mitad del pasillo, había una silla. Todas las puertas estaban abiertas. El norte se encontraba a la derecha. Reacher notaba la brisa nocturna procedente de aquella dirección. Caminó arrimado a la pared. Llegó al rellano. Los ruidos se hicieron más claros. Reacher pegó el cuerpo a la pared. Tomó aliento. Se giró lentamente y entró en una habitación situada a su izquierda.

Chenko se encontraba a una distancia de tres metros y medio, de espaldas a él, encarado hacia la ventana. El panel inferior se sobreponía al superior. Ambos cristales se habían roto en pedazos. Hacía frío en la habitación. El suelo estaba lleno de cristales. Chenko estaba limpiando el paso entre la puerta y la ventana. Le quedaban unos noventa metros para terminar. Su rifle estaba apoyado de pie contra la pared, a metro y medio de él. Chenko estaba encorvado, miraba hacia abajo, concentrado en lo que hacía. Era importante arreglarlo. Resbalar sobre trozos de cristal podría costarle un tiempo precioso en un tiroteo. Era un francotirador disciplinado.

Y le quedaban diez segundos de vida.

Reacher se guardó el cuchillo en el bolsillo. Liberó su mano derecha. La flexionó. Avanzó hacia delante, lentamente y en silencio, por el camino que Chenko había despejado. Cuatro pasos completamente silenciosos. Chenko notó su presencia. Se incorporó. Reacher le cogió del cuello por detrás con una mano y le apretó con fuerza. Dio una gran zancada y lo lanzó por la ventana, de cabeza.

—Te lo advertí —susurró asomado a la ventana—. Debiste haberme matado cuando tuviste la oportunidad.

A continuación volvió a coger el teléfono móvil.

—¿Gunny? —susurró.

—Sí.

—En la ventana de la tercera planta, por donde devolviste el fuego. ¿Me ves?

—Te veo.

—Acabo de tirar a uno. Si ves que se levanta, dispárale.

Volvió a guardar el móvil y se dirigió a la puerta del ático.

Encontró a Rosemary Barr completamente ilesa, sentada sobre el suelo del ático. Tenía los pies y las muñecas atadas, y la boca amordazada. Le puso los dedos sobre los labios rogándole que no dijera nada. Rosemary asintió. Le deshizo las ataduras con el cuchillo manchado de sangre y la ayudó a ponerse en pie. Durante un instante ella se tambaleó. A continuación se agitó e hizo un gesto de asentimiento. Sonrió. Aquella mujer aguantaba el miedo que había pasado y la reacción en el momento de su liberación por una absoluta determinación de ayudar a su hermano. Y si ella había sobrevivido, él también lo haría. Aquella era su creencia.

—¿Se han ido? —susurró.

—Todos menos Raskin y El Zec —contestó Reacher.

—No, Raskin se ha suicidado. Les oí decirlo. El Zec le obligó a hacerlo, porque permitió que le robaras el móvil.

—¿Dónde puede estar El Zec?

—Pasa la mayor parte del tiempo en la sala de estar, en la segunda planta.

—¿Qué puerta?

—La última a la izquierda.

—De acuerdo. Quédate aquí —susurró Reacher—. Iré a por él y volveré.

—No puedo quedarme. Tienes que sacarme de aquí.

Reacher hizo una pausa.

—De acuerdo, pero tienes que estar muy callada, y no debes mirar a izquierda ni derecha.

—¿Por qué no?

—Hay gente muerta.

—Me alegro —dijo ella.

Reacher la cogió del brazo al bajar por las escaleras, en dirección al pasillo de la tercera planta. A continuación bajó él solo hasta la segunda. Todo estaba tranquilo. La última puerta a la izquierda continuaba cerrada. Hizo gestos a Rosemary para que bajara. Bajaron juntos a la planta baja, a la parte frontal de la casa. Fueron a la habitación por donde Reacher había entrado. Ayudó a Rosemary a cruzar por el alféizar y a salir por la ventana. Le indicó:

—Sigue el camino de la entrada —le dijo—. Gira a la derecha. Les diré a los demás que vas para allá. Hay un hombre vestido de negro con un rifle. Es de los nuestros.

Rosemary se quedó inmóvil un segundo. A continuación se inclinó, se quitó los zapatos de tacón bajo, los sostuvo en las manos y empezó a correr como alma que lleva el diablo, en dirección oeste, por el camino de tierra. Reacher cogió el teléfono.

—¿Gunny? —susurró.

—Sí.

—Rosemary Barr va hacia allí.

—Excelente.

—Reúnete con los demás y recibidla a mitad del trayecto. No hace falta que continúes vigilando. Luego esperadme. Volveré.

—Recibido.

Reacher guardó el teléfono. Volvió a caminar por la silenciosa casa, con el propósito de encontrar a El Zec.

17

Al final, todo se resuelve esperando. Si se sabe esperar, lo bueno acaba por llegar. Y lo malo. Reacher volvió a dirigirse a la segunda planta. La última puerta a la izquierda seguía cerrada. Entró en la cocina. Linsky estaba tendido en el suelo sobre un charco de sangre. Reacher volvió a encender la llama de la tetera. A continuación salió al pasillo. Caminó sin hacer ruido hacia la parte delantera de la casa, apoyándose sobre la pared exterior, junto a la última puerta a su izquierda.

Y esperó.

La tetera comenzó a hervir a los cinco minutos. El silbato empezó bajo y calmado, y acabó siendo fuerte y molesto. En solo diez segundos la segunda planta de la casa se inundó de un pitido insoportable. Diez segundos después, la puerta de la derecha de Reacher se abrió. Salió un hombre bajo de estatura. Reacher dejó que diera un paso. A continuación le hizo girar y le clavó la Smith 60 en la base de la garganta.

Le observó.

Era *El Zec*, un hombre gordo, viejo, encorvado y demacrado. Un fantasma, apenas humano. Estaba lleno de cicatrices y zonas de piel descoloridas. Tenía el rostro arrugado y marchito. Lucía una expresión de rabia y crueldad. No iba armado. Sus ruinosas manos no parecían capaces de sostener un arma. Reacher le obligó a atravesar el pasillo. Lo metió en la cocina, andando hacia atrás. Se detuvo junto a la tetera, el ruido era insoportable. Reacher apagó el fuego con la mano izquierda. A continuación arrastró a El Zec hacia la sala de estar. El sonido de la tetera fue disminuyendo, igual que una sirena al alejarse. La casa volvió a estar en silencio.

—Se acabó —dijo Reacher—. Has perdido.

—Nunca se acaba —contestó El Zec, con voz ronca, grave, gutural.

—Vuelve a probar —dijo Reacher. Continuaba clavándole la Smith con fuerza en la garganta, una zona demasiado baja y demasiado próxima para que El Zec pudiera ver el arma. Retiró el seguro lentamente, con cuidado. Haciendo ruido deliberadamente. *Clic-clic-clic-crunch*. Un sonido inconfundible.

—Tengo ochenta años —dijo El Zec.

—No me importa que tengas ochenta o cien —contestó Reacher—. Vas a morir igual.

—Idiota —replicó El Zec—. He sobrevivido a cosas peores que tú mucho antes de que nacieras.

—Nadie es peor que yo.

—No te pavonees. No eres nada.

—¿Eso crees? —dijo Reacher—. Esta mañana estabas vivo, sin embargo mañana ya no lo estarás. Al cabo de ochenta años. Lo cual significa que algo sí que soy, ¿no crees?

No hubo respuesta.

—Se acabó —repitió Reacher—. Créeme. Un camino largo y tortuoso. Muy bien, lo entiendo, pero esto es el final. Tenía que llegar.

No hubo respuesta.

—¿Sabes cuándo es mi cumpleaños? —preguntó Reacher.

—Obviamente, no.

—Es en octubre. ¿Sabes qué día?

—Por supuesto que no.

—Vas a averiguarlo por las malas. Voy a contar mentalmente. Cuando llegue a mi cumpleaños, apretaré el gatillo.

Empezó a contar con la cabeza. «Uno, dos». Observaba fijamente a El Zec a los ojos. «Cinco, seis, siete, ocho.» No hubo respuesta. «Diez, once, doce.»

—¿Qué quieres? —dijo El Zec.

«Hora de negociar.»

—Quiero hablar —contestó Reacher.

—¿Hablar?

—El doce —repuso Reacher—, ahí es hasta donde has llegado. Ahí has renunciado. ¿Sabes por qué? Porque deseas sobrevivir. Es el instinto más básico que tienes. Evidentemente. Si no, ¿cómo habrías llegado a tu edad? Probablemente sea el instinto básico que menos logro entender. Un acto reflejo, un hábito, tirar los dados, permanecer con vida, dar el siguiente paso, la siguiente oportunidad. Está en tu ADN. Es lo que eres.

—¿Y bien?

—Te propongo una competición. Lo que tú eres contra lo que yo soy.

—¿Y qué eres tú?

—Yo soy el tipo que acaba de tirar a Chenko por la ventana de un tercer piso, y he aplastado con mis propias manos a Vladimir hasta causarle la muerte. Porque no me gusta lo que le hicieron a esa gente inocente. Así pues, ahora tienes que poner a prueba tu deseo por sobrevivir contra mi deseo de dispararte a la cabeza y mearme después en el boquete que haya abierto la bala.

No hubo respuesta.

—Un disparo —continuó Reacher— en la cabeza. Las luces se apagarán. Tú eliges. Otro día, otros dados. O no.

Reacher pudo ver en los ojos de El Zec cómo calculaba este. Valoración, evaluación, especulación.

—Podría arrojarte por las escaleras —prosiguió Reacher—. Después podrías arrastrarte y echar una ojeada a Vladimir. Le corté el cuello después de matarle, solo por diversión. Eso es lo que soy. Así que no pienses que bromeo. Lo haré, y dormiré como un bebé el resto de mi vida.

—¿Qué quieres? —volvió a preguntar El Zec.

—Que me ayudes con un problema.

—¿Qué problema?

—Hay un hombre inocente que tengo que sacar de la cárcel. Así que necesito que le cuentes la verdad a un detective llamado Emerson. La verdad, la absoluta verdad, y nada más que la verdad. Necesito que señales a Chenko como autor del tiroteo, y a Vladimir por el asesinato de la chica, y a quienquiera que matase a Ted Archer. Y por todo lo demás que hayáis hecho. Todo, incluyendo vuestro plan con cada detalle.

Hubo un destello en los ojos de El Zec.

—Eso no tiene sentido. Me condenarían a la pena de muerte.

—Sí, así es —dijo Reacher—. Naturalmente que sí. Pero mañana estarías vivo. Y al día siguiente, y al otro. El proceso de apelación dura toda una vida. Diez años, a veces. Podrías tener suerte. Podría haber un desacuerdo por parte del jurado, podrías fugarte, podrían concederte el perdón, podría haber una revolución o un terremoto.

—Improbable.

—Mucho —repuso Reacher—. Pero ¿acaso no te lo tomas así? Eres un hombre que se aferra al más mínimo resquicio con tal de vivir un solo minuto más.

No hubo respuesta.

—Ya me has respondido una vez —dijo Reacher—. Iba por el doce de octubre. Has sido muy rápido. Octubre tiene treinta y un días. Según el promedio, no te habría pasado nada hasta llegar al quince o al dieciséis. Un jugador habría esperado hasta llegar al veinte. Pero tú no has pasado de doce. No porque seas un cobarde, nadie puede acusarte de ello, sino porque eres un superviviente. Eso es lo que eres. Ahora lo que quiero es que me lo confirmes en la práctica.

No hubo respuesta.

—Trece —continuó contando Reacher—, catorce, quince, dieciséis.

—De acuerdo —dijo El Zec—. Tú ganas. Hablaré con el detective.

Reacher le arrastró por el pasillo, apuntándole con la Smith. Cogió el teléfono móvil.

—¿Gunny?

—Sí.

—Venid, todos. Abriré la puerta. ¿Y Franklin? Despierta a esa gente, tal y como habíamos quedado.

La comunicación se cortó. Franklin había desconectado la red para hacer las llamadas.

Reacher ató a El Zec por las muñecas con cable eléctrico. Lo colocó sobre el suelo de la sala de estar. Después bajó a la planta baja. Echó una ojeada a la sala de vigilancia. Vladimir estaba tumbado sobre un charco de sangre. Tenía los ojos abiertos, igual que la garganta. Vio el hueso a través de la herida. Sokolov tenía la cara desplomada sobre la mesa. Había sangre suya por todas partes, había debido de extenderse por el sistema eléctrico de los monitores, ya que la pantalla del sur se había apagado. Las demás imágenes seguían allí, verdes y fantasmales. En el monitor del oeste se distinguían cuatro figuras caminando por el paseo de la entrada. Aureolas amarillas, interiores rojos. Todas juntas, avanzando con rapidez. Reacher apagó las luces y cerró la habitación. Salió al pasillo y abrió la puerta delantera de la casa.

Yanni entró en primer lugar, luego Cash, Rosemary y Helen. Esta última iba descalza y llevaba los zapatos en la mano. Iba llena de barro. Se detuvo en la entrada y abrazó a Reacher con fuerza. Le mantuvo así un buen rato y a continuación se separaron.

—¿A qué huele? —preguntó Yanni.

—A sangre —contestó Cash—. Y a otros fluidos orgánicos de diversos tipos.

—¿Están todos muertos?

—Todos menos uno —respondió Reacher.

Subieron las escaleras, encabezados por Reacher, quien detuvo a Rosemary al llegar a la sala de estar.

—El Zec está ahí dentro —le dijo—. ¿No te importará verle?

Rosemary asintió.

—Quiero verle —dijo—. Quiero hacerle una pregunta.

Rosemary entró en la sala de estar. El Zec estaba en el suelo, donde Reacher lo había dejado. Rosemary se puso delante de él, serena, digna, aunque sin regocijarse. Sentía curiosidad.

—¿Pero por qué? —le dijo—. Hasta cierto punto entiendo lo que estabais haciendo, mirándolo desde vuestra perversa perspectiva. Pero ¿por qué no disparó Chenko desde la carretera? ¿Por qué tuvisteis que utilizar a mi hermano?

El Zec no contestó. Se limitó a mirar a la nada, contemplando algo, seguramente no a Rosemary Barr.

—Psicología —intervino Reacher.

—¿La suya?

—Nuestra, del público.

—¿Cómo?

—Tenía que haber una historia —repuso Reacher—. Mejor dicho, había una historia, y él tenía que manejar los hilos. Al conocer la existencia de un tirador, la historia se centró en ese tirador. Si no le hubiesen descubierto, entonces la historia se habría centrado en las víctimas. Y si hubiera sido así, la gente habría empezado a hacerse muchas preguntas.

—Así que sacrificó a James.

—Eso es lo que hace. Hay una larga lista.

—¿Por qué?

—Una muerte es una tragedia, un millón es una estadística.

—Joseph Stalin —dijo Yanni.

Reacher pateó a El Zec en el costado y acercó el sofá que había junto a la ventana. Le cogió por el cuello de la camisa, le levantó y le dejó caer en un extremo del sofá. Lo colocó con la espalda recta.

—Nuestro testigo estrella —dijo.

Reacher pidió a Cash que se sentara en el alféizar de la ventana, detrás del sofá, y le dijo a Yanni que fuera a buscar tres sillas de comedor. Empujó los sillones contra las paredes de la sala. Yanni volvió tres veces consecutivas con las tres sillas. Reacher las alineó de cara al sofá.

Cuando terminó, había dispuesto los muebles formando un cuadrado: sofá, sillas de comedor y sillones a los lados.

La ropa casi se le había secado, aún sentía algo de humedad en las costuras más gruesas. Se pasó los dedos por el pelo. Comprobó la hora en su reloj. Casi las cuatro de la mañana. *Menos resistencia, funcionamiento del biorritmo.*

—Ahora a esperar —repuso.

Al cabo de media hora, oyeron coches a lo lejos, aproximándose por el camino. Neumáticos sobre la calzada, ruido de motor, tubos de escape. Los sonidos se hacían más audibles. Los coches disminuyeron la velocidad. Crujían al atravesar el camino de piedra caliza. Cuatro coches. Reacher fue a la planta baja y abrió la puerta. Vio el Suburban negro de Franklin. Emerson salió de un Crown Vic gris. Vio a una mujer menuda de pelo negro y corto salir de un Ford Taurus azul. Donna Bianca, supuso. Alex Rodin salió de un BMW plateado y cerró el vehículo con su mando a distancia. Fue el único que lo hizo.

Reacher permaneció a un lado y dejó que entraran todos al recibidor. A continuación les condujo por las escaleras. Pidió a Alex Rodin, Donna Bianca y Emerson que se sentaran en las sillas de comedor, de izquierda a derecha; Franklin en el sillón, junto a Yanni. Rosemary Barr y Helen Rodin en los sillones del lado opuesto de la sala. Helen miraba a su padre. Alex Rodin la miraba a ella. Cash estaba sentado en el alféizar de la ventana. Reacher entró y se inclinó sobre el marco de la puerta.

—Empieza a hablar —ordenó Reacher.

El Zec permaneció callado.

—Si no, le pediré a esta gente que se vaya —le dijo Reacher—. Me resultará tan fácil como haberles pedido que vengan. Entonces volveré a contar, desde el diecisiete.

El Zec suspiró. Empezó a hablar. Al principio despacio, luego más rápido.

Les explicó una larga historia, tan larga y compleja que era confusa. Se le escaparon detalles de crímenes anteriores no relacionados. Más tarde explicó cómo consiguió que la ciudad le contratara para las obras públicas. Dio el nombre del funcionario al que había sobornado. No se trataba solo de dinero. También ofrecían chicas, las llevaban en grupos pequeños a una villa del Caribe, algunas de ellas muy jóvenes. Habló de la furia de Ted Archer, su búsqueda durante dos años y lo cerca que estuvo de averiguar la verdad. Explicó la emboscada que le tendieron, la mañana de un lunes. Utilizaron a Jeb Oliver. El Dodge Ram rojo fue la recompensa por aquel trabajo. Luego El Zec hizo una pausa, pensó, pasó a otro tema. Describió la decisión de librarse de Oline Archer dos meses después cuando comenzó a convertirse en un peligro. Describió la trampa que Chenko le tendió a James Barr, un plan precipitado aunque minucioso. Explicó cómo lograron que James Barr cayera en la trampa prometiéndole una cita con Sandy Dupree, y cómo acabaron con Jeb Oliver. Les dijo dónde podían encontrar su cuerpo. Les contó que Vladimir mató a Sandy con el propósito de apartar a Reacher del caso. En total, estuvo hablando durante más de media hora, con las manos atadas a la espalda. De repente dejó de hablar. Reacher vio maquinación en sus ojos. Ya estaba pensando en su próximo movimiento, en sus próximos dados. *Un desacuerdo por parte del jurado. Una fuga. Un proceso de apelación de diez años.*

La habitación quedó en silencio.

Donna Bianca dijo:

—Increíble.

Reacher dijo:

—Sigue hablando.

El Zec le miró.

—Hay algo que te has dejado —le dijo Reacher—. Tienes que decirnos quién es el topo. Es lo que todos estamos deseando oír.

El Zec apartó la vista. Miró a Emerson, luego a Donna Bianca, luego a Alex Rodin. De derecha a izquierda, uno detrás de otro. Seguidamente volvió a mirar a Reacher.

—Eres un superviviente —le dijo Reacher—, pero no eres idiota. No habrá desacuerdo del jurado ni habrá ninguna fuga. Tienes ochenta años y no sobrevivirás a un proceso de apelación de diez años. Ya lo sabes. Sin embargo, has aceptado hablar. ¿Por qué?

El Zec no dijo nada.

—Porque sabías que tarde o temprano hablarías con un amigo, uno de los tuyos, aquel a quien compraste. ¿Tengo razón?

El Zec asintió, lentamente.

—Alguien que está aquí, ahora mismo.

El Zec volvió a asentir.

—Hay una cosa que siempre me ha mosqueado —dijo Reacher—. Al principio no sabía si tenía razón o si me estaba dejando llevar por mi ego. Pensé en ello una y otra vez. Finalmente, creí que no me equivocaba. Lo cierto es que en el ejército yo era un estupendo investigador, quizás el mejor que habían tenido. Me habría medido con cualquiera. ¿Y sabes qué?

—¿Qué? —preguntó Helen Rodin.

—Nunca habría pensado en vaciar aquel parquímetro, ni en un millón de años. Jamás se me habría ocurrido hacer algo así. Así pues, se me ocurrió la siguiente pregunta: ¿era Emerson mejor investigador que yo? ¿O sabía que el cuarto de dólar estaba allí?

Nadie dijo nada.

—Pero pensé que Emerson no era mejor que yo —continuó Reacher—, no era posible. Estaba convencido. —A continuación se volvió hacia El Zec—. La moneda fue rizar el rizo. ¿Te das cuenta? Aquello no era normal. ¿Fue idea de Chenko?

El Zec asintió.

—No deberías haberle hecho caso —repuso Reacher. Se volvió hacia Emerson—: Y tú deberías haberla dejado ahí. No la necesitabas en absoluto.

—Eso son sandeces —replicó Emerson.

Reacher sacudió la cabeza.

—Después todo encajó. Leí los expedientes policiales y oí las

423

conversaciones entre los coches patrulla. Desde el principio tomaste decisiones con una rapidez increíble. Habías recibido un montón de llamadas incoherentes de gente aterrorizada, sin embargo, en veinte segundos ya les estabas diciendo a tus compañeros que se trataba de un pirado con un rifle automático. Aquella conclusión carecía de fundamento. Seis disparos, secuencia irregular. Podría haberse tratado de seis críos con una pistola cada uno. Pero tú sabías que no había sido así.

—Tonterías —insistió Emerson.

Reacher volvió a sacudir la cabeza.

—La prueba final ha sido la negociación con él. Le dije que tendría que contarle la verdad a un detective llamado Emerson. Podría haberle dicho a la policía, en general, o a Alex Rodin, el fiscal de distrito, pero no fue así. Te nombré a ti específicamente y vi en sus ojos un destello de luz. Se hizo de rogar un minuto más, por disimular, pero aceptó rápidamente, porque supuso que no le pasaría nada si te encargabas del caso.

Silencio. A continuación Cash dijo:

—Pero Oline Archer acudió a Alex Rodin. Eso fue lo que descubriste.

Reacher volvió a negar con la cabeza.

—Descubrimos que Oline fue a la oficina del fiscal del distrito. Yo también fui. Fue lo primero que hice al llegar a la ciudad. ¿Y sabes qué? Rodin cuenta con un par de brujas que vigilan su puerta. Por otra parte, no le gusta recibir visitas. Apuesto lo que quieras a que no la dejaron entrar. Era asunto de la policía, le dirían. La compañera de trabajo de Oline nos dijo que pasó la mayor parte de la tarde fuera. Supongo que las brujas le dirían que cruzara la ciudad a pie y acudiera a la comisaría, donde ella habló con Emerson.

Silencio en la habitación.

El Zec se encogió de hombros en el sofá.

—Emerson, haz algo, por el amor de Dios.

—No puede hacer nada —repuso Reacher—. No soy tonto. Me

he adelantado. Estoy seguro de que tiene una Glock debajo del brazo, pero yo estoy detrás de él y tengo un revólver del calibre 38 y un cuchillo, y delante tiene a Cash con un rifle de francotirador escondido debajo del sofá. De todos modos, ¿qué puede hacer? Supongo que podría intentar matarnos a todos y decir que fue una especie de masacre masiva, pero ¿cómo se lo explicaría a la NBC?

Emerson miró a Reacher.

—¿NBC? —repitió Cash.

—Antes he visto a Yanni juguetear con el móvil. Imagino que está retransmitiendo todo lo que decimos a los estudios.

Yanni sacó su Nokia.

—Canal abierto —dijo—. Grabación de audio digital en tres discos duros por separado, además de dos cintas de seguridad. Lo conecté antes de subir al Humvee.

Cash la miró.

—Por eso me hiciste aquella pregunta estúpida sobre la mira telescópica. Por eso hablabas sola como si retransmitieras un partido.

—Es periodista —dijo Reacher—. Va a ganar un Emmy.

Nadie dijo nada. De repente todo el mundo se quedó cohibido.

—Detective Bianca —prosiguió Reacher en voz alta—, la acaban de ascender a detective jefe de homicidios. ¿Cómo se siente?

Yanni hizo una mueca. Reacher avanzó, se inclinó sobre Emerson por detrás y deslizó la mano por debajo de su abrigo. Extrajo una Glock 9 milímetros. Se la entregó a Bianca.

—Proceda al arresto —dijo.

De pronto El Zec sonrió. Chenko había entrado a la habitación.

Iba cubierto de barro. Tenía el brazo derecho roto, o el hombro, o la clavícula, o quizás las tres cosas. Reposaba la muñeca en el interior de la camisa, a modo de cabestrillo. Pero no sufría daños en el brazo izquierdo. En absoluto. Reacher se volvió y vio que sostenía una escopeta de cañón recortado en la mano izquierda. Se hizo una pregunta intranscendente: «¿De dónde la había sacado? ¿De su coche? ¿Estarían aparcados los coches en el lado este?».

Chenko miró a Bianca.

—Baje la pistola, señora —le ordenó.

Bianca dejó la Glock de Emerson en el suelo. El arma no hizo sonido alguno al caer en la moqueta.

—Gracias —le dijo.

Nadie dijo nada.

—Bueno, he estado fuera un rato —repuso Chenko—, pero debo decir que ya me siento muchísimo mejor.

—Sobrevivimos —dijo El Zec, desde el fondo de la habitación—. Siempre lo hacemos.

Reacher no prestó atención, tenía la mirada clavada en el arma de Chenko. Se trataba de una Benelli Nova Pump de culata corta y cañón recortado. Calibre 12. Recámara para cuatro cartuchos. Un arma preciosa, de carnicero.

—Emerson —dijo El Zec—. Ven aquí y desátame.

Reacher vio que Emerson se levantaba, pero no le miró. Avanzó un paso en diagonal hacia Chenko. Reacher medía treinta centímetros más que él y le doblaba en corpulencia.

—Necesito un cuchillo —repuso Emerson.

—El soldado tiene uno —dijo Chenko—, seguro, después de lo que ha hecho a mis amigos.

Reacher avanzó un poquito más. Un hombre enorme frente a otro menudo, cara a cara. Solo le separaba un metro. La mayoría del espacio lo ocupaba la Benelli. Chenko llegaba con el pecho a la cintura de Reacher.

—Cuchillo —pidió Emerson.

—Ven y cógelo —contestó Reacher.

—Pásamelo por el suelo.

—No.

—Dispararé —dijo Chenko—. Una bala al estómago.

Reacher pensó: «¿Y luego qué? Una escopeta de pistón no sirve de mucho a un hombre de un solo brazo».

—Pues dispara —le dijo.

Reacher sintió todos los ojos de la habitación sobre él. Sabía que todo el mundo le estaba mirando fijamente. El silencio hizo que le zumbasen los oídos. De repente, percibió los olores que había en la habitación. Olía a polvo de la moqueta, a muebles viejos, a miedo y tensión, a la humedad nocturna que se colaba por las ventanas abiertas en la planta inferior y superior, a campos de cultivo y fertilizantes.

—Adelante —dijo—, dispara.

Chenko no hizo nada. Simplemente permaneció allí. Reacher se quedó inmóvil enfrente. Repasó la distribución de la habitación. La había preparado él. La dibujó en su mente. Chenko se hallaba a la entrada, de cara a la ventana. Todos los demás en dirección contraria. Reacher estaba situado delante de Chenko, cara a cara, tan cerca que se hubieran podido tocar. Cash estaba al fondo, de espaldas a la pared, cerca del sofá, sobre el alféizar de la ventana. Emerson en mitad de la sala, cerca de El Zec, de pie, indeciso, expectante. Yanni, Franklin, Helen y Rosemary Barr estaban sentados en los sillones que había colocados junto a las paredes laterales, girando la cabeza. Finalmente, Bianca y Alex Rodin estaban sentados en las sillas de comedor, girando la cintura y con los ojos completamente abiertos.

Reacher sabía dónde se ubicaba todo el mundo y hacia dónde estaban mirando.

—Dispara —repitió—. Apúntame al cinturón. Venga. Hazlo.

Chenko no hizo nada. Permaneció observándole. Reacher estaba tan cerca y era tan grande que no podía ver nada más aparte de él. Solos los dos, como si fueran los únicos en la habitación.

—Voy a ayudarte —dijo Reacher—. Contaré hasta tres. Entonces apretarás el gatillo.

Chenko se limitó a permanecer allí.

—¿Entiendes? —preguntó Reacher.

No hubo respuesta.

—Uno —comenzó Reacher.

Ninguna reacción.

—Dos —prosiguió.

Seguidamente se apartó. Dio una zancada rápida y larga hacia la derecha. Cash disparó desde detrás del sofá, justo a la altura donde Reacher tenía el cinturón un segundo antes. El pecho de Chenko saltó por los aires.

A continuación Cash volvió a dejar el rifle en el suelo, tan silenciosamente como lo había cogido.

Llegaron dos coches patrulla del turno nocturno, y se llevaron a El Zec y a Emerson. Luego llegaron cuatro ambulancias para las víctimas. Bianca le preguntó a Reacher qué les había sucedido a los tres primeros. Reacher contestó que no tenía la más remota idea de lo que había ocurrido, a ninguno de ellos. Especuló con que pudiera haberse tratado de alguna disputa interna. ¿Una pelea entre ladrones, quizás? Bianca no insistió. Rosemary Barr le tomó prestado a Franklin el teléfono móvil y llamó a los hospitales de la zona, con el fin de buscar una plaza para su hermano. Helen y Alex Rodin se sentaron el uno junto al otro, y hablaron. Gunny Cash se sentó en una silla y se durmió. Un viejo hábito de los soldados. *Duerme cuando puedas.* Yanni se aproximó a Reacher y le dijo:

—Los tipos duros siempre están listos para actuar por la noche.

Reacher, consciente de que le estaban grabando, contestó:

—Normalmente a las doce de la noche estoy durmiendo.

—Yo también —repuso Yanni—. Sola. ¿Te acuerdas de mi dirección?

Reacher volvió a sonreír y asintió. A continuación bajó por las escaleras y se dirigió al porche delantero. Rodeó la casa hasta situarse en el costado este. Estaba amaneciendo. En el horizonte, la oscuridad daba paso al color púrpura. Se volvió y vio que cargaban la cuarta ambulancia. El viaje final de Vladimir, a juzgar por el tamaño del cuerpo que ocupaba la camilla. Se vació los bolsillos. Formó una pila pequeña y ordenada con la tarjeta rota de Emerson, la servilleta de papel de Helen Rodin, la llave grande de latón del motel, la Smith 60 y el cuchillo Navy Seal SRK de Gunny Cash. Seguidamente preguntó a los sanitarios si podía ir con ellos hasta la ciudad. Desde el hospital echaría a caminar en dirección este y llegaría a la estación de autobuses al punto de amanecer. Estaría en Indianápolis a la hora de comer, se compraría un par de zapatos nuevos y se iría a cualquier otro lugar antes de que el sol volviera a ponerse.

Títulos de LEE CHILD en Serie Negra